BIBLIOTHEK

DES

LITTERARISCHEN VEREINS

IN STUTTGART.

CXLVIII.

TÜBINGEN

GEDRUCKT AUF KOSTEN DES LITTERARISCHEN VEREINS

1880.

DIE BEIDEN ÄLTESTEN LATEINISCHEN

FABELBÜCHER DES MITTELALTERS

DES BISCHOFS CYRILLUS SPECULUM SAPIENTIÆ

UND

DES NICOLAUS PERGAMENUS DIALOGUS CREATURARUM

HERAUSGEGEBEN

VON

DR J. G. TH. GRÄSSE.

GEDRUCKT FÜR DEN LITTERARISCHEN VEREIN IN STUTTGART

NACH BESCHLUSS DES AUSSCHUSSES VOM SEPTEMBER 1879

TÜBINGEN 1880.

DRUCK VON H. LAUPP IN TÜBINGEN.

SPECULUM SAPIENTIÆ BEATI CIRILLI

EPISCOPI, ALIAS QUADRIPARTITUS APOLOGETICUS
VOCATUS, IN CUJUS QUIDEM PROVERBIIS OMNIS
ET TOTIUS SAPIENTIÆ SPECULUM CLARET, FE-
LICITER INCIPIT.

Prologus.

Secundum Aristotelis sententiam in Problematibus suis quamquam in exemplis in discendo [1] gaudeant omnes, in disciplinis moralibus hoc tamen amplius placet, quoniam structura morum 5 ceu ymagine picta rerum similitudinibus paulatim virtutis ostenditur, eo quod ex rebus naturalibus, animalibus, moribus et proprietatibus rerum quasi de vivis imaginibus humanæ vitæ qualitas exemplatur. Totus etenim mundus visibilis est schola et rationibus sapientiæ plena sunt omnia. Propter hoc, fili carisime, informativa juventutis tuae documenta moralia non de nostra paupertate stillantia sed de vena magistrorum tibi nunc scribere cupientes cum adjutorio gratiæ Dei ea trademus, ut intelligas clarius ac addiscas facilius, gustes suavius, reminiscaris tenacius per fabulas figurarum. Sed quoniam quatuor 15 virtutibus principalibus, scilicet prudentia, magnanimitate, justitia et modestia ædificium rectæ vitæ præcluditur et fundatur. Hæc enim sunt quadratura tabernaculi domini et quatuor bona Job ac illa quæ Nabuzardan destruxit in subversione Hierusalem, templum sapientiæ, murum urbis virtualis poten- 20 tiæ, palatium [2] reginæ justitiæ ac domos Hierusalem, pacem modestiæ, e quibus prudentia vir ordinatur in Deum, magnanimitate vero in semetipsum, in adversis ne decidat et moderanime in prosperis ne mollescat. Sed quemadmodum justitia rectificat [4] in proximum, sic prudentia noscit bonum eligendum 25 malumque vitandum. Et sicut justitia facit bonum ita modestia vitat malum, magnanimitate vero interiorum [5] ordo stabilitur virtutum. Consequens est ergo, ut quatuor magnorum

*

1 Ausg. ascendendo.   2 Andere unrichtig: palatio ostendit.
3 Andere: Vestræ.   4 Andere: rectificatur.   5 Andere: interius; und
wieder andere lesen statt »interius« iterum.

siquidem vitiorum totus impetus subvertatur. Hæc quidem vitia
quatuor sunt dementia et superbia, quæ magnanimitati et humilitati contraria sunt (ubi enim non est humilitas magnitudo animi vecors audacia est), similiter autem avaritia et
⁵ intemperantia. Hæc namque illa quatuor sunt quæ Job bona
diripuerunt. Quippe Sabaei stultitia vastantes boves prudentiæ,
Chaldæi superbia camelos magnanimitatis tollentes, ignis luxuriæ oves munditiæ comburens ac ventus impetuose ac violenter [1] avaritiæ irruens domum ubi convivantes sunt decem
¹⁰ præcepta justitiæ funditus subvertit [2]. Hæc quidem quatuor
illa dira cornua sunt quæ ventilaverunt juxta vaticinium Zacha-
riæ Judæam et Israel et bona illa quatuor, quae secundum Johelem
insatiabiliter voraverunt, scilicet eruca verecundiæ [3], locusta vo-
lantis superbiæ, bruchus totus et ventus insatiabilis avaritiæ et
¹⁵ rubigo ardentis luxuriæ. Quadripartito ergo opere procedemus:
primo agentes contra imprudentiam, secundo adversus superbiam, deinde contra avaritiam, finaliter contra intemperantiam,
ut sub petra domini nostri Jesu Christi vitiorum regnum qua-
druplex in eadem statua Nabuchodonosor visa per somnia
²⁰ feriamus.

*

1 Andere unrichtig: violentis. 2 Andere: subvertentes. 3 Andere
besser: vecordiæ. 4 Andere unrichtig: sic.

LIBER I.

CONTRA IMPRUDENTIAM.

Semper disce et in extremis horis sapientiæ [1]
semper stude.

De vulpe et corvo, cap. 1.

Vulpes decrepita ardens cupiditate plus sciendi quærendo magistrum membris gravioribus sui corporis itineris addidit grave pondus. Mox ergo tendenti senectutis infirmitate quidem gravi, sed aviditate sciendi peragili cum corvus astutior oc-

10 currisset, peracto mutuæ salutationis officio satis læta subjunxit: vere voluntas dei erat, ut mihi occurreret quem volebam. Te namque qui coeli per cardines ambulas et multa consideras, ut me disciplinæ sitibundam instrueres, perquirebam. Cui ille respondit: sanctæ calliditatis antiqua[ta] ma-

15 gistra, quid amplius quæris scire? Hoc certe tantum tibi restat peccatum finem habere. Ad hæc discipula [2] facta doctrix ita dicitur respondisse. Numquid [3], frater mi, scriptum est a Salomone: audiens sapiens sapientiam sapientior erit, nisi quod sapientiæ non est numerus. Unde semper oportet addiscere

20 et in extremis horis fundum sapientiæ desiderabilius indagare. Finis enim prudentis sapientia est et ob hoc quanto huic fini [4] viciniores sumus, tanto majori impetu ad amplectendum eum avidiores, cum natura curramus. Virtutis enim motus quasi

*

1 Die Ausgaben unrichtig: septem.   2 Andere: disciplina.   3 Andere: ad quid.   4 Andere: Finis sapientiæ.

naturalis [1] fortior est. Sed cum visus senio ingrossatur, aspectus ex parte rationis acuitur. Dignum quippe est, ut quanto plus viget mentis judicium, disciplinæ plus operam impendamus. Namque dum hic vivimus, nunquam in eodem statu manemus.
5 Quare si non proficimus, mox deficimus. Sic enim esse prospicimus in mutabilibus rebus, quoniam sol, cum ultra non procedit, revertitur et statim dies diminuitur, cum nox crescit. Similiter cum non magis protenditur, mox inclinatur in senium cursus aetatis. Igitur donec in semita fueris, semper
10 disce, nec unquam putaveris satis esse, quia si steteris, retrocedis. Nihil nimirum organorum nostrorum retrorsum natura sed ante tantum composuit, ut in virtutis actibus non retrocedentes imo semper procedentes crescamus. Plures enim sensuum nostrorum ante situati sunt et ibidem stant manus
15 et pedes. Quo dicto discessit.

Nihil sibi homo est sine sapientia.

De aquila et sole, cap. 2.

In lucidioris aëris sublimitate aquila conscendens solis fixo contuitu mira venustate inspecta mox eum tali quaestione
20 pulsavit dixitque: tu quid es, vas admirabile, tam decorum? At ille respondit: nescio. Tunc illa magis mirata nimirum, quod in lucis fonte hujus ignorantiæ tenebras invenisset, adjunxit: et quomodo cum in splendoribus tuis cætera videantur tui tu nescius te non vides? Cui dixit: quippe sapientiæ sum
25 non expers; sola enim illa sui gaudent notitia, quae sunt in se ipsa per sapientiam conversiva. Ad haec aquila sic arguens sic dixit: quomodo igitur prodita est tibi tantae virtualitatis causalitas ac tantæ soliditatis perpetuositas? Ex quo namque te ignoras, tu tibi nihil es. Nil quidem prudentia fatuo, rutilantia
30 caeco et eloquentia surdo. Tunc Tytan [2] respondit: etsi nihil mihi sum, tamen ei sum, cujus sunt omnia, quod est quoddam maximum vas sapienti. Ipse enim sapiens cum solus se cognoscendo sit suus cunctorum, quæ sibi non sunt, intellectu carentium sapientia constitutus est dominus. Homo namque participio sapientiæ

*

1 Andere: in fine.   2 d. h. sol.

ex divina imagine decoratus ab ipso quidem primordio universis rebus mundi visibilibus est præfectus. Nimirum sapientis sunt omnia, cui tantum valet metallorum gemmarumque validitas et subsidiaria medicinarum servit potestas. Quamob-

5 rem pretiosior est sapientia cunctis opibus et omnia, quae desiderantur huic non valent comparari. Quibus auditis mox illa dilectione sapientiæ inflammata petivit a sole, ut, quid sapientia esset, luce diffinitionis ostenderet. Cui libenter annuens inquit: sapientia quidem est illa mentis veritas, qua

10 summum bonum, quod est Deus, recta fide conspicitur et casta dilectione tenetur. Hac enim qui dotatus est, jam mundi dominus ac possessor est suus. Quibus diligenter notatis in propria gaudens illa reversa est.

Prudentia vera est quæ simplicitatis innocentia

15 decoratur.

De corvo, vulpe et simia, cap. 3.

Animalium omnium simul collecto concilio cum de pluribus quærerent, non immerito placuit hoc illis de ratione prudentiæ ob vivendi regulam investigare præcipuum, quis eorum astutius

20 famaretur. Sed quoniam sumit incertum vulgus studia contraria et privatus amor rectum vertit judicium in obliquum, hinc volatilia corvum, hinc vulpem terrestria, singula quæque suum prudentia mox exaltare cœperunt. Sed quia violentus et inglorius actus est laudationis conatus, hinc quidem corvi multi-

25 formis dolositatis et versutiae ostensis astutiis, hinc vulpis deceptivae artis ingeniis ventilatis quasi juris dignitate singulorum facinora prætulerunt. Talibus ergo partialitatis amore sine rationis sententia hinc inde jactatis pro veritate stans simia hæc in communi voce correctiva diffudit dixitque: non miror

30 nimirum, si bestias cum et ipsos homines mentis splendoribus tantum vigentes vitialis umbra mentiendo virtutem aliquotiens in judiciis fallat. Nam prodigalitas amatoribus suis fallacem speciem liberalitatis depingit, magnanimitatis vigorem audacia et inanis gloria magnificentiæ granditatem. Pari quidem modo

35 subornata calliditas ægris mentibus oculis mentitur claritatem prudentiæ. Sed ipsa quippe dolosa astutia nocendi est conjuncta

cum ignorantia virtuose agendi. Prudentia vero est ars præclarissima recte vivendi cum simplicitate quæ est nescia quemquam
lædendi. Nonne Deus æterna prudentia sinistris petivit ab
angelis doli nocendi nescius in quo deciperent dignum quippe
5 deceptione impium Achab? Et propter hoc ea quæ nimis provide nunc famatis, nocentis calliditatis arte armata malitiosiora fore dicam nec unquam prudentia. Namque is tantum
prudens est, qui ratione recte in omnibus gubernatur. Verum
recta ratio est rationalis, quæ suum finem tantum ut optimum
10 intendit et omne quod impedit ad hunc consequendum effugit,
cunctum quod expedit agere et in his omnibus quousque ad
illum finem perveniat firma constantia permanet. Finis autem
naturæ rationalis est sine omni malo gaudere, omni vero bono
cum perpetuitate securitatis et securitate veritatis lætari. Ad
15 hunc capessendum cuncta impedimenta sunt vitia. et omnes
opportunæ virtutes juvant. Quo diffinito unusquisque sociorum
secessit in sua.

De melioribus est uti providentia qua suo loco et
tempore cuncta quæras et facias.

20   De cicada et formica, cap. 4.

In fervore messis cantans et quiescens cicada cum vidisset
formiculam multo labore granum suis organulis attrahentem,
compatiens ei dixit, ut quid in tanto caumate cum natura refrigerativam quietem et humectivam umbram requirat. Tu
25 non solum nuda circuis sustinens tempestatem, sed quod pejus
est, gravi onere te occidis. Nonne vides, quod ego in umbra
viridi cum jubilo requiescens in suffocativo vix aestu refrigerativum cordis anhelitum capere vix possum? Quiesce, rogo, donec
messis transeat intensivum. Cui mox improvidæ provida for
30 mica provide respondit: omnia tempus habent et suis spatiis
transeunt universa sub cœlo, quamobrem sicut quæque suo
loco et tempore agenda sunt, ita et inquirenda. Nam si rei
opportunum tempus negligenter transierit, cum quis indiguerit,
postea minime reperit, eo quod hora debita sibi necessarium
35 non quæsivit. Sic ergo, carissima, uti providentiæ summæ
opus est nobis, qua vitæ quidem adjumenta ac commoda illo

tempore vigiles colligamus, quando illa naturæ beneficentia dum
hæc quærimus invenimus. Tempus autem colligendi victum
est messis, unde nunc provide laboribus colligo, quo nimirum
in arida hyeme opulenta requie vivo. Tu vero improvida futurum tempus negligens instabili puncto quietis nunc existis,
imo nunc magis abuteris cantilenis. Cum folium, quo nunc
delectaris, quasi umbra transierit, et gravis ardor famis simul
cum egestate successerit, nihil congregato in messe, nonne im-
providentiæ diro gladio vitam tibi, quam admodum diligis,
peremisti? Sed attende, quæso, quantum in suis rebus regularitate mirabili providentiæ natura ducatur. Namque venarum
fontes plenos in pascuis animalium semper habet, ut cum necesse fuerit, membris debitum et præparatum provida distribuat
alimentum. Annali quidem circuitu sub zodiaco sol provido
ductore conducitur, ut sic provideatur mutatis temporibus in
futurum. Nam et terra in hyeme concipit, quæ digesta æsta-
tis incendio futuri temporis providentia gignit. Similiter autem
prosequenti anno semel suaviores palma dactilos gignit et vitis liquorem dulcissimum pari ordine sic destillat. Sic nimirum fontes, qui non semper scaturiunt, virtute stellarum semel
terra imbuta humiditate diutina profusi cernuntur. Unde totus
naturæ ordo providentia gubernatur. Quid igitur ea spreta,
quæ est vitæ tam commoda gubernatrix, futuroque neglecto de præ-
sentibus tantum gaudes? Ego certe, ni fallor, de futuris plus curo,
nam præteritum perdidi, instans cœli cursu rapidissimo jam tran-
sivi, et tantum quod superest, futurum possedi. His auditis
mota cicada rogavit ut hæc quid essent diffinitione monstraret.
At illa libenter preces admittens inquit: providentia quid est?
Si verbum dignum habeo est hoc, arte vigilis rationis in hac vita
transitoria talia congregare et congregata inviolabiliter con-
servare, e quibus semper vivas in æterna et gloriosa quiete.
Quo dicto onerata processit ad nidulum suum.

Donec mortalis es, time ubique et semper!

De corvo et vulpe, cap. 5.

Volitantem corvum famelicum circumcirca vulpes latitans
nec minus pabuli ardens latibuli sui de valva conspexit ac com-

perto subtiliter famis rabie circumdatum mox latenter egressa est
ac simulata morte versis quidem oculis, mandibula lapsa, collo
fluido, anhelitu furtim tracto, pede tenso, cauda spersa et calliditate
tanta totius corporis societate diffusa, ut dissolutionem regitivæ
virtutis mentiretur livida fraus viventis. Hæc nimirum quærens cibum carnis tam avide arte picta et vulpina fraude coram
subdolo se ingessit, cumque corvus simulatum cadaver jacentis mox
vigili famis oculo adspexisset, armis fallaciæ non minus
minime doctus statim parum procul supra descendit, ut sic
prius, si dolosus esset, addisceret, quam ex improviso callidior
rostro sitibundo feriret. Verum quia vita minus occultatur in
pectore, ubi flabellum jecoris præcordialem rogum eventilare
non cessat, satis in anatomicis eruditus primum effusitiva corporis vitalia diligenter perspexit, ac sic percepta rima necessarii motus fraude, ore sumpto lapillo super aurem jacentis pro-
jiciens dixit: scito non minus vidisse corvinum oculum quam
vulpinum. Nam si tuus subtiliter comperit famem meam et
meus oculus rimatus est fraudem tuam, sed ut amplius dicam
pluries fodi oculum sic jacentis. Ad hæc raptim collecta respondit: egoque sæpius læta collum tenui descendentis. Tunc
corvus subjunxit: ut quid hoc facere voluisti? tu forte putabas,
minus me sentire esuriem? Cum et magis [1], nam crapula gravat,
sobrietas elevat, ebrietas tollit mentem magisque ut te arguam
nimis obfuscat prudentiam fraus furibunda. At illa querulo
dixit: dudum hæc didici, sed plus novi, quod quandoque dormitat bonus Homerus id est philosophus. Nam non semper ingenium rutilat nec pari modo mentis validitas est semper apta.
Minus quidem curantes scientia præditi perierunt plures et
parum gnaris sæpe diligentia salus fuit. Sic serpens callidus
negligentia periit et mus vigilantia ungulam murilegi astutioris
effugit. An frustra jacitur rete ante oculos pennatorum? sed
si volueris me tibi fraudis laqueos tetendisse, disce in hoc,
quoniam inter fures, cum possibilitas aderit, non est fides.
Vade igitur et donec mortalis es, semper time et ubique timens
circumspectus attendas! Quo dicto divisi sunt.

*

1 Andere fügen hinzu: sobrietas me relevet.

Vide, pedem cui tribuas, et in securioribus dubita.

De aranea et musca cap. 6.

Texenti araneæ retiaculum artis suæ musca volitans coram posita dixit: ut quid concludis fallaci reti semitas liberioris naturæ? quo quidem jure usurpas tam publicum et tensis retiaculis modum claudis aptissimum gradiendi? At illa respondit: nimirum naturæ auctoritate hoc facio, quia doctrix effecta scholas meas in plus aptis semitis extendo. Tunc musca subjunxit: si ita est, tunc disciplinæ tuæ regulas pande. Cui illa libenter annuens inquit: scito quod mortalium vita non minus pendet ab oculorum rectitudine quam a corde. Quod quidem ut panderet, sapientia repleta natura multum sibi invicem cor et oculum conformavit, videlicet in agilitate motus, in copiositate spiritus et in unitate conductus. Propter hoc maxima diligentia gubernandis adhibenda est oculis, ne, si erraveris, vitam perdas: nunquam pariter ambos claudes, sed quiescente uno vigilans alius te gubernet. Lucerna enim corporis tui est oculus tuus et idcirco ambos si clauseris, statim offendiculis ductus in tenebris confunderis. Omni igitur custodia serva cor tuum et diligentia vigili oculum tuum. Hæc est prima regula mea, secunda vero est, ut non sis avara [1] de pedibus tuis; numquam des alicui simul duos, ne forte porrectis in malum porrectus in perditionem per consequens sis eorum. Pes est sapientis enim [2] suus et suorum pedum est stolidus. Palpebræ igitur tuæ præcedant gressus tuos nec pes unquam ducere oculum antecedat. At vero finalis regula est, ut ibi semper plus timeas, ubi tibi plus arridet securitas. At ibi minus speres, ubi spes in rei specie plus apparet. Quod enim quæres in certo, hoc reperies in incerto et quia dubitabas in solidis, hinc nimirum in dubiis tuta eris. Sapiens enim timet et declinat, sed stultus transilit et confidit. Doceo igitur te quiescere, moneo te cautela procedere et pedem ad provisum tantum extendere. Tendo igitur laqueos inquietis, pono retiaculum fatuis ac tormentum paro molestis. His quidem cum admiratione auditis musca sic inquit: certe valde sunt magna

*

1 Andere besser: prodiga. 2 Andere: prudens et fatuorum stol.

quæ instruis. Mox illa respondit: verum est, si hæc facis,
nam intellectus bonus omnibus facientibus eum. Deinde re-
gularum et monitionis oblita musca, quietis impatiens et incauta, cum in araneæ laqueum incidisset, ira cœpit lamentari
'de judice, quod captam violentia decepisset. Cui illa respondit: arte capere pestilentem non puto esse dolum fraudis, sed
diligentiam æquitatis. Olim dixi tibi: quiesce aut certe perge,
et non audisti. Discant ergo alii in malo tuo, quod neglexisti
incauta bonum tuum, et hoc dicto damnavit eam.

10 Semper cum tuto onere et suavi protectionis
jugo possibilis perge.

De mure et testudine, cap. 7.

Mus per cellarium ingruente gressu discurrens gravi passu
pergenti testudini obviavit. Cujus quidem congruam gravitatem
15 mox stultus (mus) deridens ironice et delusorie sic dixit: quid,
soror, tam rapida velocitate incedis? Cui illa moto capite il-
lusorem deludens ad veritatem respondit: ego sic pergo, quia
onerata sum armis meis. Tunc ille: stultum est tantum onus
ubique portare. Et illa: imo stultum est quod judicas non
20 sentire, at stolidum magis nondum securum ab hostibus iner-
mem saltando discurrere. Nimirum ex naturæ providentia
tuti corticis pondere circumquaque vallata domum, murum,
clypeum, cum incumbit necessitas mihimetipse reperio et
mendicando suffragia non discurro. Tu vero levis, quia iner-
25 mis es, cum hostis tibi ungula furibunda incurrerit, hinc
inde quærendo stupidus curris ac subito præventus ab hostili
milite peris, si non inveneris ubi quando mox abscondaris.
Quid ergo de letifera levitate lætaris? Attende quod ventorum
levitas et in profundum sæpe nautam submergit et belliger
30 equus, nonnisi pondere sit aggravatus, securus in hostium
cuneum se immittit. Maris unda fluctuosa levitate semper
circumfluit et tellus sua ponderositate quiescit, levis stipula
aut penna flatu ventorum inquieta resolvitur et lapillus sua
gravitate firmatur: igitur, frater mi, tibi tuæ sit levitatis grata
35 tempestas, mihi meæ ponderositatis cara tranquillitas. Placet
certe ubique portare suave jugum protectionis ac semper habere

mecum onus leve salutis. Quibus dictis recedens derisoris sui risum convertit in luctum.

Tuæ spei ancoram in bonis perpetuis tantum fige!

5   De ceto et nauta piscatore, cap. 8.

Super maris undam cetus grandissimus in insulam elevatus cum aridæ (terræ) speciem mentiretur, piscator raticula fluctuans terræ cupidus in portum sophisticum hunc pervenit moxque lætus ibi descendens parum levata puppicula manu,
10 petra et ferro genito rogo sibi pius cœpit fovere corpusculum algore rigidum, labore fessum et esurie desiccatum. Verum cum ignis acuta caliditas insensibilis piscis transacta pinguedine tandem in carnem sensibilem descendisset, ardoris sensu statim pisce commoto terræ motum æstimans nauta stupidus
15 relictis omnibus cucurrit ad lignum[1]. Sic inde veritate comperta tutus de barcula[2] lamentabiliter cœto dixit: ut quid ostensa ingenti mole stabilitate letaliter simulata[3] et cute picta mentiebaris te portum? Ni certe natabile lignum statim profugo subvenisset, in te confidentem raptum subito non minus
20 quam naufragium submersisses. Cui piscis respondit: Tu autem quare ad quiescendum super rem mutabilem descendisti? Et ille: certe quia tellus esse et non aliud videbaris. Tunc alter: numquid omne quod videtur existit? An ignoras quod plura in sola sui apparentia, non in veritate fraudantur? Nam so-
25 phista videtur philosophus et hypocrita sanctus. Propter hoc, carissime, tu qui maris incola periculosis versaris in fluctibus et perniciei castris undique obsessus, in ligno perfragili circumdaris, quo nimirum in necessitate confugias, cui te credas, ac ubi stabilitus confidas, prius ruminante diligentia videas et
30 clara prudentiæ circumspectione attendas. Nam si ex toto semel erraveris, præventus morte correctionis tibi postmodum nullatenus locus erit. Sic ergo tutum stabilitate perpetua quærens portum, hunc meliorem et in bonis melioribus opti-

*

1 d. i. navem.   2 Andere: parcula.   3 Andere unrichtig: stabilitate scelerata.

mum prudenter eligas, ubi confidentia secura quiescas. Nonne sapiens architectus in terra stabili fodiendo quærit fundamentum stabilius et navis pervigil gubernator, antequam suam accommodet ancoram, scrutator abyssi plumbata cordula quærit tutissimum fundamentum? Stultus enim est, qui super rem instabilem fabricat et amens ex toto, qui rebus mobilibus [1] se ab eisdem stabiliendum commendat. Vade igitur et disce nequaquam in perituris confidere sed in terris de cætero tuæ spei ancoram tantum fige. Quibus edoctus nauta consolatus discessit.

Tantum æternum dilige et nunquam dolebis.

De vulpe et simia, cap. 9.

In pleniluniis symeæ cordis lætitia exsultanti vulpes mox adstitit et hæc dixit: indica mihi, soror, ut tecum gaudeam, hujus jucunditatis quæ sit ratio et exsultationis quæ causa. At illa læta lætanter, ut secum lætaretur respondit: (nimirum) lunari [2], quam amo, plena luce nunc fruor; quoniam hanc diligo, et qua cætera perfruuntur, hac lætor. Ad hæc vulpes subjunxit: putabam certe, carissima, (ne turberis) manu, naso, vicinoque oculo æstimativa præclara ad rationis naturam plus te cunctis animantibus accessisse; sed ut ex vana gratulatione cognosco, adhuc permanes de longinquo. Quo enim magis a ratione sejungimur, tanto quidem ab homine plus distamus. Puto namque (ni fallor), quod amare lucem verum sit bonum, si tamen ejus sit stabile fundamentum, sed amare perdibile, nihil est simile quam dolere. Quantum enim id, quod diligimus, gaudemus habitum, tantum etiam mox dolemus amissum. Unde fit, quod dilecta re perdita statim mox in dolorem vertitur amor et jucunditas in mœrorem. Sic (et nimirum) quanta fuit concupiscentia in amando, tanta fit dolorositas postmodum in perdendo, et quanta fuit jucunditas in fruendo, tanta est mœstitia in carendo. Sed quoniam melius est non diligere quam dolere, eligibilius non immerito existimo, transitoria spernere quam amare. Hæc namque si non amamus, sed

*

1 Andere: mollibus.   2 Andere unrichtig: juvari.

spernimus, cum transierunt, non dolemus. Igitur quod tamen diligis laudo te, sed quia lunari lumine mutabili frueris, te non laudo. Hoc enim sero luna plena lætaris, ac sequenti vespere tristaberis. Impossibile namque est amato perdito non
⁵dolere, et sic quid tibi residuum erit de præterito gaudio, nisi præsens dolor? Amatum siquidem rapit secum ubique gaudium et idem cum transierit, mox fines ejus occupat luctus. Attamen non est sapientis gaudere, ut doleat, sed ad tempus lugere, ut sempiternaliter gaudeat. Infelix quippe est commutatio
¹⁰de jucunditate in luctum, de gemitu vero commutatio beata in gaudium. Propter quod, carissima, ut tua sit gaudiosa dilectio et fruitio permansiva, illam dumtaxat lucem diligas ac ea fruaris, quæ durabilis, invariabilis atque summa. Nam cujus rei fixum est bonum, ejus sempiternum est gaudium,
¹⁵et cujus fruibilis natura est et fruitionis bonitas summa, et illius est lætitia secura atque plena. Propter hoc autem sicut amamus, et sumus. Habet enim amor cameliontis contuitum, unde transimus cum amatis aut sistimus, et cum eisdem vilescimus aut cari sumus. Sed quid lugenti camelionti de colore aureo
²⁰mutato in luteum sagax corvus responderit, non audisti? Claude aurum, pone desuper lutum et de cætero tepescit aurum. Quibus dictis, vale superaddens recessit.

Ubi multa consilia, ibi sunt multa falsa.

De formica et vulpe, cap. 10.

²⁵Congreganti materiam, ut domum sibi construeret super terram, vulpeculæ formica obviavit. Quid esset, quod ageret, ave prius dicto quæsivit. At illa respondit: in obscuris quidem terræ latibulis ac et tu tanto tempore habitavi; modo fert animus in luce tam cunctis gratissima construere mihi nidum.
³⁰Cui formica mox dixit: fuit tibi forte unquam molestum habitaculum primum? Quæ ait: numquam certe, sed tutissimum et quietum, attamen ad novitatem hanc dulcedine lucis inclinor. Cui formica subjunxit: nimirum dulce est lumen et delectabile oculis videre solem, at longe magis sapidior vita est et delecta-
³⁵bilior secura quies; quamobrem, soror, licet non sim tanta, ut sim consiliaria tuæ prudentiæ, hoc tamen quod tibi me-

moror, in hac novitate unum est quod presbiteris et pellipa-
riis non es modicum odiosa, illis quidem propter zelum gallinarum suarum, istis vero pellium cupiditate tuarum. Sed
aliud est ut in novo negotio consilium antiquorum requiras,
5 namque consilium custodiet te et prudentia te servabit. Statim
vulpes inconsulte respondit: principia quidem rerum mole minima virtute sunt maxima, nam ex parvo semine palma gignitur ingens: unde in minimis exordiis maxima sunt consilia
agenda, quoniam parvus error in principio, maximus est in
10 fine. Modicum enim corruptelæ radicis in totum arboris corpus diffunditur, eo quod in suo principio quodam modo totius
realitas continetur, quoniam et si minima negligis, deflues in
majora paulatim. Propter hoc Salomon in proverbio dixit:
audi consilium et suscipe doctrinam, ut sis sapiens in novissimis
15 tuis, nam et cogitationes consiliis roborantur. Ad hæc vulpes
victa ratione respondit: etsi in hoc ipso uti consilio opus
est, satis gratia naturæ est meorum. Statimque altera dixit:
scriptum est, non sis sapiens apud temetipsum et ne innitaris
prudentiæ tuæ, quia dicentes se esse sapientes stulti facti sunt.
20 Nonne plura quatuor oculi vident quam duo? Multiplicati
radii plus illustrant? Major certe valetudo est plurium et
ratis securius pluribus nautis gubernatur. Sed et cujus est
consilium, nonne sapientiæ? Nimirum hæc quæ abscondit uni,
revelat alteri? Et humilitatis amatrix ut plurimum rectum
25 per alienum docet consilium de agendis. Verum si bene vidisti, teste consiliario addito certior eris, si non recte, statim
in melius dirigeris. Quanto igitur consilium ex pluribus est,
tanto salubrius est, quoniam ubi multa consilia, ibi salus.
Sic audiens sapiens sapientiam sapientior erit et intelligens
30 gubernacula possidebit. Ad hæc vulpecula dixit: scio quod
provida es, doce, quæso, cujus sit consilium audiendum. Tunc
illa: quippe sapientis, prudentis, scientis, experti, amici, fidelis,
magnanimi Deumque timentis. Quibus dictis et digestis provida callidam eruditam vale dicto dimisit.

35 Diligentiori ruminatione omnia digeras, priusquam agas.

De bove et porco, cap. 11.

Post aliquantulam sumpti digestionem edulii ipsum bos
retribuens faucibus cum recubans ruminaret, porcus hoc adspiciens ad eum venit et dixit: quid est quod agis, cornute?
Cui ille: rumino. Tunc porcus: parum ante tam onerosum
5 jugum deposuisti, ut quid modo non quiescis? Nonne semel
satis est masticasse? Ad hæc bos ita fertur dixisse: nimirum,
frater, si ruminares, nullatenus ita sentires. Ubi quæso situs
est alimenti sensus? Nonne in faucibus? Et propter hoc
quanto diligentius edulium masticamus, tanto amplius totius
10 rei saporem percipimus et judicialem gustum vehementius de-
lectamus; revera molares dentes in duplo provida ob hoc natura composuit, ut masticatio major adsit, et gustativus sensus
providenter locatus est in ore, ut delectatione cibum diutius
teneamus sub fauce. Quin et ruminans melius digero et ali-
15 mentum in fine per amplius depuratum assumo. Tunc porcus
his auditis adjunxit: quis ruminare te docuit? Et ille: nimirum ars illa me hoc agere erudivit in corpore, quæ sapientem
edocuit ruminare in mente. Cuncta namque subtili medicamine
ruminat prudens quæ aut dicit aut facit, propterea quidem
20 digesta loquitur et purgata similiter operatur. Ad quid enim
communicatum est homini clarum rationis consilium, et tam
carissimum concessum est illi meditationis bonum? Nonne ut
his salubriter in agendis utatur? Unde præmeditationis masticatio semper præponenda est in cunctis humanis actibus, si
25 sapientia gubernantur, ut universa digestiora et puriora con-
sequantur. Nec semel satis est rem agendam videre, sed necesse est eam subtiliter pluries ruminare. Sicut quatuor digestionibus cibus præcoquitur, ut deinde membris purior atque
veracior tribuatur, omnis cibus, antequam animæ uniatur,
30 quatuor purgetur digestionibus. Primo vadit ad stomachum
et ibi digeritur et sequestratur purum ab impuro et quod impurum est, emittitur per secessum. Deinde purum derelictum
ad hepar mittitur, et ibi digeritur et fit sanguis et sequestratur
purum ab impuro et impurum emittitur per urinam. Deinde
35 derelictum purum a venis attrahitur et ibi tertio digeritur et
sequestratur purum ab impuro et impurum emittitur per su-
dorem et sputum. Deinde purum derelictum per membra
spargitur et in membris quarto digeritur et sequestratur purum

ab impuro et illud impurum, quod quasi purum est, servatur
in vasis spermaticis et in generatione emittitur. Purissimum
autem derelictum conversum in membrorum substantiam finaliter animæ copulatur factum vivum et substantia vitæ. Unde
5 nulla cibalis impuritas accedit ad animam, nisi cum quater
mundificatus sit omnis cibus. Tu quidem ergo, carissime,
quia non ruminas, impurius suscipis alimentum, et ob hoc
divina lege judicaris immundus. Quibus auditis erubescens
porcus recessit.

10   In omnibus ordinata gravitate procede.

De equo et bove, cap. 12.

Quum agiliter equus hinc inde discurreret, onustum bovem
obviam habuit graviter incedentem. Cui dixit: quid tibi divisa est ungula, cum sub tanto pondere ejus tibi nunc esset
15 soliditas opportuna? At ille respondit: nimirum qui me condidit hoc prævidit, ut semper ita procedam; quo sub onere
magis ac commoda cernor ordinata gravitate. An ignoras, quod
perditio derivetur a pede cito? Nam mortalia siquidem plena
sunt cunctis periculis, unde ubique oportet cum gravitate in-
20 cedere, ut possis dato pede uno, ubi porrigendus sit alius, salubriter providere, similiter autem tarda sapientia est terrenis.
Implicati namque sensibus membrisque mortalibus gravati
sapientiæ lumen absconditum in altissimis situm antiquitatis
temporibus vix attingunt, et ob hoc quanto tardiores tanto
25 perspicaciores inveniuntur. At vero si gravitate tarda ince-
dimus moderatius laboramus et ob hoc quod agimus lucidius
intuemur et quiescente quidem anima cuncta melius judicamus,
quoniam et sapientia attingit a fine usque ad finem fortiter
et disponit omnia suaviter. Quapropter si cum tarditate pro-
30 cedimus, velocius id quod intendimus expedimus, quia sic lucerna prudentiæ ducimur, qua per directum iter veritatis a-
motis deviis velocius summopere præsentamur. Nonne mutari
cœlestis facies non videtur et rapidissima regularitate differtur?
Repentinum sagax natura non patitur et quæ subito ingruunt,
35 plus confusa mente subvertunt. Immoderato cursu nisi gravitate præpediatur, navis dissolvitur et festinato partu fertur

catulus cæcus natus. Moderatiori verumtamen imbre tellus pinguis efficitur et ordinato gressu non solum decentius, imo salubrius grues incedunt. Tu autem, carissime, quia indivisa ungula velociter agitaris, sæpe lapsu confunderis, quo nimirum
5 immundum etiam animal judicaris. Quo audito recedens equus erubuit.

Ad audiendum velox, ad credendum sis tardior.

De vulpe et corvo, cap. 13.

Ad vulpem absconditam famescentem cum amicus corvus
10 non minus sibi quam illi compatiens gallinas in secreto manentes fraudis vi studeret adducere, ad eas se contulit et salutatione proditionis proposita dixit: annuntio vobis gaudium magnum; quoniam vulpes monialis effecta est et deposuit feritatem, venite securæ [1] de cætero et videte mirabile, quoniam in oratorio
15 velata cantat horam devotis laudibus vespertinam. Mox illæ levitate cordis credentes cum pergerent inventum gallum secum ducere conabantur. At ille mira dotatus intelligentia, quantocius verbi dolum percipiens piis uxoribus dixit: audite me, insensatæ, nimis credulæ. Quo namque tenditis nisi duce
20 fraudis in mortem? Nonne si in corvo fore creditis veritatem et speratis de vulpibus bonitatem, lucem esse putatis in tenebris et in vitiis sic virtutem? Sed hoc nimirum impossibile est, quoniam splendor solum de lumine rutilat et virtutis stilla de vena bonitatis tantum destillat. Non audistis adhuc,
25 ut video, sententias sapientum. Veloci quidem aure audiendum est et gravi corde credendum. Oportet enim diligenter attendere, quid et cui credatur. Revera minus provide amico et inimico pariter creditur, cum amore et odio linguæ libra fallacis siquidem affectionis pondere in obliquitatem trahatur.
30 Verum nulli securius quam amico de malis et inimico de bonis accommodatur auditus. De te vero nunquam credas inimico tuo in æternum, quia si bene dicit sophista, de bono tendit ad malum, si male dicit, facit quod suum. Ipsius igitur bonitati, hosti communi et invido credendum non est, quia cum

1 Ausg.: securate.

oculus sit lividus, amator tenebrarum lucem odit et ad unuscujus-
que turbandum serenum nigrum infamiæ lingua spargit. Sic nimirum multiloquii dilectori, adulatori mendaci pariter et fallaci
credulitatis assensum mandaverunt prudentes fore nullatenus
5 tribuendum. In multiloquio enim peccatum non deerit et
adulator falsa pro veris cudit. Sic assueta lingua mendaciis
huc se facilius divertit et fallax anima libenter rete dolositatis
expandit. Similiter autem tuorum avido aut iracundo auditus
nequaquam sapientis impenditur. Leve namque verbum, ut res
10 captetur, quantocius mittitur et ab ira seu inimicitia vel in-
invidia nubila a veritate quidem oris rectitudo curvatur.
Quid tandem nisi quod nulli minus quam tibi de bonis credas? Naturaliter quidem laudem appetimus aut majora communiter de nobis æstimamus. Ad hoc autem est eloquium
15 ponderandum, quoniam tantum est credendum possibile et hoc
dumtaxat conveniens est. Sed convenientia verbi ex circumstantia percipitur facti. Hæc siquidem sunt rei qualitas, locus,
tempus et modus. Sic igitur fallaci credere corvo stultum est
et omnino dementia, vulpem deposita feritate in oratorio ve-
20 latam cantare credere. Hoc enim vulpinæ caudæ non convenit
et totaliter veritas a circumstantiis ipsis dissentit. Quoniam
quidem ergo multa cautela circa credendum adhibenda est, et
rei veritas tanta diligentia inquirenda, pro certo stultissimum
est cito credere, et periculosum citius post levem credulitatem
25 moveri. Quibus eruditis dimisso corvo gallum gallinæ sequutæ
sunt.

Quietem mentis dilige et ocius fuge.

De bove et lupo, cap. 14.

In vespertina quidem hora jugo bovem oneratum arantem
30 otiosus vagusque lupus reperiens quasi compatiens dixit illi:
quando tu solutus beata libertate vagaberis ac quiete tam lassus
refocillaberis otiosus? At ille respondit: nimirum quando sapientia relinquit naturam; labores enim quamdiu sustinebit
membrorum societas, nequaquam me rapiet vagationis captiva
35 libertas aut otiositas cordis tempestatibus fluctuans. Namque
vagatio alienatio quædam mentis et otium tempestas est cordis.

Siquidem alienatus a virtute mox sensus sicut Chain profugus vagusque diffunditur et veluti David statim procella vitiositatis involvitur animus otiosus. Ligatura enim membrorum propter assiduum motum privata est sensu et in Albagia[1] ve-
5 locius repentinus ingruit motus. Ad hæc lupus adjunxit: num quid ergo quiescet sapiens? Ad quod bos: non quiescit sapiens, solum imo possidet eum secura quies. Non attendisti quod ad quietationem majorem principii sensuum superior mandibula non movetur? Verumtamen nunquam est otiosus
10 sapiens, continuo quidem aut mente exercitatur aut corpore. Quid est enim otium nisi perditio irrevocabilis horæ, effusio vitæ, retrogradatio perficientiæ?[2] Sic gignit carnis desideria,[3] parit superbiam, accendit luxuriam, solvit linguam, nutrit indigentiam, introducit rapinam. Egestatem namque operatur
15 remissa manus et qui sectatur otium, est stultissimus. Attamen otio sabbatis ante Ysrahel cœlum non influxit manna; quoniam et aqua putrescit immobilis et immotus ensis rubigine mox sordescit, pes quietus obstupescit et vestem depositam dirus tineæ dens corrodit. Sed e contra polus continuo currit, cor
20 dum vivit non quiescit, naturalis virtus non dormit et rectiva mundi prudentia semper agit. Propter hoc, carissime, otium vitans aut aro aut comedo aut rumino aut ligatis nubecula sensibus digerens requiesco. Quibus auditis lupus otiosus vagusque abiit.

25 Doctus loquere et avarus sis verbi.

De corvo et rana cap. 15.

Post multum laborem et studium vix tandem corvus cum eloqui didicisset, desuper audiens ranam fantem descendit et dixit: quis loqui, soror, te docuit? At illa respondit: nemo
° certe sed subtracta cauda loquelam mihi dedit liberalis natura. Tunc corvus: felicem quippe commutationem reor pro bestialitatis cauda rationis linguam dedisse. Cui rana mox inquit: tibi vero unde hoc contigit, frater? Et ille: longis laboribus et studiis loquelam ipsam emi et didici. Statimque ob mu-

*

1 Andere: flumine.　2 Andere: proficienti.　3 Andere: desidiam.

nus inflata rana subjunxit: ecce tu loqui doctus es et ego non docta, si placet, loquacitatibus innitamur, ut appareat, nostrum abundantius quis loquatur! Ad hæc corvus ruminata sententia dixit: ego dumtaxat pauca hæc scio loqui quæ didici, sed bene verum est, quod tu eloqui minime didicisti neque ipsam emisti, quia si emisses et erudita fuisses, non sic eloquia diffunderes sed aut prudentia venderes, beneficentia seu donares. At illa garrula inquit: modo tu loqueris, cui vendis! Mox ille: Sapienti, quippe cui nihil ordinate actum, est perditum et quidquid aptum, est carum. Non audisti, quod argentum electum lingua sit justi, eo quod carissima sit, namque quod diu rectum tenetur, difficilius obligatur. Sed dum lingua non loquitur, tenet rectum. Revera mentis conceptus est verbum, ubi ergo hoc nimis effunditur, interdum est rationis vinculum dissolutum. Nonne multiplicitate sermonum humanum in Babilonia confusum est labium? Et divinæ veritatis tuba breviloquio in Syna tantum decalogum est locuta? Ad minus loquendum os labiorum janua clauditur et arteria aspera propter hoc ostiolo circumdatur, quoniam, si vox quidem verbum est et non sonus, oportet quod meditatione concipiatur, formetur consilio, dirigatur judicio et post hoc suo loco et tempore digestum apertis in auribus pandatur. Quinque vocales datæ sunt homini, ut parce loquerentūr ad sensum, atque ob hoc lingua unum est locutionis instrumentum et gustus, ut pauca quidem ratione prægustata dicamus. Non audisti, quod scriptum est: ventum seminabunt et turbinem metent? Quoniam cum in multiloquio peccatum non desit, pro certo qui vento loquacitatis effunditur, indigestis prolatis turbat alios aut turbatur. Quamobrem antiquis prophetis semper placuit parce loqui. Qui multum loquitur, modicum ruminat et verbum occiduum hinc eructat. Quibus dictis secesserunt.

Dic voce tenui et age rem actu grandi.

De leone et asino, cap. 16.

Leonem socius asinus antecedens cum de longe luporum turmam adspiceret, mox palatinam vocem stans cœpit emittere, ut granditate ventosa sic pusillanimem grex inimicus timeret.

At vero cum hostes a clamore hunc asinum esse cognoscerent, fixi fortiter cœperunt ridere scientes, quidem tanto sonitui pectoris minime cordis respondere virtutem. Tunc leo percepta voce statim cucurrit ad socium atque dixit: amice, quid tibi est, quod clamasti? Cui ille: mi frater, grex luporum apparuit, quem grandi voce perterrui, nec se movit, sed mox ad odorem tuum non sine mea admiratione disparuit. Ad hæc leo prudentialiter subridens inquit: si nosti, nequam lupus est et callidus, clamorem deridet tantumque timet virtutem, latratum canis irrisione subsannat, dummodo morsum effugiat. Nimirum expertus miles tubam bellicam non pavescit sed gladium, et eruditus philosophus nubes tonitruum non veretur, sed fulgur. Quid enim est clamor nisi pectoris evacuati ventus effusus? Nempe vacua magis sonant ventosaque concrepant. Propter hoc, carissime, qui clamoribus nititur, minime a sapiente timetur, quoniam hic ventosus et vacuus sine virtutis fore soliditate notatur. Clamore siquidem iracundiæ flamma in clibano cordis accenditur, de qua statim fumus resolvitur et obscurata ratione virtutis splendor fuscatur. Ex lumine namque rationis oritur virtus. Hoc igitur prudenter dumtaxat efficitur, quod inanis apparentiæ spreta voce rei granditate finitur. Nimirum regularis cœlestis motus est actus virtuosus, quamobrem grandi virtute sine sono completur. Quo dicto de clamorosa voce verecundatus asinus a leonis societate discessit.

Gloriosa est prosperitas moderata.

De Sole et Mercurio, cap. 17.

Cum Titan uniformi regularitate stabiliter moveretur, nimis hoc admirans Mercurius hac eum mox quæstione pulsavit: ut quid semper in ecliptica volveris ibidemque fixus nunquam inde mutaris? Qui dixit: fons sapientiæ fuisti dudum æstimatus a seculis, et hoc ignoras? Quis gloriosior inter stellas? Nonne sol, cui fontaliter indita est lux primo genita, quæ tota cœlorum est species et gloria stellarum? Propter hoc, carissime, media semper moderantia ventilor nec unquam ab ea declino, si considerasti. Namque inimicorum gignitiva est grata prosperitas et suscitat lividos nec ullum unquam ostendit

veritatis amicum. Quamobrem mea maxime moderantia quidem
amplectenda est, ne, cum æmulos injuste cudit prosperitas, juste
formet eos prosperitatis immoderata perversitas. Nimirum
ex hoc regulus apum aculeum in fortunæ cella deposuit, quem
5 natura naturaliter sic instruxit, ut, cum est agendi facultas
validior, sit excedendi tunc auctoritas minor. Cæca quidem
lux diesque volatilis mutabilium prosperitas est. Unde
semper oportet pavescere, ne lux vertatur in tenebras et nox
diei repentino cursu succedat, atque exinde prudenter in pros-
10 peris modestiæ magis ac beneficentiæ intendamus, ut una vi-
temus siquidem inimicos et altera gignamus amicos, si contra
nos quandoque tempestas ingruerit adversitatis, portum salutaris effugii reperiamus præparatum provide in amicis. Re-
evra nauta prudentior, dum adversum tempestatis futuræ tre-
15 pidat impetum, [in]tranquillitatis sereno circumspectus mode-
rantiæ medio, tutus ut naviget, ponit velum. Sed ut excessiva
rutilantia visum tundit et immoderata lætitia cor exstinguit,
sic nempe prosperitas immoderata confundit. Quoniam ut in
temperamento sanitas corporis ita in modestia salus mentis.
20 Nonne timemus in arduis naturaliter ne cadamus? Ob hoc
moderatissime properantes in humilitatis solido fundo pedem
super alterum teneamus, ut sic in medio permanentes quasi
inter profunda et alta jam non timentes humiliari, sed amantes
in humilitate servari, salutari nos ductu dirigente sapientiæ,
25 transeamus per bona temporalia, ut non amittamus æterna.
In altis etenim fluctibus puppis securiter navigat, in firmamento
littorum si alterum [1] inseparabiliter remum ponat. Et suum quis
tutum sursum ædificium elevat, si fundamentum ejus in profun-
dioribus magis viget? Quemadmodum igitur cœlestis serenitas,
30 quanto lucidior, tanto tranquillior, sic sapientis prosperitas esse
debet moderatior, quanto major. Quibus digestis tacuit.

Neminem spernas, sed unicuique debitum honorem impendas.

De leone, vulpe et mure, cap. 18.

35 Leoni et vulpi quærendo pastum gradientibus simul, ut

*

1 Andere lesen: alteri, andere lassen das wort weg.

sic ars potentiæ uni et ars fraudis alteri subveniret, mus spa-
tiatum post esum discurrens occurrit. Quem leo facie curiali
respiciens cauda disposita humiliter salutavit, illa vero sursum
collo caudaque sua porrectis tantillum caudulæ inflatione facta
tanta derisit. Mox ille astutus honorem in honorantem non
sero gratus refundens dissimulatione vultum tendit in passus,
ex illato a vulpe vulnere tamen menti cedit pectus passum.
Deinde cum illi, quodam gravi famis ardore sparsis oculis ef-
frenatim tendentes, in absconditos laqueos pede minus provido
pariter incidissent, mus gnarus eventus cucurrit ad locum et
leoninæ salutationis non immemor corrosis laqueis salutanti
sic procuravit salutem, sociæ vero gestu humili ac idem de-
precativo contuitu flagitanti derisionis memor risu subsanna-
tionis respondit: quid in me conspicis? juvet te cauda tua,
quam olim superbiens erexisti! et superaddens inquit: vulpes
callida es, sed prudentia cares, nescivisti quod in rebus minimis
quandam vim natura distribuit? Quamobrem nihil est a sapiente spernendum, quoniam habet unaquæque res suum loco et
tempore momentum. Nec attendendum est quidem ad mo-
dicitatem molis, sed ad quantitatem virtutis. Plura namque
parvitate molis exigua granditate virtutis sunt maxima. Cæteris
enim virtuosiores sunt lapides minores et rerum ingentium
res parvæ sunt seminales. Quid enim in membris pupilla
parvius et tamen carius? et navis salus ab exiguo clavo pendet
potius quam a malo. Quid plura? Aranea parvula virum
necat et pulex infestissimus hunc cruentat. Neminem igitur
spernas, quoniam unusquisque autem prodesse valet, neque parum
est, si non nocet, sed et suum cuilibet honorem impendas.
Quid enim honor aliud est quam omnium virtutum unus actus?
Agitur hic namque de prudentia, qua, cui, quando, ubi, quomodo tribúatur, attenditur. Justitia vero, cum non justo minus,
magnanimitas, cum non debito amplius, nimirum et temperantia, cum modestius impenditur. Extra modum tamen
honorare illudere est. Qui ergo honore prævenit alium, honorat per
amplius semet ipsum; quoniam honorator providus lege rationis
ostenditur fore omnium possessor virtutum. Quo dicto recedens
vulpem superbam irretitam dimisit.

Esto amicus cunctis, intimus paucis, fidelissimus universis.

De erinacio et viperula, cap. 19.

Spinosum erinacium viperula cernens mirata de cortice
dixit ei: tu quis es? Cui ille: fidelis amicus. Et illa: Quid
est amicus? Tunc erinacius inquit: amicus est, qui una tecum
est anima, sed verus est, qui, si mollis spina adhæserit, pungit;
nam qui vere diligit in ludis corripit, et in facinoribus qui
blanditur, odit. Ad hæc vipera dixit: placet certe satis quod
amicitia sit intima unitas cordium, spina vero quod sit veritas,
minus placet; vera namque dilectio non in superficie, sed in
re, non in asperitate. sed in tranquillitate fundatur. Nonne
spina de radice maledictionis processit? Tunc erinacius punctus
invectiva subjunxit: scio, carissime, scio quod amor et odium
in sola substantia radicentur. Unde in venenosa letalitate tua
generalis inimicitia est et in medicinali mea virtute amicitia est
communis. Attamen dilectionis veritas falsitasque subjectæ
substantiæ notatur ex cortice, verus enim amor de foris pungit
et mulcet intus, foris arescit et dulcescit intrinsecus, extra
percutit, medetur interius, est enim quasi medicina amara.
Nam, ut Aristoteles scribit, diligit quasi odiens senex, et fideli
David amatori est dictum, quod se quidem odiat diligendo.
Fictus vero amor oculorum nitet in lumine, sapit in ore, mulcet
in aure, ridet in facie, placet in cute, intus tamen venenum
sardonicum, quod nimirum, quos perimit, risu facit perire.
Aut forte de picto cortice gloriatur?[1] Nempe basilisci rutilat
oculus et occidit, scorpio prius lingit quam percutit, et dum
ore blando emollit cutem, caudæ venenosum aculeum magis
figit. Syrena cantat suaviter, ut stupefactum nautam naufragio
devoret, et ubi amnis periculosus est transitus, ibi aquæ facies
plus arridet. Spina ergo erinacia verus et sensatus amicus et
picta vipera fraudulentus. Quibus et addens inquit: spina
quippe mea de radice maledictionis non pullulat, sed internam
substantiam cariorem esse demonstrat, spinis enim natura armat rosas et sub spinoso cortice fructum condit castanea me-

*

1 Andere besser: gloriaris.

dullatum. His autem auditis vipera dixit: postquam verus amicus es et sensatus, vellem. si placeret, speciali amicitia tecum stringi. At ille respondit: ego certe amicus sum cunctis, intimus paucis, fidelissimus universis, nam qui non omnes diligit,

5 nullatenus ex virtute amavit, et qui est intimus pluribus, dilector nullius est magnus. Minuitur enim divisa virtus. Nimirum mater plus diligit unicum, quam simul numerum, si habuisset, natorum. Attamen si finaliter vis audire, nulli ergo intima dilectione adstringor, nisi cujus virtutem in longis

10 temporibus et virtutem in mille calamitatum ignibus comprobo; vinum enim novum novus amicus, sapit quidem in ore, bullit in ventre, fallit in capite, latet turbulentum in fæce. Huic amicus stultorum efficietur similis. Quo dicto repudiatam dimisit.

15 Uni dilectissimo tantum, cum necesse fuerit, pectus crede.

De corvo et columba, cap. 20.

Corvus cum ruminaret intra se, cui sui cordis interdum posset communicare secretum, columba talia cogitantem adspi-

20 ciens accessit ad eum dicens: quid est°quod tanta meditatione cogitas, frater? Cui ille: meditor certe modo, quod stultorum infinitus est numerus et sapientum valde paucus, quippe cogitatus ipsius cordis est intimum. Nam qui revelat, quod cogitat, cor demonstrat. Quæ igitur es, ut dem et credam tibi

25 cor meum tam mihi carissimum, vitam meam tam occultissimam, medullam meam tam profundissimam, radicem meam tam secretissimam? secretum mecum mihi, quia cor meum mihi! Tunc columba talibus auditis adjunxit: scio certe. quod callidus es natura. Ob hoc rogo, frater, me instrue, quantis et quibus,

30 si necesse fuerit, credam securiter cor meum quandoque. Mox ille libenter annuens inquit: nimirum aut uni aut nulli, electissima enim pauca et fides rara. Ea autem fit vas pretiosissimum et gelosinum, namque in hoc cor salubriter conditur, quia nec a se ipso unquam dissolvitur neque a ferro vel alio

35 frangitur nec mira ejus soliditas a subtilissimo caloris aculeo pertransitur. Quippe venam auream natura telluris in abditis

condit et radicem vivificam in profundiore solida planta mittit. Sic medulla carissima in ossibus latuit et visus gemmam grandineam Deus sub septem tunicarum hemispheriis collocavit. Nimirum os sapientum in cordibus eorum, quoniam hoc qui-
5 dem iis nimis carissimum, ut sic celatum foret et a corde possessum in archa vitæ depositum absconderetur. Sed cor stultorum in ore ipsorum, quia os in iis cordis tenet dominium [1], et apertum pectus habentes et parvipendentes cor levi aura hoc levius evomunt, quamobrem citissime pereunt, quoniam pro
10 nihilo vitæ venam effundunt. Quibus diligenter notatis illa sic docta discessit.

Omnem adversitatem ut vincas, patientiæ vallet [2] te magnanimitas.

De grano frumenti et lapide, cap. 21.

15 Frumenti granum projectum in terra et mortuum cum juxta siccum lapidem pullulasset, hic admiratus ita fertur ei dixisse: unde tibi contrito et mortuo spiritus germinandi, cum ego dum conteror, eo perdor, si sum in aqua profunda? Cui granum respondit: hoc mihi, carissime, virtutis ex granditate
20 contingit, quo fit, ut passio mea sit actio et dum morior, revivisco. Rerum enim in virtute maximarum tunc magis intenditur valitudo, cum earum conteritur aut moritur corporea magnitudo. Nimirum Fœnix mortua generat et cinamomi aromatica species trita fortissime plus inflammat. At vero in quibus
25 minus prævalet virtus, ex contritione hujusmodi confunduntur. Pretiositatem namque dracontidis perdit draco, cum eo si moritur, et magnes non attrahit, si teratur. Sic infirmum membrum sine dolore tangi non patitur et sanum cum tangitur, delectatur. Non audisti, quod virtuosus cum ex adversis conteritur, tunc
30 magnanimior invenitur? In calamitate siquidem sumit per amplius spiritum et triumphativa ratio tum vehementius roboratur. Quippe si flagellatur juste ab eo, quem olim offendit, grates agit æquanimiter tolerando fortissime, emendat potenter, quod egerat molliter, perversum turpiter ordinatum de-

*

1 Andere lesen: corde tenet dominum.   2 Andere: valet magn.

corat, ac offensam justitiæ patientia recompensat. Sic virtutem
lapsam virtutis fortitudine reparat et malum bono reformat.
Verum si injuste patitur, tunc non solum patiendo magnani-
miter agit, sed mirabiliter triumphando passus, convictus convincit, quia bonum suum inamissibiliter virtute salva possidet.
In malis enim non vinci victoria est virtutis. Nemo autem
vincitur, nisi cui suum verum bonum eripitur. Totum autem
bonum magnanimi in virtute sua consistit, unde virtute salva
nulla eum denudat foris privatio, nulla inhonestat confusio,
nulla tunc mœstificat sensus afflictio. Nonne sanctus Job virtute dives temporalium non est depauperatus inopia et tam
excellens Joseph non est dehonestatus infamia? Eademque gaudens Tobias cæcitatis quidem non est desolatus ex tenebra?
Si patiens igitur fueris, quantumcunque te foris impugnet adversitas, non confundit, quia in miseria magnanimitatis si
tantum clypeus affuit, passus victor semper mansit. Sic igitur
amico suo conquerenti Socrates passæ mentis medicus fuit.
Quisquis vult, dicat aut faciat tibi injuriam, tu tamen nihil
patieris, si tamen tecum sit virtus magnanimitatis. Quin imo
prudens magnanimus in adversitatibus gloriatur, quia in infirmitate virtus non solum perficitur, imo veneno conditur:
Anthicon lignum incendio expurgatur et electum aurum in
camino rutilat approbatum. In adversitate igitur dumtaxat
impatiens vincitur et in ea sapiens magnanimitate munitus
aut quidem corrigitur aut medicamine præservatur aut coro-
natur examine. Quibus diffinitis conticuit

Magis semper partem misericordiæ teneas.

De urso et columba, cap. 22.

Ursi catulum in captum agniculum sævientem desuper
columba prospiciens: ut quid, inquit, tam in miserum sævis?
Cui ille: si generationem complexionemque et meum morem
attenderes, tu tibi responderes. Nimirum ursi sum filius, ursum
me fore phisionomia ostendit, ursi nunc imitor morem. Tunc
illa subjunxit: linque corruptam generationem, vince fellicam
complexionem, depone ferinum morem! namque Deus clemens
creavit te naturaque pia nutrit te, plana est terra sustentans

te, dulci sanguine vivis, amica membrorum compagine subsistis et humorum tuorum pacis fœdere solidaris. Revera totus ordo naturæ ad pietatem te trahit. Cœlestia enim ac terrestria regula tantum bonitatis agunt, ut vivas. Quippe non emis corporis vivi-
5 ficum motum, nec cœli lumen conservativum, sitis flatum aeris, non exuberantis impetum fluminis, quibus vivis. Unde, quæso, hæc omnia nisi ex sola naturæ clementia? Igitur derelinque furo-rem, mitiga rabiem, quiesce sævire et te ad imitandam com-munem pietatem converte. Ad hæc ille parum emollitus re-
10 spondit: nempe quæ sapienter hortaris, hæc agerem, si mala domantem omnia rationem haberem. Mox illa: bene, inquit, dixisti, quoniam omnis crudelis asperitas ex feritate bestialis mentis assurgit, exasperatum enim mare perfunditur tenebris et planatum aurum politura rutilantius micat. Sic lux sa-
15 pientiæ mansuetæ lenitatis est socia et pietatis plenissimæ semper amica, sed perturbata mente ira est nubila et insipien-tia obscura crudelitas. Sapiens ergo ratione præclara mala omnia vincens, passus offensam magnanimitatis potentia spernit, beneficentia liberalitatis remittit nec amplius quidem magni-
20 ficentia sui cordis meminit. Sic illata mala constantia frangit, patientia vincit, et triumphatorem ex toto per misericordiam se ostendit. Novit enim nocentem fore iracundiæ jam sub-jectum et idcirco devicto et passo [1] victor compatitur et per suæ pietatis antidotum infirmitatis alterius curat malum. Ira [2]
25 igitur sapientis invicta pax vindicta clementia. In bonis enim summa victoria, in malis virtus inviolata. Attamen, qui flam-mis iræ cito accenditur, fœtet igneum retro ut sulphur. Sed cum opportune prudens irascitur, splendet hoc digestum ut aurum. Iracundus ergo est sulphur fœtidum ignitum et iratus sapiens est
30 hoc ipsum aurum digestum. Quibus digestis abiit.

Si quemquam offenderis, pavesce semper hujusmodi.

De vulpe et aspide, cap. 23.

Nimis esuriens vulpes quærendo pastum hinc inde cum furibunda discurreret, passu minus provido calcavit aspidem

*

1 Andere unrichtig: devictus et passus.   2 Andere: ita.

occultis anfractibus gradientem. Mox ille furore durissimo peraccensus momordit calcantem et illa impatiens morsum refudit quantocius in mordentem. Sic igitur communis furoris in communem vindictam venenositate diffusa divisi sunt, statim quærentes post vulnera medicinam. Deinde cum evolutis temporibus sibi invicem occurrissent. mox aspis antiquæ injuriæ recordata est ac nova mota iracundia in novam cœpit exasperare vindictam. Palliata ergo cordis nequitia læto vultu procedens proditione plena, salute proposita, callide callidam allocuta est dicens: in veritate nunc te, carissima, inquirebam, ut oris morsu perditam oris osculo redderem pacem gratam. Quid enim vitali pace mortalibus carius, terrenis jucundius, cunctis amabilius, aut tam gratum? Nimirum pacis fœdere cuncta manent tranquillitate viventia et vigent, ejusque lege ac ordine civilia florent; commune pacis est bonum. Ad hæc illa callidior mox verbis insaniente parce providentia sic respondit: quippe divinissimum bonum pax est, si vera est, sed si sophistica est, lux obnubilans, vita mortifera et dulcedo est venenosa. Nullum enim perdibilius malum quam inimicitia pace operta. Igitur tecum, carissima, sit tua pax, nimirum ubi est offensæ memoria, ibi ira, sed cupit ira vindictam, mittit fraudulentiam, quæ inferenda serpit ad pœnam. Cor tuum non video, sed ad rationem recurro et ejus lumine sævum pectus absconditum rimor. Vera namque pax nunquam offensæ reminiscitur sed ficta oblivionem ejus non patitur, et infirma quidem oblitæ interdum injuriæ recordatur. Nam tinendus semper et cavendus offensus est, quia tenax injuria, levis ira, exspectata vindicta, tarda clementia. Namque fratres Joseph, quem offenderant adolescentes, timuerunt et senes. Quo dicto evitato hoste discessit.

Cum electo socio proficiscaris aut converseris.

De vulpe peregrinante, cap. 24.

Ad declinationis ætatem vulpes deducta patrati reatus conscia, ut satisfaceret, peregrinari cum vellet, mox peregrinationis ejus rumor insonuit et peregrinanti canis in comitem se dedit. Cui vetula dixit: latrans et mordens provocator inimi-

citiæ es, non ibo tecum. Quo quidem repudiato onager inquit:
sequar te, soror. Et illa: in sereno dolens et in tenebris
gaudens lividus es; si mihi malum ingruerit, lætareris, si bonum contingeret, contristareris, vade quia nolo in comitem
5 luminis hostem. Quo ejecto statim ursus se offerens advenit.
Cui vulpes respondit: accendibilis nempe nimis es pectoris et
paratam vindictæ ungulam habes, si fortasse in me vel in alium
sævus irrueres, sic aut confunderes sociam aut ream hostiliter
laniares, tecum ergo non pergam. Tunc leoni, id ipsum cum
10 peteret, inquit: quæso, carissime, ut mecum non venias, quoniam
præcordialis validitate virtutis multum es præsumptuosus et
audax, tale quid te contingeret forte attemptare, unde vix aut
nunquam pedem eriperem. Deinde dimisso leone pavo in socium cum se offerret, ei dixit: nimirum aurea penna desideraris
15 et pompa effunderis, tecum non pergam, quoniam nolo caudam
perdere ob tuam pompam et pennam. Quo sic repudiato lupus
se obtulit et dixit: quæso ut contrita recipias pœnitentem.
Cui illa: rogo ut dimittas facinora me lugentem, quippe cum
fure nullatenus vadam, ne tuæ damnationis aut criminis par-
20 ticeps fiam. Sed et porco mox ingerenti se dixit: vade quia
nolo tua sordescere fœditate. Finaliter autem asino multum
se præbenti respondit: recede a me, insensate, quoniam quidem
alicubi sine ratione clamares et occurrentibus lupis una cum
stulto confunderer. Cunctis ergo his cum rationis judicio con-
25 futatis consurgens vulpes secum hæc allecta precibus duxit
animalia, pantheram vdelicet, cujus os redolet, simiam quæ in
plenilunio gaudet, agnum mitem, pusillanimem leporem, erinacium cutis spinosæ, bovem de labore viventem, crusiminum
sordes vitantem, formicamque prudentem. Cum quibus cum
30 hilariter pergeret, corvus ei obvius dixit: quænam hæc est
caterva? Cui illa: electa quidem est comitiva prudentis, namque cum electo electus eris, et qui cum sapientibus graditur,
sapiens erit. Et ille: recte judicasti, sed doce, cum quibus con-
versatur et prosperatur. Mox illa: cum amatore quippe sa-
35 pientiæ, zelatore justitiæ et amicitiæ fideli cultore. Quibus
diffinitis ultra processit.

In cunctis esto compositus.

De aure, natura, oculo, cap. 25.

Audiens [1] auris, quod oculus palpebra tueretur, acuto puncta invidentiæ aculeo naturæ dixit: ut quid oculum tam volatilium palpebrarum munitione vallasti, me autem sic nu-
5 dam undique dimisisti? Certe nec eo me minus pretio habere debuisti, quoniam si delectat [2] lux, peramplius tamen verbum, et si visus instruit, plus auditus. Cui illa utriusque arte sapientia fabricatrix patienter respondit: si videres quippe et situm membrorum luce rationis attenderes; nunc me magis
10 gratiarum actione quam causarum querula quæstione pulsares. Nonne locata es in profundis et osse et cartilagine circumquaque munita? Foris tamen lucerna corporis est oculus et ob hoc providenter pellicula velocitatis armatur, sed et propter hoc digne is ostiolo clauditur, ut volenti [3] quidem nihil in-
15 decens spargente radio præsentetur. Ad hæc auris adjunxit: cur et mihi repudiationis januam non dedisti? aut forte minus putasti nocivam corruptionem auriculæ quam pupillæ? Non audisti, quod primum aditum morti percepto venenoso serpentis eloquio effrenatus mulieris auditus exhibuit? Directe [4] siqui-
20 dem usque ad cor penetrat verbum, quoniam aperta semita stillat auri pectoris [5] rivus. Tunc natura subjunxit: sicut non est intuendum, nisi quod licet [6], sic nec audiendum est, nisi quod decet. Nonne te ob hoc in medio capitis situavi? Omnis enim sapientis actus debet esse decenti regularitate composi-
25 tus et quemadmodum in cœlestibus sapientia gubernantis nullus sine regula cernitur motus, ita et in membris animæ prudenti subjectis inordinatus apparere nullatenus debet actus. Unde sapientis incessus gravis, adspectus pudicus, auditus honestus, status collectus, habitus est aptus. Maxime tamen decor pru-
30 dentiæ debet relucescere in facie, quoniam cornu sapientiæ luminosum glorificavit tantum Mosaicum vultum. Igitur quia velox debet esse homo ad audiendum, tibi non addidi januam, nec tamen, cum necesse fuerit, opportuna quidem auditui non deest arte rationis clausura. Quibus auditis mox pacata auris
35 quievit.

*

1 Andere: videns. 2 Andere unrichtig: deleatur. 3 Andere: nolenti. 4 Andere unrichtig: ducem. 5 Andere: auris rectori. 6 Andere: lucem.

In bonis summa constantia te confirmet.

Gelosia, asbeston, sinoclites, cap. 26.

Lapides simul in eodem loco manentes de suarum admiratione virtutum incomparabiliter disceptare cœperunt primoque
5 dixit gelosia: quippe cum adamantina non sine paritate virtutis fortitudine gaudeam, plus tamen excedo, quoniam tenacissimo propriæ qualitatis vigore ab igne minime calefio.
Mox asbeston illi se præferens inquit: ego quidem majoris admirabilitatis, ni fallor, me æstimo, quoniam inseparabiliter
10 unctuosum humidum continendo accensus semel, vix aut nunquam exstinguor. Quibus auditis sinoclites adjunxit: vosmet
ipsos, ut video, de mirabilitate vestræ contrariæ immutabilitatis
jactatis, attamen ego me siquidem minorem non puto, quoniam
varietate mirabili cum luna continue cresco et decresco. Sed
15 quoniam qui se ipsum commendat, non ille probatus est, ex
hoc ipsis non immerito placuit carbunculi audire sententiam
radiantis. Qui prædoctus de causa æquo rationis libramine
mox disceptantium litem sententialiter diffinivit dixitque: cum
contrariorum habituale sit præstantius, calefieri ad melius est
20 mutari. Igitur enim infrigidari erit in deterius converti, sed
nimirum in continuo fluxu esse nihil est esse. Nam secundum
non esse est. Unde res omnis, quantumcunque habet de mutatione, tantum habet de non esse. Dico ergo nunquam promoveri ad melius, obstinatiæ dura nequitia est, nec unquam
25 in deterius converti, constantia sapientiæ. Attamen semper
mutari desipientiæ vesania judicatur, quoniam amens est, qui
ut luna rationalis lucis orbatus stabilitate mutatur. Arundinem
siquidem vacuam exhalationis semper influxus hinc inde mobilitat et omni vento confluctuans continue fluida spargitur maris
30 unda. Non audisti, quod sagax vulpes semel responderit camelionti de adeptione coloris aurei glorianti: quippe ubi non est
stabilitas, umbralis est entitas et gloriositas non est vera? Nonne
quantum de stabilitate, tantum de mobilitate tenent omnia et
in unoquoque genere fixione stabilita sunt prima principia?
35 Porro natura, quæ sapientiæ quidem ordine regitur, in necessariis variationibus stabilitatis amatrix non sine firmamento
uniformitatis mutatur. Namque cœlum semper regulariter

volvitur. Vicissitudines temporum et ætates uniformiter se sequuntur, quoniam melodiæ sapor et nitor facundiæ aures si mulceant, tamen sine decentis stabilitatis correspondentia sensum animæ non delectant. Sic igitur nihil sapiente mobilius ex malis, nihil eo stabilius in bonis. Quibus diffinitis terminata est lis.

In bono nomine virtutum tetragono semper vige.

De lauro, oliva, palma, cap. 27.

Inter laurum, olivam, arangium atque palmam ficus exorta cum succedente hyeme illis solita viriditate vigentibus suis ipsa foliis velut arida nudaretur, non minus quidem mox confusa quam livida vicinis tetro vultu querulam proposuit quæstionem: ut quid semper viridia folia retinetis et transacto fructu frondes inutiles jam fovetis? Num forte umbrabilis apparentia complacet et spreta substantia cortex mulcet? At illæ pruritum invidentiæ sentientes spinam verbi risu patientiæ confregerunt. Tandem igitur ad veritatem loquentibus illis prima respondit laurus: ego quidem complexione juvata concalui et idcirco frigiditate repulsa in me folium semper vivit. Tunc oliva subjunxit: nimirum in me humor pinguedinis supercrescit, quo exundans radix suas in perpetuum frondes nutrit. Mox arangius inquit: solidior namque substantia me componit, unde in me bene tenta viriditas numquam perit. Sic et palma finaliter addidit: in me quidem folium exaruit numquam, quoniam hujusmodi moderatum germinavi. Post hoc autem laurus vice omnium eloquens dixit: non audisti, quare sapiens numquam ponit clari nominis venustatem? Nimirum quia claritate prudentiæ, largitate justitiæ, firmitate constantiæ, parcitate modestiæ semper viget, se ipsum dirigit, nullum lædit, in adversis non deficit et in prosperis non mollescit. Igitur his virtutibus, quatuor anchoris suæ mentis, in portu sapientiæ ratem figit; quamobrem numquam cum mundialis fluctus tempestatis eludit. Quo dicto quieverunt.

Explicit liber primus quadripartiti apologi Cirilli episcopi contra imprudentiam.

INCIPIT LIBER SECUNDUS CONTRA SUPERBIAM.

De bono humilitatis et malo superbiæ.

De aere et terra, cap. 1.

Humefactus aer de latitudine corporali, claritate substantiali et sublimitate locali spernendo terram eidem locutus est dicens: ut quid tu punctum opacum semper deorsum manes? Cur non interdum erigeris? quare non dilataris? At illa in patientiæ firmamento humilitate fundata patienter respondit: ego quidem, quod asseris, fateor me fore punctum, sed hac tamen modicitate punctali corporis mundialis effecta medium in sempiternum quiesco, cum tua tu semper magnitudine fluctues; circa me totum cœlum revolvitur et vitalis ejus allatio super meam stabilitatem fundatur. At vero quoniam opacum sum corpus, non effusiva, ut tu [1], qui pervius es, imo virtutum cœlestium retentiva pretiosissimis gemmis et metallis sum intrinsecus adornata atque extrinsecus rivis, herbis, brutis et hominibus decorata quasi vita viventium et mater cunctorum universa quæ in corpore vivunt, diversorum bonorum plenissimis uberibus alo. Verum quia subtus omnia maneo nulli unquam molesta, nisi cum a te mea viscera subintrante terræ motu concutior, ut vitæ locus, quietis situs et salutis portus fixione perpetua gratis omnibus sum parata. Tu vero situs sursum, cum ex hoc ad te confluentium similiter vaporum sis alta petentium susceptivus, hinc densis nubibus dulci lumine viventia privas, hinc letalia fulmina mandas, nunc coruscationum vociferas emittis sagittas, nunc terribilia fundis tonitrua, sic et ventorum hoc pondere vellis [2], hæc quidem grandinis la-

---

*

1 Andere: ut tu perimis.　　2 Ausgab. unrichtig: bellis.

pide conteris, hæc procellarum turbine submergis. Nimirum emissiones superbiæ tuæ quæque gravissimæ sunt tempestates. Igitur melius est humilitatis opaca modicitas quam sublimitatis superbæ perspicuitas procellosa. Quibus dictis arrogan-
5 tem confudit.

Contra eos qui superbire incipientes inflantur.

De anima et corpore, cap. 2.

Conjunctione et dominio animæ caro pariter liberata statim intumuit et lætari cœpit, quod inquieta perdita servitute nuper
10 grossitie simul et quietatione gauderet. Sed cum visitasset relictam post aliquantulum anima, ut cerneret, qualiter esset, tumefactam reperiens inquit: putabam quidem diminutam te fore per meam absentiam, quid est quod es inflata? At illa respondit: quippe cum reliquisti me, subjectam me hactenus
15 et vexatam, una cum requie[1] a libertate et magnitudine sum possessa. Ad hæc anima dixit: bene video, quod sic inflata ingrataque loqueris virtute ac cognitione privata, namque te cum semper habuerim inimicam, tibi tamen, quantum potui, nocte ac die patiens tamquam amica servivi. Namque vivifi-
20 cabam te et occidebas me, alebam te et me desiccabas, delectabam te et tu me contristabas. Certe ventosissime es locuta, nec est mirum, quia quæ vento inflantur, sine ratione ventum tamen emittunt. Attamen ostendam tibi, quidnam sint quies et grossities tua. Nimirum hæc requies tibi mors,
25 libertas, perditio et tumefactio et putredo. Imprægnata es tabe veteri, rupturam parturies et paries vermes. Corruptivus enim inflavit te flatus, scindet te medium, effunderis in altum, spargeris in omnem ventum. Nonne mare cum inflatur, procellosa ventositate diffunditur, tumore membrum venenatum
30 extenditur, et inflata cute hydropisi fundamenta corporis minorantur? An ignoras, quod spiritus, cum inflatur superbia, ab eo vita relinquitur, ingrossatus minuitur, extensus disjungitur, erectus demergitur et foris apparentia tumefactus undique sparsus interna substantia vacuatur. Quid ergo turgescens de

*

1 Andere falsch: require.

ventoso spiritu gloriaris? Attende, quam damnosa sit ejus conceptio, namque in ea genitus is stabilissimam terram concutit, nubes aperit, viscera scindit et nervos letifero spasmo trahit. Emitte ergo ex te exaltationis corruptiferæ flammam et non amittes putrefactione [1] substantiam. Quo dicto inflatam reliquit.

Contra eos qui se dignificant maximis.

De hirco et erinacio, cap. 3.

Hircus ad fontem veniens ut ardentia siti refrigeraret interna, conjectis oculis quidem in laticem nitore fulgentem similitudinem vultus sui, quam in eum emiserat reverberantibus rivi speculis, mox suscepit, cumque vidisset altis ornatum cornibus caput atque protensam faciem barba pendente, corde hilari vocem exsultationis emisit. Sic quidem cœpit et dignificare se maximis dicens: quam decenter eminens staret in cornuto capite corona pavonica et torquata cervix quam convenienter descenderet facie sub barbata! Quem cum audisset erinacius [2] stans et ipse in fonte, derisit amentem et dixit: o, si post tergum oculos haberes, corona et torque te nullo modo dignificares. Nimirum videres caudulam pendentem tuam et mox humiliatus de fatuoso capite poneres jactantiam tuam. Ut quid te dignificas maximis et magni pendis miseriam tuam? Pone te in libra justitiæ et tunc prospicies, quanti es. Nempe pugillus [3] es terræ, ut quid te extendis in regna? Favilla ignis, quare te erigis super stellas? Porro si te magni existimas, cum sis parvi, at tentabis majora et insufficientem mox confundent te maxima, sed si parvi pendis te ipsum, ubique tutus eris, quoniam humilitas parit timorem, timor procurat securitatem et hæc custodit salutem. Verum si te altis dignificas, jam mensuras et judicas te ipsum. Quæso igitur, ut sequaris commune jus; hoc autem præcipit, ut in judicio non credatur uni nec alicui minus quam sibi de bonis. In ore siquidem plurium fide roboratum stat verbum et dilectionem magis quam rationem motus linguæ sectatur. Nimis ergo et immoderate te

*

1 Andere: senties putrefactionis. 2 Andere: ericius. 3 Andere: pusillus.

diligens nonne injustissime tibi credis? Quanto major es, humilia te in omnibus. Crede mihi, crede mihi, quia maxime se vilificat, qui se magnis dignificat. Sicut qui se judicat sapientem, fit amens. Lux quidem luce confunditur et alti-
5 tudo altitudine curvatur. Sed altior stella mentitur aspectibus et cunctis inferior luna super omnia decoratur. Ubi ergo profunda humilitas, ibi excelsa est dignitas, et ubi ex te ipso dejectio magna, ibi ex virtute dignificatio maxima. Namque dum mundanis cardinibus nos judicamus indignos, sempiternis
10 coelestibus reddit humilitas mox nos dignos. Quibus auditis hircus eruditus, quia se dignificaverat, erubuit.

Contra praesumptuosos.

De struthione et gallina, cap. 4.

Elatus struthio pedis officio cum adscendisset in montem,
15 cernens volucres in liquidum aërem alae pennatae se agilitate diffundere, praesumtionem sumens ex penna id ipsum voluit attemptare, cumque anhelationis impetu pararet se mittere, id gallina prospiciens sic ei fertur dixisse: tene locum tuum, carissime, et cave ne penna praesumtionis tuae tibiam amittas
20 virtutis. Qui vilipendens hujus salutare consilium mox respondit: tace, miserrima, quae cum posses validitate pennarum altis et lucidis perfrui, gravitate pauperis pectoris lutum colis. Quo dicto cordis vigore praesumtuoso se cum magno impetu sic emittens fallacium mentiente statera pennarum suo pondere
25 corruit et sui oneris descensu rapido totum se confregit. Tunc ad ululatum dolentis gnara rei gallina descendens ad eum pede tuto venit et dixit: de imprudentia tua non miror, nimirum quia magno corpori nimis parvum superappositum habes caput. Ala non utili pedem perdidisti tam commodum
30 et vanitatis volatus tibi veritatis abstulit gressum. Amisisti tuum ausum praesumtuando non proprium, es elevatus incassum, facta est tibi perditio et non salus, nempe non attendisti, quod praesumtio, dum nimis extendit. disjungit et dum erigit, diruit, cum anteponit, postponit, ac intus, cum foris inflaverit, inanivit.
35 Nam cum supra vires stomachus hauserit, se confundit et immoderatissime dilatatum vitali perdito spiritu cor semetipsum

exstinguit. Altius raptum pondus fœdius cecidit et erectum sine modo velum submergitur, sed omnis moderamine virtus agit et natura dimicans contra morbum tantum in extrema necessitate suum posse ostendit. Tuæ igitur valetudinis fines age [1] et extra metam tuæ longitudinis te noli extendere. Onus sume quod possis ferre et illud bibe quod possis digerere. Crepat enim, inproportionatum suis viribus pondus levare qui nititur, et caput inebriat, si immoderate bibatur vinum. Quibus dictis in dolore suo præsumtuosum secedens relinquit.

Contra audaces.

De equo et mulo, cap. 5.

Loricatus equus sub milite de longe prœlium odoratus mox gloria narium erectisque auribus cum arrogantia capillorum audacitatis suæ misit hinnitum, cumque avida et instabili ungula se cuneum in hostilem anhelaret immittere, secus mulus adstitit, qui et dixit: pone, frater, letalem audaciam et pavescens fuge, quoniam diræ transibunt te sagittæ et lanceæ, ac recordare, quia nudus et mollis te sequitur tuus venter. At ille flamma pectoris indignatus ad verbum, de sociali male gratus consilio, tale effudit venæ faustus [2] eloquium in amicum: bene quidem es asini filius et ob hoc corde frigidus semper fuisti timidus atque tardus, quære latibulum et te custodiant mus et lepus. Quibus dictis rapido cursu mox cum se misisset in hostes, hinc inde diris vulneribus perforatus, vi fusa cum sanguine, debilitate corporis soluto tegimine se prostravit. Deinde cum mulus effusis copiis bellicis pergens semivivum hunc invenisset jacentem, risit audacem et subsannans arrogantem, tam malis humiliatum, subjunxit: vere te, carissime, dextrarius genuit, postquam bulliente pectore superbiæ audaciæ gloria vitam cum sanguine perdidisti. Nimirum bene scripsit Aristoteles, philosophorum summus, quod semper calidi, corde sæpe fatui, capite furiosi et amatores sunt vini. Inde furit ebria Gallia, estque spei dedita juventus insana. Verum ne cor in audaciorem dementiam bulliat, splene subter, capite desuper et lateraliter

*

1 Andere: mensuram validitatis cape.   2 Andere: fastus.

jecore, mitigatoriis his vallavit moderatrix natura. Apertis
quidem oculis dormit lepus, quia qui corde est timidus, super
ejus custodiam semper vigilante prudentia, vallatus timoris acie
requiescit securus Gallia bullus. Sic cor parvius naturaliter
5 est in vigore, virtuteque collecta per fortius amplius, et quod
est grandius, minus. Audacior nauta facit naufragium et ti-
morosus salvus venit ad portum. Quamobrem beatus homo,
qui semper est pavidus, quoniam ad salutem timor rebus viventibus est provisus. Quo dicto audax equus toto fuso san-
10 guine exstinctus est.

Contra superbos, qui volunt æquiparari Deo.

De simia, corvo, nauta, vulpe, cap. 6.

Agilem nautam inspiciens simia in malum velociter ad-
scendentem, cum mox niteretur in simile, id corvus attendens
15 consiliarius dixit ei: sta in loco tuo, carissima, ne in regionem
extraneam elevata gravi corporis ruina depereas. At illa
verbis denique spretis conscendens statim profunditatis altæ
contuitu debilis cerebri imaginatione confusa ruit inferius et
cervice fracta nunquam de cætero vultum potuit elevare in
20 cœlum. Denique pergens cum regem in solio sedentem pur-
puratum vidisset, cœpit ad simile cupere, sed absente patrono
quasi princeps alter in throno consedit. Sed hoc nimirum
viso vulpecula venit ad solium et salutato sophistico rege ministra provida ironice flagitavit mandatum. Cui simia dixit:
25 hoc tamen præcipio, læta gloriam cerne. At illa: egoque consulo sane, hinc quam cito descende. Quod cum negligeret,
vanæ similitudinis sitibunda statim inde projecta est caninis
dentibus laceranda. Tunc ad se reversa doloribus inquit: væ
mihi, quia sprevi consilia sapientum! Nesciebam quod, ubi non
30 est consilium, deest salus. Quæ cum audisset vulpes, appro-
pinquavit et dixit: a modo quippe te video vexatione sensui
restauratam, quod dilectione faciens sic arguam. Ut quid cæteris
animalibus Adæ naturæ subjectis tu sola jugum commune fugiens eidem parificari conaris? Ac illa respondit: movet qui-
35 dem ad hoc innata cupido. Nonne cunctis brutis humano corpori sum plasmate conformior? Tunc vulpes arguens inquit:

quamquam certe figuraliter homini sis conformis, plus omnibus, tamen, quia hæc similitudo in te pervertitur, hinc tua forma fore deformior invenitur. Quid enim bertina[1] facie turpius, planta digitata deformius, nudisque natibus fœdius, nisi forte caudato pavone non caudatum te judices pulchriorem. Monstrum namque fœdum est se cuiquam perverse assimilasse. An ignoras quod superbiens spiritus tanto magis turpior Deoque dissimilior[2] cernitur, quanto amplius æquipollere illi distorta imaginatione molitur. Nam quæ in mundo major est monstruositas quam cum infinitæ magnitudini vel vitæ mors, omnipotentiæ infirmitas, gloriæ miseria, veritati stultitia, luci tenebra ac Deo suo æquiparare se satagit creatura? Verum postquam te homini æquiparare satagis, ejus sequaris vestigia et obedienter te suæ voluntati conforma. Sic enim placente te illi non solum in alimentum tribuet dulcia, verum et jocunda veste fœdi corporis operiet pudibunda. Quibus auditis ægra ad medicum ivit.

Contra appetitum singularitatis.

De passere et ape, cap. 7.

Passerem solitarium inveniens apis proposita salutatione mox dixit: ut quid tu, frater mi, amaram solitudinem diligis, cum amica societas sit tam dulcis? At ille respondit: nimirum minime placet multitudinis fluctuare procella vel unus esse de turba. Nonne inter sidera sol est unus et super omnia unus Deus? Quo audito cum subtiliter prudens illa singularitatis superbiam ejus notasset, in causam taliter arguendam processit argumentosa. Quamquam unus, inquit, essentialiter sit Deus, comparis trinitatis hypostaticæ indivisibili societate gaudet. Sol autem lunam stellarum infimam, ne sit solus, sibi dono lucis efficere sociam splendoris in granditate conatur. Sic et primum mobile cum sit unum, allationis primariæ communicata virtute secum æthereos orbes rapit, ne sit quidem in suo officio singulare. Quoniam est universitas mundi tota, sic cunctarum partium junctura unitatis connectitur, ut nulla earum disjunctionis solitudinem ullatenus patiatur. Nonne anima

*

1 Andere besser: belluina.   2 Andere: Deo quam assimilior.

naturaliter societatis amatrix mox dolet, si in puncto suum dissolvitur corpus? Verum cum a principio Deus creasset hominem unum, mox dixisse subjungitur: non est bonum, hominem esse solum, faciamus ei adjutorium simile sibi. Habere quippe comparem est possidere coadjutorem. Propter hoc siquidem duo creati sunt oculi, alæ duæ, manus totidem et pedes dualitate consimiles, ut pluralitate numerorum et unitate formarum membris omnibus e simili adjutorio sit provisum. Ad quid nimirum constructæ sunt urbes, collectæ civitates legisque foedere adunatæ politiæ, nisi ut civium obsequioso consortio sint non solum sufficientes, imo tranquillissimæ res humanæ? Quid ergo? væ soli, quia cum instabili pede superbiæ ventilatus indubitanter ceciderit, societate privatus sublevativum adjutorium non habebit. Attamen animalia domestica turba vivunt, cætera, quantum possunt, se natura politiæ incolunt, et is, qui fugit consortium, aut est rabiosus aut eremita, eremita vero socius est Deorum. Quibus dictis tristem dimisit solitudinis amatorem.

Contra appetitum principalitatis.

De voluntate et anima, cap. 8.

Superbientis voluptatis cupidine voluntas cum naturali relicto principio vellet ipsum principium sibi esse, ratio sentiens statim dixit: quid hoc est, soror, quod cupis? At illa respondit: mihi certe principium cupio fieri, ut desiderata omnibus celsitudine possim frui. Tunc ratio inquit: tantam igitur pulchritudinem universi in deformitatem vis monstruosam convertere et speciosissimo corpori machinæ mundialis caput extraneum moliris inferre? Absit hoc inæstimabile vitium a te! Quippe si mundus hoc senserit, tamquam in sui ordinis et pulchritudinis corruptricem adversum te totus hostiliter se armabit, quoniam et magis arguam, quod minime est prudentis ad impossibile niti. Verum quod a te ipsa non fueris, appetitus principalitatis ostendit. Nullus, quod possidet, cupit, sed quod a semetipso est, id naturaliter principium est. Quamobrem si a te ipsa fuisses, non principalitatem cuperes, sed haberes. Igitur si aliunde es, fore te principiatam dignosceris. Quare principium nonnisi impossibiliter tibi eris. Attamen natura intellectu sapientiæ gubernata ad impossibile non movetur. Subjectum membrum es. Si subterfugies proprium dominium capitis, mox orbata sensu intelligentiæ et motu privata prudentiæ morieris. A radice quippe sejunctus ramus non pullulat et sine duce suo miles oberrat. Humiliare igitur, carissima, sub Deo, naturali tuo principio, et cave, ne pestifero appetitu superbiæ, dum vanam principalitatem desideras, æternæ quidem perditionis elementum primarium tibi fias. Quibus dictis voluntas sic erudita quievit.

Contra appetitum superbæ libertatis.

De ove et cervo, cap. 9 [1].

Ovis avida propriæ libertatis sociali relicto grege dominium sui pastoris effugit. Cumque per solitudinem errabundam cervus vagam et profugam invenisset, cœpit pius quærere suæ solitudinis et erroris occasionem. Cui mox illa respondit: dudum certe servile jugum durissimum et multa passa, nunc frui volo sicut et vos libertate tam cunctis gratissima et patronum duriorem effugere, qui non solum quotidie me usque ad sanguinem emulgebat [2], verum etiam omni anno ab opportuno vellere spoliabat. Tunc cervus nimis compatiens inquit: satis certe, carissima, doleo de errabundo itinere tuo, sed multo magis de erroneo consilio. Nimirum libertas dulcis est thesaurusque incomparabilis, sed non communiter universis. Plura enim sunt, quibus pax, vita, securitasque salutis tantum ex debita subjectione contingit et propter hoc non est aliud libertas eis quam salutaris perditio libertatis. Namque libertas populi, quem regna non coercent, libertate perit. Subjectum quidem corpus animæ vivit et mox, cum ab ea liberatur, exstinguitur. Navis subjecta nautis servatur a fluctibus, a quibus si libera fuerit, statim naufragio dissolvetur. Sic formica alis librata de fovea cum sursum erigitur, tunc finali miseria captivatur. His ergo libertas certa est perditionis captivitas. Ita quidem

*

1 Französ. n. e. hdschr. übers. in Millin, Mag. Encycl. 1806. B. II, v. 35 f.   2 Andere: emungebat.

esse et tibi crede, carissima; nam attende, quomodo et qualiter nunc incedis, quoniam sine duce, pascualis itineris nescia, sine tutore, nulla propria validitate armata, inter inimicos, solivaga atque in miseriis te circumvallantibus destituta. Nimi-
5 rum via tibi error est, præcipitium ductor, esuries pascua, pernicies socia et tui tandem crudelis interitus sunt extrema. Ego certe cornu, pede, magnitudine et agilitate munitus vix a feris hujus solitudinis sum securus. Sed ex quo naturaliter te delectat libertas, dic, quæso, si ad bene vel male faciendum?
10 Quippe si intendis benefacere, hoc tantum est quod exigit pastor tuus; ut quid refugis eum? sine ratione agere cupis? ipsa tibi erit libertas initialis servitutis captivitas. Nam malæ voluntati peccandi libertas est, qua quidem consummatur ejus iniquitas et mox captivitas sequitur. Sic mala voluntas, quanto
15 liberior, tanto servilior; quanto potentior, tanto infirmior, et quanto sublimior, tanto minor. Audi igitur consilium meum et quantocius revertaris ad dominum tuum, ne libere pereas et te ipsam lupis devorandam impendas. Nam etsi dominus tuus te mulget[1] et tondet, ab eo sumis hæc ipsa, quæ tribuis, quia
20 te custodit et pascit. Eligibilius quippe est lac dare ac vellera quam cum omnibus perdere vitam. Quibus auditis ovis gaudenter ad pastorem rediit.

Contra appetitum dominationis.

De affectu et intellectu, cap. 10.

25 Intumescens affectus mox intellectui suum volitum indicavit dixitque ei: cupio, frater mi, cunctis hominibus subjectis præesse. At ille respondit: cave, carissime, ne appetendo dominationem servitutem superbiæ incurras, et cum tu aliis te præferas, tu ipse tui tam grande dominium perdas. Sed et
30 dic mihi, quæso, si, quid desideras, putas justum. Nam si justum non est, hoc ipsum appetere est injustum! Velle enim, quod injustum est, iniquum esse sancitur. Attamen ipsa injustitia miseria est. Igitur ex hoc appetitu es miser. Verum omnis miser suæ calamitatis est servus. Sed si quid injustum

*

1 Andere: mungit.

desiderans obtineres, plus miser existeres, quoniam unusquisque tanto miserior convincitur, quanto ejus in malo celerius voluntas impletur. Si vero quod cupis asseris esse justum, necesse est, ut sit ex aliqua supereminentia tui. Ex hoc enim jus dominandi cæteris animalibus obtinemus, quoniam ad imaginem Dei conditi natura supereminentes his sumus. Ostende igitur, cujus quidem de dono sapientiæ tumefactus tam singularis excellis. Nimirum si sapientia alios cupis transcendere, hæc si vera est, nequaquam sursum te projicit, sed humilitatis deorsum sinus salutaris recondit, quia vera est sapientia, ubi humilitas fuerit. Si autem potentia niteris transcendere et si ejus prælatione levaberis, cum Nerone impiissimo aut cum Alexandro nequissimo prædo eris. Potentia siquidem non excellentiam, sed potius violentiam gignit. At vero ne per opulentiam extollaris, quoniam hæc non te facit transcendentem, sed sufficientem! Opes enim aut egestatem auferunt vel quod in paucis est, cupiditatem exstingunt. Nulla igitur excellentia reperitur jure, quare homo hominibus præferatur. Quamobrem apud te mane, carissime, et communi legi societatis naturalis subsiste. Quia si injuste lætaberis, mox justitia veræ firmitatis amissa juste similium servus eris. Verum iniquitatis politia præesse, subesse est, et qui arrogantia dominatur, justitiam spernit et vitiis subest. Recordare primo quod secundus homo factus est in societatis commune judicium et a tribus fratribus, Noe filiis, in humanæ postmodum infirmitatis evidens documentum humanum disseminatum est genus. Sed depone fastum, tolle nomina dignitatum. Et quid est omnis homo nisi homo? Una igitur tantum æquitas est homini possidendi et una voluntas diligendi. Quibus auditis mox ille fastum deposuit.

Contra appetitum dignitatis.

De urso, vulpe et cerva, cap. 11.

Latitanti urso famelico, ut prædam aliquam deglutiret, magistra fallaciæ vulpes, pia impio subvenire cum putat, ad eum cervam solivagam arte doli sic conabatur afferre. Nimirum, inquit, vultu placidam, cervice altam, pelle politam, pede validam, proportione decoram parens te formavit natura, unum tantum perfectæ venustati minus est, quia cornibus cares! Neque enim certe infirmo sexui tam superba et tuta debuit armatura deesse, maxime cum eam concesserit simul vaccæ. Aut forte livoris nescia quædam reliquit arti natura. Simia quidem suppletiva arte induitur et magisterio aurum et argentum politur. Si vis ergo perfici cornu, audi monitum et imitare ductum, quoniam ad magistrum te dirigam jam expertum. At illa non tam mobilitate feminea quam volens cornu sequebatur mendacem, sed pia sorte dolo captæ fuit obvius cervus, qui miratus de socia dixit: quo vulpinam sequeris caudam? Cui cerva: quippe tanto duce ad ursum tendo, ut sicut et tu cornibus gaudeam: an solus apparere vis superbia masculina? Ad hoc ille astutus utriusque sentiens fastum et dolum, amicæ compassus totum suum fundit nisum exhortatu dixitque: nempe propter cornua ursus dedit quiete virtutis auriculam, cave, ne tu deterius amittas pellem et vitam. Ursus namque interrogatus a lupo, ut quid faciem pronam ferret, respondit: quia habeo debile caput. Cui lupus ait: muni ipsum cornibus, his ergo caput armavit natura bovinum, vade ad hominem arte dotatum et ponet. Quo invento magister ait: solve pro labore, volo hoc, quod dare non noceat; si brancham peterem, non dares, da mihi aures et nil tibi nocet. Quo volente scidit eas et ferens malleum, ut perforaret cranium ejus, audivit: fatuusne sum, ut perfores mihi caput? Qui ait: aliter tibi cornua non ponuntur. Tunc ursus abbreviatis auribus inquit: bene enim fatuus qui cornua cupit, perdit enim, ut video, caput discretionis et aures quietæ virtutis. Et sic abscissis auribus sine cornibus abiit illusus. An ignoras quod, dum amittit cornua luna, fit lumine vacua et cornuta Moysi facies contuitus liberi dulcedine et velamento est privata? Illaqueatur quidem vacca per cornua aratro et bos servus sub duro jugo assidue duci solet per cornua. Non attendis, quod nulli cœlestium præter trapotam cornu pondus apponitur? Sed eo dumtaxat nos terreni gravamur. Quamobrem et ego serpentis haustu comburor interius, ut possim vetustatis pondus deponere cornu. Quid plura? bestialitas quidem communis ostenditur aut cornu aut cauda, depone igitur fastum et fuge cornu, ne dira te laniet ungula ursus.

Quibus intellectis mox dimissa vulpe secuta est cervum.

Contra appetitum humanæ celsitudinis.

De nube et terra, cap. 12.

Exorta de terra nubecula statim cœpit innato desiderio sur-
5 sum ferri, cui mater dixit: ex quo et ubi nata fuisti, nonne
ex me et in me? cur ergo supra matrem erigeris et natale
solum cunctis gratissimum facta peregrina relinquis? Quoniam
et sursum lata vel a tempestatibus involveris aut ab æstu ob-
vio consumeris. Rogo ergo, nata, quiesce et in patrio sa-
10 lutaris humilitatis sinu recumbe. At illa minus prudenter respondit: appetitus quidem desiderabilis celsitudinis sursum
cœpit adscendere, cui contradicere, et si liceret, non placet.
Ad hoc multum illi terra compatiens dixit: dic mihi, quæso,
quo erigi concupiscis? Cui nubes: nimis anhelo pertingere in
15 aquilonis sublimia, ubi constituta toti universo visibili sim prælata.
Quo audito statim deridens caliginis cæcitatem inquit: vere
ut parum ante genita infantilissime es locuta, namque minime
adhuc positionis cœlestis ordinem didicisti nec mundi situm
mirabilem attendisti; responde mihi, quæ pars primo moveatur
20 in cœlo, nonne orientalis? Inde nempe stella dialis adscendit
et quasi motu suo ortis ibidem sideribus juste oriens appellatur.
Igitur hæc pars dextrum est cœli; quæ enim prima in animali
movetur pars, hæc dextra nuncupatur! Sed si, ut patet,
oriens judicatur cœli dextrum, de necessitate concluditur ejus
25 polus antarcticus esse sursum. Ab eo enim comprehendunt
philosophi orientalis motus principium derivari. Namque in
corpore animalis pars illa dextra est caput, quæ subjectæ dextræ lo-
calem influit primo motum. Verum quod ex meridionali polo
cœlestis alationis principium oriatur, hac ratione dignoscitur,
30 quia situato vertice hominis versus illum mox ejus dextra, si
volvatur, ab oriente movetur. Igitur si meridionalis in cœlo
polus est sursum, aquilonaris erit per consequens sic deorsum.
Propter quod, carissima, si tuus fert animus, in hujusmodi
ventilari, putans erigi profundaberis: et cum credideris in
35 sursum, tunc demergeris mundi maximum in abyssum accidet-
que tibi sic decipi cum superbis, qui dum elevari jactantiæ

flatu superius opinantur, ruunt inferius ad ima inferni et divinæ
quidem ictu justitiæ profundantur, et sic cum videtur iis
altissime fore sursum, speculo decepti fallaciæ tunc maxime
sunt deorsum. Qui enim contra verum mundi cursum sursum
5 erigitur, de necessitate latus in ejus oppositum infirmatur.
Sed ex magna quidem providentia conditoris superborum habitabilis locus aquilonari polo supponitur, ut ex positione mun-
diali discant, illud quidem, quod secundum mundanæ visionis
adspectum videtur superius, in veritate fore inferius. Quamob-
10 rem fugientes hujus seculi fallax sursum, ad verum tendunt
per humilitatis deorsum. Sic enim natura, ubi pari modo si-
tuaverat membra, inferius dato capite de matris alvo mittit in
hunc mundum infantulum, et humilitatis magistra cornu cordis
et pedem propter hoc situat in deorsum. His diffinitis quievit.

15 Contra eos, qui adepti celsitudinem mundanam
magni pendunt magna et alta.

De formica et philomela, cap. 13.

In tranquillitate æstiva formica noviter natis alis cum de
terrenis latibulis in liquidum aërem evolasset, in amœna foliis
20 virentibus arbore vigilantem philomelam invenit, cui dixit:
tu quid es? At illa respondit: volatile sum, sed quiete jubilo,
luce pacata fruor. Deinde cum apem circumvolantem vidisset,
sciscitata, quo tenderet, mox audivit, quod discurrebat per
flores, e quibus colligeret sibi pastum mellis. Quibus auditis
25 magni pendens donationem alarum, gaudens et grata naturæ
dixit: gratias tibi ago, quoniam simul de profunditate et ob-
scuritate terrena atque de sollicitudine congregandi et labore
portandi nunc me quidem ereptam loco lucis et cardinis ac florum
vernantium quiescentiumque et favi stilla fruentium animalium
30 dedisti. Igitur cum locus iste eam non modicum delectaret nec
ex toto eam propter alas antiqui generis providentia dimisis-
set, ab ape doceri petivit, si qua pericula ibi essent. Quæ dixit: plura certe atque hæc ipsa sunt, desuper spiritus procellarum, lateraliter ventorum impetus, nunc frigus, nunc æstus,
35 hinc ungula volucrum de rapina viventium, hinc retia tensa
lateraliter aranearum. Ad hæc illa respondit: effugiam omnia

juvante prudentia, sed quidem postmodum rapidissimo pede coelesti æstate transacta, mellificis eduliis et gratiosæ quieti hyemis tempestas et siccitas successit. Procella de sursum premente, tunc vento pellente atque frigoris extra ac famis intra eam pernicie circumdante, mox ex alto formica descendens solitum cœpit effugium terrenorum acquirere. Sic ergo cum necessitate cogente ad dimissum latibulum recurrisset clausum, pulsanti ab ostiaria est responsum: unde venis, quid portas? At illa: nimirum de aëre tantum alas. Mox illa: vade, quia hic nullum alatum, et qui non secum detulit fructum, inviolabili lege naturæ hic conditur. Tunc desperata formica locum detestans adventitium et primum laudans exclamavit et dixit: cognosco certe fallacem celsitudinem lucis hujus mundi a sapientibus fugiendam, quiete privatam, securitatis nesciam, hinc inde innumeris vallatam angustiis et vitalis vacuam libertatis. Quam felix quippe est illa fovea obscuritatis humilis, semper stabilis, undique tuta, dulcis amicarum sororum politia, bonorum vitalium regio plena! Sic in malis formicæ prudentia reddita, vita per superbiam peremta est.

Contra eos, qui cito adepti raptam altitudinem gloriantur spernentes humiles.

De arundine et canna mellita, cap. 14.

Canna arundinea juxta cannam mellitam oriens eandem in brevi transcendens altitudine tumens ait: canna mellis quantum temporis habes? Cui illa respondit: duos vitæ annos. Tunc ipsa velocius altum rapuisse se gaudens spernensque humilem mox arrogantiæ gratitudine dixit: bene sit naturæ, quæ in anno me fecit te quidem transcendere. Ad hæc canna mellis, respondens fatuæ confusionem suam, dixit: bene es arundo sensu arida et omnis ventositatis impetu agitata, non attendis, quoniam ut cito cresceres, totum altitudinis nihilque profunditati dedisti, quod intus es vacua et foris tumescis infructuosa? Ego vero humilitati totum impendens hinc medulla dulcedinis plena sum ac suavitatis tota sum fructus. Nimirum sublimes arbores ut plurimum infructuosæ cernuntur et herbula serpens peponis in granditatem germinatur. Gallina parvula omni

die ovificat et semel in anno struthio fundit ova. Gravi siquidem a tempestate ventorum humilitatis me tutat firmitas
et tua tibi est altitudo tempestas. Omnis enim quanto sublimior tanto mutabilior est. Ut quid ergo de altitudine pro-
5 cellosa et vacua gloriaris et stulte plenam me melle et stabili
brevitate confundis? Pulvis quippe quanto plus erigitur, diffu-
sius spargitur et fumus cum magis extollitur, amplius annul-
latur. Altus vapor ab æstu consumitur et contritus gravius
in rorem dulcissimum condensatur. Montes aërei sæpe nubis
10 caligine involvuntur et terrenæ valles rivis inundantibus im-
pinguantur. Igitur incomparabiliter melior plenæ humilitatis
est parvitas, quam velox sublimitas omni bono evacuata.
Quibus auditis arundo erubuit.

Contra tumentes ex scientia.

15 De gallo et vulpe, cap. 15.

Gallus intelligens dispositionem mutabilitatis cœlestis,
mox de scientia tumidus in arboris adscendit ramusculum et
erecto collo alta voce cantavit. Quem cum audisset vulpes,
ad ejusmodi cantum tam cito cucurrit et stans deorsum sa-
20 lutavit et dixit: audivi, frater mi, vocem exsultationis tuæ et
veni, quæso, cantationis causam indica mihi! At ille protinus
inquit: nimirum intelligentia supernæ dispositionis dotatus,
eam cum sensero, statim voce cantabili nulli invidus pando.
Tunc vulpes subridens inquit: ergo plenus es scientia, quoniam
25 hæc est divinorum sublimium disciplina. Quo audito gallus plus
intumescens cantavit moxque vulpes saltavit. Cui ille desuper:
ut quid saltasti? Tunc illa respondit: certe quia tu plus ex-
sultasti, gaudere enim cum gaudentibus licet. Quin et effundens rete dolositatis verbis callidis subjunxit: quippe gaudeo,
30 frater mi, eo quod liberalissima bonitas, quæ conditis omnibus
participium perfectionum suarum gradiatione pulchrifica, exundantissima fontana diffundit, etiam nobis brutis inæstimabilis
donum sapientiæ dedit. O galle! tu es gloria nostra, tu es
bestiarum lætitia, te nunc, quæso, porrige, si dignaris, ut os-
35 culer mirum intelligentiæ caput tuum, rogo, comple gaudium
meum! At ille quidem adulationis dolosæ molli lingua molli-

4*

tus statim vitale caput improvidus ori famelico obtulit, quod avida stringens deorsum miserum rapuit et subjunxit: galle, galle, ubi est sapientia tua? concepisti sapientiam, perdidisti prudentiam et dedisti pro nihilo vitam tuam. Cui gallus: quid gloriaris in malitia? At illa respondit: non est malitia, humiliare superbum, sed ars vera, namque novi, quod, cum sapientia inflat, mox tumefactioni ruptura succedit. Quo fit, ut auris vacua libenter adulationis auram suscipiat, quæ cor instabile superborum rapit et diruit, cum subintrat. Nimirum minus considerasti, quod sinus proprius sapientiæ humilitas sit, namque si in eruditis naturæ imaginibus attendisses, lux imago sapientiæ semper humilitati connectitur. Sidus namque quanto splendidius, tanto infimius, et quanto sublimius dat se apparentiæ, tanto minus. Parvus oculus rimatur acutius et in cauda vermiculi lucis clarissime fulget decus. Porro quid scivisti, si te ignorasti? Aut si novisti, quomodo superbisti, pulvis et cinis? Quid plura? Nulla major dementia est quam per scientiam, cum inflaris, perdere sapientiam. Quo dicto statim famelica aliud ori ex præda officium dedit.

Contra arrogantes ex eloquentia.

De rana et anguilla, cap. 16.

Ranicula in fonte genita sine voce cum cauda, procedente die, dum cresceret ac mutata forma, perdita caudula, loquacitatis inquietissimæ accepisset ampullas, natantem ibidem adspiciens sine sono caudatam anguillam mox eloquii vento tumens coram illa naturæ cœpit impendere arrogantiæ suæ grates dixitque: gratias tibi ago, quod non solum subtraxisti mihi caudam bestialitatis opprobrii, imo rationalis gloriæ facundiam tribuisti! Hoc autem cum audisset anguilla et tumorem fastus ejus ex ampullosa fabulatione notasset, ut superbiam confunderet, statim in contrarium dixit: ego quippe gratias offero ei, eo quod acutissimum jactantiæ sonitum abstulit et mihi in effugium salutare longiorem astutiæ caudam dedit. Ut quid, carissima, vento pestifero loquacitatis inflaris? non attendis quod inflata lingua dum quidem eructat facundiam, bullit stultitiam? quia flatu superbiæ venenata una cum humilitate mox a mente sa-

pientiam fugat? Verum quid est eloquentia sine sapientia nisi incognita lingua, furiosa potentia, bucca sine freno, equina dementia, ars incomposita et dulcedo non modicum venenosa? O miser, qui exornatus est ea! Numquid ergo tam relucentem
5 in se reprobamus facundiam? Absit: sed dumtaxat superbiam hanc ipsam damnamus. Ad sapientiam enim lingua directa est, quamobrem ejusmodi fermentum jactantiæ si venerit per ancillam, perditur domina moxque verbi sumit instrumentum vecordia et ars sæva cedit in iram. Sic ergo cum intumescis
10 facundia, bonum tibi in malum jam convertitur et tua tibi ipsi lingua mentitur. Sic et scientia in amentiam vertitur ac in corruptelam gratia permutatur. Virtus quippe fit vitium et serenum in nubilum variatur. Sic tua scientia te decipit arsque fallit, sic tuus te quidem nitor contaminat et
15 pulchritudo deformat. Malo ergo sine vocis artificio cum formica gaudere prudentia quam vocis tonitruo insanire cum asino, ac cum jubilo, captiva vernare cum philomela, malo certe in æternum non loqui quam locutione sempiternali captivanda in superbiam erigi. Quo dicto sub limo se abscondit.

20 Contra superbientes ex amicorum multitudine, quibus armantur in malum.

De pisce superbiente, cap. 17.

Septem ordinibus dentium piscis armatus cum vidisset alium piscem, ensati oris arte naturæ expositi armatura muni-
25 tum, parum iuxta ejusmodi positus mali cupiditate dixit: o utinam naturæ illa mirabilis ars, quæ tam disparibus formis vena sapientiæ cuncta fudit, satis intus armato dentis valitudine et hanc mihi deforis addidisset! Cui alius inquit: et quid ageres inde? Mox ille: quod de dente. Quo audito alter
30 subjunxit: certe velles uti eo in superbia, et ad prædam carere tibi melius est quam habere. Eligibilius quidem est privari bono quam uti in malum bono. Malæ namque voluntatis licentia iniquitas est, complet enim hujusmodi habita tanto iniquitate celerius quanto hanc agere sperabat avidius. Et
35 propter hoc sulphur rogo, gladius fatuo iniquo. Quid exspectatur inde nisi ira, sævitia, violentia atque præda? Dicam ergo,

ni turberis, carissime, illud quod olim bos urso inquit appetenti cornua: amice, bona sunt cornua, sed non tibi. Quin imo longe melius esset tibi, postquam naturalibus armis abuteris, ut omnino dentibus privareris. Cum igitur tuum sæviret cor iracundia neque valetudo deficeret ac cum sanguinem dirus venter appeteret, dens nequitiæ lacerantium deesset. Sic quippe facultatis orbatio aut iniquitatem corrigeret aut sopiret, aut quod amplius est, potestatis subtractio sæpe iram in mansuetudinem verteret et in virtutem quietis necessitatem mutaret. Attamen cordi pessimo debet esse organum tam armatum, valetudo enim superbiendi suscitat ausum invadendi. Mox quemlibet suscitat actum et nocendi quantum libet complet effectum. O certe miserum, cui peccare licebit! Væ qui ex bonis ad facinus se armat! Væ qui amicitiam vincentem omnia trahit in superbiam vel ad prædam. Huic profecto bonum malum est, amicitia inimicitia, lux tenebra, potestas dementia et dira calamitas fit fortuna. Quibus elucidatis secessit.

Contra superbientes ex robore.

De rinocerote et corvo, cap. 18.

Superbus rinoceros ex maximo robore cornu sui cum vidisset corvum super rupem quiescere, mox eum præsumsit ictus vi mira subvertere, ut sic coram illo se de gloria roboris ostentaret. Cum igitur nunc fulmineo impetu cursus rapidissimi percussisset, a petræ resistentis duritia in semetipsum virium reverberante acumine fregit cornu et doloris pondere una cum laxato corpore victum statim humi dedit robur. Cui quidem tantis doloribus decumbenti corvus risu sparsus eventu, minus compassus passo, hoc desuper fudit eloquium onerosum: rinoceros frater mi, ubi est cornu prævalidum, ubi robur stupendum? Nimirum quia in uno posuisti totum, cum uno perdito mox et amisisti totum. Nescivisti, quod paucilla est cujusvis virtus, nisi major et adsit animi similis? Tota namque illa mira vis Sampsonis non ab ossibus quidem, sed erat a spiritu in capillis. Virtus autem spiritus humilitas est, hæc enim basis et fundamentum est corporis et virtutum. Igitur cum ex superbia quis tollitur, totum verum cor-

poris simul et cordis robur aufertur. Nam una cum capillis virtute perdita spiritus, dudum triumphator mirabilis mox Sampson factus est infirmus. Sed cum quemquam ex robore corporis perdere animi solitudinem superbiæ sit, quanta, quæso,
5 est valetudo carnis, quam punctura doloris prosternit, horæ vel anxietas frangit, granum veneni perimit et modicum ferri in sempiternum occidit! Verum in naturalibus rebus majores vires esse, sine superbia dignoscitur. Nam spissior te est gelosia, quam nullus pertransit æstus, solidior asbeston, qui a
10 comburente flamma non tonditur, et durior adamas nunquam a ferro devictus. Porro, si superbis, adversus omnipotentem te erigis. Cui cum nullus resistere possit, concitatus assurgit et mox adversantem sibi potentior potestatem elidit. Crede ergo mihi, quod nihil superba validitate infirmius, nihilque
15 humili debilitate potentius in hoc seculo invenitur. Ferrum enim quanto durius, tanto velocius frangitur, et vitrum tanto facilius rumpitur, quanto amplius induratur. Attamen gutta mollissima cavat saxum et teredo vermis tenerrimus vastat lignum, sed et fulminatus duriora destruit spiritus et tam
20 mollius stannum ab incendio tutat ferrum. Quoniam et arcus, quanto magis curvatur, tanto et validius mittit ictum. Quo dicto victum superbia unicornum dimisit.

Contra superbientes ex progenitorum nobilitate.

De burdone et mulo, cap. 19.

25 Cum sibi pariter occurrissent, spernendo mulum jactabat se burdo, quia a meliore patre esset genitus. Cui mox ille, armati pedis calce retento, tamen acutiore rationis calce respondit dixitque: et quid tibi exinde amplius, cum sis burdo? Bonum namque aut fœdum generationis ex assimilatis geni-
30 toribus existit. Ubi ergo hæc conformitas tollitur, nihil, unde sis, referre videtur. Namque de dracone dracontides pretiosissima gemma oritur, de gallo serpentum nequissimus regulus generatur, medicinalis rosa de spinis producitur et de erinacia juvativa substantia spinarum acerbitas derivatur. Sic aurum
35 de sulphure gignitur, de flamma perlucida teter ortus spargitur fumus. Sed quomodo sursum tolleris ex parente, qui

quasi alterum asinum confunditur genuisse? Pater autem meus
gloriatur me æquivalentem equo, minor valetudine, procreasse.
Igitur cum vera nobilitas tam in corporalibus rebus quam in
spiritualibus non sit aliud quam virtus possessa, mihi pluris
5 est equina fortitudine quam tibi tantum generatione gaudere.
Attamen dum ex nobilitate carnis erigeris, mox dignitatem
glorificam animæ ventosa vitiositate perdis et sic ex pretiositate effectus vilis, luce nubilosus efficeris ac de bona reus nobilitate vilescis, acciditque tibi sicut albedini, quæ denigratur
10 argento et flammæ luciditate fœdatur. Sed cum aurum quanto
pretiosius, tanto humilitatis pondere est gravius, et lapis minor
est pretiosior, sic lignorum minima pretiosissima sunt balsa-
mus et cinnamomum. Vera igitur ac gloriosa nobilitas humilitas est, quæ ima sursum elevans, mentem Deo conjunxit, vir-
15 tute replevit, deificavit gratia et sapientia illustravit. Quibus
allegatis obticuit.

Contra eos, qui superbiunt ex divitiis.

De vulpe et simia, cap. 20.

Impinguatæ cutis humiditate cum pilus splendesceret,
20 aridam simiam [1] vulpecula cernens, cara pelle et ardenti pinguedine tumida, ut simul eam de nuditate pudenda et vili pellicula derideret, mox extensa cauda et planatis pilis ejus se
conspectui præsentavit dixitque: numquid naturæ opulentis
in te tantum defecerunt divitiæ, ut debitum natibus indumen-
25 tum ac nobili animæ correspondentem pellem tribuere non
valeret? Aut certe si te cum homine induendam arte dimiserit,
hoc cum acciderit, necesse est, ut capta sis. Ad hæc vero sen-
sata vetula, radicem eloquii fore divitias spumantes ac superbiam
comprehendens, in derisoris derisum prius ostensis dentibus
30 dixit sequentia: nimirum scio, quod, ubi inexperta malorum
juventutis flamma furiosis perturbationibus sensum adhuc indomitum nubilat, ex hoc ipso inquietus quantocius superbiæ
pes subintrat. Quamobrem minime miror, si lucentis pili et
caudulæ longioris incentivo submisso in te juvenilis jactantiæ

*

1 Ausg. lesen unrichtig: spineam.

crevit ardor. Verum de hoc satis miror, quomodo tam naturaliter callida pilos fore putaveris bona tua, cum bonum, quod
extra te manserit, non sit proprium nec quod te nolente abraditur possessivum. Nam veræ divitiæ tecum sunt eo dum-
5 taxat, quod te reluctante auferri non possunt. Hæc autem
mentis virtus est, ea namque, cum nil aliud cupiat animus,
ditissimus fit, nunquam tamen, nisi ut stultus voluerit, ipsam
perdit. Sed cum ex pilo superbiens jam amisisti vitiositate
virtutem, vanis divitiis tumens foris, intus effecta es natura
10 pauper. Igitur tibi divitiæ vitia et mihi sit facultas egestas. Sed
et gloriaris, ubi sæpe confunderis, et superbis, quibus multotiens humiliaris. Plures enim suæ carnis divitiis perierunt,
nam ovis cara propter vellera tondetur et pavo gloriæ ob pennam auream decaudatur. Gaudeo certe et dignas naturæ grates
15 ago, quod quiesco, quod excoriare me cupit nemo, secura dor-
mio, non molestor. Sic quidem pelipariis sum vilis, eo quod
sum mihi carissima, et pellis paupertas est mihi opulentia et
vilitas vita. Verum tu carnem substantialem pro pelle et ob
divitem pellem substantialem spiritum perdes. Vade igitur
20 et divitiarum fallacium pone superbiam, quoniam melior est
securæ paupertatis pellis vilissima, quam letiferæ facultatis
aurea penna. Namque pretiosa pelle bevarus quæritur et vultur volatile pluma [1] cutis divite denudatur. Quibus confutata
vulpecula recessit.

25 Contra vane gloriosos et volentes apparere.

De pavone et erinacio, cap. 21.

Pavo, erinacio præsentato, ut coram eo propriam gloriam
dilataret, ipsumque de spinosa cute confunderet, sublimata
mox cauda et quasi purpurea varietate mirabili, stellari specie,
30 aureis pennis ordine situatis, effuse volitans hinc inde donabat
se luminibus intuentis. Verum ille miræ prudentiæ, sic
vanam effugere gloriam comprehendens, mox ipsam ut perderet,
sub globo collecto corpusculo, condita facie spinas undique

*

1 Ausg. lesen: plumba.

tantum dedit. Quo quidem facto cum pavo se vidisset illusum,
statim ira correptus lamentativis eloquiis his aggressus est cum
dixitque: quamquam homo rei tam mirabilis admirationem
semper cernere delectetur, occultatis oculis tu non solum me
intueri sprevisti, imo granditer miranti de te horrendum spinarum globum deformemque formam tribuisti. Cui ille respondit: nemini quippe facit injuriam, qui utitur proprietate
sua. Attamen, quæso, ut pacifice dicas mihi, quid pluris sit
tibi, videri an esse? Nimirum si dicis esse, quid tibi de oculis
meis? Namque sine his non minus existis, sed si videri plus
appetis et jam pompa factus es umbratilis, pupillare speculum
quæris. Memento, quæso, quod basilisci oculus occidit, quia
et dicam tibi illud, quod olim simiæ, se in eo cernendo lucos-
cere gratulanti, inquit vulpes: gaude magis quod es, et nequaquam quod in luce similitudinis specularis appares. Nempe
quia es, habes substantiam veritatis, sed in me apparens umbra tantum efficeris vanitatis. Non audisti, quod tigris velocior
raptos catulos perdidit, quia fixo quidem oculo in semita in
speculo sui mirando similitudinem jam eos invenisse putavit? Sic
ob vanam apparentiam amatam substantiam filiorum amisit.
Quod ergo cum ventilabro pompositatis effunderis et tantum
in superficie fore quæris, recordare, quod fumus vanescit, cum
spargitur, et tellus non pullulat, nisi datum semen in suis
visceribus recondatur, albedo foris facta' nubilat oculum et
respersa in cute contaminat lepra membrum. Sed occultata
forma micat lucidius et res aromatica abscondita quidem plus
delectat olfactum. Sic castanea sub spinoso reconditur vertice,
ut vana spreta apparentia sub medullaris dulcedinis existentia
requiratur. Et ego spinis vallor exterius, ut in esse sim tutus.
Sic Moysi facies luminoso velamine conditur et sanctuarium
Dei multiplici undique operimento velatur. Si audisti formicæ
consilium datum chamelionti glorianti de colore aureo et læ-
tanti, hoc ipsum tibi dictum est: claude oculum et eris in vera gloria
stabilitus. Nam duobus superciliis, ut clausura firmiori servetur,
clauditur oculus et uno tantum, ut raro suspensa sit palpebra,
aperitur. Quo dicto recensens se admirabiliorem pavone eum
reliquit.

Contra eos, qui gaudent videri, cum non sint.

De struthione et corvo, cap. 22.

Struthio positus inter aves, visu cupidus sed existentia
vacuus ostentationis vento, mox alarum altioribus sparsis velis
sic se majores gloriabatur habere pennas. Cui aves dixerunt:
vanus quidem apparentiæ cortex, quem existentiæ intus medulla
non replet, et propter hoc si alarum sublimium pennosa jactantia sursum corde levaris, earumdem potentia ventilatus jam
corpore nos præcede majori. Tunc post verbum illis avolan-
tibus cum ipse terrestriori mole maneret tentus in terra, subridens pomposum desuper corvus clamavit et dixit: struthio
frater, ubi est pennarum superbia, ubi celsarum gloria alarum?
Cur earum jam te non juvat summitas et tanta cordis ven-
tositas non extollit? At ille respondit: nimirum pedum
gravitas impedit, cum volativa vis adsit. Cui corvus: et si
asininus pes ponderat, ut quid tantilli capitis levitas et colli
gracilitas non te levavit? Sed quia apparentia et non existentia
est in causa, sic gloriaris de sarcina, ala enim sine volatu
est barda. Sextus quidem digitus manum fœdat et ala te
onerat, ideo fœda res et vanitas onerosa est pompa. Nimirum
nunc video, quod conciperis stellarum adspectu micantium et
earum nutu formaris, totaque structura tua ostentationem designat.
Verum non audisti, quid mus responderit talpæ de oculis
glorianti, habere quippe oculum et non visum, monstruosa
cæcitas est? Sane dum magis in oculis adsit pompa, tenebra
tamen ipsa profunditur ac visione privatur. Similiter autem
superbientem ex sexu taliter equa mulum confundit: nimirum
apparentiæ sexum habes, sed cares existentiæ fructu, adulterina
conjunctione plantatus. Sic orbata fructu pompositas cernitur,
quia est perversæ superbiæ nequam bardus. Nescivisti, quod
oculus speculum intuens, illud cum mundum esse quasi alterum
se jactabat, respondit: quid de apparentia gloriaris? Attende, quod ex altera parte inimica luci opacitate obscuraris
et hæc ista mentiris. Apparentia enim sine existentia mendax est. Quibus auditis struthio confusus obmutuit.

Contra apparentes et contrarium existentes.

De spina et ficu, cap. 23.

Spina floruit et ficus ante eam frondes suos grossos produxit. Cui mox tumefacta ex floribus spina dixit: ficus, ubi sunt flores tui? At illa respondit: spina, ubi sunt fructus
5 tui? Et spina: non dedit mihi natura fructus. Nec mihi addidit flores, ficus ait. Sed cum flos derivetur in fructum, melius est sine flore fructum producere, quam fructu privato florem. Attamen quia non floreo, germen suavissimum gigno, namque palma mel suum non effundens in floribus parit hinc
10 mellifluum dactylum, et canna mellea, quia flores non detulit, sic totam fructus dulcedinem intra semet ipsam recondit. Quid ergo de apparentia contrariæ existentiæ gloriaris? Sepulchrum quidem extra flosculis pingitur, et intus est spurcitia mortis plenum. Exacontolicus lapis hic tantillus mira
15 floret distinctione colorum et cum delectatione inspicitur, occultæ læsionis aculeo pungens tremulum oculi facit nervum. Sed ex obscuritatis nube saphirus est optimus et qui est splendidior, venditus valet minus. Onycha gemma nigra albæ præponitur et bius lapis quanto plus pallidus, tanto magis
20 pretiosus. Itaque rerum ipsa mirabilis fabricatrix natura etiam in suis operibus apparentiam damnat. Ut quid igitur visus cupida gaudes totaliter esse florida pompa? Attende quod aurum in internis nascitur latibulis et margarita rores cœlitus in occultis ostrearum conchis gemmascit. Homo in maternis visceri-
25 bus oritur et rerum substantia non videtur. De occultatis sub terra vitalem succum trahit arbor radicibus et humanæ vitæ latet in præcordiis fundamentum, quoniam etiam pretiosissima quæque summæ naturæ invisibilia sunt. Quid plura? Magis certe gaudeo esse fructifera sine flore quam spina cum flore.
30 Quibus dictis pomposam confudit.

Contra pomposos ex magnitudine gratiarum.

De firmamento et Saturno, cap. 24.

Fixarum stellarum sphera gloriabatur de maximitate corporis et inæstimabili velocitate motus rapidissimi, granditate
35 universalis virtūtis et multitudine astri possessi. Cujus quidem pompam Saturnus intelligens ita ei fertur dixisse: ni-

mirum gloriatio si falsa est, confusio est vera, sed dic mihi,
rogo te, firmamentum, unde sit tibi tantæ molis realitas,
hujus alationis velocitas, ex quo luciditas ac stellarum nume-
rositas tanta? At illa respondit: ab intelligentia quidem
ventilor, a sole illustror, cunctorum auctor me tantum condidit
et in me sidera ipse idem infixit. Tunc Saturnus adjunxit:
nil ergo habes, quod ex te sit, sed totum aliunde assumsisti.
Et illa, fateor, inquit. Mox alter subjunxit: cur igitur, quasi
non acceperis, de communicatis tibi perfectionibus gloriaris et
alienæ gloriæ usurpatrix erigeris? Non attendis, quod ubi pompositatis rapina superbientem contaminat, nulla vera sit gloria,
nisi cujus est bonitas universa? Sed falso perdere verum et
per gloriam vanam in confusionem incidere maxime stultum
est. Propter hoc summo studio cavendum est a subtilissimo
inanis gloriæ laqueo, quæ cum sit ab arrogantia genita, eum,
quem decipit, a simili quidem fallacia concludit. Nam quemadmodum fastus falsus veram celsitudinem diruit, sic et pompa
inanis solidam deceptrix gloriam rapit, et sicut illa sursum
apparenter rapiendo demergit, ita et ista pompa falsam spar-
gendo gloriam te confundit. Novit enim, quod fallacia cujusvis
læsionis jam sunt arma, unde apponendo similia morbum or-
dinat. Ducit ad furiam, levat luctatrix, ut diruat, escam offert,
ut hamo fallaciæ prædam trahat. Sic et dicendo hoc tuum
facit te suum, ac fallaci gloria foris depictum fabrefactrix mirabilis tornilo falsitatis omni gratia te reddit intus vacuum.
Quamobrem quanto generosior es et in bonis tibi communicatis præstantior, tanto sis intra solidum sinum humilitatis
collecta latentior. Dives time furem, cum lynce thesaurum conde,
gratiarum spiritum sub duarum velationum tunicis reconde.
Aurum es, sub terra late, pretiosissimus es rubinus, in petra
bellagii te absconde. Quid plura? fuge gloriam sparsæ lucis et
tunc cum noctiluca intrinsecæ gloriæ sic tuo splendore fulgebis.
Quibus dictis exhortatus conticuit.

Contra eos, qui gloriantur ex carnis specie.

De pavone et corvo, cap. 25.

Gemmatus pennaque aurea decoratus, specie tumidus ac

carnis luce pomposus admiratione pavo coram corvo vanam
se fundebat in gloriam et illum de pennæ nigredine confun-
debat. Cujus mox corvus deridens dementiam inquit: bene
video, quod in te regula physionomiæ non fallit. Namque parvum ex tanto corpore habens caput minoris es sensus, quo
quidem minus miror, si in penna volatili, quæ a vento rapitur
et differtur, tuam levis leviter gloriam posuisti. Omnis enim
caro fœnum et omnis gloria ejus quasi flos agri. Decor namque floris pulchritudo est carnis, formositate quippe naturæ rutilat, subtilitate non durat ac levitate quantocius evolat. Amens
ergo gloriaris in umbra, sed sicut aureus circulus in auribus [1]
sordidæ suis, sic carnis luciditas cum ignavia mentis. Ad concu-
piscendum te nempe delectationis magnæ per foramen oculi
tui trahit affectus et captivum, quem ducit, fatuitati volubili
tam cito dedit amatum. Nonne propter speciem avide quæreris et ob pennæ pulchritudinem decaudaris? Verum si tui
ex venustate corporis gloriaris, jam te quidem denigravit luciditas et te tua species deformavit. Jam forma carnis mentis
pulchritudinem abstulit et lumen corporis splendorem animæ
profugavit. Quid ergo superbia fœdius, qua quidem omnis
decor prudentiæ ab anima tollitur, omnis fulgor virtutis fuscatur, omnis ordo vitæ pervertitur? Te laudarem, si difformitatem in tuæ substantia formæ non viderem. Nam caput
habes serpentinum, sonum pectoris ulularum, cor malevolum, pedem fœdum. Nunquam enim carnis vana laudanda est species,
et cum substantialis deest forma, mens fit ipsa difformis.
Absit: nempe turpis animæ quanto caro pulchrior, tanto fœ-
dior. Simia enim, dum ornatur, fit turpior et anus ipsius
difformior. Sic ergo cum substantialis difformis est forma,
omnis formositas est fœda. Sed et sua gemma draconem necat, viperam pictura vituperat et fulmen horribilem facit
flammam. Vera igitur species virtus mentis et formositas
gloriosa claritas rationis. Quibus dictis ex sua specie con-
futatum pavonem dimisit tristem.

Contra eos, qui gloriantur de vocis claritate.

*

1 Andere ausg. lesen: naribus.

De corvo et philomela, cap. 26.

Post curatam esuriem utre stomachi jam repleto cum sibi corvus dissona pectoris simphonia cantaret, cancellato dilectoris sui carcere mancipata philomela hunc audiens, fastu dulcissimi 5 venti sui non minus vana quam tumida, mox vernantem prorupit in cantum, ut sic illum de obscura voce confunderet et modulationis suæ gloriam ostentaret. Sed quidem ille tam callidus vacui capitis vanitatem agnoscens subito tacuit et subjunxit: o quam feliciter affuisti, jubila, rogo te, ut avidas aures 10 lepore philomelicæ vocis in amici solatium mulceas! At illa percussa prece, ac eo, quo cæteri naturaliter inclinantur, aversa statim conticuit ac avari pectoris flatu retento ventum sui capitis sine voce rationis in auribus conditum fudit. Tunc corvus victor adjunxit: video bene sapienter dixisse Aristote-15 lem in physionomia sua, quod philomelizantes naturaliter sunt fatui. Habent enim semper cor calidum et melancolicum, cerebrum nullius humidi stillativum. Quamobrem stolidum eis est amicum vinum, namque cithara vacua resonat et chorda sicca concantat. Verum ignaviæ tuæ hic testis existit, quod ipsa 20 tua es felicitate infelix. Vento quippe satis consona es, omnino dissona rationi, nam tædiosissima jubilas, sed rogata non cantas, captiva suavius vernas et modulatio tua tota est perversitas. Quid ergo pectoris ventositate inflaris et infelici vanitate superbis? Nonne sapidius folles in organis canunt et 25 in psalterio plectrum, in figella pilus et in cithara mortuum intestinum? Sed ventosus ex toto est, qui suo vento gloriatur et extollitur. Quibus auditis confusa philomela se acscondit.

Contra eos, qui appetunt adulatione laudari.

De corvo et vulpe, cap. 27

30 Reminiscens corvus priorum facinorum, subtilium fraudum et magnarum calliditatum, hinc fastu tumidus et adulationis avidus cœpit quærere auram laudum. Cum igitur, adulationis cupidus, tendens invenisset vulpem sub umbræ refrigerio quiescentem, post salutationis officium. quid quæreret, interrogatus 35 sic respondit: in bonis famatorem muta invidia non inveni. Statimque illa tanti ingenii calliditate subtili cum verbi vo-

litum adspexisset, deridens amentem dixit: bene video, quod,
ubi superbia tetra verecundiæ nube arridens mentem obnubilat,
cuncta sagacitas parum juvat. Nimirum factus es vacuus,
postquam suscipere cupis ventum. Hunc enim folles, cum
5 sint inanes, attrahunt et eo vacui mox replentur. Jam quidem
mortis factus es hospitium, postquam vanæ laudationis pestiferum sitis flatum. Quid enim aliud est adulatio quam astri
nascentis aura lucida, septentrionalis procella, melodia syre-
nica, letifera cantica, fallaciæ fistula et vox [1] ironica valde men-
10 dax? Namque suavi sonitu auris tympanum percutit, lucernam
rationis exstinguit, flatu draconico serenum virtutis corrumpit
ac brutino dente nihil in anima viriditatis relinquit. Dulciter
sonat, suaviter intrat, lætanter [2] occupat, irremediabiliter totum
vastat. Nimirum hyenæ dentem, linguam aspidis, os scorpionis
15 et basilisci mortiferum flatum quæris! Sed crede mihi, quod
deterior est dulcis cantus tuus adulationis quam amarus morsus detractionis. Nam adulatio bona interiora perdit, exteriora vero detractio, illa substantiam, hæc apparentiam, illa
virtutum vitam, hæc famam. Illa volentem [3] percutit, hæc re-
20 nitentem ferit. Illa cum semper placuit, nocuit, hæc ad me-
liorationem sæpe compatiens profecit. Verum aut tecum habes
laudationis naturam aut non habes. Si hanc habes, cur men-
dicas dives et vis a vento habere, quod in te contines a virtute? Attamen si indigne laudaberis velut in ironia, laus
25 tibi fiet opprobrium et commendatio in cunfusionem vertetur.
Mendax enim laus vituperium est, et eo ipso quippe indignus
vera laudatione mox redditur, quod ventosæ laudis habuit
appetitum. Appetere nempe laudari a gutture, fœdum superbiæ vitium est. Hic enim, dum spargi deforis apparentia
30 diligit, alienum semper nutum et labium concupiscit. Scio
tandem, quod magna laus est linguatæ vocis spernere laudem
et solida gloria mundanæ lucis fugere gloriam. Tota namque res veræ laudationis est virtus. His ergo digestis magistra
exhortationis auditoris appetitum in odium vertit.

35 Contra eos, qui commendant se ipsos.
De gallo et corvo, cap. 28.

*
1 Andere lesen: hyenæ.   Andere: letaliter.   3 Andere: nolentem.

Gallus quidem positus juxta corvum cum ex intelligentiæ lumine pennæ plerumque specie, ventositate superbiæ non parum esset inflatus, erecto pollimito collo, sua se cœpit cantatione laudare dixitque: o quanta in cœlis fontana sapientiæ
5 ac vera vena splendoris redundat et primaria ars venustatis, certe postquam nobis terrigenis tanta pulchritudinis et intelligentiæ dona fudit! Cui sic eruditus corvus respondit: sed optima est sapientia, sine qua aut sibi non sunt aut nihil sunt omnia. A sapientioribus autem nostris audivi, quod
10 luce lucem perdere virtutemque virtute extremum sit quippe dementiæ, ideo et laude laudationem amittere id ipsum est. Nimirum ab Aristotele laus diffinitur esse sermo elucidans magnitudinem. Sic nec minima virtus est, imo maximum vitium laudare semet ipsum. Dicentes enim, se esse sapientes,
15 stulti sunt. Attamen sapiens dum laudatur in facie, flagellatur in mente, virtus enim vera et virgo pudicissima est, quæ sine rubore videri non patitur, quasi stella rutilans ab apparente sole absconditur et velut chrysopazion splendens in tenebris seu erubescens laus in lumine occultatur. Igitur qui
20 se ipsum commendat, nimirum vituperat, quia laus ejus vitium generat, dum sine splendore virtutis ac castitatis hunc esse informatum demonstrat. Verum si hoc aure intelligentiæ percepistis, scriptum est: tu de te ipso perhibes testimonium, testimonium tuum non est verum. Ac in communi lege pro
25 se nemo suscipitur, eo quod' linguæ libra privati amoris in se attrahit pondus. Est ergo laus propria dedecus, quia lingua, sibi testis, aut non suscipitur aut mentitur, quando et illud nos approbat, quod exaltat. Hoc autem est laudum fugitiva humilitas. Qui enim se humiliat, exaltabitur. Humilitas
30 quippe regularis naturæ a contrario viam sequens per semitam mundialis confusionis atque caliginis in finem gloriæ ac luciditatis adducit. Sed ut quid laudas te? Certe si notus es, agis superfluum, si non notus, memento quod latere desiderat vera virtus. Verum nec tempus laudandi quemque est, mutabiliter
35 donec vivit. Nam commendatio vera non præterit, quam possessæ virtutis æternitas stabilitavit. Laudet ergo te os alienum, accuset te tuum, humilitatis te approbet virtus, dies te commendet æternus. Quibus auditis gallus, quod se lauda-

verat, erubuit.

Contra invidos.

De simia et onagro, cap. 29.

In tranquillitatis sereno splendente aëre, sparsa luce, cum
per solitudinem simia satis læta discurreret, tristem jacentem
onagrum inveniens dixit illi: quid tibi est, frater, quod tam
lugente contuitu ægroque vultu, livida facie et submisso capite
tristis jaces? Indica mihi, rogo te, quia si quid languoris est
in corpore, valore manus excipiam, si vero in corde, adhibeam
ratione vel compassione medelam. Ad hæc quidem ille tantæ
humilitatis oleo emollitus mox sui vulneris patefecit arcanum
dixitque: ex aëris quippe, soror, tam parata serenitate con-
stringor, ejus enim mihi, non ferentibus oculis, in tempestatem
tranquillitas vertitur et in nubem serenitas commutatur. Sed
e contra tempestas ipsius in cordis pacem efficitur et obscuritas
in serenum. Quibus cum stupore admirationis auditis notans
simia livoris vitium ipsius esse tormentum, exhortationis suæ sic
inquiens anathematizando incepit officium. Maledictus sit
talis oculus, qui turbatur in lumine et in turbine delectatur,
qui cum noctua vitalem lucem videre non patitur, sed in caligine illustratur, cui gaudium luctus, lux nubilum, bonum
malum, cui infelix est felicitas, et calamitas felix, cui adversitas prospera et prosperitas adversa, cui amica miseria et bonitas inimica! O perhorrendum, pestiferum ac perversum
malum! Sic et convertens eloquium ad onogrum dixit: nimirum
bene silvestris es asinus, postquam tecum pateris talem oculum,
qui tui cordis est juge patibulum ac omnis boni inimicus. Nam cum vitæ hujus decursus nunc adversis rebus
nunc prosperis deducatur, si te quidem contra naturam res
secundæ mœstificant et lugendæ semper te delectant, tristitia
et calamitas non relinquet. Gaudere enim de plangendo malo
dementatæ [1] rationis est maximus dolor, qui siquidem tanto deterior et letalior æstimatur, quanto minus [2], cum sit incensus,
forte [3] sentitur. Ridere enim in gravi morbo magni mœroris

*

1 Andere: amœnitate.   2 Andere: magis.   3 Andere: minus.

judicium est ac secundum regulam Hypocratis, cum adhærentis doloris non percipitur causa, mens letaliter mox judicatur ægrota. Sic ergo livoris vitium possessoris sui continuum est tormentum. Verum cum odisti invidentia quempiam propter
5 bonum, jam principaliter ipsius hostis es boni, quoniam cujus gratia est unumquodque et illud magis. Sed cum ipsum bonum sit Deus, a quo tamquam a suo fonte bonitatis vena manans in omnia entia derivatur, hinc quidem convincitur, quod tu hostis boni es et tui ipsius ac omnium inimicus. Ac cum ma-
10 litia bonitati sit contraria, quanta te depravavit malignitas, cui tota bonitas est adversa! Verum cum naturaliter similia quæque similibus delectentur, vide cujusmodi es, qui tempestate ac tenebris gaudes. Nisi enim corde nubilus et procellosus existeres, nequaquam te talia delectarent. Livor igitur internæ turbi-
15 nis gravis tempestas est, sed cum absque tranquillitate ac luce nullum putetur bonum, hinc te agnosce jam omni bonitate privatum, quia paci et lumini tam hostiliter es adversus, et sic, cum invideas, ne bonum tuum altius commendetur, inspice, cæce, quod per livorem eidem oppositum tibi contingeret.
20 Obscurasti tu ipse tibi bonitatis influxum, contraria namque se fugiunt nec se alicubi invicem patiuntur. Attamen si commune bonum intelligeres et in visu privato hoc ipsum in unoquoque benignius adamares, totum bonum tuum existeret et tecum omnia possideres. Nimirum dilectum bonum, quo gaudes,
25 tuum est. Pone ergo, carissime, lividum oculum et amittes tormentum. Sic enim scriptum est: si oculus tuus scandalizat te, erue eum et projice abs te. Nam et talpæ melius foret in pupilla non habere contuitum, postquam dilexit obscurum. Sic hyenæ oculus ingeminatur, qui compassivum coloris muta-
30 tione in caritatis exemplum gerit affectum. Quibus sic digestis recessit.

Contra infamatores.

De columba et luto, cap. 30.

Columba, pennali bysso ceu rutilantia Veneris operta per
35 totum, sursum sparsis pennis gemmantibus oculis, incessu gravi, pede implici alisque collectis ad aquarium incedebat, sed cum cœ-

5 *

nosum lutum intus latitans aridæ faciem mentiretur, impegit in ipsum ac illius spurcitia mox respersa nitidum fœdavit corpusculum. Tunc lutum hujus rei eventu suæ miseriæ tollens risum, quippe lætans, quod male fecerit, et exultans in rebus
5 pessimis ita illi dixit: quomodo obscuratum est aurum, mutatus est color optimus, et fœda facta est pulchritudo tanta! At illa respondit: nimirum quia impegi in te. Quidnam tu es? Cui illud: cœnum et lutum. Mox columba subjunxit: bene verum est, quia si cœnosum non fuisses, nequaquam a te
10 maculam contraxissem, non enim, nisi quod fœdum est, fœdat et quod immundum contaminat, nam aqua lavat, carissima, et cuncta splendor illustrat. Attamen nitor meus in substantia mea existens non recessit, fœtor autem tuus in te est nec a te recessit. Quod enim fœdum nunc apparet in colore meo,
15 inest substantaliater in esse tuo. Quamobrem derisisti te ipsum ac contaminatu me fœdando tuo me clarissimam ostendisti. Canis namque lacerat nocivis dentibus et os aspidis inficit ipsum prius venenositate infectum, spina pungit, quia habet aculeum, et piscis ingruit mare suumque vomit magistrum [1]. Sic omnis nocentia
20 prius in auctore suo est. Quid plura? Ego certe pergens ad lavacrum emundabor, tu vero semper maculatum eris, quia lutum esse dignosceris. Nam fœdata detractio quantocius ab innocentia raditur, sed ejus infectio nunquam ab infamia detractionis purgatur. Quibus dictis ad lavacrum perrexit.
25 Explicit liber secundus.

*

1 In anderen ausgaben lautet dieser satz: piscis denigrans mare suum in se evomit nigrum.

INCIPIUNT CAPITULA TERTII LIBRI DE HIS QUÆ SUNT CONTRA AVARI-TIAM.

Contra cupientes mundanas divitias.

De corvo et vulpe, cap. 1.

Corvus ditari desiderans vulpe reperta mox sui cordis volitum indicavit dixitque: nempe, soror, minime celabo, quod cupio, imo a tua industria quæram artem, qua consequi valeam hoc quod volo. Nimirum tanto tempore nil præter metipsum possedi, congregatis nunc vellem divitiis extra me aliqualiter dilatari. Ob hoc, carissima, modum doce, si nosti. At illa respondit: ars certe, frater, hæc in promptu est, sed laboris est opus, parum namque est auream venam agnoscere, ubi non successerit laborare. Cui ille: dic, amica, quia, si facultas aderit, faciam. Tunc magistra subjunxit: mi frater, totum officium opulentiæ mundialis tantum in tribus assiduis vitiis et in uno continuo tormento consistit, videlicet in insatiabili cupiditate, in inquieta rapacitate, in illiberalitate continua et timiditate perpetua. Hæc quidem sunt instrumenta artis di-tatioriæ [1] debita quatuor, scilicet semper cupere. Cum enim cupiditas deerit, mundanæ divitiæ minorantur, sed ubi semper hæc aderit, augmentantur. Minorato siquidem appetitu caro marcescit et eo addito mox resarcita pinguescit, nam et ob hoc excessiva ornatur crassitudine porcus, quia inexstinguibilem patitur appetitum. Alterum vero est semper undecumque et quo-modocumque rapere. Propter hoc enim in æstivo tempore, quam-quam plurimi fluviorum deficiant, Nilus auctus fines suos trans-

*

1 Andere spätere ausgaben: ditescendi, scilicet.

greditur, quoniam, undecunque contingit humiditas, vi caloris rapientis hauritur. Tertium quidem est, nihil unquam donare. Ex eo namque sursum altissimæ arbores rapiuntur, quia foris minime effunduntur in fructum, atque intestinum jejunium
5 semper vacuum est eo, quod chili mox est, cum susceperit, effusivum. Ultimum vero est timore sollicito semper parta servare. Plures enim etsi non datis, negligenti tamen audacia perditis divitiis caruerunt. Audax namque pavo caudam auream perdidit et pavidus lepus pellem propriam custodivit.
10 Hæc igitur, frater mi, oportet diligenter servare, si mundi hujus divitias cupis acquirere, videlicet ut sis semper cupidus ejusmodi affectando, violentus in rapiendo, avarus in tenendo, timidus in servando. Ubi autem hæc corvus audivit, digestam sententiam confestim protulit: o certe infelicissimæ paupertatis
15 fallaces mundiales divitias et omni cum studio sapientis judicio detestandas! Quarum nimirum dilectio cupiditas est, acquisitio rapacitas, possessio illiberalitas et conservatio timiditas est horrenda. Sed quid cupiditate scelestius? Quid rapacitate iniquius ac illiberalitate difformius ac timiditate mo-
20 lestius? Sperno de cætero immoderatas divitias, Crœsi et Asveri opum magnalia et scuta repudio aurea Salomonis. Meæ quidem divitiæ veræ sunt, sine cupiditate quietum, sine rapacitate justum, sine illiberalitate benignum, absque timiditate securum me possidere! Sic, adjuncto vale, discessit.

25 Quod cupidi terrenorum sunt cæci.

De talpa contra naturam, cap. 2.

Sub terrenis latibulis cum talpa fodiendo discurreret, in occulto meditans quiete, fabrefactrice rerum natura inventa, hanc proponens querimoniam dixit illi: ut quid illudens me
30 quasi monstrum inter animalia posuisti, formans mihi oculum nec dans visum? Basilisci tamen pupillas letiferas illustrasti ac tam nocentis hyenæ oculos ingeminasti, meos quidem nulli nocuos tam dulci luce obscura privasti pellicula condens? Cui illa respondit: si summæ nimirum sapientiæ potentia cuncta
35 compono, verum non invenis aditum, unde factricem me arguas, cum certis modis innumeris et ponderibus debitis gratis con-

struxerim universa. Quamobrem si quid contra directum tibi videtur inesse operibus meis, ibi occulte regula latitat rationis. Verum si structura tua minus in pupilla visum habuit, causa jam rutilat in oculis sapientis. Namque latebras
5 incolis et terrena totaliter dilexisti, amore namque terrestrium perdidisti coelestia et diligendo odibiles tenebras lumine caruisti. An nescivisti, quod avaritia monstruosa, quia nimis adamavit terrestria, perdidit coelestia et habet oculos et non videt? Namque caeca dimisit vera bona pro falsis, fixa pro fluidis,
10 coelestia pro terrenis et sic infinita pro minimis, gloriosa pro miseris, secura pro dubiis, sancta pro pessimis ac gaudiosa pro aflictivis. Congregat stulta quidem exterius, at intus depauperetur, in undis se tenet diffluentibus, terram possidet et a diris inferis possidetur. Quoniam et vorat, ut evomat, amat
15 quo pereat, ac quaerit quod perdat, curat ut doleat, onerat se, ut velocius in abyssum descendat. Si audisti, avaritia obcaecatus homo deliciarum mox perdidit paradisum. Namque cum animus aversus a Deo apparentium tantum cupiditatem concepit, statim intus mentis lumen perdidit et foris rescratis talpeis
20 oculis suae nuditatis dumtaxat pauperiem videt. Quia nimirum contuitu rationis orbatus Saul [1] dum pecora concupivit, regali gloria caruit ac male possessis bestiis una secum natura pares amisit. Quam bene certe chameleon suae carnis cupiditate thoraci [2] ipsum hostiliter infestanti respondit: o si vitiositatis
25 interjecta caligine nutum prudentiae tibi cupiditas non cassasset [3], profecto attenderes, quod te, si me possides, perdes. Habes igitur, talpa, quomodo quidem facta es. Compositionis enim tuae ratio avaritiae est imago. Quibus auditis una cum verbis querimoniae cessit.

30 Quod cupidi, quantumcunque habeant, sunt pauperes.

De cocodrillo et scrophilo, cap. 3.

Post ventris repletam esuriem gravissimo depressus sopore cum cocodrillus ore reserato jaceret hians, mox insidia-

*

1 In den ausg. fehlt: Saul. 2 Andere: corvo. 3 Andere: celasset.

trix avicula mole modica, sed audacia et hostilitate permaxima
soporati patentia viscera introivit, cumque ligati nube somni-
fera sensus erant, armatura sublata, peracuto rostro nuda vitalia nec sic excitanda hostili mortis morsu ferivit; data super
eum damnationis sententia prodiit læsa minime ac prospectans
exitum facti penna stetit desuper judex. Demum cum tarde
vi doloris adducta vigilia leti mœstus pœnam jam inflictam
sentiret, sursum inimicum adspiciens querimoniam petiit ad
vindictam non valens: quid, scrophile, peccavit cocodrillus
tibi, quod tuo pastu non contentus, imo factus de bono pessimus,
paulatim manantia viscera tam crudeliter et letaliter laniasti?
At ubi in patiente culpa non est, profecto est in agente nequitia. Cui ille respondit: si communis est omnibus amica
justitia, juste certe reus est cunctis, qui aliquibus nocuit. Sed
et præter hoc insatiabilis cupiditatis depravatum exemplar totum te voragini tribuisti, dum non obstructo ore, quasi nunquam satiata ingluvie, dormis, dum latiores morsus conveniunt,
tenacitate horribili stipante se dentium serie, et unguium im-
manitate armaris, dum lingua vorabilia judicans tibi deficit,
quia, dummodo repleatur voracitas, qualia rapueris, nunquam
discernis. At superiori singulariter horrendi oris elevata maxilla,
quassatrice capitis cupiditate, sic cupiditate excæcante prudentiam, tempestaris. Dumque miri corticis invincibili scuto avaritiam sic divitiarum tenacitate foris designate vallatam in
apparentiam tantum indueris, parte mollescente vitali, juste
igitur nunc sentis dolorem, tristibus a delphinis cum elicieris
ad natandum subter natantibus de foris intestinis, aperto cum
dormis corpore. Me siquidem subintrante scissaque intus vitalia perdis, ut, quemadmodum pravæ actionis cupiditati dedisti
formam, passionis debitæ ei ita pandas miseriem. Sic nimirum
cupidus magis evomit quam exhausit. Nullus enim plus perdidit quam qui semetipsum amisit. An ignoras, quod post
Darium maximo, cum Democriti præceptoris sui opinionem ei
comes Ausquardus exposuit de pluralitate mundorum, gemitum
donanti Macedoni Alexandro: heu me, quia post tot labores
invidos letalesque casus nondum eorum potitus sum uno? Ac
si vanitatis auditu, cupiditate concepta, jam ad alios anhelanti

respondit vir peritus [1]: nihil habes; quid est, quod possides,
postquam avaritia te absorbet? quæ vicisti, rapuisti, quæ una
tecum flamma fulminea cupiditatis exhausit. Ignis enim nunquam tibi [2] sufficit neque et cupidati unquam satis fuit. Ob
hoc autem destructiva est cordis et cunctæ per consequens
devorativa possessionis. Stomachus namque exaninitus appetit
et incendio naturali membrum arefactum famescit, locus eva-
cuatus attrahit, et ardore pectus febricitantis magis sitit. Igitur cupiditas mentis egestas est ac tanto major, quanto fuerit
avidior ejus flamma. Ecce quidem Diogenes nihil extra se
ipsum cupiens mundum sprevit et Alexandro Macedoni dixit:
tu ipsum jam possidens concupiscis amplius; quis igitur ditior? nonne qui sprevit? Nimis enim plenus venter eructat
et tunc flumen extra diffunditur, cum exundat. Stilbon philosophus exterioribus bonis perditis æquitatis liberæ salvam virtutem non dissolvit ac nihil se perdidisse Demetrio victori respondit: tu mundialibus tam possessis opibus adhuc magis cupidus ingemiscis! Quis ergo felicior, nonne is qui est invictus,
victusque cunctorum dominus amplius cupiendo depauperatus
est? Felix namque est, qui non cupit amplius et est semper
nihil amittendo invictus. Vides igitur, quod plus cupere infelix paupertas est, nihil autem cupere opulentia summa. Quo
dicto cum cocodrilli [3] vita finierunt verba.

Contra eos, qui non sunt contenti, cum satis habeant.

De homine et fortuna, cap. 4.

In secundis rebus factus sibi homo sufficiens cum et
amplius minime contentus sitiret, obviam fortunam, dum
tempestuosus plus quæreret, habuit, quæ hac vaga argutiva
quæstiuncula dixit: ut quid, carissime, non quiescis, cum jam
tribuerim tibi satis? At ille respondit: sua nimirum dulcedine
trahit bonum, et donec additum fuerit, est molestum. Cui illa:
bene, inquit, video, quod pauper effectus es, postquam cupiditate plus sitis, nam si satis haberes, amplius non quæreres. Plus

*

1 Andere: perditus. 2 Andere: dicit. 3 So die alten ausg. stets
für: crocodilus.

enim cupit ille, cui quidem satis est. Ecce igitur depaupe-
ravit te avara voluntas, exinanivit cupiditas, exspoliavit sitibunda tempestas. Attamen si totum invenires aurum male
conditum Salomonis, amplius non habebis, sed aliud. Quibus
5 quidem bene utimur, hæc habemus, nam fossus humi census
non est hominis sed telluris. Igitur cum ad usum opes proficiunt, tunc habentur, usus autem usque ad finem sufficientiæ
extendendus est, quoniam, si ultra quam satis est comedes,
natura mox evomet, et si plus quam requirit necessitas indueris,
10 gravatus quidem sustinere non poteris. Sic et uno stratu dumtaxat quiescis et ubique te locus similis circumcludit. Igitur
multis cumulatis divitiis, nullatenus plus, quam habes, habebis,
sed bene aliud. Uti siquidem phasiano in pabulum, vino ver-
nativo in potum, bisso in pallium, alto palatio in domum,
15 sic altioribus frueris deliciis, non divitiis. Nescivisti, quod
filiis Israhel in deserto ex manna viventibus magnis et parvis,
divitibus et pauperibus eademque cunctis cœlestis edulii mensura dabatur? Nec collectum quidem plus inveniebat avarus
nec minus qui fuerat pigritatus. Nimirum quoniam una est
20 sufficientia omnibus, et universalis provisor eandem hominibus
necessitatis opulentiam est largitus. Non enim plus habet
dives quam pauper, sed tantum in qualitate quidem titulorum
est differentia utriusque. Dives namque dicitur, qui deliciosa
utilium fruitur qualitate. Verum hæc deliciosa rerum, quibus
25 utimur, qualitas magis fore calamitas invenitur. Est enim
irritativa invidiæ, provocativa superbiæ, suscitativa luxuriæ,
motiva avaritiæ et omnis nequitiæ gignitiva. Non audisti
olim, quid Apollinis idolum pastori per achatem lapidem regni
Lydiæ facto regi sciscitanti, si quis in mundo superesset fe-
30 licior, deliciosas confutans divitias respondit? Mox enim su-
perbienti Gygi Zophidium Achadium senem pauperem præ-
tulit, qui nunquam exiverat terminos agri sui, et dixit,
plus laudari et probari securitate ridens tugurium quam curis
et sollicitudinibus tristem aulam, paucasque glebas pavoris ex-
35 pertes quam arva Lydiæ latissima metu referta, unumque aut
alterum tutelæ facile jugum boum quam equitatum impensis
onerosum, sic et horreum usus necessarii magis appetendum,
quam thesauros expositos insidiis et cupiditatibus omnium.

Esto igitur contentus, si satis habes, nec vitiosus ad servien-
dum deliciis, sed tantum ad subveniendum necessitati, voluntate libera quæras opes, cupiditatem dimitte et mox ad plenum te
invenies divitem. Nam et clara fertur Epicurus philosophus
5 diffinivisse sententia: in veris multiplicandis divitiis nullo
modo est adjiciendum· pecuniæ, sed avaritiæ subtrahendum.
Tanto namque dignoscitur, quis esset ditior, quanto in ea cupiditas est minor. Quibus dictis auditore docto disparuit.

De malis, quæ ut plurimum accidunt ex divitiis.

10 De vulpe et simia, cap. 5.

Vetulam vulpem simia juvencula preciosa pelle ditatam
adspiciens, livoris miseriam misera gignente pauperie, mox in-
vidit ac simul cum oculo livescente lingua dixit: satis certe
digna factricis omnium provisione naturæ tibi donatum est, ut
15 tanta calliditas, tanta quidem cauda splendesceret et vulpinam
artem ars non immerito naturalis ditaret. Cui illa, multis
jam edocta experimentis malorum, moto capite respondit: non
est mirum, si infantiliter opinatur infantia et si cæca loquitur
mens inexperta, senesces quidem et multa prospicies et aliter
20 senties. Quo dicto rogavit·eam vulpes, ut convivantes simul
incederent. Tunc simia dixit: etsi verecundum mihi sit, sine
cauda pergere cum caudata, tamen, quod postulas, placet, quoniam erudimentis tuis mihi fortassis astutiæ cauda crescet.
Simul igitur proficiscentes cum edentatum elephantem habuis-
25 sent obvium, de causa hujusmodi cum peteretur, respondit:
ob desiderabilis dentis aviditatem bellum amatrice discordiæ avaritia suscitante, ut ostia cupidorum jam non cupidus effugerem, elegi perdere arma naturæ. Belligeris namque divitiis
eligibilius carere est, quam ad hujusmodi tuendas prorsus per-
30 amatam vitæ suavitatem amittere. Deinde cum luminibus
privatam suis gradientem hyenam pariter invenissent, diræ
passionis inquirentes causam lamentabiliter audierunt. Effre-
nata humanæ cupiditatis rapacitas, non tam vi quam arte doli
munita, perditis quidem melioribus in iis gemmarum di-
35 vitiis, oculos, quos concupivit, destruxit. Bona enim a
bonis perduntur, cum præter necessitatem superfluunt. Quo

ulterius audito tendentes fracto cranio gallum adhuc palpitantem
reperiunt, qui de tantæ calamitatis illatione interrogatus sic exposuit: minerali nimirum ex radiis gemmificante virtute di-
tatum cerebrum perdidit semet ipsum, cum sitibundæ avidita-
5 tis fervor ob desiderabilem lapidem dirum suscitavit incendium.
Opulentia quidem divitiarum hostilitatem aut ostendens aut
gignens perniciosa paupertas est. Hunc autem pertranseun-
tes cum scissis vitalibus semivivam hirundinem invenissent,
hæc ipsis vastationis hujus materiam una cum verbis pereunte
10 spiritu petentibus pandens inquit: amabile chelidonium venter con-
cipiens, insatiabili cupiditatis voragine concitata, hanc mihi letalem mox odientiam peperit, suos namque possessores, fallaces
divitiæ effectus dum cupidis amabiles offerunt, iis odibiles pro-
dunt. Sed hoc dimisso cum castor iis perditis genitalibus occurreret,
15 petierunt, ut quid salutare generi seminarium deficisset. Qui ait:
quoniam judicavi sanctum antidotum, cum jam pretiosum existeret, mox caro vilis ac concupiscibili odiosus a perniciosis ve-
nantibus infestabar, ac ne totum pars perderet ac genitalia
genitorem cupita vastarent, ea certe malui mihi vorare hosti-
20 lia quam amatricis divitiarum et divitum hostili avaritiæ vora-
citati me impendere; melius enim est opes quam salutis opem
perdere. Quo quidem relicto cum pavonem decaudatum vidissent, quomodo perdidisset caudæ gloriam, quærentes audierunt: nimirum aurea placuit penna et idcirco auri cupidus
25 servus avaritiæ hanc ademit, mundiales namque divitiæ quem
exornant, fugiunt cupiditatis durissimas ad sagittas. Tandem
excoriato reperto vulture, cum suæ calamitatis studerent casum
agnoscere, miser dixit illis: cariori quidem pluma pro carnis cortice me natura dotavit, sed deliciosis hoc placuit et mox avaris
30 insidiis præda fui. Quid enim sunt carnales divitiæ nisi blandi-
menta libidinis, fomenta cupiditatis et onera mortis? Beatus
certe qui caruit iis! Auditis ergo hujusmodi sententiis et talibus tantisque divitum calamitatibus visis parum a semita
declinantibus ad quiescendum, vulpes simiæ dixit: quid de na-
35 turæ divitiis sentis? At ille respondit: nempe quod nonnisi
pœnalitates sint, natura sic earum illudente possessores aut
hujusmodi calamitatibus edocentibus, esse virus putandæ sunt.
Hunc autem edentant, illum exoculant, huic cerebrum vastant,

illi sic vitalia perforant, isti genitalia vorant, modo excoriant,
nunc decaudant. Nonne sic avaritiæ ingeniosa vi a viris im-
prudentibus hæ collectæ divitiæ possessores suos vitiositatibus
lacerant, amatores depravant, dum os lingua magniloqua,
5 contuitum invidentia, caput ignavia, ventrem gula, libidine
genitalia, corpus [1] infamia, virtutum inopia totum vastant. O
male oditum bonum, beata paupertas, o stulte dilectum malum,
infelix opulentia! De cætero paupercula pellis mihi ditissima
est et vilis magis placet quam pretiosa! Malo certe jam fore sine
10 cauda quam pavo cum cauda. Quibus digestis mox hinc inde de cupiditatis anxietate erudita vulpes societatem, dicto vale, dimisit.

Contra eos, qui, cum dolore divitiis perditis, adhuc laborant ditari.

De corvo et pavone, cap. 6.

15 Auratis pennis pavonem undique spoliatum cum corvus adspiceret, olim pomposum et divitem deridens inquit:
ubi est mire picta desiderabilis penna? Quo quidem alarum
splendentium abit gloria quove plumarum gemmantium fugit
mirabilis ornatura? At ille minus patiens [2] illusoriis verbis
20 indignatus respondit: quamquam insatiabilis certe humanæ
cupiditatis vorago pennarum opes absorbuerit, beneficio tamen
naturæ liberalis ars refectiva non deerit, verum cum non minus
ea ampla largitate quidem donatura sit, etsi privatus spem
pauper habeo, tu semper miser es. Cui ille: in adversis ca-
25 sibus non immerito eam duntaxat calamitatem dixerim calamitatibus non doceri, namque ubi tempestatum ingruentium
mole oculos fel Thobiæ restituit ac vexatio ita intellectum dedit, tunc damnum cedit in commodum et ipsum malum re-
paratio fit virtutum. Sed cum procellosorum experientia casuum
30 animus non docetur, sine modo malum intenditur, quoniam
ex toto circumspectionis orbata regimine, quasi inter tumentes
fluctus, mentis in præceps navicula circumfertur. Imprudentiæ
quidem plaga desperata est, si re non curatur adversa. Tua
pace jam hoc dicam, amice, nempe decaudatus es et unde ac-

*

1 Andere: caudina.   2 Andere: nimis patens.

cidit, non vidisti, depauperatus es et quomodo damnum possessoris evenit, non sensisti. Malum minime te docuit, quamobrem sine moderamine crescit. Revera prædilecta penna odibilem te reddidit et placida cauda te dehonestavit. Sic tibi
5 tua opulentia nonne paupertas fuit? Etenim quia hanc habuisti, perdidisti. Attamen iterum concupiscis, unde cum doloribus sis exspoliatus infelix. Nimirum si recrescit cauda, simul et renascetur hostilis avaritia. Et quid inde, nisi ut, quotiens tibi multiplicabuntur ambitæ divitiæ, toties nudationis calamitates suc-
10 cedant? Itaque hoc bonum semper malum est et incrementum ejus fit mœroris additamentum. Bonum ergo tibi malum petis, nisi forte dixeris, bonum est habere, ut perdas. Sed hoc est certe contra rationem. Perdi enim amatum bonum sine dolore minime est, ac cui mœror placuit, minus compos dignos-
15 citur esse mentis. Quoniam igitur non habere melius est appetendum quam perdere, dignas gratias lætus ago naturæ eo, quod dederit mihi pennam pauperem. Ejusmodi enim natura puto me esse divitem et quidem honestor cauda perpetua et liber ventilor semper ala plumbata, ea nimirum meus sum
20 et nemini in prædam dilectus, nigra penna illustrat me, pluma paupercula ditat et spreta caudula tutat. Verum te divitiæ tuæ pauperem faciunt, desiderabilitas oditum, deliciæ dolorosum, gloriositates inhonestum, felicitates miserum et excrescentiæ minoratum. Maledictæ igitur sint tales divitiæ, quæ suum
25 depauperant, decaudant et vituperant possessorem, quarum nempe sunt in nuditatem possessio, in dolorem dulcedo, in confusionem gloriatio et in difformitatem decor. Omnis certe læta et cara paupertas, cupiditatis tabes, livoris lues, vitiorum expers, virtutum hospes, securitatis requies, cujus pax ubique
30 est, cui etiam ipsi amatores discordiæ pacifici sunt latrones. Gaude igitur, si prudens es, quod tibi hostiles amiseris opes, nec eas sis ultra appetens, sed opulentum te judices in his pauper. Quibus eruditum ditavit depauperatum magister.

35 Contra eos, qui ex divitiis acquisitis se putant esse felices.

De dracone et gemma, cap. 7.

In suo vertice splendente dracontide, tantæ gemmæ draco
pretiositate dotatus, cum superbus incederet, inventa quidem
hyena dixit: satis certe ambo beneficæ regratiari tenemur
naturæ. Quoniam quidem artis ingenio subministrantis humana
5 dotata mente corpora multo pretio adornantur, indemnis [1]
ipsa mirabilis operatrix, liberalitatis tamen gratia, in nobis
gemmarum ornamenta contexuit; tibi namque oculum mirabiliter ingeminavit caputque meum solis regibus libito [2] in-
signivit dracontide. At illa jam effrenatæ cupiditatis erudita
10 periculis et aliter sentiens tumentem et opulentum contraria
tali sententia confutavit. Bene, inquit, video, quod divitiæ
corporales dum levem tempestuosa ala superbiæ sursum præ-
cipitant et minime caput rationis liberant [3] inferius ac fallacis foris pompositatis decore cum elucidant corpus, intus
15 obtenebrant mentis intuitum. Nimis enim impiguatum caput
orbatur mox sensibus, ingemmata foris albula pupilla intrinsecus obscuratur. Revera si contuitu circumspectionis interno
nunc attenderes, clare in te gemma rationis splenderet,
scilicet quo vane tam gaudes, tibi fore profecto lapidem offen-
20 sionis agnosceres et petram scandali jam sentires. Etenim
non in decus, ut stolide opinaris, sed magis in onus, non in
ornatum sed in laqueum, non in commodum sed in damnationis tormentum hic tibi lapis divitialis infigitur. Eo siquidem ab hostili cinctus cupiditate sollicite quæreris, eo callidius
25 venaris, eo adhuc, sic te sopito vivente, raptus, ut splendeat,
exacerbaris atrocius. Quo igitur infeliciter felicem te putas,
quo te beatum miserabiliter jactas, quo te quidem eo diminutum magnificas ac te glorificas ejusmodi perconfusum? Nimirum
vide, quod rerum non tantum mirabilis opifex, sed mirabilior
30 judex, quod facti inanis erga nos fecit, ut effrenemur [4] in perpetuum. Nulli quidem acerbiori pœnæ quam voragini cupiditatis patemus. Quippe opibus apum damnata sententia dum
natura nos adornavit, damnavit. Nulla re magis quam suis
plures depauperantur divitiis et earum desiderabilitatibus peroditi
35 perduntur. Afficiuntur namque hæc cupiditate, dum sui pla-

*

1 Andere lesen: gratis.   2 Andere: libido.   3 Andere: librant.
4 Andere haben: quod effrenamur, oder: id erga nos fecit ut efferamus.

ciditate fluidum affectum alliciunt, Quod ut consequi valeant,
id, quod optant, mille possessoribus perditiva parant arte doli
ingenia. Rutilantius autem tanto, quanto et hoc crebrius
videmus in rebus humanis, in quibus non minus grandis quam
5 jugis divitiarum amatrix avaritia tempestas est. Nonne Nabuchodonosor, clypeis tractus aureis Salomonis, hostiliter hostis,
quam petivit amicam, copiosam argento Jherosolimam spo-
liavit? Similiter autem Babylon totius Asiæ dotata rapinis
se ipsam perdidit, dum libidine divitiarum Cyrum et Darium
10 concitatos attraxit. Sic nempe Crœsus, excrescens immodera-
tissima opulentia, harum dum siti opum incanduit, effrenatum
ad se perdendum orbis prædonem famosum infamia Macedonem
Alexandrum adduxit. His tandem insatiabilem voracitatem
Romanam, bellicosa vi minime comparabilem, opulentus mundus
15 ad se rapiendum undique irritatum effudit. Quid igitur sunt
mundanæ divitiæ nisi amatores odii, jucunditates mœrorum,
delectationes tormenti, pretiositates opprobrii, semina litis,
jacula belli, bona prædonis? O infelicem, qui donatus est
iis! Quibus auditis draco gaudium in luctum convertit.

20 De causa et cura insatiabilis avaritiæ.

De vulpe et mustela, cap. 8.

Sub hydropisis onere squalida vulpes languens reparandæ
sanitatis medicinam et medicum inquirebat. Verum cum mustelam obviam habuisset, ejus gnara diligentiæ, ipsi mox pro-
25 posuit languoris querulam quæstionem: memor sum, inquit, satis,
soror, qualiter olim dente tuo vitam de laqueo mortis quasi
noviter renatam rapuerim; qua quidem re nunc gravius morbi
letalis obsessa periculis, pristini audacter beneficii memor, ad
consilium sagacitatis tuæ, jam pridem a¹ te adjuta, recurro.
30 Cui mustela non ingratæ liberalitatis verbo respondit: quid
si cuiquam profecerim, nescio, beneficium si suscepi, hujus semper
reminiscor; expone igitur morbum, quia pandam, si scivero,
curationis modum. Tunc vulpes gratias agens inquit: languo-
rum nempe, soror, inexstinguibilis sitis patior; in quo

*

1 Andere lesen: ad.

hæc duo sunt, de quibus miror, unum est, quod, cum bibo, plus sitio, aliud vero est, quod extenuatis vitalibus corporis fundamentis a foris sola cutis intumuit. Cui magistra: putabam certe tanta te fore arte calliditatis aliquantulum in medicinalibus eruditam, sed video quod Hippocraticæ disciplinæ totaliter es ignara; languor enim tuus non, ut æstimas, sitis, sed fames membrorum est, quoniam cum in te flamma intemperati caloris infra suum modum remittitur, minor fit hepatica digestiva, tunc aqua pro sanguine gignitur et suo membra nutrimento privantur atque arefacta vitalis famescentia cibi sanguinem concupiscunt. Verum tu oberras in hujusmodi judicio, appetitus famem putando corporis sitim esse, dum pro cibo laticem donas, secundam magis digestivam debilitas, quo et minus sanguine generato membra aridiora facta exinde plus famescunt. Propter quod, carissime, etiam si Danubium deglutires, minime hanc sitim exstingueres, sed augeres, cum juxta Galieni sententiam latex substantialiter carnis organa non humectet. Istud nimirum tantum in moralibus astutiis erudita naturaliter ex ea, quam patitur avarus in mente, hydropisi cernere lucidius potuisti. Namque cum in ejus anima per cupiditatis excessivum incendium corrumpatur proportio caritatis ac digestiva vis electionis oberret, substantialis boni perdito sanguine sitibunda statim ariditas derivatur in mente. Sed cum mentis deinde concutiens appetitus bona temporaliter fluida, quasi potum pro cibo cupiat et pro substantialibus et æternis quantumcunque sollicitudinis perversæ circa poculum pecuniæ subministret, sitis magnæ cupiditatis accenditur, quoniam mundanis opulentiis spiritus ariditas non minuitur sed augetur. Accendunt enim hæ affectum gravidiori aviditate. Dum fallunt boni appetitione, quia bonum solidum affectatur et apparens attribuitur. Bonitatis solidæ substantia non reperta affectus vehementius inflammatur. Natura quippe provocat desideria mentientia desideratum. Igitur si crescentis cupiditate animi possessio mundus esset, rapax avaritia plus sitiret ac mentis existentia tabescente inanis gloriæ cutis foris tantum tumesceret. Quemadmodum ergo avarus, si caritatis largitate cupiditatem exstinxerit, satiatur, sic hydropicus naturali confortato calore si arida membra cibo roraverit, mox curatur. Quibus auditis doctrici agens gratias, ut sic ageret, vulpes erudita secessit.

Quod melius sit egere minus quam magis habere.

De vulpe et simia, cap. 9 [1].

5 Jocosa veste induta simia et catenula irretita, vani cum corporis hinc inde hilaritate jubilans exultaret, cucurrit autem hoc intuens ad eam vulpecula, quæ gaudiose gaudiosam salutans tantæ mox jucunditatis quæsivit de causa. Cui illa quidem adhuc animi modicitate feminei memorans derisæ nu-
10 ditatis injuriam retroactam, simul cum reminiscentia nata ira, vade, inquit, tu olim derisisti nuditatem meam vel pauper-tatem, intuere nunc gloriam, quoniam usque ad me divitiarum exundantiam humanarum non minus feliciter quam liberaliter dulcis fluit fontana. Ad hæc confestim vulpes, ut inaniter
15 tumescentem minueret ac superbientem leniter pondere sen-tentiæ inclinaret, sic respondisse dicitur: o si te felicem fe-licius, in quem opum rationis et circumspectionis decursu res humana contingeret et foris non pellem decor opulentiæ sed splendor sapientiæ intus æstimationem ornaret, ac te infelicem
20 in felicitate prospiceres, in hoc fore opibus inopem judicares. Vestimentum enim præter quam quod catena ac cippo teneat te et privatam, qua nullum aut divinius aut suavius dixe-rim, libertate liberamque cervicem captivaverit, evidens est in-digentiæ argumentum. Namque nata fœditate nuditatis nisi
25 tabesceres, profecto quo nunc derisa rides, sperneres indumen-tum. Nonne audisti, quod Adam in paradisi deliciis constitutus quamquam nudus, nullo tamen egens erat ditissimus, verum postquam subactus avaritia virtutum gloria est denudatus, hinc egestate hinc cupiditate pauperrimus pia Dei providentia
30 mox induitur. Sed cum naturalis sit opulentia non egere, artificialis quidem est, quo indigentiam suppleas, hoc habere, vi-tialis autem vitalibus [2] non tamen necessariis affluere, et si-militer paupertas est naturæ, indigere, fortunæ quidem hanc, unde suppleas, indigentiam non habere, avaritiæ vero semper plus
35 cupere. Si amplius habes, aut eo indiges aut non indiges, et

*

1 In d. ausg. v. 1630: dt. c. 9: 10, u. 10: 9.   2 Andere: utilibus.

si habes, aut his uteris aut non. Si uteris, luxuriando fatua, si non uteris, es retinendo avara, si vero egens habes, artificialiter quamquam dives, natura tamen pauper es. Vides igitur, quod plus habere, aut sine quadam vitiositate aut sine aliqua 5 paupertate non est. Vane ergo, quia plus habes, gloriaris, ego certe me minus egere nunc glorior et nudam arte, quia nec egeo nec cupio vestimentum, ditiorem me puto. Nimirum qui minus eget, is natura dives est, dum sit ipse sufficiens. Solam namque hanc, ni fallor, æstimaverim veram 10 esse opulentiam non aliunde mendicatam, sed cupiditate abdicatam, nativam habere sufficientiam. Et quidem tantum divitem se putavit cupiditatis victor Diogenes, cum attenderet naturali vase manuum haustum sumentem virum, et se sibi in necessitate hujusmodi fore sufficientem. Inde quod et dum-15 taxat unam vestem possidebat, jam se ipso dives potationis fregit vasculum et potentis peditans sprevit equum. Ob quam rem hujus mundi divitiæ, aut paupertatis naturalis [1] opitulativum solatium aut cupiditatis anxiæ jugum sunt onerosum. Disce igitur, quod melius sit non egere quam indigenter habere. Quibus diffinitis audientis risum vertit in luctum.

20

Quæ sint veræ divitiæ.

De adolescente qui ivit ad aureos montes, cap. 10.

Adolescens quidam, flammis avaritiæ seniliter jam accensus, cum audisset montes aureos, beneficentiæ naturalis excrescente vena, esse in India, hujus esse comes desiderans mille 25 per pericula tandem huc pervenit. Cum igitur perfusus jucunditate, pupillis stillantibus auri cupidine, rutilantes montes conspexisset, attractus auri desiderio impulsusque vitio cupiditatis festinus [2] anhelaret attingere, Gigno [3] sophisticorum quidam salubriter currenti occurrens rei hujus gnarus [4] ignaro 30 juveni dixit: quantocius retrocedens cave et ne procedas ulteterius! quoniam si grifes appropinquare te viderint, jam pro auro perniciem habebis. Quibus ille sic cupidus tam flebiliter quam terribiliter auditis mox totum gaudium in gemitum con-

*

1 Andere lesen: naturæ.　2 Andere lesen: gnarus.　3 Dieser name fehlt in andern ausgaben.　4 Andere lesen: fastinus.

vertit, hinc dolorose commemorans tantum vane actum laborem,
hinc nimis plorans perditam spem, hinc universi mundi re-
gimen, magis feris quam viris tantis concessis opibus, detestans
contra providentiæ ordinem. Cui [1] quidem doctus ille, in corde
emollitus lacrymis, ut consternatum ad terram compassione erigeret et sauciatum ratione misericorditer confortaret, inquit:
consolare, fili, en ego namque pandam tibi magnum thesaurum.
Tunc promissione ac doloribus ardentis avaritiæ mitigatis parum
confortatus resedit. Cui mox alter adjunxit: dic mihi, rogo te,
quid tibi summum putaveris esse bonum. At ille: hoc certe, ni
fallor, quod a me summe diligitur; id autem summe diligimus, quod
summum bonum esse putamus, mensuram siquidem boni amor
sequitur. Mox alter: recte judicasti, sed quæso, ut dicas,
quid magis diligis? At ille: aurum certe, cui universa de-
serviunt, pecuniæ namque juxta Salomonis sententiam obediunt
omnia. Ad hæc tandem eruditus magister, ut magis cupiditate quam dolore sauciatum pectus auditoris sanaret, pium
rationis dedit antidotum dicens: bene video, quod avaritia habet
oculum sed non visum, nam bonum prædiligis et hoc ipsum
cum magis appetis, non agnoscis. Responde mihi, qua quidem
aurum ratione cæteræque desiderabiles res amentur; nonne
quia informantur bonitate? Sicut enim odienti forma malum
est, sic diligenti est bonum. Sub ratione quidem boni cuncta
diligimus, sed quoniam propter quod unumquodque tale et illud
magis ratiocinatione percipitur, utique illud propter quod aliquid
amamus, id magis est amicum. Amamus enim universa propter
bonum. Igitur finis omnium desiderabilium et summum amabilium
est bonum. Qua nimirum ex re jam, amice, rutilanter ad-
spicis, quod universaliter bonum appetis, ipsum maxime diligis, hoc in omnibus volitis quæris, propter hoc cætera concupiscis. Verum cum digesta sit diffinitiva, id ipsum esse
summum dilectum, hoc tantum cunctis esse summum bonum,
ac totius thesaurum petitionis desideratæ rectitudinaliter dixe-
rim, quod est essentia bonitatis. Hoc autem aurum non
est, ergo nec ipsum potest esse summum bonum. Unde illud
summum bonum est, quod omnes naturaliter diligunt, nec est

*

1 Andere lesen: Cujus.

qui ejus effugiat appetitum. Naturæ namque nostræ hoc bonum finis est, ad quem naturalis dilectionis impetu cuncti deferimur. Omnia enim naturaliter suum finem exspectant. Attamen plures sunt sapientes, qui non solum aurum non 5 appetunt, imo ut inimicum virtutis pacisque fugiunt et effundunt. Namque bragmani ut libera tranquillitate civiliter versarentur, aurum totaliter a suis finibus abdicarunt, et brabitæ, civilitatis cultores, ne usu ejus polluti avaritia corrumperent æquitatem et salutarem pacem perderent, ideo in terra-10 rum profundum abjiciunt hujus genus metalli, cum emunt. Unde magis putandum fore malum quam bonum rebus humanis aurum virtutum zelatores senserunt. Amplius autem si summum bonum hominis corporales opes essent, ut quid naturæ providentia circumspectissima hæc quidem divitialia 15 bona feris magis quam hominibus est largita? Smaragdinas namque gemmas arenulasque aureas Sithiæ hosque montes grifes possident et metallorum amplissimis venis multisque lapidibus pretiosis nobis abditis terra gaudet. Nonne sic apparet, quod natura sagacissima perversitatem avaritiæ confu-20 tavit, cum desiderabilium quidem opum majores longe copias aut [1] possidendas brutis dederit, aut in ipsis absconderit elementis? Hæc nimirum alienata naturaliter aliena a veris nostris bonis se esse fatentur. Postquam igitur finem amabilium bonorum quæris, quod summe diligis, fuge aurum, sperne di-25 vitias, cupiditatis exstingue flammas. Non enim ditant sed depauperant, dum animi vitiositate captivant. Tantum virtutem quære, quia, quod quæris, intus habes, thesaurus namque summæ bonitatis non alibi quam in suis amatoribus sistit. Quibus quidem diligenter auditis mox fugata cupiditate divi-30 tialem virtutis venam in se lætatus est invenisse.

Ubi sit curandum ditari.

De vulpe et mustela, cap. 11.

Macilenta vulpes ut se ipsam pinguedine resarciret, in pingue cellarium stricto reperto foramine introivit. Quam cum

*

1 Andere lesen unrichtig: ad, und dann: ut.

ibi morans adspexit mustela, salutatione peracta cœpit quærere,
ad quid et qualiter introisset. Cui vulpes respondit: de toto,
quod petis, soror, una tibi carnis macies sufficiat, ipsa namque
dedit aditum; per angustum foramen veni, ut eam effugerem
5 sociam carnis nostræ letalem. Tunc mustela sagax sagaci sagaciter inquit: certe indebitam carnis maciem fugare bonum
est, sed propter pinguedinem vitalem carnem perdere puto
stultum; dementia quidem est, illud amittere, propter quod
agitur res. Mox vulpes: at quæ nempe est ratiocinatio ista?
10 Tunc mustela subjunxit: si tibi placet dare rationis propositum, quæso magis, ut consequens consilium sit acceptum; videtur mihi quippe, soror, ut antequam alienis rebus sitibundæ
cupiditatis dentem furibundum adhibeas, et aridæ pelli dila-
tivam pinguedinem addas. Indurando mox corpori transitum
15 opportunum provideas et ipsum, si necesse fuerit, inquiras diligenter. Nam per illum artissimum, quo præ macie libere
introisti, impinguata, incrassata, dilatata, duraque pelle, cum
necessitas aderit aut voluntas, redire ad liberum non valebis.
Verum cum sit, ut video, fuge non aliunde præsidium. Si
20 comederis cutemque repleveris alienis, aut oportebit te, quæ
aviditate delectabiliter sumes, ut exire valeas, postmodum cum
nausea evomere, aut præventam a possessore dilectissimam vitam
dolore finire. Et sic quid tibi erit carnis crassities, nisi amara
turbatio, certa captio, pondus intolerabile et laqueus dolorosus?
25 Nunquam nosti, quod stricta naturæ janua parvulus nudusque
homo vix cum maternis stridoribus liber egreditur in hunc mundum? Quid si cupiditate homo affectus et mundialium rerum
placiditate allectus, minime consultus de exitu, opibus rapaci
manu hinc inde collectis fuerit impinguatus, cum tandem morte
30 hinc compellitur exire? Porta justitiæ strictiori reperta, quæ
delectatione rapuerat, mox aut cum doloribus evomit, aut secum
hæc omnia cum vita in æternum perdit? Procede nunc ergo [1], carissima, et non des substantialem pro pinguedine pellem, ac
ibi tibi providentius quære pascua, ubi opulentia est æternæ
35 securitatis. Quibus servatis diligenter vulpes, pastu sumto
præsentis necessitatis, libera et docta recessit.

*

1 Andere lesen unrichtig: perdita. Ergo, carissima.

Contra eos, qui libenter suscipiunt munera.

De simia et histrione, cap. 12.

Cupida vestis simia, confusibiliter ut polluta cooperiret pudenda, cum cerneret histrionem joco lætum, pluribus indu-
5 mentis donatum, ut ea manu prodigalitatis effunderet, mox ad eum se contulit, et parata salutatione subjunxit: nescio certe, cujus instaurationis causa, tam in beneficiis miræ largitatis profusa, caudulam pudibundæ vilitatis latibulum, nulli unquam invida cum sit totius bonitatis exundantissima fontana,
10 mihi natura non dederit, sed reliquerit nudam, unde ad opulentum inops, ad liberalem egena, audacia necessitatis accurro. Cui ille, leniori lingua vestis avidam mulcens: tibi, inquit, hæc nuditas amica grande bonum est, cum sis rationabilibus conformior formata, non bestialiter cum cauda sed arte quasi
15 homo exornata humanis gaudeas opulentiis. Nimirum latent quosdam naturæ beneficia, sed his diffusis grandi liberalitatis impetu repleta sunt omnia. Attamen quod flagitas, satis gratum habens sane do atque mellis favum, quod libenter devoras, superaddo. Tunc simia lætanter susceptis beneficiis
20 grata gratias agens ac nimis magnipendens, quod tam liberaliter ultra quam petierit habuisset, cogitavit, ut in cuncta re sibi necessaria tam gratioso largitori inseparabiliter adhæreret. Cui dixit: satis quidem mea me naturaliter ad te imitandum proprietas inclinat, sed profusa tua magis attrahit
25 benignitas; quamobrem, amice, si dignaris, servire sum paratus. Mox ille: placet, inquit, mihi tam gratanter donata comitiva, magis tamen et bene conveniant jocus et berta. Verum ne quando fortassis dilectam te vagabundam raperet dulce malum et male computata libertas; dilectori largiter donanti necessaria,
30 conjunctæ dilectionis et servitutis liberæ adhærebis catena. Quæ inconsulte jam subacta donis acceptavit et stolida grandem libertatis rem non grandi munere aut callido commercio perdidit et mercatori mox se exhibuit captivandam. Irretitam ergo, natura dispositam, ludere quantocius eruditam, cupiditatis suæ
35 ludos protinus exposuit ac suis commodis [1] atque oblectatio-

*

1 Andere: tempestatibus delectata oder: dilectionem communibus.

nibus alienis miseram servire coegit. Qua nimirum interdum magistro minus correspondente, aut ut puniret defectum aut impudico ludi ludibrio magis exsequeretur effectum, ab omnibus videndam nudabat, super hoc acetoso potus haustu 5 moestificans. Tunc quidem luce confusionis ac tribulationis fellitæ antidoto prudentiæ oculis simiæ restitutis, cum perciperet durioris patroni nunc iræ nunc avaritiæ se captivatam servire, ad cor reversa digestæ rei [1] sententiam talem dicitur protulisse: o subornatum deceptivæ cupiditatis hamum, 10 letiferum munus, munerum naturalium ademtivum, gravissimum obligationis pignus, stulti et sapientis commercium minimum, maximum emtionis pretium, servitutis jugum, iniquitatis fermentum, captivitatis indicium, fomentum discordiarum, subversio civilitatum omniumque seminarium malorum, amatum 15 venenum! Non immerito certe amica veritatis, æquitatis et pacis, cunctarum virtutum socia, divina lex susceptionem munerum judicibus interdicens inquit Exodi XXIII°: munera etiam excæcant prudentes et pervertunt verba justorum! Plane quidem elucidans, quod hæc ipsa prudentiam fugant, justitiam dissi-20 pant, intellectualis moralisque virtutis consistentiam vastant omnemque rectitudinis vitam necant. Revera muneribus excæcatus tam admirabilis Balaam periit, muneribus judicialis sedes domus Jacob depravata liberis Samuelis Israhel in præjudicium [1] cecidit. Muneribus corrupto senatu dudum florido, 25 sicut providerat princeps, ingravata murmuratione Romana gloria transivit. Etenim cum emptis iniquo munerum pretio datoribus legum fratricida ingratissimus et nequam prædo justificatus fuit, tunc Justitia recessit a Roma et converso ad eam vultu clamavit et dixit: o urbem venalem et matrem tradituram, si inveniret 30 emptorem! Ob quas res nimirum, qui non parvis sapientia cultum virtutibus animum possederunt, magnis eo ipso laudibus sunt dignificati, quod magnorum maxima, maximæ libertatis amore, munera contemserunt. Quantis enim titulis gloriæ superfertur ille Diogenes, dum calcatis opibus regiis per medias 35 libere accipientis voluntati expositas, raptas Asiæ [2] Mace-

*

1 Andere lesen: præcipitium.   2 Andere lesen: esse und lassen Asiæ weg.

donis Alexandri gazas pauper sed virtute opulentus incessit. Ita siquidem eo locupletior majorque splenduit, quia plus fuit hoc ipsum, quod accipere noluit, quam id, quod ille dare disposuit aut possedit. Quantis autem certe laudationibus miris morum cultor Socrates extollitur, qui cum Archelai regis satis quidem magnis petebatur muneribus honorandus, respondisse fertur, nolle se ad eum venire, a quo acciperet beneficia, cum reddere illi paria non posset. Liber quippe esse voluit, dum ante reddere quam suscipere in spreto munere cogitavit. Quantisque similiter præconiis curialitatis romanus approbatur Fabricius, dum quadrantiæ munus viro pauperi a Pyrrho rege oblatum virtute ditissimus renuit, magis eligens honestate civis liberi quam muneribus emti regis gloriositate potiri. Qua profecto re multo magis emicuit, dum rex admiratus spectabilem virum [1] utique semper tonante laude super solem erexit dicens: ille est Fabricius qui difficilius ab honestate quam sol a rectitudine sui cursus averti potest. Quid plura? Certe nil carius venditur ac perdibilius sumitur quam munus cupiditate volitum ac donatum. Quibus diffinitis etsi non carne, ab avaritia tamen libera mente quievit et propter munera in captivitate permansit.

Contra eos, qui cupiendo festinant ditari et lætantur, quantocius se divites esse factos.

De cucurbita et palma, cap. 13 [2].

Orta est cucurbita juxta palmam, sed radicem habens violentissime fugitivam, paucis sursum rapta diebus ac antiquissimæ quidem palmæ, incrementis quantocius violentioribus adæquata, proposuit dicens: palma soror, quantum temporis habes? Cui illa: centum vitæ annos. Tunc cucurbita mature se crevisse gaudens grata naturæ dixit: gratias tibi ago, quia mihi pro anno diem dedisti; nam quod palmæ solaris alationis infra zodiacum annus, hoc mihi dies dedit te operante,

*

1 Ausg. lassen virum weg.   2 In der ausgabe von 1630 ist cap. 13: 14, cap. 14: 16, cap. 15: 13, cap. 16: 15.

quæ profusissimis beneficentiis, quas quidem agis, rebus numerum tribuis et augmentum diurnis periodis. Mox enim
palma, ut superbiam, de qua se levaret, dejiceret ac quo lac-
tabatur tristaret, ita fertur dixisse: bene es cucurbita, curva-
tum judicium habens; namque, si sane sentires, in te non rapinæ vis sed judicativa vigeret et utique attenderes, quod regularitate mirabili natura cuncta disponens juxta mores aug-
mentationis mensurat periodos durationis. Revera quod im-
mature crescit, cito decrescit et paulatim auctum longe est
durativum. Effemera piscis repentine augmentatus eo die,
quo oritur, moritur et elephas centenarium venit ad terminum, quia festinum non habet incrementum. Torrens rapidus
cito consumitur et tardus amplius passu moderaminis antiqua-
tur. Melius est ergo paulatim crescere et diutissime vigere
quam celerius supercrescere et quantocius ariditate finire.
Quibus non certe sine tribulatione auditis suspicans cucurbita
dixit: quis te hoc docuit? Et illa: tarditatis quidem meæ an-
tiquitas, nam in antiquis est sapientia. Tunc illa, mæstitiam
tandem addente scientia, talibus in præjudicium suum et commodum aliorum erudita cucurbita cum lacrymis exclamavit
et dixit: o nimium infelicem rapacitatem cupidinis ac violentæ radicis ac felicissimam moderantiam æquitatis! Quæ enim
cito vorat violenta rapacitas, effunduntur post modicum, sed
quæ paulatim acquirit æquitas, nunquam deficiunt, quia in
sempiternum manet justitiæ fundamentum. Quibus dictis
conticuit.

Contra eos, qui se raptis divitiis plenos esse
gaudent.

De sanguisuga et formica, cap. 14.

In membri languentis antidotum corruptis humoribus
aggravati sitibunda sanguinis apposita sanguisuga gratulari
cœpit admodum, quod ad fontem venarum pervenerat a se
diutius exoptatum. Cum autem acumen oris per poralis cutis
meatum venam thesauri vivifici attigisset et nisibus totis
deliciosa tunc aviditate satis quod sitiverat biberet, arte mirabili nocivum ab utili sequestratum, natura diligenti sagaci-

tate propinante malis male cupida plena facta est. Sed cum letalis haustus in totam perfusum virus inciperet ebullire ac quantocius pararet virus mortem venenatam, dolor disrumperet et jam clamore periret, mox ad dolentis vocem venit formicula granum trahens. Quæ dixit: quid accidit tibi? Et illa: amatum quippe sanguinem putavi sugere alimentum et exhausi venenum, cupidam namque decepit propinator avarus, qui retinens sibi commodum sugentis in perniciem dedit virus. Tunc formica subjunxit: bene video quod stulti ea, quæ sibi sunt noxia, cupiunt. Et adjungens inquit: nescivisci, quod, qui alienum sanguinem sugit, propriam perditionem sumit, et dum male quod cupierat rapit, hoc letaliter postmodum evomit et se sibi præcarissimum perdit? Hac revera draco tam callidus peste cupiditatis illuditur, qui ut experti proprietatum animalium tradunt, dum hostiliter concupitum, quem vi et arte prævenit, hinc caudæ potentia irretiti pedis auferendo refugium, hinc oris morsu inimicum quærendo instrumentum avidius, elephantis sanguinem sugit et plenus se perimit et non tam jucundus bibit quam dolorosus se extinguit. Totum enim quod rapitur raptori est virus. An ignorasti, quod avarus raptor, dum lupinis dentibus et cocodrillico morsu alienam rem devorat, propriam alienat, totum se dissipat et cor vastat, quoniam, male quod congregat, raptoribus parat. Nam Chaldæus Assyrium, Persa Chaldæum, Persam Græcus, prædonem prædo, et sic exspoliat Græcum Romanus. Gaudeo igitur, quod nullius sanguinem sugo, imo providentia curo, diligentia quæro, justitia congrego, sapientia servo. Quibus, nullius prædo, laboris justi meritis vivo. Quo dicto sanguisuga simul cum vita cruorem raptum evomuit.

Contra eos, qui laborare nolunt et de rapinis vivere student.

De ape et aranea, cap. 15.

Sui laboris ad studium api pergenti, arte texens aranea suæ fraudis retiaculum, cum coram se illa transiret, mox inquit: quo quidem, querula tempestate, tam quietis impatiens, tota die vaga curris et circuis? Cui illa virtutis suavitate mellita patienter respondit: discurro per flores æquis laboribus emens pabulum mellis. Tunc aranea dixit: stultum est tamen pro stilla roris melliflui circuire. Ad hæc apis adjunxit: stultum imo est quod judicas non sentire, stolidissimum autem pro victu vitam evomere, pro vilissima re medullam carissimam fundere, pro incerto certum impendere, pro minimo magnum perdere ac pro fœtidissima musca te ipsum eviscerare. Ego certe, nihil de propriis amittendo, laboro semper ad certum, tu autem tota die insidiaris eviscerata, pro incerto das et perdis intimum tuum, ut rapias extrinsecus alienum. Attamen cum in retiaculum occultatum nihil inciderit, quid habes aliud nisi quod perdidisti? Omnis namque fur ante perdit sua, quam rapiat aliena, dat pro veste fidei gloriam, pro auro justitiam, pro cibo vitam, pro accidente substantiam et pro iniquitatis necessitate pascenda tanquam mercator stolidus virtutis clarissimæ perdit famam. Melior igitur est labor factus fructu justitiæ, quam rapacis avaritiæ tempestuosissima quies. His auditis post confusionem aranea se abscondit.

Contra eos, qui, ut splendide vivant, rapinæ dant operam.

De bove et lupo, cap. 16.

Post jugum laboris ac commodi in cibum falce linguæ bovem herbas metentem vagabundus otio lupus rapax cum cerneret, mox ad eum veniens inquit: quid est, quod tam validum animal acutisque cornibus adarmatum non solum ab homine jugum toleras gravissimæ servitutis, sed quod deterius est, post tam gravis laboris onus vivis edulio vilitatis? Certe si super artem doli vigoremque dentis mihi tantam natura validitatem dedisset, ita bonis sine laboribus carnibus vescerer, aselli tamen esum vix dignarer! Ad hæc bos ruminata sententia respondisse dicitur: o si innocentiæ bonum, mansuetudinis fructum, æquitatis commodum pacisque decus libra rationis appenderes et hostilis rapacitatis reatum diligentiori circumspectione librares! Videres namque, quantæ calamitatis sit sævire hostiliter ac rapaciter vivere, cum nequissima vita miseræ juventutis sit lues. Namque cum male vivitur, ut vivatur, virtutis nobilior vita vera perimitur et ea quæ relinquitur vita, cum in ea vivat vitialis calamitas, nequior mors efficitur et sic vera vita per semet ipsam damnatur. Quid igitur, quod otiosa rapacitate vivis, malitia [1] gloriaris? Attende,

5 quod animalia viventia de rapina hinc divina lex, hujusmodi immunda dicens [2], in holocaustum hujusmodi prohibens eorumque esum hominibus interdicens ut maligna damnavit. Hinc natura rationalis sæva ea tamquam suæ complexioni discordantia semper abhorruit. Hinc cunctarum effectiva malarum artium

10 felle, venenositate, feritate, ac solitudine hæc detestanda notavit. Nam et omnis furis immundissima mens, distorta anima, fellita voluntas, civilitas æmula, ferocissima vita. Ferre igitur jugum in profectum omnium suavissimum onus virtutis est mihi et tempestuosa libertas in præjudicium singulorum servitus vitio-

15 sitatis est tibi. Sic nempe carius est mihi comedere fœnum de labore justitiæ quam hædum de scelere avaritiæ violentæ. Quo audito lupus confutatus discessit.

Contra fures, qui ibi pluries comprehenduntur, ubi latere crediderunt.

20 De noctua, quæ conqueritur contra lucem, cap. 17.

Cum multum de nocte noctua in furti facinore desudasset, radio præventa diali, minus intuens sed plus timens, cœpit de luce conqueri et maledicere sic diei: o caliginosam lucem, obscuram diem, accusationem apertam, dubitationem letiferam,

25 ut quid prævenisti me? Cur tam cito venisti? Ecce quidem jam non video, ubi condar; jam visa ab inimicalibus avibus confundar. Cui mox adversatrix lux sic respondit: nimirum quod tibi, nequam, odiosa sum, gaudeo, sed magis quod caliginosa sum, jubilo, attamen maxime quod damnosa exsulto. In nocte

30 enim vides, ut noceas cæteris quiescentibus, inquietaris ut rapias, universis dormientibus vigilas, ut occidas. Inquietasti noctem, sprevisti diem, odisti lucem, pervertisti ordinem naturalem. Revera ceteræ aves, cum surgo, surgunt, cum advenio, jucundantur, cum appareo, ad invenienda pascua venti-

*

1 Andere lesen: militia.　　2 Andere lesen: nocens.

lantur. Tu vero surgente die quiescis, ut lateas, apparente die dispares, ne pereas, ac vigilanter dormis, ut per noctem malefaciendo discurras. Quare, illuminatrix cunctorum, sum tibi tenebra odiosa, cunctis gratissima ac tibi mortifera, cum
5 universis sim secura? nisi quod profecto oculus tuus nequam est, cor malevolum, conscientia scelerosa. Non miror, si contuitus tuus frangit saphirum, qui attactus fugat venenum, quoniam internum habes spiritum venenosum, qui impugnat virtutem, fugit lucem et odit splendorem. Attamen quod mansuetæ aves
10 inimicantur tibi, evidens argumentum malitiæ tuæ est, contra quam non omnis dumtaxat armatur lex, sed, siquidem æquitatis ipsa amica, tota etiam insurgit natura. Quibus taliter diffinitis adversus eam jam insurgentibus avibus mox dilaniata est mansuetudinis inimica.

15 Proverbium ostensivum differentiæ inter avarum et liberalem.

De aranea et verme faciente sericum, cap. 18.

De medullis propriis fila serica vigili circuitu verme condente laborans prope similiter, sed dissimili ratione et tan-
20 tam opificis studiositatem prospectans aranea dixit: ut quid, frater mi, tam temetipsum torquens evisceras pro non tuo? At ille: tu autem te, ut quid? Et illa: ego quidem laboro pro meo. Mox ille: quid est tuum? Cui aranea dixit: bonum meum est, præda certe, quam capio hoc in retiaculum inciden-
25 tem. Ad hæc illa: quæ namque est præda? Et illa: præda mea est musca. Quibus auditis vermis locutus est dicens: nimirum, soror mea, detestanda mihi videtur ars fraudulentiæ, cassus labor dementiæ ac repudianda præda miseriæ. Nondum nosti, ut video, quid sit verum proprium bonum. Hoc est
30 enim intrinsecum, non extrinsecum tantumque illud quod possessore non volente perditur. Igitur in hoc, in quo sponte ipsum adeptus reliquerit, est unusquisque invictus. Is namque veraciter vincitur, qui a bono proprio spoliatur. Bonum autem extrinsecum census est, ut quod volente possessore abraditur
35 et false præstantioris judicatur esse potentiæ. Sic enim bonum proprium virtus sola fore dignoscitur, quoniam hæc est cordis

et quæ quidem te, nisi eam relinqueris, non relinquet. In ea dumtaxat, nisi velit possessor, non vincitur, quantumcunque aut intus aut foris molestias patiatur. Revera hæc est possessio mea, qua invictus, liber, dives, quietus, tutissimus, et cæterorum
5 bonorum non cupitor sed possessor exundantia ipsius bonitatis in bonis innumerabilibus me ipsum effundo. Bonum enim diffusivum est sui ipsius. Igitur bonum meum est liberalitatis verissima virtus, qua, cum communico propria, mihi hoc magis approprio, quam cum aliena possideo; cum distribuero colligo,
10 et dum expendo, recondo ea. Nimirum ut cunctis proficiat cœlum, rapidissimo cursu volvitur, virtuosa lumina sidera fundunt, aër torridus concrescit in pluviam et ubique tam commoda germinat terra. Ea quidem non sibi sed aliis germificat natura liberalis, gignit metalla, scaturiunt fontes, fructi-
15 ficant arbores, mellificant apes et cara vellera ferunt oves. Tota igitur naturæ ars, labor et studium ad beneficium exhibendum ex virtute liberalitatis concurrunt. Hoc igitur agendo sequor illam et ex medullis carioribus beneficia impendere conor. Quibus auditis illiberalis aranea, confusa a doctore liberalitatis,
20 obmutuit.

Proverbium ostensivum, quod liberalis dat gratis.

De terra et aëre, cap. 19.

Cum post effusionem pluviæ, quam dederat aridæ sitienti calefactus aër, ex eadem vaporales humiditates exhauriret, mox
25 ei locuta est terra dicens: ut quid tam cito humidum subtrahis, quod sitibundæ gratiosus parum ante dedisti? At ille respondit: adhuc, cum tam antiqua sis, ignoras? Nisi hoc sumerem, illud nullatenus tribuissem; idcirco enim dono laticem, ut assumam vaporem. Tunc terra sic inquit: letalius quippe cu-
30 piditatis est virus, quod liberalitatis specie erigitur; tanto enim amplius nocivum vitium est, quanto magis apparentiæ pallio se virtutem mentitur. Dicam igitur, ne turberis, quod non es effusor, sed mercator rapidus, non donator sed venditor cum sis, nequaquam es liberalis. Liberalis namque est,
35 qui sua bona liberaliter dispergens non commutat, sed donat. Donare autem est gratis tantum virtutem impendere. Unde

ratio liberalis donationis possessæ bonitas est virtutis. Non enim donat liberalis, intendens aliquid recipere a se volitum, sed dumtaxat ad perficiendum operibus [1] virtutis a se possessum jam bonum. At vero qui alienum dando desiderat, libe-
5 raliter minime tribuit, quod serviliter vendidit, non donavit. Attende, quæso, ad virtuosissimas donationes naturæ, quam liberaliter effundantur. Quid enim ab inferioribus suscipit cœlum, quibus omnium suorum vivificum præstat continuo beneficium? Quid Tytan luminis dialis emissione? Aut
10 quid ego ab homine ei stillando genitam venam auri, vitis liquorem suavissimum, apis dulcissimum favum mellis? Nihil certe, quoniam liberalis natura, amando dumtaxat virtutis bonum, dat donum. Nulla enim verior aut major dorationis est merces, quam ipsius donativæ virtutis, grandissima res. Quibus
15 auditis ille de questu illiberalitatis erubuit.

Proverbium, quod liberalis dato beneficio non improperat exigendo laudem.

De vermiculo faciente sericum, cap. 20.

Accepto beneficio serici ex medullis propriis liberalitatis
20 causa donati, cum ad condignas exhibendas gratias ei gratus homo quæreret largitorem, sub circumcluso firmiter cortice ipsum absconditum reperit post diligentis inquisitionis laborem. Cui mox gratissima voce dixit: ut quid, mi carissime, propriis etiam liberalissime effusis medullis faciem dumtaxat sic avarus abscondisti?
25 Certe major mihi erat mæstitia ad gratiarum actiones non inveniendo te, quam lætitia fuerat, tam magnificas donationes in suscipiendo a te. Quibus a grato homine cum rubore auditis, hæc vermiculus liberalis respondit: ut quid, carissime, ad agendas gratias tantillum pauperem inquirebas, cum tibi nil existimem
30 me dedisse? Namque ubi beneficium liberalitatis non præcessit, magnificum gratiarum actionis nullum digne sequitur debitum. Attamen amico pauperi si utique dignaris gratias agere, meum erit, quia pro certo majus est, donum grate suscipere, quam

*

1 Ältere ausg., welche die worte »donationis liberalis« weglassen, lesen: intentum, andere: intendunt für: operibus.

donasse. Pro eo siquidem vere liberalis precibus tribuit, si quod donat grate suscipitur, et magis suscepisse se judicabit. Propter hoc a grato non aliud exigitur quam hoc, quod gaudiose suscepit. Igitur liberalis abscondit faciem, fugit laudem, 5 nullam repetit exteriorem mercedem. Numquam patens [1] est natura germificans, auri liberalissima tam profunda vena, virtus pomificans coeli beneficiis; et auriga nonne abscondit faciem, ne tamquam visibilem gloriam exigentes improperent donatam, maxime quæ fuderunt. Igitur natura et virtus non in faciem 10 tribuunt, quia nec rem nec laudem extrinsecus pro virtualiter fusis muneribus cupierunt. Quibus dictis vale addito quievit.

Proverbium, quod liberalis omnibus, quibus potest, donat.

De terra et primo mobili, cap. 21.

15 Adspiciens terra, quod primum mobile præter se communicato motu diurna [2] cuncta secum visibilia raperet, locuta est ei dicens: ut quid inquietas tantum omnia? Cur tibi non sufficit motum tuum influere tantum uni? At illud respondens desuper dixit: bene locuta es sicut terra, obscura dementia, te- 20 nacitate arida, cupiditate perpetue sitibunda. Non attendis, quod meum inquietare est nobilitare, meum movere clarificare ac meum rapere liberalissime sit donare? Omnibus enim, quæ mecum moventur, meam naturam communico, virtutem natam impendo, propriam causalitatem distribuo. Aut quidem 25 si forte uni vel paucis impertiri superabundans meum illiberaliter beneficium voluisti, tunc mihi aut [3] aliis crudeliter invidisti. Considera, quæso, quod sicut universale recipit, sic universalis virtus communiter agit. Igitur quemadmodum vera justitia est ad omnes, ita beneficentia libera derivatur 30 ad omnes. Nam liberalissimo radio Tytan cuncta respersit nec unquam effusionis suæ splendoris terminos coartavit. Hepar universis membris sanguinem cibalem distribuit, et cor vitalem vaporem per cuncta perflavit, sensum cerebrum cunctis influit et totum liberaliter corpus subditum [4] vivum facit. Igi-

*

1 Andere: Numquid potens. 2 Andere: divino. 3 Andere: haud. 4 Andere: subitum.

tur qui liberaliter donat, cunctis, quibus potest, accommodat, quia non est personarum acceptor sed communis beneficiorum largitor. Quibus auditis verecunda terra obmutuit.

Proverbium, quod liberalis granditer donat.

De die et nocte, cap. 22.

Ad solis praesentiam facta die, cum nox totaliter fuisset exclusa, statim ei lamentabiliter dixit: ut quid tantam clarae luciditatis copiositatem effudisti et me sic ab habitabili orbe undique propulsasti? Nonne sufficiebat te lumen ad visionis necessitudinem effudisse? Cui ille respondit: nimirum infrigidativa es corporiset pectoris constructiva et propter hoc loqueris ut avara. Quid est virtus? Nonne ultimum fore potentiae a philosophis diffinitur? Unde qui infra potestatis valetudinem agit, nondum virtualiter egit. Sic igitur qui non, quantum potuit, benefecit, parumper oberrans a virtute deficit. At vero quid est aliud liberalitas quam liberae beneficentiae magna voluntas? Homo nimirum deficientior est, si donat minus quam potest, voluntatis enim evidens signum est beneficium traditum. In muneribus igitur largiendis non suscipientis attendenda est dignitas sed donantis, quoniam in beneficiis virtus attenditur, non persona. Et propter hoc Antigonus talentum petenti Cuneo illiberaliter denegavit. Tandem avaritiam suam indignitate philosophi pallians: plus est quam tibi dari conveniat, inquit. At vero sic Alexander Macedo, cum argueretur, quod nimis ultra quam satis esset, cuidam dedisset, mox liberaliter respondit: nimirum non adspexi dignitatem personae, sed ad regalis munificentiae granditatem. Attende ad primariam liberalitatis fontanam, unde bonitatis omnis trahitur vena, quantum realitatis mundo tribuit, quia omnia; quantum pulchritudinis firmamento, quia omnes stellas; et quantum veri splendoris, quoniam totam lucem. Nunquam reliquit aliquod universitatis principium, tam maxime bonitatis suae beneficio vacuum. Sic anima quidem liberaliter agens subjecto corpori tantum quantum profuit tribuit. Sic liberalis vermiculus viscera propria in beneficium cuncta dedit. Sic largissima foenix in generatione alterius totam in seminarium pulverem semetipsam effundit. Verae igitur liberalitatis beneficium non est carum sed carius, non est majus sed maximum, neque tantum sed totum bonum. Quo audito magister veritatis obticuit.

Proverbium, quod beneficium liberalis debet esse perpetuum.

De Danubio et æquore, cap. 23.

Semper inundanti Danubio sic locutum est æquor: quando tuæ manationis cessabit impetus? Quando terminabitur influxus? Quousque latices dabis? At ille parum indignatus respondit: bene loqueris sicut mare, quia omnia fluenta insatiabiliter recipis nec tamen juste crevisti; nimirum tunc liberalitatis meæ cessabit influxus, cum insatiabilis tuæ terminabitur appetitus. Non enim minor est valetudo virtutis quam vitiositatis defectio et propter hoc, sicut cupiditati nihil satis est, ita liberalitati nullus est finis. Responde mihi, quomodo, ex quo, propter quod et quid tribuit liberalis? Nonne ex inclinatione virtutis præstat, ratione delectationis donat, ratione dilectionis[1] se totum communicat? Quoniam igitur virtus, quemadmodum natura illam inclinat, semper peragit nec unquam exsistit otiosa. Unde semper humilis inclinatus justus est, innocens, rectus, misericors, prudens, pius, liberalis, beneficialis et profusus. Similiter verus amor est sine fine, caritas autem nunquam excedit, et qui amicus est, perpetuo diligit. Unde qui ex dilectione largitur, nunquam a dilectione retrahitur, nisi dilectio finiatur. Operatur enim amor magna, si est, si autem desinit operari, amor non est. Attamen nec unquam deficit beneficium liberali ad dandum, cum sit virtute et amore ditissimus. Nempe si deficit pecunia, adest lingua, si deest census, adest manus, si est cellarium vacuum, non est consilium diminutum. Nunquam siquidem desunt virtuti divitiæ. Non ergo deficiat virtuosa voluntas, quia non deerit fructuosa facultas. Attende, quæso, quod perpetuæ sunt emanationes beneficiorum liberalis naturæ. Nonne cœlum vitales virtutes semper inferioribus influit? Sol perpetuo lumen fundit et semper

*

1 Andere lesen schlecht: delectationis.

gratissima tellus pascua gignit et donec vixerit cor, membra singula calefacit, hepar nutrit, cerebrum sensus animat. Igitur liberalis beneficii perpetuus est influxus. Quibus dictis magis Danubius redundavit.

5 **Proverbium, quod liberalis velox est ad dandum.**

De sole et caligine, cap. 24.

Cum exortus sol in primo principio orientis, copiosissima fusa luce, tenebram undique ab habitabilis pleno hemispherio mox fugasset, caligo deorsum sic conquesta eidem est dicens: ut 10 quid tantæ largitionis impetu, tanto repentino emissionis influxu radiorum tuorum fulgores super terram fudisti? Numquid non satis erat, debita moderatione paulatim influere et ita me curialius modesta contrarietate fugare? At ille respondit: tenebra es et ideo ignorantiæ cæcitate referta sicut tenebra es 15 locuta. Nimirum nescivisti modum liberalis donationis. Namque cum magna voluntas in dando est, si facultas adest, non minor est in effundendo velocitas. Sic qui effundere potuit et distulit, utique concupivit quod tenuit, nec voluntate plena dedit. Clarum est speculum liberæ voluntatis effusiva celeri-20 tas donationis. Ea siquidem lucide panditur, quod virtus, non quod datur, ametur. Virtus autem in libera voluntate consistit. Audivisti quod jam in proverbio utitur: qui cito dat, bis donat. Nempe bis, quia voluntatem et placidam rem, aut certe bis dat, quia in re et in voluntate. Unde in voluntate non dedit, 25 qui totum de foris opere donare tardavit. Namque ubi ad dandum facultas affuit et interfuit tarditas, ibi voluntas non fuit. Revera si dare diligitur, non tardatur. Neque enim aliud principaliter magis liberalis intendit quam hoc, quod dare virtualiter voluit. Porro si liberalis est donator, 30 lætificum videri decet eo, quod minus gaudenter suscipitur munus tardum. Attende, quæso, quanto impetu a natura nati fontes scaturiunt, venti funduntur, cœlum in beneficium volvitur et substantialis forma materiæ in atomo temporis copulatur. Beneficium ergo quanto datur velocius, tanto liben-35 tius, quanto libentius, tanto liberalius, et quanto liberalius traditur, tanto carius sumitur et jucundius possidetur. Quibus auditis caligo disparuit.

Proverbium ostensivum, quod liberalis hilariter donat.

De aquila et fœnice, cap. 25.

5 De supernis ad infima contuitu vigili aquila prædam investigando prospiciens, cum fœnicem cerneret se igne genito comburentem, descendit ad eum subito et hæc dixit: numquid in combustione non doles? At ille: tu autem in venatione non gaudes? Et illa: etiam. Tunc fœnix adjunxit: certe sicut 10 tu cupida delectaris in captione prædæ, ita fœnix larga in donatione substantiæ. Non enim minor jucunditas est in exhibitione liberalitatis quam tibi in deprædatione cupiditatis. Omnem enim actionem virtutis effusio sequitur delectationis. Propter hoc, carissima, in hoc igne non doleo, sed delector, 15 quia in generatione alterius tam delectabiliter quam liberaliter totam me ipsam effundo. Numquid non considerasti, quanto impetu delectationis in generatione liberaliter vipera se diffundit, ut quidem non sentiat amaritudinem morsus mortis? Nimirum cuncta sua beneficia non sine magna delectatione 20 liberalis natura communicat. Namque generativa virtus medullam vivificam beneficialiter cum suavitate largitur, cum jucunditate cor funditur [1], et cum digestum cibum stomachus donaverit, delectatur. Omnis enim donatio liberalis cum hilaritate est cordis, quoniam ejus effundere virtutem augere est virtutem, 25 proficere in virtute, virtutem quoque possidere. At vero illiberalis tenendo aurum perdit semet ipsum et, foris dum possidet, intus veraciter nihil habet, dolet, si dederit, quia perdit, eo quod ex virtute non dedit. Si rapuerit, delectatur et nescit cæcus, quod ipse amittitur. Sed quid habet, qui se 30 ipsum non possidet? Omnia enim transeunt cum persona. Et propter hoc qui cupiditatis est servus, cujus est dominus? Disperge ergo bona libenter, dona hilariter et una cum virtute possideas universa: ac quidem in sempiternum sis liber. Quibus auditis aquila, ratione liberalitatis confusa, in superna 35 avolavit.

*

1 Andere: jucunditate confunditur et.

Proverbium contra iniquitatem ingratitudinis.

De vipera et ejus filiis, cap. 26.

Gravida vipera cum ad maturitatem perfectam fœtus per-
duxisset, diros in suis visceribus sentiens morsus, amara nimirum beneficii querimonia iis dixit: quid est hoc scelus quod
facitis? numquid redditis pro bono malum, quia laceratis ventrem, qui vos portavit, matrem occiditis, quæ vos genuit? Quæ
est ista contra naturam nequitia et ingratitudinis sævitia tam
stupenda? At illi dixerunt: quid est, quod nobis dedisti aut fecisti? Nimirum, ut delectares te, concepisti et in tetri carceris
ventrem nos abscondisti. Quid aliud circa nos egeris, nescimus,
attamen prodire in lucem appetimus et gratum mundi spatium
affectamus. Tunc mater adjunxit: ecce quidem jam totum in
rubiginem ingratitudinis impegistis, namque non solum, ut
dignum est, nec quantum ad generationis beneficium pertinet,
respondistis, sed quod majus, imo quod pejus est, spernitis,
depravatis et denegatis, atque quod scelestius est, matrem
exinde læditis, et quod est ingratitudinis complementum, jam
obliti tanti muneris estis. Nam qui beneficii recordatur, ingratus esse nondum in toto sancitur. Revera ergo concepi
vos ex medullis carioribus meis, alui ex sanguinibus propriis
meis, fovi calore meo, portavi labore, promovi cum dolore et
in visceribus propriis nocte ac die custodivi cum timore. Nunc
autem pro tantis beneficiis matri rependitis vicem mortis. Nimirum in ipsam directe venam bonitatis delinquitis, in virtutem piissimæ largitatis peccatis, legem æquitatis offenditis
et fontanam pietatis beneficæ obturatis, lucidum ignem caritatis exstinguitis, splendorem veritatis fuscatis. Verumtamen
quia inique rependitis malum pro bono, retribuetur vobis
justissime malum pro bono, namque justitia ingratitudini est
grata minime. Namque demeritorum reddit ei stipendia digna
et propter hoc, quia cum ingratitudine incepistis, dira ingratitudine et sæva finietis. Nam tu, fili, fœcundabis sororem tuam et
ipsa te perimet et tu, filia, fœtus concipies, qui confestim crudeliter te occident et sic vertetur vitium in tormentum et
ingratitudo ingratitudine punietur et erit soboles ingratitudinis cibus mortis. Quibus dictis dolore viscerum exstincta est.

Proverbium ostensivum proprietatum grati.

De cane et lupo, cap. 27.

Canis a domino verberatus cum ex doloribus decumbens clamaret, mox venit ad eum lupus nihil veritus sed secu-
5 rus, sicque visitator durissimus atque gravissimus, consolator asperrimis leniens, amarissimis mulcens, afflictionem addens afflicto proposuit dicens: cur de amico clamore conquereris et grandi voce de homine lamentaris? tu certe reus tibi es, qui tantum hominem semper dilexisti! Hæc sunt stipendia
10 meritorum tuorum; quia nocturno gelu et calore diurno gregem custodivisti, suscipe nunc dolorem. Cui quidem canis gratis- simus clara gratitudinis sententia mox respondit[1]: si bona sus- cepi de manu hominis, cur et non sustinerem nunc mala? non semper bonum expetimus ab amico, imo et si quando
15 inferatur, suscipiamus et malum. Nam si ex lege dilectionis pro amico malum non fugitur, ut quid ab eo tranquillissime non feratur illatum? Minus enim pro certo gratus esse dignoscitur, qui quandocunque, cujus dotatus est beneficentia, patienter ejus non tolerat offensam. At semper diligit, qui
20 amicus est, et semel accepto beneficio virtuosus semper est gratus, sicut asbeston, qui vere dilexit, accenditur et quasi fons vivus ingratitudinis vena aperitur. Est enim virtutis semper prosper actus. Ad hæc lupus discordiæ seminator adjunxit: et quod est beneficium tibi datum nisi post diei curriculum
25 panis frustum[2]? Tu autem, cum animalia cætera nocte libera quiescunt, æternus servus super gregem palpebris timorosis evigilas et aperto ore in diali caumate, inquieto pectore, lingua paralytiva sitis auram. Sic continuis latratibus tempestaris et infestis semper laniaris ursinis ungulis: sed nunquam pro pane
30 parvo dulcem tribuisti quietem et pellem[3]! Tunc canis pru- dentius callido hosti respondit: nimirum cunctis inimicus et nocivus nihil unquam virtutis et gratitudinis cognovisti! Quid

*

1 In der ausg. v. 1630 folgt erst das distichon:
Si fortuna dedit dudum mihi dulcia, quare
Dedignor sub ea paucula dura pati?
2 Andere: tum.   3 die worte: sed bis pellem fehlen in der aus- gabe von 1630.

enim aliud est gratitudo quam caritatis justitia, liberalitatis
lex debita et beneficentia aequitatis? tribuens pro uno centu-
plum ceu bona terra pro minimo maximum, ut matrix foe-
cunda pro vili carissimum velut coctula nuda. Neque certe
5 ullum est liberalis beneficium modicum, quia cum virtutis
quippe amore dedit principaliter semetipsum. Quid ergo
dignum dabitur pro virtute aut quid aequivalens reddetur pro
grato homine? Pro certo nihil est, quod a grato liberali repen-
ditur, nisi virtus pro virtute, amor pro amore, atque homo pro
10 homine quantocius redonetur. Vade igitur, quod hominis semper
sum amicus et tuus propter hominem perpetuus inimicus.
Quibus cum pavore auditis lupus mox in solitudinem fugit.

Explicit liber tertius.

INCIPIUNT CAPITULA LIBRI QUARTI.
DE HIS, QUÆ SUNT CONTRA LUXURIAM.

De vitio intemperantiæ contrario modestiæ[1].

De murilego et porco, cap. 1.

5 Stabat murilegus in splendido prato, lingendo lingua pellem suam ut polleret etiam adhærentem pulverem expiare, sed contra porcus non longe in cœno fœtido, hinc inde perfusus, cutem spinis turpissimam jactatione hujusmodi amplius sordidabat. O, inquit, quam amœnissimus mihi lectus et
10 status hic est dulcissimus, quam mihi delectabilissimus census, quam tam fruibile balneum carni meæ, aqua refrigerii, stilla roris, transcendens nempe Libani latices, Damasci et Panormitani fontes et in bays et hanicis lavacra sospitatis[2]. Atque murilegus dum hoc dicentem in sorde volutatum audiret, indig-
15 natus ad verbum et abominatus accubitum mente, voce quoque clariori hæc dixit: de falsitate talis extollentiæ multo magis quam de immunditiei fœditate dolerem, nisi, ut tibi referrem aliquid per eloquium, parum me direxisses. Quid enim hoc est ubi jaces? At ille respondit: lutum cœnumque. Tunc
20 murilegus increpando adjunxit: bene es porcus, quia delectaris in fœtidis, impinguaris in sordibus et lætaris in rebus pessimis. Cui porcus impatiens dixit: vade, judica mures tuos; quid mihi et tibi? At ille: bene Salomonicum est, non arguere derisorem, ne oderit te. Attamen pestilenti muri judex
25 auctoritate naturæ constitutus sum suus, et tibi immundo, si percipis, natura in moribus corrector sum tuus; te namque lin-

*

1 Die überschrift lautet in d. ausg. v. 1630: contra amatores immunditiæ. 2 Die stelle lautet in d. ausg. v. 1630 so: Damasci fontes et Panormitana balnea sospitate!

gendo lingua vitare sordes edoceo, si attendis, at illum scilicet murem judico, cum in maleficiis eum judicialis ungula
comprehendit. Vide, quæso, quam cara est Deo grataque
munditia tam animæ quam naturæ. Ille enim cœlum sibi
in æternum paravit mundissimum et replevit luce clarissima
mundum, animam de candidato semine generat et puro membra
sanguine cibat, mira quidem rutilantia flores germinat ac
splendenti pluma, squama et pellicula carnes ornat. Sic natura pretiosas gemmas gignit purissimas et metalla quidem
puritate splendentia parit, et condit suo diverso modo digesta.
Ut quid ergo in immunditiis delectaris? Nescivisti, quod, ex-
pulsiva dissoluta virtute, retentis fœditatibus caro perit? Et
ideo si vitam tantum diligis, sordes fuge et ad purgativum mox
lavacrum adscende. Quo dicto requievit.

Contra amatores deliciarum luxuriosos.

De porco et vulpe, cap. 2.

Speciose porcus a suo domino enutritus cum impinguatus
recumberet, ad eum veniens vulpes salutavit et dixit: quomodo
est tibi, frater? At ille respondit: quid petis? nonne hoc cernis, quod lætus, satiatus, incrassatus, nunquam fatigatus, sed
delectatus requiesco? Nam inveni hominem secundum cor meum,
qui facto mane mihi in abundantia cibum anteponit, nunquam
esurire permittit, imo ad esum me interdum pigritantem ap-
ponit, luti suavissimum lectum stravit atque dulci manu blanditur pruritum recumbentis. Non solum pati morsum me
unquam a canibus ad debilitationem, cum vagor, sustinuit, sed
nec latratum pavescere me permisit. Quid plura? eo procurante semper vivo in croceis. Ut quid ergo tu sic tota die vaga
et famelica circuis et cum tali amico ad habitandum non venis?
Quibus vulpes auditis super insensatum ridens subjunxit: bene
verum est, quod crassities tondet sensum, tollit motum et con-
tinuatæ subvertunt deliciæ intellectum. Propter quod parum
vidisti nec unquam rectitudinaliter judicasti. Nimirum iste
homo piscator factus est super terram, cibali dulcedine ornat
hamum, ut ad mortem suaviter trahat incautum; ille magnes
factus est hominis plurimum attractivus, qui cum risu occidit,

attractum cibis deducit ad suspendium et ut venator callidus dulci fistula vocat ad laqueum; replet namque ventrem tuum, ut decoctum te sapidius comedat, dat furfur, ut pinguedinem faciat, accommodat brodium, ut carnem assumat. O si in-
trasses domum ejus et diligentius conspexisses, profecto ex infumatis inibi pendentibus aliis, quos ita nutriverat, ab eo paratum tibi incendium cognovisses. Bonis cibis te ducit ad mortem et in sempiternas tristitias tibi delicias has convertet. Absit a me talis amicus, qui subornat amori odium et æternæ mortis
sub mundi deliciis condit hamum. Abominor cibum ejus blandientem, repudio manum, extunc totum ejus sperno solatium, nolo certe, ut risu me conducat ad luctum nec suis falsis deliciis a me separet pellis vitale consortium. Calicem Pharaonis eligo, non ferculorum canistrum, sperno paleam, non fla-
gellum, sagittam Jonathæ intra me diligo et Joabi refugio basium. Quibus sic probatis mox fugit.

Proverbium de malo deliciarum.

De cane et lupo, cap. 5.

Sub meridiano æstu canem, aperto ore ac pectore inquie-
tato in accubitum sui cordis refrigerium attrahentem inveniens lupus dixit: o insensate miser et sponte calamitati subjectus! si tantum tibi placent angustiæ, ut quid ergo cum Empedocle Siculo te non Ætnæ refertam miseria projicis in fornacem? Nimirum si te delectant contra naturam pœnalitates, exspecta
parum, quia in morte cuncta pœnalia invenies. Ut quid ergo in tantilla vita spretis refrigeriis ex nunc ardes? Namque tu in nocte ovibus quiescentibus somnum nescis, illis tota die pascentibus non quiescis, panem tantum et aquam sumis, nocturno gelu et diurno caumate, illis spisso vellere coopertis ac mutuo
se foventibus, tu nuda pelle in tempestatis aëre solus degis, illis quidem sine timore jacentibus tu suspensa palpebra hinc dentem hinc ungulam in aperto vigilans pertimescis. Quænam sunt interdum deliciæ tuæ nisi acetosum lac, intestinum fœtidum, lectus lapideus et suavis odor stercoris ovium? Quid
plura? Cunctis es juste infelicior et tu tibi ipsi mundum jam fecisti infernum. Surge, surge, miser, et relictis pœnis quære

delicias, ut saltem, antequam vitam finias, stillicidio consolationis gustato ex perientia quid sit bonum agnoscas. Hujus autem canis valida exhortatione devictus surrexit et, ut se licentiaret, ad oviculas venit et dixit: dudum servivi vobis et
5 obsessus undique miseriis satis steti, vadam, ut juxta lupi monita in deliciis aliquantulum requiescam. Quo audito illi gementes dixerunt: quamquam simpliciores simus, tamen sapientia cum simplicibus versatur. Propter hoc rogamus, ut antiquas amicas audias et inimico tuo in æternam non credas. Nescis
10 enim, quod calidissimus lupus, quem dente non dejicit, arte ferit? Unde quia te in rigida vita dudum hostem acerrimum habuit, nunc per hortamenta deliciarum invadit, ut deliciis emollitum inveniat, ac delicatæ carni inimicum dentem validius infigat. Adhuc autem deliciis caro non solum emollitur, sed
15 vigor animæ frangitur ac vitiorum ardor acuitur virtutumque jugum curvatur, cor ipsum livor passionum ingreditur et rationis splendor fuscatur. Nimirum delitiæ fregerunt Sampsonem fortissimum, subverterunt David virum sanctissimum et deceperunt Salomonem sapientissimum. Quidnam enim deliciæ corporales
20 faciunt? foris mellificant cunctos vestimentis, balneis et unguentis et intus replent eduliis, condimentis et vinis. Idcirco pes tumorositate gravatur, calor humiditate conditur et emollita cutis hinc inde levissime penetratur. Igitur, frater, si delicias quæris, perniciem diligis et in dulci flumine letaliter
25 vis submergi, venenum in zucaro appetis et in æternas angustias risu et canticis vis deduci. Crede nobis, crede et in hujus vitæ deliciis omne malum latitare agnosce. Vigor enim carnis est valetudo virtutis. Quo audito conversus canis quievit.

30 Proverbium, quod sapiens debet esse temperatus in ubertate nec gulæ servire.

De vulpe et mustela, cap. 4.

Macilenta vulpes, replendæ cutis curam agens, antidotum et magistrum quærebat; cujus quidem gnara mustela ei obvia
35 dixit: expertum quære, nam experientia facit artem. At illa respondit: scio, filia, scio, quia jam experta meæ habitudinis

sum magistra. Deinde cum circuitu vigili suis sordibus involutum porcum pinguissimum invenisset, obstupescens miranda crassitie, sic jacentem diligenti prius contuitu circuivit cernensque in posterioribus eum vili cutis apertura fœdatum,
5 coram posita mox accessit et dixit: te doctorem replendæ cutis fore tam nimirum relatu quam ipsa habitudo tua docuit. Idcirco dignum mercede repletionis documentum macra expostulo. Attamen, reverende doctor, ne turberis, prius te quæstiuncula pulso. Audivi enim in philosophicis scholis, quod admiratio
10 disciplinæ sit radix, ramusculus quæstio et satisfactio dulcis fructus. Cui ille tunc exhilaratus sic inquit: postquam dignata es, debitæ calliditatis magistra, ad paupertatis nostræ venam doctrinalem recurrere, certe mihi debitum est respondere. Statim ergo illa subjunxit: quid est, propter quod te
15 non solum tanta fœditate fœdum, verum et in posterioribus video te corrosum? Mirandus es certe satis cutis plenitudine, non autem minus sordidus pruriginoso es ulcere. At ille rubore confuso vultu respondit: nempe, carissima, facinus hoc est pestilentissimi muris ac minime morsus acumine passus
20 est sensus, quia moles pinguedinis nec sensum pati nec motu subvehere permisit. Nonne crassities venatorum insensibiliter letalem patitur ictum? Ad hæc vulpes antiquæ eruditionis sententia sic inquit: maledicta sit talis pinguedo stupefactiva sensus, dissolutiva motus, sorde referta, doloroso opere gravida, ge-
25 nerationis orbata gaudio et vitæ privata tripudio. Plura enim pinguedine suffocantur et prolifica virtute orbantur. Gaudeo certe omni modo nescia tui et cara est mihi admodum experientia mei. Naturæ de cætero obediam, juxta quod sapientiæ est sententia, quæ pluribus ingens salutis mater et modicis contenta est. Nec, paucis tantum egens, obediam amplius [1] intem-
30 perantiæ gulæ, quæ infirmitatis fontana, libidinis pœna, desipientiæ semita, mortis janua, stat nullo fine epularum contenta. Ad salutem enim et vitam cum naturali lege ordinatus sit cibus, in perditionem et mortem suam immoderatus eo utitur fatuus.
35 Eruditum igitur his magistrum, disciplina illicentiatum valedicto reliquit.

*

1 Andere lesen schlecht: obviam intemperantiæ.

Proverbium contra amatores vini.

De ape et bibione, cap. 5.

Mellis stillicidia in floribus apem lingentem bibio reperit
et ibi causam, quid quæreret, mox petivit. Cui illa respondit:
5 mel sitibunda quæro, mel colligo de florum profundo. At ille
hæc audiens ridens dixit: bene scripsit Aristoteles, quod amatores dulcium fatui sunt, putaveramque te sensatam fore ex
regis gubernatione et arte, sed, ut cerno, operatione minor res
tua est. Namque nondum nosti, quid est mel et vitalis suavi-
10 tas, cujus radicis de fructu et flore stillet. Attende, quia
compatior siti tuæ, veni mecum et dabo tibi mellis cellarium
plenum. Ut quid tota die sitibunda et anxia in aridis floribus
tempestaris? egredere, en!¹ te dulcedinis ducam ad fontem.
At vero cum illum credula sequeretur, deductam ad vitem²
15 sic allocutus est dicens: nimirum hæc est abundantia vitæ,
abundantia gratiæ, dulcedo lætitiæ, valetudo mirificæ medicinæ,
istud est mel suavissimum cor sustentans, hic balsamicus li-
quor substantiam salvans, hic ros nitidissimus homines Deos-
que lætificans. Bibe ergo mecum sitibunda satis et in jucun-
20 ditate recumbe. Ad hæc sagax illa vini odorem sentiens mox
ita fertur dixisse: profecto hoc dudum audiveram, sed experientiam nesciebam, quia amatores vini sunt ebrii. Nimirum
quia vino male semper ebrius es, rationis lucernula cares,
quoniam et de vini corruptione genitus es, idcirco de proprie-
25 tate ejus corruptissime locutus es. Nam vinum mel ori est,
sed quidem capiti venenosum fel. Sapit in ore, ardet in
ventre, fumat in capite, contundit sensus, vigorem confundit,
imaginationem fallit, rationem destruit, tollit mentem, visum
obnubilat, nervos laxat, linguam balbificat, os inhonestat, ma-
30 nus mobilitat, pectus inflammat, spumat luxuriam, vim gignitivam enervat, gressus inordinat, totum vastat, ita ut a planta
pedis usque ad verticem non sit in ebrio sanitas. Vinum quippe
qui primum bibit, inebriatus est, inebriatus sopitus, sopitus
nudatus, nudatus inhonestatus, inhonestatus derisus. Eo ve-
35 nenatus Loth stuprum filiarum non sensit, Amon temulentus

*

1 Andere lesen: sed.   2 Andere lesen falsch: vegetem.

fratis gladio cecidit et Holofernes dux invictus, prostratus
manu muliebri, pugione suo caput amisit. O quam amabile,
dulce et omne venenum! Odis amantes, diligis te abhorrentes,
occidis te perfruentes, submergis te sectantes, abutentes lædis,
5 mederis utentes te, utentibus vero mellitum es venenum. Quibus diffinitis recessit.

Proverbium contra amatores pinguium.

De aqua, oleo et flamma, cap. 6.

In lampade vitrea degens cum oleum aquæ superfusum
10 prius descendens in infima, mox in sublimia moveretur, locuta
est aqua ei dicens: ut quid, frater, super me, quæ in olivæ radicibus te nutrivi, tanto impetu ingratitudinis spreta reverentia ad-
scendisti? Ad illud respondit: quippe naturæ impetum et rationis vigentis sequens gressum, quo illa impulit, huc me
15 direxi nec licet quidem rebellem esse naturæ; nonne tu, carissima, impellente ea cum grata superis fuisses, abstracta de
supernis mox in ima descendisti? Ad hæc aqua quiete subjunxit: ut video, nosti, doce me, quo modo natura supernatare
te faciat? Cui oleum dixit: in promptu causa est, quia ignea
20 pinguedo me levat. Quod quidem aqua diligenter notante statim in
lychno accensa scintilla se cœpit oleo nutrire, cumque illud
se videret gradatim decrescere, flammam vero excrescere, sic
paulatim indignatum fertur dixisse: adhæsisti suaviter, ut con-
sumeres socium fraudulenter, quando satiabitur ardor tuus?
25 Et illa: quippe quando desiccabitur unctuositas tua; nisi
enim a te prius amoveatur pinguedo, a me quidem combu-
rendi non separabitur actio. An ignoras, quod ab Asbesto [1] in
æternum non separor, quoniam unctuoso humido ei inseparabiliter adhærente vivit perpetuo meus vigor? Sic in vitæ
30 primordio semel in corporis medullis accensa tamdiu exardeo,
quamdiu in iis cibativa regnabit pinguedo. Nonne ardor libidinis tantum protenditur, quantum vita in luxuria incrassa-
tur? Quibus dictis post modicum consumto oleo flamma venit
ad aquam. Cujus extemplo [2] contra calidum frigus suum ap-

*

1 Andere falsch: æstu.   2 Andere lesen unrichtig: exemplo.

posuit. ac contra ardoris voraginem substantiali macredine se armavit, cœpitque mox flamma clamare et dixit: quid est hoc, quod agis, avara? cur vis exstinguere vitam meam? Nam consumere me tu vis, ut parum ante oleum destruxisti; novi
5 malitiam tuam, ego sum medicina tua. Quo dicto flamma exstincta est.

Proverbium contra amatores carnalis pulchritudinis ob luxuriam.

De camelo et duobus tauris dimicantibus propter
10 vitulam, cap. 7 [1].

Duobus letaliter adversum se cornu et ungula dimican-
tibus tauris camelus supervenit et, misertus mox exitiale bellum
ac furorem cruentum, ingerens se, eos divisit dixitque: quænam
vobis ratio odiendi, quæ causa pugnandi est, cum ambobus
15 similem speciem natura donaverit vinculum diligendi? Dicite
mihi, si ratione fortassis tantæ iracundiæ seminarium possit
evelli? At illi dixerunt: nimirum, pater, hujus odii amor est
causa, vitulam enim formosam diligimus, quam quilibet sibi
appropriare volens, tam sæva pugna mutuo dimicamus. Quo
20 audito cum prudens ille libidinem hujus furoris occasionem
notasset, mox pugnam diremit ratione et dixit: quod pulchritudo certe placeat oculo et vi amoris cor ad se delectabiliter
trahat, non est vitium, sed natura, pulchrum cum sensus ex se
delectet et cum bonum naturaliter attrahat. Attamen quod spe-
25 ciositatis placentia in luxuriam vertatur, hoc non natura, sed
vitiositas est. Vult enim libido inepta puritatis abuti pulchritudine ac splendorem ejus suis fœditatibus sordidare. Cujus
quidem compositionem natura miratur et admiratione delectatur et delectatione legis ordine utitur. Omnis autem species a
30 prima infabricata formosissima forma in creatis rebus exem-
plata est, cum summa arte facta sint omnia. Unde nostri [1]
appetitus sunt in illam decoram, placabilem et summe pulchram
formam per tractum rationis ordinandi. Quæ tamen pura,
causalis et incorporalis formositas summe placere debet, intime

*

1 In d. ausg. v. 1630 ist dies c. 11.   2 Andere lesen: veri.

attrahere, et ad se totius nostri [1] cordis impetum recurvare, ut eam diligamus potissime, ipsam desideremus ardentissime, et ad eam perfruendam totaliter rapiamur. Si ergo pulchritudinis amorem libido suæ delectationis pondere sinistrorsum recurvat, tunc a formosissimæ artis suæ veneratione ratio devia turpiter cedit et oberrat. Quemadmodum si mente deficimus et venustam faciem non in sua substantia, sed in umbra speculari diligimus, sicut quidem sensu egemus ad videndum formam in visione et luce sensibili, quam in splendore sapientiæ plus amamus. Porro si generationem amatis, non debetis quærere claram faciem sed fœcundam matricem. Nondum certe considerastis, quomodo natura in generando nequaquam in eam faciei speciem respicit, sed eam spernit, et quod vipera secum cœuntem nimis specie delectatum occidit? Quippe Narcissus periit, quia venustatem dilexit in imagine, non in re, et ita vos modo sævistis invicem, quia in corruptibili carne fallaciter et umbraliter pictam speciem et non in artis solida virtute diligitis. Quibus taliter mitigatis illorum libidinosum furorem convertit ad pacem.

Proverbium ad commendationem castitatis.

De fœnice et vipera contraria in natura, cap. 8 [2].

Fœnicem solitariam recumbentem reperiens vipera salutavit et dixit: ut quid tu sola sedes? ubi tui generis est amica societas? Cui illa: quippe sola sum in genere meo nec ulla adest in me sexus discretio, una tantum sum et singularis in mundo. Quo audito mirata valde vipera dixit: numquid tibi soli fuit illiberalis natura, cum cæteris animalibus tam sit in generatione profusa? Orbavit enim te dulcis societatis solatio, generationis suavissimo gaudio et gratissimo [3] prolis bono. Ad quid tibi pulchritudo hæc, cum privata es vitæ conjugalis dulcedine et coëundi dilectione? Nempe si moritura es, tota deficies, et si immortalis [4], in æternum es tristis. Quid plura? cæcitate tibi oculis obscuratis malum bonumque

*

1 Andere: vestri. 2 In der ausg. v. 1630 sind die cap. 8 bis 11: 7 bis 10: 3 Andere: gravissimæ. 4 Andere lesen: sive mortalis.

quid sit, nunquam senties nec nosti. Ad hæc illa fœnix, venereorum non ignara fastidii, et puritatis haud [1] nescia gaudii,
minime turbata respondit: nimirum nec avaram mihi aut minus providam, imo circumspectam universaliter et amicam puto
5 exstitisse naturam. Totus namque mundus societas mihi sua-
vissima est, quocumque volavero, conjunctione gratissima [2]
contiguam reperio creaturam. Numquid supercœlestis natura
specierum singularium numerositate dotata societatis dulcedine
privata est? Absit. Ibi namque est summa et gaudiosa so-
10 cietas, ubi totius speciei maxima et intima unitas. Nonne
in generibus sexu divisis hæc naturalis societatis conjunctio
delectabilissime agitur, ut in carne una quodammodo species
singularitatis efficiatur? O quam dulcis, quam amœna est in-
divisibilis unitas et virtutis inseparabilis comitiva! Igitur, quia
15 singularis, sum specie assimilata cœlestibus, gaudeo, intentis-
sime lætor, et totam, non partem me esse exulto. Tota enim
res, tota vis in me una omnisque bonitas meæ speciei est
clara. Quid, si generationis lepore non fruor, nempe etiam
saphirus, stella, orbis et annus [3] non generant nec minus inde
20 pretiosa se putant. Indignior enim et a primo bonitatis
fonte per dissimilitudinem elongata natura quidem esse semper in
unitate non potuit, sed ex divisione successivæ generationis
ad perdurandum Dei providentia est adjuta. Revera si generationis pensatur solatium, cur non etiam ejus desudationis tor-
25 mentum? Quamquam enim fœtus una instantanea delectatione
concipitur, tamen abominatione fovetur, labore portatur,
timore servatur, dolore parturitur, periclitatione gignitur,
fœtore nutritur, servitute augetur, anxietate diligitur et in
puncto cum maxima tribulatione amittitur. An forte tu sola
30 de generatione gaudes? Experientia disces. Concipies enim
delectabiliter et letaliter paries. Cum prolem nutrieris, tunc
eam te perdendo amittes, et sic paris carissimum cibum mortis.
Aut quæ gratia gallinæ est, quæ pullos genitos tanto amoris
impetu fovet? Nonne ab iis, cum creverint, ignoratur? Parum
35 sudat jumentum vetus sub onere et postquam lactaverit, calcem
patitur. Quid ergo meum gaudium est? Generare me ipsam.

*

1 Andere: hæc. 2 Andere: gravissima. 3 Andere lesen: animus.

Meum solatium est fovere me ipsam, dum sine divisione et macu-
latione igne purificante me genero; cum senio gravis deficio, tunc
innovata resurgo, cum, ut loquar verius, semper vivo. Cinis
enim resolutionis meæ semen est vivificum novæ vitæ. Nec
5 dicas certe, in vacuum me depurasse naturam, cum sim gem-
matæ et floridæ castitatis exemplum. Ob hoc non solum delectationem veneream me nescivisse non tribulor, sed inviolabili puritate ligata eam nunquam me noscituram delector. Tua
igitur scientia imo concupiscentia sit boni et mali, quo mo-
10 mentanea dulcedine coitus furore libidinis insanis et perdis
in æternum vitam et caput. Et hoc dicto ab invicem sunt
divisi.

Proverbium ad laudem virginitatis.

De rosa et lilio, cap. 9.

15 Rosa et lilium juxta ficulneam sunt exortæ: quæ cum
expandissent floribunda folia, nitore splendentia ac rorem suavitatis manantia aromaticique odoris fragrantiam effudissent,
et illa floris orbata luce acerbum in fructum pariter pullulasset,
lacte quidem invidentiæ pruriens, commota mox invectivam
20 proposuit dicens: post tam amœnissimam rutilantiam floridam,
ubi fructus vestri intenta genitura finaliter? Sanum est quippe
florere sine fructu. Ligat enim natura sagax fructum in flore
et ob ipsum tam vernantissimum germinat in florem. At illæ
mox radicem eloquii sentientes pacifica ratione dixerunt: bene
25 scimus, quod propter pruritum generationis perdidisti gloriam
floris et idcirco jam exspoliata es sic loquens; nempe fructum
paris dulcissimum, sed tamen pateris in radice pruritum, quo florem amisisti, nobis autem ex plena puritate et suavitate substantiæ flos ipse fructus est. Unde in nobis flos et fructus minime
30 distinguitur, quoniam abundante nimis mellitæ puritatis et odori-
feræ sublimitatis humore id ipsum factum est in nobis flos et
fructus. Nonne vapor terræ purissimus totum floridum in aurum
concrescit et ros dulcissimus cœli virginitate vernante mar-
garitam congemmascit? Igitur rosa et lilium et flores fructi-
35 feri et fructus floridi sunt. An nescivisti, quod virginitatis ma-
nantis puritate, aromate et suavitate virtus ipsa clarissimus

8*

flos est et fructus? Mirabile igitur germen virginitatis sine germine non est. Nunquam est fructus sine fructu, imo totus et ipse fructus est. Sic et sancta virginitas ipsum naturæ et virtutis est germen pretiosissimum, flos amœnissimus et splen-
5 dor clarissimus, fructus dulcissimus, decor præstantissimus, odor suavissimus, valor totus. Nimirum ipsa est naturæ ac virtutis clarissima gemma, inviolata integritas, cœlestina serenitas, summa temperantia, perfecta victoria, spiritus super germen [1], gloria tota. Ut rosa igitur fragrans et lilium rutilans
10 est sancta virginitas, flos et fructus, ad cujus quidem fragrantiam unicornis tractus suaviter currit, cujus dulcedine ferocitas mansuescit, cujus puritate ejus tam valida delectata potestas quasi victa in nitido gremio virginali reverentialiter prostrata recumbit. O nimirum magnes nimiæ validitatis, vir-
15 ginitatis ad se trahens naturam! O saphirus mirabilis castitatis omnem fugans et destruens famam venenosam! O smaragdus rutilans viriditatis, perpetua puritas, inviolatæ integritatis amatrix, fœtidam Veneris nullatenus patiens [2] corruptelam! Ad hæc ficulnea stupefacta conticuit.

20 Proverbium contra amatores venereorum.

De vipera et elephante, cap. 10.

Furibundæ viperæ ad coitum properanti elephas obvius quæsivit et dixit: quo sic effrenato passu, tam effuso desiderii impetu, cupiditatis abruptissimo cursu ardenter, carissima,
25 properas et festinas? At illa vix parum tento eloquio mox respondit: nimirum, frater, anhelo venereæ suavitatis ad gaudium, accelero ad inconsummatæ deliciositatis solatium, festino gaudiosæ felicitatis ad actum. Quo audito castus et prudens elephas, ejus non minus deceptioni quam letiferæ furiositati
30 compassus, illico sic locutus est dicens: scio, certe, quod furibunda luxuria oculos non habet et ob hoc nequit intueri quod ruit. Nimirum ad occasum amantissimæ vitæ tendis, ad basium mortis amarissimæ proficisceris, ad morsum cruentæ libidinis cæco animaris [3] duce furore. Quid namque est coitus

*

1 Andere: carnem.   2 Andere: pariens.   3 Andere: minaris.

nisi deliciosa pernicies, mors latens, venenositas blandiens, dulcis effusio vitam perdens, amplexus destructionem emolliens et suavitas dire fallens? Te siquidem delectatione contenebrat ac vita privat, canes ad morsus acutissimos instigat, equum in-
5 fatuat, murilegum furore tormentat, stultum suaviter passerem evacuat, oculos caecat, carnem foetore commaculat, rationem obscurat, beatissimam virginitatem violat ac vitae generaliter horam curtat. Ad haec vipera respondit: si haec, ut asseris, venus incutit, ut quid in coitu tantam natura delectationem
10 infudit? Natura quidem aequitate domita [1] neminem decipit nec unquam sapientia gubernata erravit. Cui ille: fateor, quod dixisti, attamen excessivum venereorum solatium laesionis eorum est evidens argumentum; in tantum enim venere corporis valetudo contunditur, quod, nisi tanta delectatio traheret
15 ad hoc, natura nullatenus moveretur; mille namque per ululatus ungitur [2] et ad scholae ferulam ducit, qua puero suo prius mater blanditur. Quo audito illum abire permisit.

Contra eos, qui coitu ad delectationem utuntur.

De passere et turture, cap. 11.

Libidinosum passerem immoderatissimo coitu se effunden-
20 tem turtur prospiciens mox ad eum venit et dixit: ut quid, frater mi, tanto libidinoso impetu et libidinis impetuoso furore consumeris et tui prodigus tam temet ipsum effundis? An ignoras, quod animalia multum coeuntia parum vivant? Parce tibi et quiesce et cuncta cum moderatione age. Cui ille re-
25 spondit: nempe si nosti delectationem veneream, quid miraris? Dulcis esca trahit ad hamum et morsus gustatus suaviter rapit morsum. Ad haec turtur, intelligens immoderationis ejus delectationem esse radicem, subjunxit: scio, certe scio, quod generationis amor non duceris, sed delectatione venereae cu-
30 pidinis [3] ventilaris. Attamen quid est, quod effundis? Nonne digestissimam medullam, nonne vitae admirabilis sementivam propagantis naturae, radicalis carnis substantiam et divitiarum gignitivam thesaurariam venam? Attende igitur, quid prodigus de-

*

1 Andere: dominica. 2 Andere: agitur. 3 Alle ausg. unrichtig: rapidine.

struis, quid insanus dispergis, quid ingratus in nihil projicis, et iniquus depositarius naturæ vanitati impendis. Nimirum submersor es ordinis mundialis et naturalis legis transgressor. Mundi enim ordo et lex naturæ hoc habet, ut tantum naturæ delectatio dirigatur in prolem, tu autem peremta et neglecta prole retortor perversitatis in delectationem umbratilem transitivam prolificum semen fundis. Quid plura? Stultissimus quippe est, qui delectabiliter se destruit, et tanto dementius, quanto letalius se perdit. Et his digestis quievit.

Speculum sapientiæ beati Cirilli episcopi, alias quadripartitus apologeticus vocatus, in cujus quidem proverbiis omnis et totius sapientiæ speculum claret, finit feliciter.

Incipit tabula totius libri et primo primi.

Semper disce et in extremis horis semper stude. 1.
Nihil sibi homo est sine sapientia. 2.
Prudentia vera est, quæ simplicitatis innocentia decoratur. 3.
5 De melioribus rebus est uti providentia, qua suo loco et tempore cuncta
    quæras et facias. 4.
Donec mortalis es, time ubique et semper. 5.
Vide, pedem cui tribuas, et in securioribus dubita. 6.
Semper cum tuto onere et suavi protectionis jugo possibili perge. 7.
10 Tuæ spei ancoram in bonis perpetuis tantum fige. 8.
Æterna dumtaxat dilige et nunquam dolebis. 9.
Ubi multa sunt consilia, ibi salus. 10.
Diligentiori ruminatione omnia digeras, priusquam agas. 11.
In omnibus ordinata gravitate procede. 12.
15 Ad audiendum velox, ad credendum sis tardus. 13.
Quietem mentis dilige et otium fuge. 14.
Doctus loquere et custodiam adhibe linguæ, sis avarus verbi. 15.
Dic voce tenui et age actu grandi. 16.
Gloriosa est prosperitas moderata. 17.
20 Neminem spernas, sed unicuique debitum honorem impendas. 18.
Esto amicus cunctis, intimus paucis, fidelissimus universis. 19.
Uni electissimo tantum, cum necesse fuerit, pectus crede. 20.
Omnem adversitatem ut vincas, patientiæ te vallet magnanimitas. 21.
Magis semper partem misericordiæ teneas. 22.
25 Si quemquam offenderis, pavesce semper hujusmodi. 23.
Cum electo socio proficiscaris aut converseris. 24.
In cunctis esto compositus. 25.
In bonis summa constantia te confirmet. 26.
In bono nomine virtutum tetragono semper vige. 27.

30 Incipiunt capitula secundi libri de his quæ sunt contra su-
    perbiam.

De bono humilitatis et malo superbiæ. 1.
Contra eos, qui superbire incipientes inflantur. 2.
Contra eos, qui dignificant se maximis. 3.

Incipiunt capitula tertii libri de his quæ sunt contra avari-
30   tiam.

Contra eos, qui se raptis divitiis plenos esse gaudent. 14.

Contra eos, qui laborare omittunt et student de rapinis vivere. 15.

Contra eos, qui, ut splendide vivant, rapinæ dant operam. 16.

Contra fures, qui pluries ibi apprehenduntur, ubi latere crediderunt. 17.

5 Proverbium ostensivum differentiæ, quæ est inter avarum et liberalem. 18.

Proverbium ostensivum, quod liberalis dat gratis. 19.

Proverbium, quod liberalis dato beneficio non improperet exigendo laudem. 20.

Proverbium, quod liberalis omnibus quibus potest donat. 21.

10 Proverbium, quod liberalis granditer donat. 22.

Proverbium, quod liberalis beneficium debet esse perpetuum. 23.

Proverbium, quod liberalis velox est ad dandum. 24.

Proverbium, quod liberalis hilariter donat. 25.

Proverbium contra iniquitatem ingratitudinis. 26.

15 Proverbium de proprietate grati. 27.

Incipiunt capitula quarti libri de his quæ sunt contra luxuriam.

Proverbium contra immunditiæ amatores. 1.

Contra amatores deliciarum. 2.

Proverbium de malo deliciarum. 3.

20 Proverbium, quod sapiens debet esse temperatus in ubertate nec gulæ
   servire. 4.

Proverbium contra amatores vini. 5.

Proverbium contra amatores pinguium. 6.

Proverbium contra amatores carnalis pulchritudinis. 7.

25 Proverbium ad commendationem castitatis. 8.

Proverbium ad laudem virginitatis. 9.

Proverbium contra amatores venereorum. 10.

Contra eos, qui coitu ad delectationem utuntur. 11.

Explicit tabula seu repertorium capitulorum apologetici
30 quadripartiti Cirilli.

Apologus est sermo dubius vel fictus de brutis animalibus ad instructionem vitæ humanæ formatus. Et dicitur ab
apos quod est longum et logos quod est sermo dubius vel
fictus quasi sermo longe a veritate. Vel dicitur ab a, quod
35 est sine, et pos, quod est pes, et logos, quod est sermo, quasi
sermo sine pede, id est sine fundamento. Vel dicitur a pos,
quod est sub, et logos, quod est sermo, quasi sub vero sermone
diversus intellectus. Vel dicitur a pos, quod est juxta, et
logos, quod est sermo, inde apologus quasi juxta sermonem.

TABULA APOLOGORUM.

Liber III.

Liber IV.

NICOLAI PERGAMENI DIALOGUS CREATURARUM.

Præfatio in librum, qui dicitur dyalogus creaturarum moralizatus, omni materiæ morali jocundo et edificativo modo applicabilis, incipit feliciter.

Quoniam sicut testatur Ysidorus in libro de summo bono,
5 libro primo capite quarto dicens, quod ex pulchritudine circumscriptæ naturæ ostendit nobis deus pulchritudinis suæ partem aliquam. Qui circumscribi nequit et intelligi, ut ipsis eisdem vestigiis homo revertatur ad deum, quibus aversus est a Deo, et qui per amorem pulchritudinis creaturæ
10 a creatoris forma se abstulit, rursus per creaturæ decorem ad creatoris sui pulcritudinem revertatur. Quæ quidem creaturæ etsi nobis, sicut liber iste fingit, dyalecticæ voce formata non loquantur, inclinatione tamen et naturalis institutionis proprietate nos docere nostrosque mores corrigere, si bene pen-
15 samus, non desinunt. Quod illud gloriosum lumen doctorum sanctus Augustinus optime intelligebat, cum dicebat: o domine deus, omnes creaturæ tuæ, quas fecisti, ad me clamant et clamare non desinunt, ut te solum deum creatorem meum super omnia diligam. Et ideo auctor libri istius hæc rite
20 considerans quosdam dyalogos creaturarum ad sanam et moralem doctrinam applicavit, confinxit et composuit, ut per creaturarum quasi nobis loquentium proprietates simul in moribus erudiamur et tædium audientium evitemus et ipsorum audientium memoriam adjuvemus, quod maxime per rerum
25 similitudines procuratur. Salvator enim noster omnium prædicatorum perfecta forma fabulis, palæstinorum more usus est, ut rerum similitudine ad viam veritatis homines perduceret. Auctor ergo libri præsentis jocundo modo morales doctrinas in exterminium vitiorum et virtutum promotionem introducit.

Quod utique licet et expediens est, ut dicit doctor sanctus secunda secundæ qu. CLXVIII in solutione ultimi argumenti et hoc, si fictio exterior interiori devotioni et dispositioni bonæ conveniat. Utilis est ergo præsens liber prædicatoribus et aliis quibusque intelligentibus contra fatigationem animalem, ut per delectationem jocundæ materiæ aliqualiter intermissa intentione ad insistendum rationis studio simplicium animi ad altiora trahantur. Sicut in Collationibus patrum legitur, quod beatus evangelista Johannes, dum quidam scandalizaretur, quod eum cum suis discipulis ludentem invenit, dicitur illi mandasse, qui arcum gerebat, ut sagittam traheret. Quod cum pluries fecisset, quæsivit, utrum hæc continue facere posset. Qui respondit, quod, si hæc continue faceret, aut arcus frangeretur aut remissius telum projiceret. Ex quibus beatus Johannes intulit, quod similiter animus hominis frangeretur, si nunquam a sua intentione relaxaretur. Et hoc idem dicit philosophus in IV⁰ Ethicorum, quod in hujus vitæ conservatione quædam animæ requies cum ludo seu jocunditate habetur, quæ utique virtuosa est, sicut dicit Ambrosius in primo de officiis. Hoc in talibus jocundis actionibus verbis caveamus, ne, dum relaxare animum volumus, omnem harmoniam bonorum operum per contemtum quemdam solvamus. Iste ergo liber, dyalogus creaturarum appellatus, sic materias jocundas pingit, ut morum gravitas et aptitudo doctrinæ ex his accepta per sanctorum auctoritates doctorum exornetur, habens duas tabulas prænotatas. Quarum prima exprimit, de quibus creaturis tractant singuli dyalogorum, ut lector quo citius habeat, circa quæ versatur ejus intentio. Secunda tabula alphabetico ordine generaliter singulas materias virtutum et vitiorum ad mores componendos et corrigendos predicatorem et inquirentem docet, quo sint quæque loco reperiendæ, quæ scilicet cuilibet narrationi sibi in processu sermonum convenire possunt.

Prima tabula insinuans naturas et efficacias singularum creaturarum secundum modum persuasivum incipit feliciter.

De gallo et capone. 61.

De fasiano et pavone. 62.

De corvo et ficedula. 63.

De nocticorace et alauda. 64.

De caudetremula et fasiano. 65.

De philomela et corvo inter cæteras aves. 66.

De ciconia et hyrundine. 67.

De pigardo et alieto. 68.

De onocrotalo et asino. 69.

De cygno et corvo. 70.

De ornice et gallina. 71.

De qualia et alauda. 72.

De ysone rapace. 73.

De mergulo negligente. 74.

De carduello in cavea. 75.

De ibice immunda et apothecario. 76.

De pellicano solitario. 77.

De turture casta. 78.

De perdice fure. 79.

De pica et agaziis. 80.

De milvo, qui decepit pullos cujusdam ornicis. 81.

De bubone, qui voluit habere dominium alitum. 82.

De avibus terrenis et aquosis. 83.

De rustico et apibus. 84.

De leone, qui pugnavit cum aquila. 85.

De leone, qui uxoravit duos catulos suos. 86.

De grife tyranno. 87.

De leopardo et unicorni, qui pugnabant cum dracone. 88.

De elephante, qui genua non flectit. 89.

De Satyro, qui sibi uxorem accepit. 90.

De dromedario et ejus cursu. 91.

De leone qui ædificavit cœnobium 92.

De onocentauro, qui fecit palatium. 93.

De rinocerote, qui despiciebat senem. 94.

De orice vel origine, qui nunquam infirmabatur. 95.

De saginario publico. 96.

De simia, quæ scribebat libros. 97.

De cameloperdulo. 98.

De lauro nauta. 99.

De leone venatore. 100.

De tragelapho architectore. 101.

De bubalo caligario. 102.

De juvenco coco. 103.

De capreolo joculatore. 104.

De lepore jurista. 105.

De cane et lupis. 106.

De lupo et asino. 107.

De urso et lupo. 108.

De dammula et lupo. 109.

De vario et squillato. 110.

De equo et asino. 111.

De asino et bove. 112.

De hirco et vervece. 113.

De panthera et porco. 114.

De onagro et apro. 115.

De salamandra et hydro. 116.

De simia et taxo. 117.

De mure et murilego. 118.

De quinque agnis et lupo. 119.

De reptilibus multis. 120.

De homine et muliere. 121.

De vita et morte. 122.

Tabula prima explicit feliciter.

Secunda tabula hujus libri demonstrans ordine alphabetico singulas materias circa quas quilibet dialogorum versatur, incipit feliciter.

Incipit tabula secunda.

5 Abstinentia longam et sanam vitam donat. 103.
Accusare non debet alium eodem crimine deprehensus. 79.
Actores malorum et consentientes iis pari pœna puniuntur. 18.
Adulatores non sunt audiendi. 49.
Adulatores multos decipiunt. 106.
10 Affectus potentum debet esse semper ad pauperes inclinatus. 67.
Agere nemo debet, quod naturaliter non potest. 55.
Alter alterius onera portare debemus in charitate. 23.
Amarum consilium cum quiete et securitate melius est quam delectabile cum periculo. 112.
15 Amicus est quis tempore prosperitatis tantum. 56.
Amicus probandus est in periculo. 108.
Avarus nulli aliquid dare consentit. 39.
Avarus sua non vult communicare. 87.
Avarus aut qui est pauper, ad dignitates et regimina non debet proficisci. 87.
20 Avarus nunquam saturabitur. 87.
Audi, vide, tace. 21.
Aurum et possessiones dum Romani acquisierunt, amplius bellare non valuerunt. 108.
25 Benefacit nemo invitus. 96.
Beneficii accepti memor esto. 111.
Beneficia præstanda sunt et inimicis. 98.
Beneficiorum esse non debemus immemores. 23.
Bonum pro malo reddere debemus. 9.
30 Bona a malis frequenter affliguntur. 8.
Boni malis supportant et sæpe pro malo bonum reddunt. 9.
Boni debent malis resistere fortiter, ne possint nocere. 26.
Bonos multi diaboli tentant. 17.
Bonis suis uti quilibet debet cum silentio. 53.

9*

Canibus similes debent esse rectores. 8.
Cantare debemus et psallere domino voce et corde. 97.
Caritative servire invicem debemus. 96.
Castus fugere debet loca luxuriosorum. 78.
5 Castus debet fugere consortia mulierum. 31.
Certa pro incertis dimittere fatuum est. 100.
Certare non debes cum aliquo de ea re quæ ad te non pertinet. 88.
Cavendum est ab hypocritis. 41.
Cavendum est a falsis et dolosis. 61.
10 Coacta servitia domino non placent. 96.
Commorantes insimul rixari non debent. 23.
Communicare non debet parvus cum magno. 20.
Concordia parvæ res magnæ fiunt. 5.
Concordia inter fratres servanda est. 92.
15 Confessionem quæ impediant. 116.
Confessor debet esse secretus et cautus. 29.
Consiliarii falsi sunt devitandi. 49.
Consilium malum sæpe dantes ipsum involvit. 101.
Consilium amarum melius est cum quiete quam quod est delectabile
20   cum periculo. 12.
Consilium senum frequenter est sanum. 119.
Consilium parentum spernere non est bonum. 86.
Consuetudo mala nocebit in fine. 73.
Consuetudo est altera natura. 114.
25 Contenti esse debemus his quæ nobis largitur Deus. 83.
Continentia magna fuit in senibus, imperatoribus ac aliis principibus
    necnon et in philosophis. 121.
Contrario suo nullus debet se conjungere. 10.
Conversionem peccatoris tres diaboli impediunt. 116.
30 Converti non audent multi causa austeritatis regulæ. 58.
Convicia patienter sunt toleranda. 115.
Convicia et opprobria illata sustinere debemus exemplo paganorum. 81
Corpus sui debet homo libenter in mortem exponere pro Christo sicut
    ipse pro nobis suum dedit. 45.
35 Correptores amare debemus. 7.
Credere debent juvenes senioribus 40.
Credere debemus semper sano consilio. 119.
Credere non debemus omni verbo. 80.
Christi imitatione vindictam proximo libenter remittere debemus. 9.
40 Cui des, id est accommodes, videto. 117.
Dans alteri aliquid vide, cui des. 116.
Dare debemus Deo et pauperibus de optimis. 75.
Decipitur homo sæpe, qui mulieri credit. 38.
Detractor frequenter male perit. 118.
45 Diabolum non debet audire christianus. 17.

Diabolus sibi resistentibus fugit et debilis efficitur. 45.
Dicere ea noli, quæ pro certo non sciveris. 30.
Discretio omnia opera facit bona et mala, quæ sine ea fiunt. 91.
Discordia magnæ res dilabuntur et parvæ fiunt. 5.
5 Discordantes pacificare debemus. 88.
Ditari non festinent nimis negotiatores. 99.
Divitiæ mundi fallaces sunt et ideo contemnendæ. 32.
Dominari volentes injuste frequenter pereunt. 82.
Dormientes sæpe a diabolo ludificantur et maculantur. 70.
10 Dura sustinere debet, qui dulcia cupit habere. 36.
Elemosinam dare non volunt avari. 39.
Exaltans se ipsum humiliabitur. 52.
Felix, quem faciunt aliena pericula cautum. 46.
Festucam videns in oculo alterius trabem non videt in suo. 21.
15 Festucam frequenter in oculo suo superbus non considerat. 25.
Fides merita ab ingratis sæpe redditur. 117.
Fidem dare non debemus verbis sophisticis et ingeniosis. 80. et 107.
Filii et filiæ a parentibus in virtutibus sunt exercitandi et ad opera
    mechanica disponendi exemplo antiquorum. 62.
20 Finis in omnibus rebus præponendus est et præfigendus. 93.
Foveam qui fodit, incidet in illam. 118.
Fraus summe vitanda est in negotiationibus. 99.
Gaudere non possumus hic cum seculo et gaudere postea cum Christo. 84.
Gaudere cum gaudientibus. 60.
25 Gaudium mundi breve. 60.
Grati esse debemus pro beneficiis benefactoribus. 111.
Gula multos occidit. 103.
Gulæ appetitu multi corruerunt. 44.
Gulæ continentia et sobrietas fuit in antiquis gentibus et philosophis. 83.
30 Homo debet iratum proximum pacificare. 6.
Honestus non debet cum turpibus conversari. 31.
Incipiunt plures, qui male finiunt. 33.
Infirmis debemus servire libenter. 95.
Infirmitas datur homini ad salutem. 95.
35 Ingratitudo quid commereat. 1.
Ingratus quomodo punitur. 48.
Inferior non debet se æquare superiori. 20.
Inimico humili credendum est. 37.
Injuriam faciens recipiet. 67.
40 Invidia bonos diffamat. 22.
Invidus sæpe male perit cadens in foveam quam alteri facit. 120.
Ira sedari debet quantocius. 6.
Iratus putat plus se posse quam possit. 43.
Ipocritæ sub bona specie homines decipiunt. 41.
45 Immundi mundari nolunt. 94.

Rectorum bonitate multi bene valent. 25.

Religiosus debet in claustro et in cella assidue persistere. 16.

Religiosus cavere debet ad vomitum id est ad seculum redire. 106.

Religione male quidam detrahunt. 58.

5 Relinquuntur in morte omnia terrena nisi sola vestis linea, in qua sepultura hominis fit. 86.

Rem perditam et irrecuperabilem anxie deplorare et quærere non debemus. 100.

Resistite diabolo et fugiet a vobis. 40.

10 Sagittam et laqueos superbus incurrit. 105.

Sanctus cum sancto erit. 10.

Senes honorare debemus et non despicere. 94.

Sententiam ex veritate, non aliqua corruptela judex justus debet proferre. 89.

15 Servitium, quod aliis impenditur, esse debet gratum et utile. 24.

Scientibus et expertis credi debet. 91.

Sociatus cum aliis melius est quam esset sequestratus. 113.

Solitarius sedebit servus Dei. 77.

Statu suo, quo quisque vocatus est, maneat. 102.

20 Studere debet diligenter clericus, ut sublimari possit. 105.

Subjecti humiliter suis superioribus debent subjici. 12.

Succurrere debent majores minoribus. 68.

Superbia quomodo humiliatur. 1.

Superbia quomodo punitur. 2.

25 Superbi soli videri volunt. 35.

Superbi parvos et humiles despiciunt. 42.

Superbi quomodo et quare pereunt. 42.

Susurro pacem turbat. 118.

Tacere melius est quam male respondere. 104.

30 Tacere debet juvenis quoadusque interrogatur. 104.

Temperate omnia agi debent. 104.

Temporalia ista contemni debent. 82.

Temporum mutatio. 71.

Temulentus judex aut iratus non debet sententiam proferre. 36.

35 Testis falsus est qui ex invidia testatur. 22.

Testes examinabit judex, antequam sententiam proferat. 89.

Timore austeritatis regulæ multi ad meliorem vitam et monasticam non convertuntur. 58.

Tribulationes præsentis temporis patienter sustinendæ sunt propter
40   præmium æternæ vitæ. 11.

Vagari per seculum monacho non competit. 15.

Vana loquentes pereunt et veritas permanet. 19.

Vane gloriantes bona sua perdunt. 53.

Væh soli. 114.

45 Veniam petenti tribuere debemus. 81.

Verbis mellitis et blandis multi sæpe decipiuntur. 117.

Verum semper dicere debemus. 118.

Vitia propria considerare debemus. 67.

Vitiis deserviens eorum servus est. 14.

5 Vidua prudens non debet facile maritari exemplo trium bonarum vi-
    duarum. 90.

Vigilantes a dæmone non tentantur. 70.

Vincere debemus nosmet ipsos. 9.

Vindicta non debet fieri sine deliberatione. 98.

10 Vilia et abjecta quidam dant pauperibus. 79.

Vindictam remittere debemus exemplo Christi Jesu. 9.

Vindictam libenter debemus dimittere. 99.

Virtutes qui habet, ab omnibus honoratur. 14.

Virtutes habens non debet se leviter in publicum ostendere. 15.

15 Vita brevis omnis violenti. 82.

Viventes Deo debent temporalibus subsidiis fulciri. 34.

Usus altera natura est. 114.

Vocatione sua omnes debent permanere. 102.

Uxor debet obedire viro suo. 90.

20 Uxori cuidam a viro suo tria facienda proposita sunt. 90.

Explicit tabula secunda, quæ valde moralis est et bona.

De sole et luna, dial. 1.

Sol est secundum philosophum oculus mundi, jocunditas
dei, pulchritudo cœli, mensura temporum, virtus et origo omnium nascentium, dominus plantarum, doctor et perfector om-
5 nium stellarum. Luna vero, ut dicit Ambrosius in Exameron,
est decor noctis, mater totius humoris et ministra, mensura
temporum, dominatrix maris, immutatrix aëris et æmulatrix
solis, et propter quod est æmulatrix solis, soli incepit detrahere
et eum diffamare. Sol autem hoc sentiens loquutus est lunæ
10 dicens: quare mihi detrahis et blasphemas? Ego semper te
illuminavi et præcessi, tu autem semper me odis et impugnas.
Cui luna: recede a me, quia te non diligo, cum propter tuum
magnum splendorem ego nihil appretior in mundo; si non
esses, seculo superlata essem ego. Cui sol: ingrata sufficiat
15 tibi magnificentia tua; si ego in die, tu vero in nocte per-
lustras. Obediamus ergo creatori nostro et noli superbire
super me, sed me permitte lucere in die ac bona domini mu-
nire. Luna vero magis animata recessit cum furore et stellas
ad se clamavit aggregavitque magnum exercitum et cum sole
20 prœliari cœpit. Sagittas enim mittebat adversus solem et cum
jaculis percutere nitebatur. Sol autem cum esset superius,
descendit et lunam cum mucrone partitus est et stellas dejecit dicens: sic semper, cum eris rotunda, faciam tibi. Hac
enim de causa, ut fabulæ dicunt, luna nunquam rotunda per-
25 manet et stellæ casum habent. Luna ergo confusa in verecundia mansit dicens: turgidam melius partiri erat quam totam perire. Sic enim multi superbi et elati volunt sibi dominari nec superiorem vel similem cupiunt habere. Unde
glosa: superbia est elatio incensa quæ inferioribus despiciens

superioribus et paribus satagit dominari. Nam velle quidem esse super omnes vituperabiliter malum est, sustinere alterum sibi similem gloriosum est, ut ait Chrysostomus. De talibus enim dicit poeta: tolluntur in altum ut lapsu graviori cadant.
5 Et nota, quod, quanto est major assensus, tanto est major et periculosior casus. Qui enim de plano et infimo loco cadit, cito resurgit, qui autem de alto, cito surgere nequit. Rami enim arboris, ut dicit Chrysostomus, qui stant in summitate, cito a magno vento franguntur, qui autem sunt ad radicem, con-
10 servantur. Unde etiam ait Quintus Curtius, quendam dixisse Alexandro quod, licet arbor magna crescat in altum, tamen vento citius exstirpatur, et licet leo tam sit superbus, tamen parvarum avium efficitur cibus. Quidam philosophus veniens ad sepulturam Alexandri ait: heri non sufficiebat isti totus
15 mundus, hodie quinque sepultura pedum est contentus.

De Saturno et nube, dial. 2.

Septem sunt planetæ secundum dicta philosophorum, scilicet Saturnus, Jupiter, Mars, Sol, Venus, Mercurius et Luna, sed distantia magna est inter planetam et planetam. Quia
20 refert magister Moyses maximus philosophus, ut habetur in Aurea Legenda, quod quilibet circulus cujuslibet planetæ habet in spissitudine viam quingentorum annorum id est tantum spatium, quantum posset aliquis ire in quingentis annis de via plana, ita tamen, quod iter cujuslibet diei sit quadraginta
25 milliaria et quodlibet milliare sit duorum millium passuum. Quadam autem vice quædam nubes magna et spissa se elevare cœpit dicens: magna est excellentia mea, quia propter meam magnitudinem planetæ in mundo apparere non valent, dum in aëre me pono; sed cum sim sub ipsis et eas sic obnubilo,
30 quanto magis, si adscendero superius, offuscare et suppeditare potero, multo magis certe. Et hoc dicens sursum tendere cœpit cumque usque ad Saturnum ascenderet et superscandere vellet, ait Saturnus: quis es tu, qui ascendere cupis, ubi nunquam ullus ascendit? Cui nubes: ego super ascendam et te
35 præcipitabo. Hoc audiens Saturnus perturbatus ad arma cucurrit et viam ei clausit, insuper et nubem dejecit et ad nihilum redegit dicens: convenit eum recidivare, qui vult super

omnes stare. Hoc enim accidit Nabugodonosor, qui super omnes reges et principes terræ scandere satagebat, ut esset rex regum et dominus dominorum terrenorum, nesciens præ superbia, quod dominetur excelsus super regnum hominum. De 5 quo dicitur Danielis IV[10]: quando elatum est cor Nabugodonosor et spiritus ejus confirmatus est ad superbiam, depositus est de solio suo. Unde dictum est ei: ejiciet te deus ab hominibus et tum bestiis atque feris erit habitatio tua, fœnum ut bos comedes septemque tempora mutabuntur in te. Sicut 10 dicitur in Hystoriis Scholasticis: non est factus secundum mutationem corporis sed secundum mentis alienationem et ablatus est ei sensus et usus linguæ et videbatur sibi, quod esset bos sive taurus in anterioribus, in posterioribus autem leo. Daniel quoque toto tempore alienationis ejus pro eo orabat, 15 ita quod septem tempora, id est septem anni ad preces suas in septem menses mutati sunt. In quibus septem mensibus insaniam patiebatur per quadraginta dies, per alios vero quadraginta ad cor reversus flebat et orabat deum, ita quod ex magnis fletibus oculi ejus ut caro facti sunt. Multi autem 20 ad eum exibant et eum videbant. Completis ergo septem mensibus revocatus est, non tamen statim regnavit, sed statuti sunt pro eo septem judices et usque ad finem septem annorum pœnitentiam egit, panem et carnem non comedens et vinum non bibens.

25 De stella transmontana, dial. 3.

Stella quæ transmontana nuncupatur, in umbilico cœli est, non enim ad occasum tendit nec cœlum circuit ut cæteræ, sed in meditullio sedens omnia sidera regit et volvit. Est enim limes vel semita maris, ad quam semper prospiciunt 30 nautæ. Ad hanc stellam omnes aliæ unanimiter convenerunt dicentes: en, debes tu semper sedere et quiescere? nos quotidie cœlum circuimus tibique incessantes servimus, da locum majori et recede aliquantulum. Quibus ait: nescitis, quid petitis, ego autem plurimum me fatigo vos regendo, et si vos 35 non retinerem in custodiis vestris et motibus, plurimum deviassetis, unde consulo, pacem habeatis. Stellæ autem propter hæc verba non sunt placatæ, immo reciprocatæ unanimiter dicentes: te obsecramus, ut permittas nobis alium rectorem eligere. Transmontana vero perturbata recessit et domino nuntiavit, stellæ autem gloriabantur et quam plurimum exaltabantur et de rectore electionem fecerunt. Sed quia in unitate non sunt inventæ, altricari simul ac prœliari cœperunt. Qua de causa, sicut oves non habentes pastorem, errabant in sitibus suis non permanentes, novissime autem errorem suum agnoscentes pœnituerunt et ad rectorem priorem reversæ sunt et ipsum honorabiliter confirmaverunt dicentes: qui bonum rectorem habet, nunquam eligat priorem. Ita et nos agere convenit. Cum enim habemus rectorem, qui nos recte regat, ipsum honorare atque diligere debemus, non ipsum mutare, sed pro viribus fovere propter laborem, quem sustinet nos regendo: Gradus regiminis dicitur grandis honor, sed grave pondus est. Unde Bernardus: quid est honor nisi onus, quid est potentatus nisi calamitas, quid est sublimitas nisi naufragiosa tempestas? Quis potest esse in honore sine dolore? Quis est in prælatione sine tribulatione, quis in dignitate sine vanitate? Prout refert Valerius in libro septimo de illo rege subtilis ingenii et consilii, cui quum esset traditum dyadema, priusquam capiti imponeret, retinuit diu ipsum et considerans ait: o nobile sertum, quam felix, quantis sollicitudinibus et periculis plenum es tu! Propter quod dicit Augustinus: nihil laboriosius, nihil difficilius et nihil periculosius quam præesse. Ideoque narrat Valerius libro septimo de Cornelio Scipione. Cui quum Hispania sorte venisset, respondit, se nolle illuc ire, adjecta causa, cum, quid recte faceret, nesciret. Non reputavit se virum luculentum et sufficientem tanti honoris et periculi.

De Hespero et Lucifero, dial. 4.

Hesperus est stella nocturna et Lucifer est matutina, quæ apparet de mane. Hæ duæ stellæ accumulaverunt omnes alias ad se et cum his omnibus processerunt creatori stellarum dicentes: domine, qui creator bonus es, optime nos irradiasti ac decenter collocasti; sed in hoc supplantatæ sumus, quoniam splendor et pulchritudo nostra non semper coruscat. Idcirco te pie oramus, ut solem obscurare debeas ac lumine privare,

ut possimus etiam in die perlustrare. Quibus creator: hoc
non licet, quoniam sol est diei ornator, horarum distributor
et origo omnium nascentium et sine ipso nihil pullulare
potest, ideoque preces vestras in hoc non exaudiam. Demum
5 stellæ a creatore petierunt dicentes: o conditor omnium creaturarum, ad minus in hoc exaudi nos! exsicca ergo et dele
nebulas de aëre, qui impedivit lumen nostrum. Non enim
propter nebulas contemplari et videri valemus multotiens.
Ad hoc ait creator: obmutescite et injusta non petatis, scrip-
10 tum est enim in Cathone: quod justum est, petito vel quod
videatur honestum; nebulæ enim inundatione sua mundum
irrigant, si non plueret, terra minime germinare et pullulare
valeret. Et hoc dicens stellas propulsavit et dixit: qui non
petunt ordinata neque grata, propulsentur. In hoc patet, quia
15 qui vult exaudiri, debet petere ea, quæ sunt justa et honesta
ad faciendum et quæ sint secundum rationem et Dei voluntatem. Propter quod dicit Augustinus: cum ea, quæ Deus
laudat et promittit, petitis ab illo, secure petite, illa enim pe-
titio a Deo conceditur. Verum enim est quod dicit Ysidorus:
20 multi orantes non exaudiuntur petendo, quia illis meliora
quam petunt Deus confert. Refert enim Seneca libro de beneficiis, quod Alexander cuidam petenti denarium dedit urbem,
et cum ille diceret tantum donum sibi non convenire, respondit: non quæro quid te deceat accipere, sed quid me dare.
25 Sic enim agit Deus, quia sæpe petita non concedit, ut meliora
et ampliora donet. Et ut dicit Ysidorus: sæpe enim Deus
multos non exaudit ad voluntatem, ut exaudiat ad salutem.

De arcu cœli et cancro, dial. 5.

Arcus domini post diluvium prius apparuit in nubibus
30 duos habens colores, aquosum et igneum propter venturum
judicium; qui apparebat per quadraginta annos ante ædificatio-
nem archæ jam inceptæ, ut dicitur in Historiis Scholasticis.
Cancer vero est quoddam signum vitiumque malignum. Can-
cris est morbus, cancri stella quoque piscis. Cancer autem
35 ad arcum cœli processit animo irato et ait: magna est audacia
tua, quia totum cœlum capis et viam meam et cursum cæterarum stellarum impedire satagis, cito removearis aut a nobis

fustigatus eris vehementer. Cui arcus: non bene locutus es,
frater, non enim viam tuam impedire procuro, propter quod
in die me ostendo. Tu vero semper in nocte præcurris. Si
mecum prœliari cupis, male meditatus es ob hæc, quia magna
5 societas stellarum tecum moratur, mecum autem nubes et tonitrua sunt contra te pugnatura, sed consulo, ut eamus ad
judicem justum, ut terminare per sententiam valeat quæstionem tuam. Cumque simul ante judicem adirent et hæc omnia
referrent, ait judex: cancer inique, contra jus est quod petis;
10 si tu tantum in nocte pergis, et arcus in die, quomodo est
credendum, quod viam tuam impedire possit? Idcirco contra
te sententiam profero, quod nunquam in die appareas et quod
in expensis sis condemnatus. Cancer hæc audiens erubuit et
dixit: qui requirit quæstionem, sibi dat confusionem. Sic
15 enim multi contra jus aliquando cupiunt altricari et sine occasione litigare et cum aliis quæstionari, quapropter perversi
et mali dijudicati subjiciuntur. Unde Proverbiorum decimo
sexto: homo perversus suscitat lites et verbosus separat principes. Semper jurgia quærit malus. Malus angelus et cru-
20 delis mittitur contra eum, propter quæstiones enim et contentiones multi ad nihilum sunt redacti. Unde Ysidorus: sicut
concordia construere solet, ita contentio et discordia destruit.
Beda: discordia res maximæ dilabuntur. Quidam paterfamilias habuit tres filios, qui moriens vocavit eos ad se dicens:
25 prodite mihi virgulas multas simul colligatas. Cum autem
apportatæ fuissent, dixit eis: plicate eas et frangite. Qui
non valuerunt eo quod simul connexæ erant. Quibus pater:
extrahite unam et alias confringatis. Qui plicare potuerunt,
sed minime interrumpere. Iterum pater inquit: unam tan-
30 tummodo solam probetis, quæ statim disrupta est et confracta.
Idcirco dixit filiis: sic erit de vobis, si simul in concordia
manseritis, nullus terrere neque frangere vos poterit, si autem
per discordiam separati fueritis, quilibet vos dilaniare ac suppeditare valebit.

35 De cœlo et terra, dial. 6.

Terra est secundum philosophum meditullium mundi et
fructuum custos, operculum inferni, nutrix viventium, mater

nascentium, voratrix omnium et vitæ conservativum. Quadam autem vice cœlum misit super terram hanc plurimas tempestates, fulgura et tonitrua, ita quod plurimum eam aggregavit. Ipsa vero irata aërem ad se vocavit dicens: noli, frater, te
5 intromittere inter me et cœlum, quia omnino ipsum præcipitabo; talem enim injuriam intulit mihi, quam modis omnibus vindicare peropto. Cui aër: hoc non facias, soror, sed da locum ire. Etenim si cœlum te modo amaricavit, alias cum eo jocundaberis. Terra enim victa ab iracundia minime ces-
10 sare voluit, sed ad arma cucurrit et cum cœlo prœliari inchoavit. Intuens autem aër caliginem et turpitudinem eduxit ita quod cœlum terra non discerneret. Caligo vero in tantum inter cœlum et terram morata est, donec terra iram deposuit et furorem. Postea quoque aër ventos emisit et caliginem
15 effrigavit dicens: omnes debent exstinguere ignem et non inflammare. Hoc quilibet agere debet, cum prospicit amicos suos iratos, quia juxta Cathonis sententiam ira impedit animum, ne possit cernere verum. Homo enim est extra corpus suum, quando irascitur, et ideo tunc ab amicis temperandus
20 est ac retinendus, donec a furore removeatur et possit finem iræ dare. Dicit enim Seneca: initium est sapientiæ, iram moderari, nam iracundiam qui vicerit, maximum superat hostem. Prout refert Valerius, quod, cum Archita tarentinus contra servum iratus esset, ait: o infelix, jam de te supplicium
25 sumerem, si iratus non essem. Propter quod patet, quod abjicienda est ira ab animo. Quia, sicut dicitur Proverbiorum XXIV°, ira non habet misericordiam. Nunquam enim judex aliquam sententiam in ira proferre debet. Unde legitur in Historiis Romanorum, quod, cum Theodosius imperator ad
30 jussa severa nimis esset promtus, quidam sapiens eum admonuit, ut, cum se irasci sentiret, priusquam aliquam sententiam proferat, XXIII litteras alphabeti intra se moraliter diceret, ut sic refrigeratus, quid statuendum esset aut judicandum, videre et scire posset.

35 D e a ë r e e t v e n t o, dial. 7.

Aër secundum philosophum est spiraculum omnium viventium, sine quo statim suffocantur et moriuntur cuncta,

quæ sub ipso consistunt. Ventus vero est siccitas terræ,
mobilitas aquarum et aëris perturbatio. Et quia perturbatio
aëris est, aër ipsum ante judicem et creatorem rerum citavit
dicens: o creator cunctorum respice in me et miserere mei.
5 Satis me amplifice collocasti, propter quod gratias tibi ago,
quia vitam omnium viventium mihi constituisti. Sed in hoc
deceptus sum, quia ventus hic me semper infrigidat et intem-
peratum me reddit. Idcirco illi dico, quod, si in me sufflare
ulterius præsumat, ipsum suffocabo. Cui creator: male dicis,
10 aër; ventus itaque si te infrigidat et verberat, tamen te pur-
gatum et temperatum reddit. Si ergo ventus in te non flaret,
infirmus et tædiosus et corruptus existeres et omnibus odiosus;
quapropter eum diligere debes, qui in perfectione et rectitudine te conservat. Aër autem a vento sedatus ait: correptores
15 amare debemus et portare. Ita quilibet correptores audiat et
diligat, propter quod viam æquitatis illi demonstrant. Infirmus enim, qui odit a medico amaram potionem accipere, non
patitur securari, et sic non liberabitur. Et qui odit correctorem, non dirigetur. Tunc vero odit medicum homo, quando
20 correctorem suum odit et non sustinet. Sed verum est, quod
ait Chrysostomus: incurrit odium qui arguit criminosos, et
Seneca: qui arguit iniquum, ipse sibi maculam quærit. Tales
enim non sunt sapientes, imo stulti facti sunt. Prout dicit
Ecclesiasticus: qui amat corripi, sapiens est, stultus autem si
25 corripitur, irascitur. Ergo corrige sapientem et diliget te,
Prov. IX. Legitur in vita Ambrosii, quod, cum Theodosius
imperator quosdam cives sine judicio et deliberatione puniisset,
Ambrosius archiepiscopus Mediolanensis ab ecclesia expulit eum,
licet esset catholicus imperator. Cum imperator hoc audiret,
30 ait: nam et David adulterium commisit et homicidium. Et
ad hæc Ambrosius: si secutus es errantem, sequere et cor-
rigentem. Imperator autem hoc audiens compunctus pœnitentiam egit et ait: inveni hominem virum veritatis Ambro-
sium episcopum! Et statuit, ut nullus homo judicaretur ad
35 mortem ante quadraginta dies, ut sedata ira melius mente
serenata æquitas videretur in judicando.

De littore et mari, dial. 8.

Mare secundum philosophum est mundi amplexus, fons imbrium et hospitium fluviorum. Quia, sicut dicit Ecclesiasticus I°, omnia flumina intrant mare et mare non redundat et ad locum, unde exeunt flumina, non revertuntur, ut iterum
5 fluant. Hoc mare magnum et spatiosum, ut dicitur Psalmo CIII°, unde per suam magnificentiam ad littus perrexit dicens: miror quam plurimum de tua duritia. Tu semper mihi contradicis et contrarius exstitisti, propter te terram invadere non possum; peto ut removearis de loco tuo, ut terram sup-
10 peditare valeam, alioqui prœliari tecum non desinam. Cui littus: maledicis, frater, conditor omnium rerum sic me collocavit, et ego propter obedientiam suam magnum sustineo laborem te infrenando. Tu multotiens audacter super me adscendis et me quamplurimum aggravas. Ego te vero patien-
15 ter propter Deum porto. Idcirco non contra me verbosari poteris, quia locum non mutabo. Mare autem audiens furibundius respondit: si tu sustinere poteris, sustine, quia te nunquam in pace dimittam, sed pro viribus te verberabo. Littus vero patienter collum sub jugo posuit dicens: o nos convenit
20 pugnare et iniquum castigare. Sic enim prælatus et quilibet rector pugnare debet et viriliter agere, ut mali prævalere non possint. Tamen dicit Gregorius: sicut mare semper rebellat littori, quo tenetur et coercetur, sic in religione quidam semper rebellant prælatis, qui eos coercere non possunt. Sed
25 boni pastores timere non debent minas pravorum, imo velut vigil pastor, qui contra bestias oves custodire solet, ita et boni rectores super gregem suum solliciti esse debent. Ideo dicit Ysidorus: pravi pastores non habent curam de ovibus, sed sicut legitur in evangelio de mercenariis, vident lupum
30 venientem et fugiunt. Tunc enim fugiunt, quando potentibus tacent et malis resistere metuunt. Ergo nos confortat Hieronimus dicens: Deo enim placere curemus, minas hominum penitus non timeamus. Refert Petrus Manducator, quod dum Philippus, rex Macedonum, insisteret et obsideret Athenas,
35 dixit iis: date mihi decem oratores, quos ex vobis eligam, et confœderatus recedam. Respondit Demosthenes peritissimus orator: lupi dixerunt pastoribus, tota causa discordiæ inter nos et vos sunt canes; si date nobis canes et erinus amici. Quod

cum fecissent, lupi in gregem ad libitum desævierunt. Ex quo patet, quod magnum periculum est, quando canes, id est prædicatores et rectores gregem deserunt aut latrare negligunt. Sicut enim mansuetudo in homine est laudabilis et ira vitu-
5 porabilis, sic e contrario in cane, mansuetus enim canis bonus non est, quia feritas canis laudatur in cane, sic etiam feritas canis laudatur in rectore.

De igne et aqua, dial. 9.

Ignis est lenis, purus, subtilis, mobilis, lucidus et calidus,
10 et quia est tam pretiosus, in se sublimari cœpit dicens: ego in terra omnibus prævaleo et cuncta consumo, sed si in aquis prævalerem, superlatus omnibus existerem. Pro tanto ad se clamavit aquam dicens: soror carissima, elementum Dei es tu velut ego, quapropter, si tibi commoratus fuero et tecum
15 connexus, non solum magnus sed magnificentior et excellentior apparebo. Unde obsecro te, permitte me tecum morari et in te gloriari. Aqua vero simulare se ingeniose cœpit dicens: desiderio desideravi hoc pascha tecum manducare, accede ad me secure et te pro viribus meliorabo. Ignis quoque hoc
20 audiens jucundari cœpit et amicabiliter ad aquam intravit, aqua vero, dum ignem in se haberet, assistentibus sibi dixit: iste inimicus et contrarius est generis mei; hic me sæpe consumpsit et ad nihilum redegit, modo me vindicare possum et ipsum exstinguere, si volo, sed juxta verbum apostoli nolo
25 reddere malum pro malo, ne seculum privetur tanto bono, tamen volo ipsum aliquantulum humiliare. Et hæc dicens parum collegit se et in ignem mingere cœpit. Et ob hoc orare [1] aquam ignis cœpit, ne ipsum exstingueret. Aqua vero miserta est ei nec eum ex toto exstinxit, sed ad terram ip-
30 sum deduxit dicens: Deo damus dulcem sonum reddendo pro malo bonum. Sed multi hodie per contrarium reddunt pro malo malum, cum volunt vindictam assumere nolentes offensas dimittere. Propter quod Hieronimus dicit: quoniam Deus donavit in Christo peccata nostra, sic et nos dimittamus his,
35 qui in nobis peccant, et Dei imitatio injuriam nobis factam

*

1 Andere: deposcere.

10 *

frangit et revocat. Sicut legitur in historiis Alexandri, quod, cum quidam eum graviter offendisset, nolebat ei dimittere, Aristoteles autem hoc cognoscens perrexit ad eum et ait: volo, domine, quod hodie sis victoriosus ultra quod fuisti. Quo respondente ait: bene volo. Cui ille: tu, rex, superasti omnia regna mundi, sed hodie tu superatus es, quia, si te permittis superari, victus es; si tu quoque vincis temetipsum, victoriosus eris, quia, qui semetipsum vincit, contra omnia fortis est, ut dicit philosophus. Ad hæc verba vindictam remisit Alexander et placatus est. Propter quod dicitur Prov. XVI: melius est patiens viro forti et qui dominatur animo suo expugnatore urbium.

De aqua et igne, dial. 10.

Aqua ad se clamavit ignem dicens: quare, frater, contrarii semper sumus et inimici? Bonum est præceptum domini custodire, quod dicit: diliges proximum tuum sicut te ipsum, Matth. XXII°. Quia plenitudo legis est dilectio, ut dicit apostolus ad Roman. XIII°. Cui ignis: placet, quod dicis, quia dilectio proximi malum non operatur, ut idem dicit eodem cap. Propter hoc eamus et mansionem simul faciamus. Cumque simul manerent, nunquam pacem habebant. Propter quod ignis aquam sæpe calefaciebat et ad nihilum redigebat, aqua vero sæpe ignem exstinguebat, unde lites et contentiones inter eos non desinebant. Qua de causa ab invicem sunt divisi dicentes: nullus debet se binare cum contrario neque stare. Ita nec bonus sociare se debet nec habitare cum malo et perverso, qui est suus contrarius, quia leviter perdit justitiam et famam suam et omnem operationem bonam propter societatem perversam. Unde quidam philosophus: eligas ergo bonos et humiles, cum quibus vivas, et bonus eris. Dicit psalmista Ps. XVII°: cum sancto sanctus eris et cum perverso perverteris. Apostolus hoc esse periculum considerans, vitam cum malis ducere, scribebat prima ad Thes. III°: denunciamus autem vobis, fratres, in nomine domini nostri Jesu Christi, ut subtrahatis vos ab omni fratre ambulante inordinate. Quia dicit Ysidorus: periculum est vitam cum malis ducere; perniciosum est his, qui pravæ voluntatis sunt, sociari. Unde cœlum cum aqua sua, quam in terram emittit, abluens respondit portitori carbonum, cum hospitatus fuisset cum eo: frater, non possumus convenire simul, quicquid enim, quod abluere potero per diem, una hora poteris denigrando maculare. Sic etiam totum, quod sapiens vel bonus acquirit multo tempore, stultus vel malus destruit una hora.

De fluvio et mari, dial. 11.

Fluvius est secundum philosophum cursus indeficiens, refectio solis et irrigatio terræ. Qui processit ad mare dicens: recte vocaberis mare, id est amarum, quia in amaritudine semper vivis. Nonne est magna amaritudo et ingratitudo tua, cum continue de dulcedine mea bibis et tu semper amaritudinem in me largiris? Mare respondit: argentum et aurum non est mecum, quod autem habeo, hoc tibi do, de interioribus corporis mei tribuo tibi, tamquam amico fideli. Idcirco pacifice sustinere debes amaritudinem meam, quia si bene prospexeris, inde derivatur dulcedo maxima et ineffabilis bonitas tua. Hoc audiens fluvius, totus pacificatus est dicens: amara debet portare, qui dulcia vult gustare. Ita quemlibet oportet amaritudinem tribulationum portare, si dulcedinem supernorum [1] cupit gustare. Quia Gregorius dicit: tribulatio est porta regni cœlorum. Unde in Ps. CXVII: hæc porta domini, justi intrabunt per eam. Sicut dicitur Actuum XIV: per multas tribulationes oportet nos intrare in regnum Dei. Sed quidam sunt similes simiæ, qui ascendens in arborem et inveniens nucis amaritudinem in cortice, fructus projecit et ideo non gustavit de dulcedine nucis. Sic multi insipientes tribulationes projiciunt, cum earum amaritudinem sentiunt, et ideo non gustabunt de dulcedine præmii vitæ æternæ, quæ dulcedo dabitur his, qui tribulationes patienter sustinent. Prout quidam abbas excæcatus dicebat: gratias ago Deo meo, qui vindicavit me de inimicis meis, qui tot mala mihi facere solebant per istos duos proditores et raptores, scilicet per oculos, quos [2] destruxit. Alius quidam religiosus cum amisisset oculum, cœpit gaudere. Cumque alii dolerent, quæsivit

*

1 Andere: parvorum.   2 Andere: scilicet quos oculos destruxit.

ab eis, pro quo oculo tristabantur. Et responderunt: pro amisso. Quibus ille: qui haberet duos inimicos, non pro eo, qui perit, sed pro illo, qui remanet, dolere debet. Unde Hieronimus ad quendam: non doleas, si non habes, quod
5 musca et serpentes habent. Quosdam philosophos vidimus, ut melius cogitationes interius clauderent, sibi oculos eruisse.

De monte et valle, dial. 12.

Vallis quædam in imo jacebat habens supra se montem excelsum, quæ a jugo subjectionis devicta impatienter contra
10 montem verbosari cœpit dicens: impie et nephande, quare me tamdiu gravari non desinis? Cessa, nephande, a tanto gravamine, muta locum tuum, quia me suppeditasti, alioquin me de te vindicabo. Cui mons: id quod dicis, fieri non potest, quoniam creator me ab initio erexit, te vero in imo collocavit;
15 ergo porta patienter usque in diem novissimum, in quo montes et colles humiliabuntur, ut dicitur Ysa. XL. Vallis autem propter hæc verba magis animata cum arboribus et herbis contra montem prœliari cœpit, quia cum sagittis et jaculis ipsum vulnerabant. Mons autem hoc intuens furibundus ef-
20 fectus est dicens: de opere tuo te judico, serve nequam, quia contra dominum tuum certamen assumere non es verita. Et hæc dicens de se magnum sexum projecit et ora vallis obseravit eamque totam collisit. Vallis autem humiliata a verberibus dixit: servi debent dominis obedire et non contra ire.
25 Sic enim multi impatientes agunt contra superiores, unde sunt sub jugo retinendi, quia dicitur Eccles. XXIV°: cibaria et virga et onus asino, panis et disciplina et opus servo; operatur in disciplina et quærit quiescere, laxa illi manus et quærit libertatem, servo malevolo tortura et compedes. Mitte
30 illum in operationem, ne vacet, in opera constitue illum, sic enim condecet illi. Quidam dominus habebat servum protervum et contumacem, qui dum vacabat, contra dominum verbo resistebat. Dominus autem ipsum fortiter verberavit subtrahens delicata et cum laboribus submisit. Qui fessus a labo-
35 ribus se correxit et linguæ frenum posuit. Unde Prov. XXIX° qui delicate a pueritia nutrit servum suum, postea illum sentiet contumacem.

De gemmis et lapidibus, dial. 13.

Gemmæ omnes pretiosæ simul convenerunt dicentes: sumus cariores super omnia hominibus, sed si ad libitum hominum comparemur, erimus abjectæ. Ob hoc in remotioribus
5 locis latitemus, ut non inveniamur absque magno labore et expensis. Hoc est enim, quod a possessoribus care retinentur et non sine magno pretio comparantur. Propter quod non omnibus ostendimur dicentes: qui volunt pretiosa captare, non immerito se debent fatigare. Sic et servus Christi, si cupit
10 pretiosas virtutes apprehendere, debet laboribus et virtutibus insudare, ut pro viribus otiosus non maneat, quia otiositas inimica est animæ. Unde in Vitis patrum legitur: monachum operantem unus dæmon temptat, otiosum mille. Idcirco Hieronimus dicit: semper aliquid boni facito, ut diabolus te in-
15 veniat occupatum. Homo occupatus est velut castrum bene clausum, cui inimicus nocere non potest. Unde Augustinus: non facile capitur a temptatore, qui bono vacat exercitio. Debent enim parentes filios incitare minores ad laborem, ne propter pigritiam in paupertate deficiant. Unde quidam sa-
20 piens rusticus plantavit vineam, qui cum moreretur, dixit filiis suis, se abscondidisse thesaurum in vinea, locum autem, ubi esset, non assignavit. Mortuo patre cœperunt fodere vineam, ut invenirent thesaurum, unde factum est, ut vinea fertilis efficeretur et redderet largissimum fructum. Hæc videntes
25 filii perceperunt, quod pater propter hoc dixerat, thesaurum esse absconditum in vinea, ut studiosius excolerent vineam et laborarent remoto tempore. Quidam philosophus docuit filium suum dicens: vide, fili, ne formica sit sapientior te, quæ congregat in æstate tanto et tam sollicito labore, unde vivat in
30 hieme, ne sit gallus te vigilantior aut fortior, qui matutinas horas observat ita diligenter et se verberando, alios ad cantus nocturnos excitat et qui ita fortis est, quod uxores plurimas castas habeat et subditas sibi faciat, et tu dicis, quod non potes tantum unam tibi subdere!

35 ## De smaragdo et annulo, dial. 14.

Smaragdus est gemma, ut dicit Brito, cui nil viridius comparatur, nam herbas virentes frondesque solo ejus intuitu

apparere facit, implet oculos et non satiat, ut dicit Papias.
Quidam autem annulus aureus pretiosum quendam smaragdum
gestabat, propter quod omnes avide eum intuebantur. Quadam
autem vice ingrate est annulus locutus dicens: jamdiu in
5 statione mea moratus es nec unquam pretium mihi dedisti;
unde solve pretium mansionis meæ et recede aut te spoliatum
expellam. Cui smaragdus: si tecum moratus sum, per me
semper honoratus exstitisti aut in digito regis bajulatus, et
si expellere me vis, me modo vende et de pretio valoris mei
10 solve stationem tuam, quia non deficiet mihi mansio. Annulus
autem cum de domo sua expelleret eum ac sine ipso maneret,
abjectus et nihili reputatus fuit ab omnibus et ad extremum
liquefactus dixit: qui cum pretioso sedit, fit abjectus, si spe-
ciosus recedit. Sic enim servus Christi est venerandus, donec
15 in se retinet pretiosas virtutes, si autem abjicit, fit abjiciendus.
Sed sicut dicit Seneca, bonus vir si bonus est, suis actibus
probatur et sic probatus repertus est. Quodam tempore cum
Alexander magnus diceret, se esse dominatorem orbis, respondit ei Diogenes philosophus: nequaquam es dominus, sed ser-
20 vorum meorum servus, superbia est enim domina tua et ancilla
mea. Te enim ducit, ego autem meam suppeditavi. Carnalis
concupiscentia, gula et ira sunt dominæ tuæ et ancillæ meæ,
quia te ducunt et tibi dominantur. Ego autem eas suppeditavi et vici, et ideo tu vere es servorum meorum servus. Et
25 cum servi Alexandri vellent ipsum ruere, ait Alexander: videte, ne eum tangatis, quia vere bonus est et veritatem dicit.
Unde Gregorius: homo magnæ dignitatis est, si reperit se modo, quo debet, sine vitiis, signum magnæ virilitatis est.

30 De saphiro et aurifice, dial. 15.

Saphirus, dicit Ysidorus Ethimolog. XVI, similis est sereno
cœlo, qui percussus radiis solis ardentem emittit fulgorem.
Quidam autem aurifex hunc saphirum pretiosum in diademate
imperatoris collocare disponebat. Quod intuens saphirus ait:
35 magister bone, noli me includere, quia liber sum et juvenis
secularis. Idcirco nolo a seculo separari, sed cupio gaudere
et per totum mundum spatiari. Cui aurifex: inclusio tua
erit sanctitas tua, quoniam te collocabo in tuto loco, ubi sine

pavore de cætero vivas. Considero enim pretiositatem et valorem tuum et timeo, quod, si per mundum vagatus fueris,
perditus eris, quia dicitur primo Johannis V°: totus mundus
in maligno positus est, tot sunt pericula hujus mundi, quod
5 nec cor illa cogitare potest nec lingua exprimere. Unde Gregorius: semper timere debemus, quia in periculo semper sumus.
Propter hujusmodi, fili carissime, te dimittere nolo nec per
mundum vagari relinquere, sed in salva custodia custodire.
Et hoc dicens saphirum in serto et diademate magister in-
10 clusit, ubi perpetue gloriabatur dicens: est in tuto loco stare
melius quam evagari. Sic enim tutum est viro religioso in
claustro et cella sua manere, quia dicitur in Vitis patrum:
vade in cellam tuam et ipsa te docebit universa, quia pax est
in cella, foris autem nisi bella. Et ut dicit Hieronimus: qui
15 Christum desiderat, nil aliud quærat in secularibus, sed sit
ei cella pro paradiso varietate scripturarum discurrentium
plena; his utatur deliciis, harum fruatur amplexibus. Abbas
Evagrius dixit ad quendam in Vitis patrum sibi dicentem:
non possum jejunare nec laborare nec infirmis servire, vade,
20 manduca, bibe et dormi, tantum de cella tua non exeas, quia
perseverantia cellæ ducit monachum ad ordinem. Et sic paulatim reversus est ad opus suæ perfectionis.

De topasio pretioso, dial. 16.

Topasius, ut dicit Papias, est gemma, quæ omnium lapi-
25 dum in se habet colores. Ysidor. Ethim. libro XVI. dicit,
quod est gemma quædam ex virenti genere omnique colore
splendens, inventa primum in Arabiæ insula, quæ dicitur To-
pazi, unde topazius dictus est ab insula. Quidam autem to-
pacius de Arabia ductus est Romam et in ecclesia beati Petri
30 super crucem collocatus est et consecratus est, in quo loco ab
omnibus avide videbatur. Hic a persuasione in ima ductus
ait: quid est semper in ecclesia manere et nunquam recedere
nec aliquid de mundo sentire? volo enim cito ad seculum redire, ut aliquantulum cum secularibus recreari possim in se-
35 culo et regnare cum Christo. Cumque ad seculum reversus
fuisset ac de sacrosancta ecclesia recederet, ab illicitis concu-
piscentiis mundi captus exposuit se omnibus flagitiis. Ad ex-

tremum autem a barbaris repertus et ab ipsis incognitus collisus est et dispersus, ita quod nunquam comparuit. Tandem confractus ait: qui de loco sacro pergit, justum est, si se dispergit. Ergo caveant religiosi ad seculum redire, ne similiter pereant. Concupiscentiæ enim sunt naufragia religiosorum. Et ideo dicit Augustinus: sicut dilectio Dei est omnium virtutum fons, ita dilectio mundi est fons omnium vitiorum. Unde qui vult Deum possidere, mundo renuntiet, ut sit illi Deus beata possessio. Dicit Bernardus: perfectus servus Christi nihil habet nisi Christum et si aliquid præter Christum habet, perfectus non est. Unde idem: qui spiritualibus bonis sunt dotati, terrenis negotiis non debent implicari.

Legitur in Vitas patrum [**sic**], quod quidam frater interrogavit senem dicens: quid faciam, quia cogitatio mea me non dimittit, me nec una hora sedere in cella mea? Et dicit ei senex: fili, revertere et sede in cella tua et labora manibus tuis et ora Deum incessanter et jacta cogitatum tuum in domino et cave, ne te quis seducat, ut exeas, et dicebat. Quidam secularis erat adolescens habens patrem et desiderabat fieri monachus. Et dum multum supplicaret patri suo, ut dimitteret eum converti, non acquiescebat pater. Postmodum autem rogatus a fidelibus amicis, vix acquievit. Et egressus frater ille adolescens introivit monasterium et factus monachus cœpit omne opus monasterii perfecte perficere et jejunare quotidie. Cœpit autem biduanas et triduanas abstinere, similiter autem et semel tantum in ebdomada refici. Videbat eum abbas suus et mirabatur et benedicebat dominum in abstinentia et labore ipsius. Contigit autem post aliquod tempus, [quod] cœpit frater supplicari abbati suo dicens: rogo te, abba, ut dimittas me, et vadam in heremum. Dicit ei abbas: fili, noli hoc cogitare, non enim potes sufferre talem laborem propter temptationes diaboli et versutias ejus. Et si contigerit tibi temptatio, non invenies ibi, quod te consoletur a turbatione inimici, quæ tibi illata fuerit. Ille autem cœpit amplius rogare, ut eum permitteret abire. Videns autem abbas ejus, quia eum retinere non poterat, facta oratione dimisit eum. Postmodum dicit abbati suo: rogo te, abba, ut concedas mihi, qui ostendat iter, quomodo ego pergere debeam. Et ordinavit

cum eo duos monachos monasterii et abierunt cum eo, ambu-
lantibusque iis per heremum unam diem et alteram, defecerunt
præ æstu et projicientes se in terram jacebant et soporati
modice somno, ecce aquila venit percutiens alis suis, processit
procul et sedit in torra. Et evigilantes aquilam viderunt et
dixerunt ei: ecce angelus tuus, surge, sequere eum. Et surgens valedicensque fratribus sequebatur eam et venit usque
ubi stabat aquila ipsa. Quæ mox surgens volavit usque ad
unum stadium et iterum sedit. Similiter sequebatur eam
frater ille. Et iterum volavit et sedit non longe. Factum
est vero hoc per horas tres. Postmodum autem, dum sequitur
eam, divertit ipsa aquila in dexteram partem sequentis se et
non comparuit. Frater vero ille nihilominus sequebatur eam
et respiciens vidit tres arbores palmarum et fontem aquæ et
speluncam et dixit: ecce locus, quem mihi dominus paravit!
Et ingressus sedit in ea sumens cibum dactilorum et de fonte
aquam bibens; et fecit ibidem annos sex neminem videns.
Et ecce una die venit ad eum diabolus in similitudine cujusdam abbatis senioris habens vultum terribilem. Videns autem
eum frater ille timuit et procidens in orationem surrexit. Et
dicit ei diabolus: oremus iterum, frater! et cum surrexissent [1],
diabolus dixit: quantum temporis habes hic? Et respondit:
habeo sex annos. Dicit ei dæmon: ecce te vicinum habui et
non potui cognoscere nisi ante dies quatuor, quod hic habitares,
et ego non longe habeo a te monasterium, et ecce anni sunt
XI quod de monasterio non exivi nisi hodie, quia cognovi,
quod in hic vicino habitares, et cogitavi mecum dicens, vadam
ad hominem Dei istum et cum eo conferam, quod potest prodesse saluti animæ meæ, et hoc dico, frater, quod nihil proficimus sedentes in cellis istis, quia corpus et sanguinem Christi
non percipimus, et timeo, ne efficiamur exteri ab eo, si nos
ab hoc misterio elongaverimus. Sed dico tibi, frater, ecce
hinc tribus millibus est monasterium habens presbiterum,
eamus ergo dominica die post duas ebdomadas et accipiamus
corpus et sanguinem Christi et revertamur ad cellas nostras.
Placuit fratri suasio illa diabolica et veniente die dominica

*

1 Frühere ausgaben: et surgentes dixit.

ecce diabolus venit et dicit ei: veniamus, quia hora est. Et
exeuntes perrexerunt ad prædictum monasterium, ubi presbiter
ille erat, et ingressi in ecclesiam miserunt se in orationem,
et exsurgens ab oratione frater ille respiciens non invenit,
5 qui adduxerat eum ibi, et dixit: ubi, putas, perrexit? num ad
commune necessarium ambulavit? Et cum diu sustineret, non
venit. Postmodum autem exiens foras requirebat eum, et cum
non reperisset, dixit ad fratres loci illius interrogans eos;
ubi est abbas ille senex, qui mecum ingressus est in ecclesiam?
10 Et dicunt ei: nos neminem vidimus alium nisi te tamen.
Tunc cogitavit frater ille, quod dæmon fuisset, et dixit: vide,
cum qua argutia diabolus ejecit me de cella sua, sed tamen
non me pœnitet, quia ad opus bonum veni, percipio corpus
et sanguinem Christi et revertar in cellam meam! Et post
15 missas volentem reverti tenuit eum abbas monasterii ipsius
dicens: nisi te refeceris, non dimittemus te. Et cum percepisset
cibum et regredi vellet in cellam suam, ecce iterum diabolus
venit in similitudine cujusdam juvenis secularis et cœpit eum
respicere a summo capitis usque ad pedes et dicere: ipse est
20 iste? non est hic. Et cœpit eum considerare et dixit ei frater: quem sic respicis? At ille ait: puto, me cognoscis. Tamen
post tantum tempus quomodo me habes cognoscere? Ego vi-
cinus patris tui, filius illius. Quomodo? non est dictus pater
tuus sic et mater tua tale nomen non habuit? Tu et sic non
25 vocaris et mancipia illa et illa sic non sunt dicta? Mater
vero tua et soror tua ante tres annos mortuæ sunt. Pater
autem tuus modo defunctus est et te fecit hæredem dicens:
cui habeo dimittere substantiam meam nisi filio meo, viro
sancto, qui reliquit sæculum et abiit post Deum? Ipsi dimitto
30 omnia bona mea, modo autem qui timet Deum et scit,
ubi est, dicat, ut veniens distrahat et eroget ea pauperibus
pro anima mea et sua! Et perrexerunt multi requirentes te
et minime invenerunt, ego autem, veniens ex occasione propter quoddam opus hic, cognovi te esse, unde non facias moras,
35 sed veni et vende omnia et fac secundum voluntatem patris
tui. Respondens frater ille dixit: non necesse habeo reverti
ad seculum. Dixit ei diabolus: si non veneris et deperierit
substantia illa, in conspectu Dei tu exinde reddes rationem.

Quid enim mali tibi dico, ut venias et eroges pauperibus et egenis
quomodo bonus dispensator, ut non a meretricibus et male
viventibus extricetur, quod pauperibus dimissum est? Aut
quid onerosum est, ut venias et facias elemosinas secundum
voluntatem patris tui pro anima ejus et revertaris in cellam
tuam? Quid multa, suadens fratrem deposuit in seculum et
veniens cum eo usque ad civitatem reliquit eum. Voluit autem frater ingredi in domum patris tamquam jam defuncto
eo, et ecce ipse pater ejus vivus egrediebatur et videns non
cognovit eum et ad eum ait: quis es tu? Ipse vero turbatus
nihil poterat respondere, et cœpit iteratis verbis pater
ejus interrogare eum, unde esset. Tunc confusus dixit ei: ego
filius tuus. Et ait illi: ut quid reversus es? Qui erubescens
dicere, quod verum erat, dixit: caritas tua me fecit reverti,
quia desiderabam te. Et remansit ibi et post aliquantum tempus incurrit fornicationem et multis suppliciis afflictus a patre suo infelix ille non egit pœnitentiam, sed remansit in seculo. Ideoque dico, fratres, quia monachus nunquam debet,
quamvis suasus ab aliquo, egredi de cella sua.

De carbunculo et speculo, dial. 17.

Carbunculus, dicit Brito, quidam lapis est pretiosus sic
dictus, eo quod fit ignitus ut carbo, cujus fulgur nec nocte
vincitur, lucet enim in tenebris adeo, ut flammas ad oculos
vibret. Ad hunc accessit quoddam speculum vitreum dicens:
frater, inter splendidas et pretiosas gemmas lucidus es egoque
etiam clare resplendeo, ita quod clare in me cuncta perspi-
ciuntur; si ergo invicem binati fuerimus, magis excellentiores
et appretiati erimus in septuplo. Cui carbunculus: ei quod
dicis consentire nolo, propter quod considero, quod ex debilitate materiæ creatus es, scilicet de vitro, egoque de natura
pretiosarum gemmarum. Idcirco non est conveniens, quomodo
dicit Ysidorus: similis enim esse filius matri solet, ergo quia
non es tu similis mei, recede. Et adjecit: nunquam nobilis
cum viliori descendat nec cum eo contendat. Sicut enim
christianus, qui est de nobiliori genere, scilicet de Christo,
quia a Christo dicitur christianus, non debet attendere nec
audire diabolum, quia est vilior omnibus. Unde in libro Cle-

mentis: qui diaboli voluntatibus se sponte subdiderit, pacem
erga Deum et hominem non habebit. Et Augustinus: non
potest diabolus decipere, nisi quos voluerit ei præbere suæ
voluntatis assensum. Propter quod dicit Hieronimus: potestas
5 quidem diaboli non timetur nec timeri debet, quia timor illius
atque jactantia semper in tua voluntate est; non enim potest
caro facere nisi quod voluerit animus. Legitur in Vitis patrum,
quod quidam heremita ductus est ab angelo in quendam locum, ubi erat congregatio sanctorum monachorum, et vidit
10 confinia plena ac loca circumstantia maxima multitudine dæ-
monum volantium ad modum muscarum. Venientes autem
ad quandam civitatem, ubi fiebat magnum forum, vidit ibi
unum solum dæmonem satis otiosum stantem super portas,
ita ut quæreret, unde hoc esset. Respondit angelus domini,
15 quod in civitate omnes, quod volebat, faciebant ad voluntatem
diaboli, et pro tanto ibi unus dæmon sufficiebat, in abbatia
omnes erant sibi rebelles et ideo per multos eos impugnabat.

De achate et ceraste, dial. 18.

Achates, dicit Papias, est gemma, quæ habet circulos
20 nigros et albos et varios. Brito autem et Ysid. Ethim. XVI
dicunt, quod est gemma primo reperta in Sicilia juxta flumen
ejusdem nominis, postea pluribus in terris, ut Hugutio dicit,
et reddit hominem gratiosum. Cerastes serpens est sic dictus,
ut dicit Ysid. Ethim. XII eo quod octo cornua in capite habet
25 ad modum arietis. Hujus cornu mensis divitum appositum
prodit venenum. Ex his cornibus manubria cultellorum fiunt,
qui cultelli imperatoribus ante omnem cibum ponebantur,
ut illa sudore manifestarent, si quis cibus fuisset appositus
veneno infectus. Hic cum esset omnibus odiosus et a cunctis
30 devitatus, processit ad achatem dicens: o gemma pretiosa, descende ad me et colloca te inter cornua mea, quoniam egregie
te bajulabo, propter quod habes virtutem, portitorem tuum
reddere gratiosum. Insuper tibi promitto quod, si me gratiosum reddideris, magnates inferiores et innocentes spo-
35 liabo et de præda medietatem tibi concedam. Cui achates: id quod dicis, mihi non placet, quia dicit apostolus, non
solum facientes, sed etiam consentientes digni sunt perpetua

morte. Et vulgariter dicitur: tantum valet qui tenet pedem, quantum qui excoriat. Itaque recede a me, quoniam societas tua me non decet. Et hoc dicens processit et ait: nos debemus contra ire malo et non consentire. Hoc enim faciebat
5 David Ps. C°, cum dicebat, facientes praevaricationes odivi, sive esset pater meus sive mater sive soror sive frater. Id est, si erat amicus sive episcopus sive presbiter sive constitutus in aliqua dignitate, qui pervertebat vias suas, sic eum fugiebam, ut penitus non facerem ejus memoriam. Unde in
10 Policratico L. IX fertur beatum Hieronimum tres a mensa clericos exclusisse, quia ipsos incompositos vidit, dicens: honesto et gravi viro, in ejus consortio aliquem incompositum inveniri, turpe est et non decet.

De auro et plumbo, dial. 19.

15   Ad aurum plumbum animatum processit dicens: quare superbis contra me? nonne ego de materia metallorum sum sicut et tu? Qua de causa me spernis et non vis, ut sim in mundo appretiatum ut tu? Accede ad me et proba te mecum in igne, et videbis virtutem, quæ in me manet. Cui aurum:
20 scio, frater, quod metallum sis, sicut sum ego. Creator ita te creavit sicut et me et sic maneo. Non enim tibi injuriam facio, tolle quod tuum est et vade et noli mecum contendere, quia in omnibus probari nos oportet, juxta verbum apostoli prima ad Thess. V°: omnia autem probate, quod bonum est,
25 tenete. Accede ad ignem et pugna mecum et tunc apparebit virtus tua et victoria. Cumque in igne simul convenirent, plumbum liquefactum est et evanuit, aurum vero purificatum exiit dicens: sunt sine virtute verba vana et superba, sic enim nonnulli superbi, vani et elati putant in se habere virtutes,
30 quas non habent, et ideo si temptantur, ad nihilum rediguntur veluti plumbum in igne. Ergo si vis pretiosus esse ante oculos domini, stude in oculis tuis vilior apparere. Quapropter dicit Ysidorus: esto parvulus in oculis tuis, ut sis magnus in oculis domini; tanto eris ante Deum pretiosior,
35 quanto fueris ante oculos tuos despectior, quia qui sibi ipsi vilis est, apud Deum magnus est. Et ut dicit Gregorius: quanto coram oculis tuis eris gloriosior, tanto coram Deo

et angelis ejus eris vilior. Quædam domina fuit Romæ tantæ
humilitatis et reverentiæ, quod ad altare indignam se reputabat accedere, et corpus Christi cum levabatur, indignam se
reputabat videre. Unde accidit, quod cum simul communio
5 fieret in populo, ipsa per nimiam humilitatem et reverentiam
ad recipiendum non accedebat. Unde divino miraculo factum est, ut per columbam, accipientem hostiam de altari, vi-
dente populo communicata fuit.

De auro et argento, dial. 20.

10 Aurum ad argentum processit et ait: gaude, frater, quoniam inter metalla principatum tenemus, itaque si connexa
simul fuerimus, magis sublimiora erimus. Ad hoc responsum
dedit dicens: id quod dicis, frater, caritative dicis, tamen
considero, quod rubeum habes colorem egoque album, necnon
15 cogito, quod magni pretii et valoris es tu, quapropter ego
puto, quod sicut divisa et contraria sumus in colore et pretio,
sic erimus in voluntate, unde melius est, non incipere quam
ab incepto nos retrahere. Et adjunxit: nunquam nos æquipa-
remus cum magnatibus nec stemus, quia dicitur Eccl. XIII⁰
20 pondus super se tollit qui honestiori se conjungit. Unde
etiam dicitur ibidem: ditiori te ne fueris socius. Propter quod
dicit philosophus: ubi pauper contra divitem inimicari cœpit,
perit. Prout refert Esopus, quod capra, ovis et asina fœdus
et societatem simul cum leone fecerunt, ut irent venatum
25 pari forma, et simul omnes ceperunt cervum. In divisione vero
dixit leo: ego vero heres primæ partis, nam primus honor
est mihi, et prima vox defendit mihi partem secundam et
major labor dat mihi tertiam, et quarta pars nisi mea sit,
initum fœdus rumpam. Et hoc dicens cœpit terram per-
30 cutere cauda et fremere dentibus. Timentes autem omnes
dimiserunt cervum totum leoni. Unde patet quod debet
sibi homo præcavere, ne statuat societatem cum potentioribus
se, quia semper habebit pejorem partem, et communi proverbio
dicitur: cerasa cum dominis non consulo mandere servis, tol-
35 lunt matura, sed dimittunt tibi dura. Et ideo dicit Esopus:

*

1 Gewöhnlich: cerusa.

præsens pagina vult, ne fragilis societur forti, nam fragili potens nesciet esse fidus.

De argento et ferro, dial. 21.

Argentum quadam vice improvide ac indiscrete ad ferrum
5 loquutum est dicens: o nephande, maledicta genitura tua, quoniam per te mala infinita fabricantur. Nam ex te fiunt mucrones, tela, jacula, thoraces, galeæ et gladii ad justitiandum homines et puniendum, per te prœlia et seditiones cadunt in seculo. Si non esses creatum, mundus in pace quiesceret.
10 Ferrum autem bene audiens rationabiliter se excusavit dicens: heu, frater, quid est, quod locutus es? non tibi injuriam facio, sed is sum, ut dicis, malefactor, considera veritatem et prospicies, quod sine me nil operis fieri potest, per me quoque artes fabricantur et terra germinat. Dum per me homines
15 operantur, homines me distendunt et quicquid de me volunt faciunt. Ego autem non contradico, sed obedio illis, ut creator ordinavit. Si autem de me male faciunt, non est culpa mea, facio enim quod debeo. Tu autem vides festucam in oculo meo, sed trabem, quæ est in oculis tuis, non desideras,
20 cum per te omnia mala eveniant, nam adulteria, furta, homicidia et similia per te homines operantur. Per te enim justitia et veritas perit, usuræ et rapinæ fabricantur, animos hominum seducis et in perditionem mittis. Ergo bonum erat tibi tacere et non tam inordinate loqui. Nescit ergo loqui
25 stultus, quia tacere non potest. Unde quidam philosophus interrogatus, cum aliis loquentibus taceret, respondit: nemo stultus tacere potest. Ad hoc argentum confusum erubuit dicens: semper antequam loquamur verbum, nos intueamur. Quia dicit Augustinus: sermo ante veniat ad limam quam ad
30 linguam. Philosophus quidam cum inter multos taceret, interrogatus, cur hoc faceret, respondit: locutum esse aliquando pœnituit me, tacuisse nunquam. Unde Catho: nam nulli tacuisse nocet, sed nocet esse locutum. Quidam paterfamilias habebat tres gallos in curia [1] sua et domo, in qua habitavit inter alios
35 servus quidam inhonestam vitam ducens. Quod considerantes

*

1 Altere ausgaben: curte.

galli, unus ex iis cantavit dicens: tale opus operatur in hoc, quod non placebit domino nostro. Hoc autem audiens inhonestus dixit: hic gallus non debet vivere, et fecit eum occidi. Altera autem die alius levavit vocem suam et cantavit dicens: pro dicendo veritatem frater noster est jugulatus. Protinus malefactor ipsum interemit. Tertius autem sapiens fuit, ideoque cantare cœpit et dicere: audi, vide, tace, si tu vis vivere in pace. Propter quod in vita servabatur.

De stanno et ære, dial. 22.

Stannum et æs simul æmulata sunt aurum, unde urseolum cupri pulchrum et præclarum fabricati sunt et foro venali ipsum vendiderunt dicentes, eum esse aurum. Emptor quidam ipsum solvit ad domumque suam reportavit gaudens. Dum autem vellet perfectionem auri probare, invenit cuprum. Pro quo indignatus aurum ante judicem citavit dicens, se esse ab ipso deceptum. Aurum quoque veraciter se excusabat inquiens, quod urseolum non vendiderat neque ipsum fabricatus fuerat, nec etiam de genere suo unquam processerat. Judex autem venditores ante se citavit eosque in equuleo levavit et ipsos torquendo veritatem confessi sunt et quod hoc propter invidiam fecerunt, ut aurum diffamarent, ne tantum appretiaretur in mundo. Judex autem ipsos punivit et aurum collaudavit dicens: est qui bonus atque purus semper dormiat securus. Sic enim multi propter invidiam diffamare meliores cupiunt false testificando. Talis vero loquens falsa non erit impunitus juxta illud Prov. XIX: testis falsus non erit impunitus et qui mendacia loquitur, non effugiet scilicet Dei judicium. Et ibidem: testis falsus peribit, ut legitur in Collationibus patrum. Abbas Pafnutius cum adhuc juvenis gratiosus sederet in cella, quidam frater motus ad invidiam librum suum absconditum redegit in lecto Pafnutii, et accedens ad locum, ubi fratres convenerant, missa celebrata, asseruit librum suum sibi furto fuisse sublatum. Missi autem tres ad scrutandum per cellas invenerunt librum in lecto Pafnutii. Qui accusatus apud fratres cum in nullo esset conscius, suscipere ac perficere cœpit pœnitentiam de furto. Cumque hoc faceret, ille a dæmonio vexatus clamans manifestavit dolum, quem fecerat librum occultando, et quod propter infamationem sancti viri tum occultaverat, petiitque se adduci ad eum, ut ejus orationibus liberaretur a dæmone. Cumque adductus fuisset, ejus precibus est liberatus a dæmonio. De falso testimonio ait 5 Gregorius: qui falsum testimonium profert, tribus personis obnoxius est, primo domino Deo, cujus præsentiam contemnit, secundo judici, quem mentiendo fallit, tertio innocenti, quem falso testimonio lædit. Et ideo in jure tenetur testis ad restitutionem omnium, quæ per suum falsum testimonium proxi-10 mus ejus amisit.

De sera et clave, dial. 23.

Clavis quædam optima seram placide aperiebat et claudebat, ita quod patronus in hoc multum lætabatur. Quadam autem vice sera ingrata murmurare cœpit versus clavem dicens: 15 o nephanda, quare me semper persequeris, quotidie intrans in viscera mea, et interiora mea solvis et resolvis? Cessa ab hoc gravamine, alioquin te projiciam et curvabo. Cui clavis: male dicis, soror, quoniam per me custodita es et protecta. Si vis me projicere, abjecta eris et fracta. Sera autem propter 20 hæc verba minime placata est, quin imo totum obseravit foramen et clavem non permisit venire in se, ut ostium patronus aperire non valeret. Patronus vero hoc cernens indignatus seram illam exstirpavit ac fregit, eo quod aperire nequaquam valebat. Clavis autem ipsam postmodum deridebat 25 dicens: cum quo stabis sustentata, eris et semper concordata. Cave igitur, homo, adversari et rixari cum quo familiariter vixeris. Quia dicit Seneca: turpius nihil est quam cum eo gerere bellum, cum quo familiariter vixeris. Attamen qui pacifice cupiunt commorari, onera sua portare invicem debent 30 juxta illud apostoli ad Galatas sexto: alter alterius onera portate. Dicit enim Tullius: nihil est, quod non tolleret, qui perfecte diligit. Prout legitur in Historiis Scholasticis, quod Antipater Ydumeus, pater magni Herodis, in quodam prœlio in servitio imperatoris multis vulneribus est confossus, quæ 35 libenter toleravit illius amore. Tandem ab æmulis cum accusaretur refectus, Cæsari dixit: Cæsar, nolo me vobis excusare verbis, sed ista vulnera, quæ suscepi, amore vestri loquantur pro me, si diligo vos. Tunc Cæsar ipsum in gratia recepit. Item legitur de Julio Cæsare libro primo de nugis philosophorum, quod cum in lite quidam veteranus quadem die periclitaretur et coram judicibus ivisset, rogavit Cæsarem, ut adesset in publico scilicet ad juvandum eum. Cui Cæsar dedit unum advocatum. Cui ille ait: o Cæsar, te prœliante in bello Asiatico non vicarium quæsivi, sed pro te ego pugnavi, detexitque cicatrices vulnerum, scilicet quæ ibi susceperat, erubuitque Cæsar et venit in advocationem. Verebatur enim non tantum superbus sed ingratus videri. Unde ait ibidem: qui non laborat, ut militibus carus sit, milites nescit amare, prout in laude ipsius Cæsaris dicitur, quod nunquam dixit militibus suis: ite, sed venite, dicens, quod labor cum duce participatus est militibus minor.

De cacabo et catena, dial. 24.

Catena quadam vice locuta est cacabo dicens: nimium es ingratus, quia te ad ignem bajulo. Tu quidem quotidie fercula coquis delicata et nunquam mihi porrigis ad edendum, magna est gulositas tua et totum consumere vis meque famelicam relinquis. Ad hæc cacabus: malo meo servire nosti, ob hoc non es digna remunerandi, sed potius puniendi, quia appensum me tenes ad ignem et ardere et consumere me facis. Ea propter si esset mihi possibilitas, te libenter mactarem, sed si vis mihi servire, ad libitum procura mihi utilia et necessaria, non nociva nec contraria. Et addidit: cum utilitate grata sunt servitia parata. Ergo cum tu servire cupis aliis, servias ad bene placitum eorum, ut tibi grates referant, alioquin perdes beneficium. Et hoc est quod dicit Seneca: qui beneficium dare nescit, injuste petit, id est, qui dare nescit beneficium cum utilitate, injuste remunerari petit. Ad reddendum docent nos minima animalia et vilia. Prout legitur, quod mus ascendit ad leonem dormientem, quem capiens leo voluit eum comedere. Cui mus: patientiam habe in me et miserere mei; nam reddam tibi, cum potero. Leo autem ridere incepit cogitans, quam vicem posset illi reddere. Et dum illum sic derideret, accidit, ut leo caperetur in laqueis sibi positis. Quod ut mus cognovit, corrodit funes, quibus

captus erat leo. Sed natura mala non mutatur in dominis per beneficia, imo pejoratur et in sua natura permanet. Unde dicitur, quod quidam juvenis inveniens serpentem frigore torpentem misertus ejus posuit illum in sinu suo, sed cum serpens
5 calefactus est, momordit eum et occidit. Ea propter dicit Seneca: serpens in hyeme non tute palpatur, quia non desinit venena diffundere, licet torpeat.

De rosmarino et agro, dial. 25.

Rosmarinus, ut legitur de virtutibus herbarum, inter cæ-
10 teras virtutes hanc possidet, quod, si in vinea tua vel in agro tuo plantaveris ipsum et munde ac honorabiliter custodieris, vineæ gaudebunt et messes producent incrementa. Quapropter quidam ager diversarum herbarum infructuosus et sterilis permanens, ut fructus reddere posset, ad rosmarinum humiliter
15 ac devote processit ac dixit: o pastor egregie et bone custos descende ad me et protege me, quia te munde ac honorabiliter collocabo tibique serviam, tantummodo sede et quiesce in me, ut per te fructum boni generis producere valeam. Rosmarinus autem motus pietate ac victus precibus ipsius
20 cum eo ivit ac in medio se posuit agro, quo regente et procurante ager confortatus et viridis factus fructum sexagesimum ac centesimum attulit, in patientia dicens: propter unum bonum multi sunt protecti et consulti. Hoc agere debet populus, cum non habet rectorem, eligere debet unum probum, rectum
25 et sapientem, qui populum gubernet et protegat sapienter. Vere enim rex sapiens populi est stabilimentum, Sap. VI°. Et ibidem: si delectamini in sedibus, o reges populi, diligite sapientiam; diligite lumen sapientiæ, vos qui præestis populis. Et Eccles.: judex sapiens judicabit populum suum, principatus
30 sensatus [1] stabilis erit. Idem: rex insipiens perdet populum suum et civitates inhabitabuntur per sensum prudentium. Unde Salomon petiit a Deo cor docile, ut posset judicare populum Dei et discernere inter bonum et malum. Ut enim ait Vegetius de re militari: nullus est quem oporteat plura
35 vel meliora scire quam principem, cujus doctrina debet om-

*

1 Andere: sensati.

nibus suis prodesse subjectis. Non enim juvenes quis eligit
duces, non enim oportet, eo quod constat non esse prudentes,
ut dicitur tertio Topicorum. Ait Plato, tunc enim beatum
orbem terrarum fore, cum vel sapientes regnare vel reges sa-
5 pere cœpissent. Sicut ait Valerius et Boethius de consolat. [1],
libro primo. Unde et aureum seculum dicebatur, quando sapientis regnum erat. Ait Seneca et dicitur in Policratico
L. IV: Romanos imperatores aut duces, dum eorum respublica
viguit, non memini exstitisse illiteratos. Et nescio, quomodo
10 contingit, ex quo in principibus languit virtus litterarum, nec
mirum, cum sine sapientia non valet stare principatus. Ait
enim divina sapientia Proverb. VIII°: per me reges regnant.
Unde et rex Romanorum hortatus est regem Francorum, ut
filios suos liberalibus disciplinis instrui procuraret, dicens: rex
15 illiteratus est quasi asinus coronatus. Refert Socrates libro
ultimo, quod apud quamdam gentem scilicet in Campaniæ insula in regis electione non nobilitas prævalet sed suffragia
universorum; populus enim eligit ornatum moribus, benevolum
in justitia et clementia, annis gravem et cui nulli sunt liberi,
20 qui si in aliquo peccato arguatur, morte moriatur.

De ruta et animalibus, dial. 26.

Ruta, ut dicitur de virtutibus herbarum, inter cæteras
virtutes, quas habet, hanc in se retinet, quia bibita vel co-
mesta mirabiliter contradicit veneno et omnibus morsibus ve-
25 nenosis, cum fuerit contrita cum allio, sale et nucibus. Propter hanc virtutem, quam contra venenum habet, animalia
cuncta venenosa convenerunt simul ad ipsam dicentes: tolle
te de medio, obsecramus, et non intromittas te inter nos et
genus humanum, quia modis omnibus venena nostra cupimus
30 seminare inter homines eosque delere, propter quod nos persequuntur et mactant. Quibus ruta: verba vestra iniqua sunt
et dolosa, de vobis namque dicitur Psalm. XIII°: venenum
aspidum sub labiis eorum. Maligni, quare nitimini delere hominem, quem Deus in principio creavit et dominum omnium
35 constituit? Ex quo enim dicitis, quod ego habeo gratiam et

*

1 Frühere ausg. unrichtig: consulis.

virtutem contra vos vestraque venena, de cætero gratia Dei in me non vacua erit, sed semper in me manebit, quoniam contraria semper vobis ero, ne hoc facinus consummetis. Et addidit: boni debent prævalere malis, ne possint nocere. Ita agere debent rectores et provide semper obviare malis et contradicere ac eos punire. Quia dicit Seneca: bonis nocet, qui malis parcit, non enim parcere debet judex malefactoribus, quia judex, qui non corrigit peccantem, peccare imperat. Unde Ambrosius: cum uni indulgetur indigno, plurimi ad proditionis peccatum provocantur. Prout refert Valerius libro Vº de Bruto Romanorum primo consule, qui filios suos comprehensos pro tribunali sedens virgis cæsos et post ad palum ligatos percuti securi jussit, quia dominationem Tarquinii a se expulsam reducere volebant. Maluit enim orbatus filiis manere quam publicæ vindictæ deesse. Cui simile refert Augustinus de civitate Dei Vto, quod, cum quidam imperator Romanorum mandasset sub pœna mortis, ne aliquis contra aciem inimicorum pugnaret, filius ejus ab hostibus provocatus multotiens cum contra eos pugnasset et patris mandata fregisset, quamvis patriam defendisset et hostes vicisset, tamen pater, ut justitiam servaret, ipsum mandavit interfici.

De ysopo et Mercurio, dial. 27.

Ysopus, ut dicit Brito, est herba pulmonibus apta purgandis. Alius quidam autor dicit, ysopus cum oxymelle flegma viscosum evacuat, unde ysopus est herba purgans de pectore flegma. Pro qua virtute Mercurius, quem gentiles Deum esse denuntiant, qui fuit vir cupidus et avarus, magus et versipellis ac sermonum interpres, multaque alia vitia fuerunt in ipso, dum sanus exstitit, secundum judicia Dei palmonosus et reumaticus factus est, unde mala consueta non valens perpetrare ad ysopum perrexit et ait: virtus Dei est in te ad sanandum infirmos, quia in herbis, verbis et lapidibus sunt virtutes. Idcirco ostende virtutem tuam in me, cura pulmonem et flegma, quod in me est, et ego promitto et Deo et tibi, quod de rapinis et furtis meis partem tibi dabo. Cui ysopus: manifestum est, quod in sanitate mala infinita commisisti et vere, si sanaberis, deteriora facturus eris, sed virtus

Dei, quæ in me est, ut asseris, nescit patrocinia dare crimi-
nibus, ergo recede a me, quia per me nunquam curaberis! Et
sic eum cum confusione repulit dicens: semper mali, si sunt
sani, sunt pejores. Quando Deus impios flagellat passionibus
5 diversarum infirmitatum, ut peccare nequeant, nec tamen
emendantur, pro certo magnum judicium est æternæ percus-
sionis. In præsenti vita omnis divina percussio aut purgatio
vitæ præsentis est aut initium pœnæ sequentis. Nam quibusdam flagella ab hac vita inchoant, ut in æterna percussione
10 perdurent. A quibusdam enim dici solet: non judicat Deus
bis in id ipsum. Tamen illud non attendunt, quod scriptum
est, dominus populum de terra Egipti liberans eos, qui sibi
non crediderunt, perdidit. Quamvis enim plerumque una culpa
bis non percutitur, si tamen bis percutitur. una percussio in-
15 telligitur, quæ hic incepta illic perficitur, ut in his, qui se
in præsenti non corrigunt, præcedentium percussio flagellorum
sequentium sit initium tormentorum. Hic est quod dicitur
Psalm. CVIII°: operiantur sicut diploide confusione sua. Di-
plois enim duplex est vestimentum, quo singulariter induuntur,
20 qui et temporali pœna et æterna damnantur. Refert Esopus,
quod quidam milvus fuit ita rapidus, quod rapiebat, ubicunque poterat, etiam secus ecclesias, ita quod odiosus omnibus
erat, quia multa mala fecerat. Tandem infirmatus, usque ad
mortem compunctus est et se humilians pro matre misit di-
25 cens: dulcissima mater, ego infirmus sum et valde debilis,
timeo enim mortem, quia multos offendi, vade ergo ad templum
Deorum offerens sacrificium iis pro evasione infirmitatis hujus,
quia paratus sum converti ad vitam meliorem. Cui mater:
in vita tua turbasti Deos et numina sacra Deorum, justitia
30 Deorum reddit unicuique secundum opera sua; in sanitate
multa mala fecisti, si evades, Deus scit, quod pejor eris, et
hoc, quod dicis, timor mortis facit dicere, imo pejor eris, si
evades. Et sic contristatus obiit.

De abrotano et lepore, dial. 28.

35 Abrotanus dicit Horatius lignum et cætera infixa extrahit sua proprietate cum anxungia. Unde quidam lepus clau-
dicans humiliter venit ad eum, habebat enim spinam infixam

in pede, dicens: o medice animarum et corporum, miserere
mei et sana me. Hoc dicens pedem dextrum illi ostendebat,
abrotanus autem pietate commotus super vulnus ejus se posuit
et spinam inde eduxit eumque curavit, lepus vero non immemor beneficii quotidie lagenam aquæ super humeros suos
portabat et abrotanum ad radicem balneabat et porrigebat
aquam, ut abrotanum viride et friscum permaneret, dicens:
semper ad benefactores simus boni servitores. Non enim sic
faciunt maligni et ingrati, imo, quod cito beneficia recepta
sunt, oblivioni tradunt. Unde Salomon interrogatus, quid
inter homines facilius se nesciret, respondit: beneficium. Et
propterea dicit Catho: beneficii accepti memor esto. Idem:
exiguum munus cum dat tibi pauper amicus, accipito placide
et plene laudare memento. Reddere ergo debes beneficium
amico cum usuris, si potes, alioquin in memoria frequenter
non habebis beneficium tibi collatum ab amicis, ut benefac-
torem inde collaudes. Quia dicit Seneca: satis magna est
usura pro beneficio memoria. Idem: ingratus est enim, qui
beneficium reddit sine usura. Legitur in Ecclesiastica Historia,
quod quædam leæna, habens speluncam juxta cellam beati
Macharii, invenit catulos suos cæcos, quos ante pedes ejus
portavit, et intelligens vir sanctus, quod pro catulis benigne
supplicaret, ipse orando illuminavit eos. Quæ non ingratam
se reputari voluit, quia pelles omnium bestiarum, quas capiebat, sæpe quasi pro mercede ad ostium cellæ ejus deporta-
bat. Item quædam bestia alia ad cellam beati Macharii cum
filio cæco nato, nutu sanitatem orans, accessit [1]. Qui intelligens oravit pro filio et statim vidit et cum gratiarum actione
recessit et post paululum rediit cum omnibus filiis suis onus-
tis ex pellibus ovium, offerens Dei viro quasi pro munere, et
inclinato capite recessit ei gratias agens.

De plantagine et simia, dial. 29.

Plantago est herba quartanis utilissima sanandis, unde
quædam simia exstitit, quæ filium habebat patientem quar-

*

1 Frühere ausg. unrichtig: cum filio cæco nato inn[u]ens sanitatem
accessit.

tanam. Quæ nullo modo sanitatem filii inveniebat, cum in medicis et medicinis plurima expendisset, idcirco tædiata expensis, ad Macerem [1] venit dicens: circuivi cœlum et terram et perambulavi eam nec inveni requiem filio meo, nunc te tandem reperi; ex quo ergo te inveni magnum medicum, idcirco præsta consilium et auxilium mihi, ut natum meum a morbo quartanario liberare possim. Macer autem, ut de suo causa vera inveniretur, ait: quatuor radices plantaginis insumite, certe quartana cito curabitur. Simia autem hoc audiens quam cito medicinam condidit et filium liberavit dicens: doctum medicum quæramus, si sanitatem peroptamus. Sic et nos, si salutem animarum nostrarum desideramus, sacerdotem et confessorem doctum reperire procuremus, qui nos sciat ligare et solvere. Hoc enim agere debes, ut salutem animæ possis invenire. Quia dicit Isidorus: omnis peccator per pœnitentiam recipit vulneris sanitatem. Sed secundum morbum adhibenda est medicina et juxta vulneris qualitatem adhibenda sunt remedia. Prout legitur, quod quidam piratæ In tempestate positi voverunt, si evaderent, confiteri, et evadentes confessi sunt cuidam heremitæ. Quorum magister cum confiteretur et ob flagitia heremita sibi injungeret, ut iret ad papam, heremitam occidit, et ad secundum confessorem vadens hunc etiam occidit. Tertius autem, cui confessus est, tractavit eum blande et, cum non posset emolliri nec evelli a malitia, velut optimus medicus animarum ei injunxit, ut saltem, cum moreretur, aliquis poneret eum in sepultura. Qui cogitans, qualis futurus esset et quam cito fieret sibi simile, hæc sæpe faciens et de morte cogitans in melius ordinavit statum suum et in heremo arctissimam pœnitentiam fecit. Unde glossa: nihil tantum valet ad domanda carnis desideria quam pensare, qualis sit mors tua.

De verbena et lupo, dial. 30.

Macer dicit, quod, si quando visitas infirmum, portaveris verbenam et quæsiveris ab eo, quomodo est sibi, si ipse respondet: bene est mihi, bene evadet, et si dixerit: male, non

*

1 Andere: Macrum.

est spes liberationis. Unde fuit quidam lupus medicus nominatissimus, qui quendam ægrotum medicabat, dans ei spem
evadendi cito. Vulpes autem agnoscens virtutem verbenæ, ut
lupum deciperet, ad visitandum languidum processit secum
5 portans ramusculum verbenæ et ipsum interrogavit, qualiter
se haberet. Cui infirmus: male est mihi. Vulpes autem secura effecta est de morte ægroti et ad lupum medicum perrexit
dicens: quid dicis, medice, de languido illo? Cui lupus: cito
liberabitur. Est enim quasi in convalescentia secundum motum
10 pulsus et urinæ. Vulpes autem subridens ait: falleris, medice,
nesciens artem medicinæ; non enim evadere potest ullo modo,
quia sententia mortis data est ei. Lupus autem contradicebat, altricantibus simul pignus in præsentia multorum miserunt. Interea post dies octo infirmus ille migravit de seculo
15 et lupus confusus spoliatus mansit dicens: pignus mittere de
incertis non est sensus, sed desensus [1]. Ergo cave et tu noli
te obligare neque dicere ea, quæ pro certo nesciveris, ne de-
cipiaris. Prout dicit Socrates inquirenti cuidam, quomodo
optime possit verum dicere. Respondit: si nihil dixeris nisi
20 quod bene scieris. Et ut dixit philosophus: si dicere metuas,
unde pœniteas, semper tacere melius est. Sed multi ea, quæ
dicunt, sive bona sive mala cupiunt defendere ac pro viribus
altricando litigare. Unde cum quædam mulier assueta litigare
cum viro transiret per pratum, dicebat vir, quod esset falca-
25 tum, et illa, quod erat tonsum. Ex his sumpta occasione
processit vir de verbis ad verbera et ei linguam amputavit.
Cum autem non posset loqui, digitis quasi forficibus ostendebat pratum esse tonsum. Consimile dicitur de alia quadam,
quæ litigans cum viro suo eum vocavit pediculosum. Ille
30 autem commotus eam correxit et verberavit, sed cum nollet
se emendare, venit postea coram vicinis, ut eum confunderet,
et projecit eam in aquam conculcans et suffocans eam. Cum
autem loqui non posset, elevatis manibus pediculorum attri-
tionem cum pollicibus repræsentabat. Quapropter Ecclesiast.
35 XXVIII: multi ceciderunt in ore gladii, sed non sic, quasi qui interierunt per linguam suam.

*

1 Andere: amentio [amentia].

De mandragora et Venere, dial. 31.

Mandragoras, dicit Augustinus supra Genesim, genus pomi est et de hoc genere pomi opinari quosdam dicit, scilicet quod acceptum in escam sterilibus fœcunditatem parit.
5 Propter hanc virtutem, quam possidet, Venus dea adultera, quæ mœchiam exercebat cum Marte et Anchise et Adonide, ad mandragoram perrexit et eam suppliciter exoravit dicens: optima fructifera, aspice in me et despicias preces meas, concede mihi paululum edere de te, ut de amatoribus liberos
10 concipere valeam, sterilis enim sum et hoc sine te minime agere possum, tantummodo me exaudi et pete, quod vis. Cui mandragoras: omnium impudica, aër et terra polluta est a fœtore luxuriæ tuæ, quanto magis, si filios luxuriosos germinaveris, te delectabiliter viderent magnam et multiplicatam;
15 recede a me, quam citius poteris, quia jam a fœtore impudicitiæ tuæ olfacior. Sic eam cum confusione expulit dicens: meretrices propulsentur nec cum ipsis fabuletur. Quia dicitur Eccles. IX⁰ colloquium mulieris immundæ quasi ignis exardescit. Hoc enim vir castus agere debet, si cupit integritatem
20 suam custodire. Non enim cum mulieribus loqui nec aures accommodare verbis suis debemus, sed eas propulsare ac reprimere. Prout refert Hieronimus de quodam martire, qui cum vicisset multa tormenta, positus est in horto strato floribus, ubi erat meretrix speciosa, quæ carnes ejus attrectabat.
25 Qui conscindens sibi linguam exspuit cum sanguine in faciem ejus zelo munditiæ et castitatis. Quædam regina Franciæ cum vidisset quendam dominum magistrum, Peratam nomine, prudentem et habentem pulcherrimas manus, vocavit eum ad se et apprehendens eum per manus dixit: o quam digni
30 isti digiti sunt tangere et tractare [pectora?] lictora reginæ! Ad hæc manus retraxit porrectas et ait: non, domina, fiant hæc, quæ dicitis, quia si digiti mei tangerent lictora vestra, cum quibus de cætero edere voluissem, sic immundi essent digiti mei a tactu vestro, quod de cætero abominarer ipsos ad os con-
35 vertere.

De rosario et perdice, dial 32.

Rosarium pulcherrimum in quodam viridario pullulabat

plenum rosis odoriferis. Accidit autem, quod perdix inde transitum habuit et hoc rosarium intuens de rosis illis conculcavit, unde ad ipsum declinavit dicens [1]: o flos decus florum, concede mihi de rosis tuis, quoniam me recreare paululum peropto in his odoribus. Cui rosarium: accede ad me, soror amantissima, et accipe de pulchrioribus ad libitum. Cumque perdix ad rosarium advolaret, ut de rosis colligeret, spinæ pedes ejus et tibias pupugerunt ita, quod libenter absque rosis rediit dicens: rosæ pulchræ sunt et caræ, rosæ quoque amaræ. Rosarium est mundus, rosæ inter spinas sunt divitiæ mundanæ, quas salvator commemorat Luca testante: sermo est verbum Dei. Et ibi dicit Gregorius: quis enim mihi unquam crederet, si spinas divitias interpretari voluissem, maxime cum illa pungat, istæ delectent, et tamen spinæ sunt, quia cogitationum suarum punctionibus mentem lacerant. Et cum usque ad peccatum pertrahant, quasi inflicto vulnere cruentant, et ut dicit Bernardus, vestræ opes vanæ sunt, dominum perimunt et servum faciunt, securitatem promittunt et timorem impingunt. Unde prima Timoth. VI°: qui volunt divites fieri, incidunt in temptationem et in laqueum diaboli et desideria multa inutilia et nociva, quæ mergunt hominem in interitum et in proditionem. Sic refert Hieronimus de Crate thebano philosopho, qui electo magno auri pondere in mare projecit illud dicens: abite malæ cupiditates in profundum, ego vos mergam, ne ipse mergar a vobis. Cui simile exemplum posuit Gregorius de quodam philosopho, qui magnum pondus auri secum detulit, per viam autem secum deliberans et considerans, se non posse simul virtutes et divitias possidere, projecit a se aurum et dixit: o divitiæ abite et sitis procul a nobis.

De rampno et damula, dial. 33.

Rampnus, dicit Papias, est spina alba vel lignum spinosum. Ramnus, ut Augustinus in glossa super Psalterium ait, est genus spinarum densissimum, quæ in herba mollis est et pulchra, ubi tamen spinæ sunt postea processuræ. Ad

*

1 Andere: et hoc rosarium intuens de rosis illius postulavit dicens.

rampnum autem ivit dama, id est capra silvestris, dum esset in herba mollis et pulchra, et ex eo se pavit dulciter cum sapore. Post vero aliquos dies recordata dama saporis rampni reversa est ad ipsum volens comedere ut prius. Sed jam
5 induratæ spinæ plurimæ manebant in ea, quas cum dama morderet, in gutture et palato infixæ sunt eamque totam cruciaverunt. Dama autem præ angustia et dolore tormentata maledixit illi dicens: bene, miser, incepisti, sed nunc male profuisti. Ita multi faciunt, qui bonum inchoant in principio,
10 sed in fine male proficiunt, propter quod maledictione super se inducunt. Sicut dicit Hieronimus: non quæritur in christiano initium, sed finis. Paulus male incepit, sed bene finivit. Interdum laudantur exordia, sed finis prævaricationis damnatur. Unde Isidorus: finis semper in homine quærendus
15 est, quia Deus non respicit, quales ante fuerimus, sed quales circa finem vitæ exstiterimus. Et Cyprianus: ex fine suo unusquisque aut justificabitur aut condemnabitur. Quidam miles volens intrare religionem et attendens crimina et pericula, quæ faciebat cum lingua, misit quendam vasallum suum
20 ad abbatem, ut diceret ei propositum suum et quod erat mutus, paratus per omnia obedire. Qui receptus credebatur mutus et cum multum profecisset, duxit eum secum abbas ad quemdam alium militem in extremis laborantem. Quem videns in exitu miserabiliter a dæmonibus pertrahi, flevit mul-
25 tum. At illis recedentibus occurrit iis quidam miles promittens abbati, quod expeditis factis quam citius religionem intraret. Et præcedens eis de quodam ponte cecidit in aquam et submersus est. Cujus animam vidit dictus miles in specie monachi in cœlum ab angelis deferri. Propter quod gaudebat
30 vehementer ridens. Et adjuravit eum abbas in virtute obedientiæ, quod, si posset loqui, diceret, quare risisset. Qui ait: male fecisti contra meum propositum faciens me loqui, et narravit ei, quod viderat. Cum autem abbas se coram eo prostravisset, ille eum erigens rogavit se includi, ut suum pro-
35 positum servaret.

De mirto et muliere, dial. 34.

Mirtus, dicit Isidorus Ethim. XVII, arbor quædam est a

mari dicta, eo quod magis littorea arbor sit. Hinc est, quod
a medicis mirene dicitur in medicorum libris. Hanc arborem
aptam scribunt mulieribus in necessitatibus plurimis. Unde
quædam mulier infirma exstitit, quæ in medicis et medicinis
sua cuncta bona consumpsit nec reperire remedium valuit.
Ultimo vero ad mare perrexit et in littore reperit mirtum,
cui supplicans dixit: o arbor inclita, miserere mei et concede
mihi infelici ramusculum ex te, ut curem vulnera mea. Cui
mirtus: si de meo tibi dedero, quale pretium a te habebo?
Ad quam mulier: aurum et argentum non est mihi, quia
cuncta mea bona consumpsi in infirmitate, sed Deo permitto
et tibi, quod semper in orationibus meis memoriam tui faciam
ac de bonis, quæ Deus dederit mihi, partem conferam. Cui
mirtus: optimum pretium mihi dabis, si preces et orationes
ad dominum pro me effundere procurabis. Idcirco adscende
super me et accipe quidquid vis, tantummodo promissa cu-
stodias. Et addidit: illi nos tenemur dare, qui pro nobis vult
orare. Ita et nos benefacere debemus servitoribus Christi,
ut pro nobis orationes et preces ad dominum effundant, quia
orationes sanctæ impetrant, quod volunt, ut dicit glossa: oratio velut quoddam scutum ab ira Dei protegit. Unde Origi-
nes: plus valet unus sanctus orando quam multi peccatores
prœliando. Prout legitur in Exodo XVII: Moyses a tempore
quo erat in deserto cum filiis Israel, quidam rex dictus Ama-
lech pugnavit cum eo, et quum videret se superari ab inimico suo,
recurrit ad orationem suam et elevatis oculis in cœlum orabat
et sic vincebat populus suus. Et cum deponeret manum, vincebat inimicus suus. Manus autem Moysi graves erant et non poterat eas in altum diu tenere. Unde dicitur, quod duo viri
Aaron et Hur iverunt unus ad brachium dextrum, alius ad
sinistrum Moysi, tenentes manus ejus in altum, donec ejus
inimicus in fugam converteretur. Unde quidem oratio etiam
in bello corporali triumphat. Legitur in Hystoriis transma-
rinis, quod, cum Goffridus de Bolone et sui domini fuissent in
obsidione Antiochiæ, et Carbara princeps militiæ regis Persarum cum multitudine Turchorum et Saracenorum eos cir-
cumdasset, ita afflicti sunt fame et siti, quod non habebant,
quid comederent, equi autem comedebant corticem arborum.

Hi autem cum orassent et exivissent contra Saracenos quasi morituri, misit Deus super eos et equos rorem coelestem, cujus dulcedine ipsi et equi eorum ita refecti sunt per triduum et fortificati, quod inventos Saracenos superaverunt et fuga-
5 verunt eos et bona eorum diripuerunt.

De cedro Libani, cap. 35.

Cedrus quaedam in Libano plantata eminens et excelsa super omnes apparebat, ita quod multi adscendebant in montem videre eam. De qua visione laetificati cedrum multipli-
10 citer commendabant. Ea propter cedrus sublimari coepit dicens intra se: a cunctis nimium laudata sum propter quod sum laudanda, sed puto, quod, si virgulta et arbustula, quae circa me sunt et virescunt et crescunt, praecisa et eradicata fuerint, maxima apparebo; idcirco tutius est, antequam ele-
15 ventur, humiliare ac mutilare ipsa, ne gloriam et honorem meum auferant. Et hoc dicens cuncta virgulta et arbustula, quae circa se pullulabant, praecidit et eradicavit, pro quo denudata apparebat. Non post multos dies chorus [boreas?] de Libano flavit et cedrus superba evulsa et exstirpata et curvata est
20 dicens: nihil sunt superiores, si non possident minores, sed multi hoc credere negligunt, imo soli magni cupiunt apparere ac minores exstirpare. Prout per similitudinem dicitur, quod oliva et canna litigabant simul, et dixit oliva cannae: tu misera es et inutilis, ego vero oleum ministro servituti hominum,
25 Cui canna: cito videbis, cujus utilitatis sum! Et repente magno agitata vento in utraque parte flectebatur et nihil mali passa est. Tunc dixit canna olivae: plus valet debilis cum utilitate quam fortis cum superbia. Puer enim, cum nascitur, exemplum nobis dat humilitatis, quia more bestia-
30 rum curvus et quasi cum quatuor pedibus nascitur ad vivendum, qui comparatus est bestiis et similis factus est illis. Nascitur enim flendo et non ridendo, ut dicitur Sap. VII°: primam vocem omnium emisi plorans. Augustinus de civ. Dei: puer, qui nascitur, a ploratu incipit nesciens quid mali
35 sit passurus. Solus Zoroaster risisse fertur et tamen ille risus parum sibi profuit, fuit enim inventor artium magicarum, et cum esset rex Bactrianorum, a Nino rege Assyriorum

interfectus est. Johannes etiam dixit, quod dominus flevit,
quando Lazarum suscitavit, ex eo quod amicum carissimum
propter alios salvandos ad hostilem vitam revocare cogebatur.
Unde etiam apud multos est consuetudo, ut dicit Solinus,
5 quod, quando puer nascitur, a parentibus et propinquis de-
fletur, quando vero quis moritur, ad tumulum cum tripudio
portatur.

De duabus arboribus, dial. 36.

Arbores duæ in cacumine uno simul pullulabant, tamen
10 una pulcherrima in situ et foliis et fructibus, alia vero deformis in omnibus erat. Ad arbores istas multi convenerunt,
qui videntes tantam dissimilitudinem in arboribus illis dixerunt: justum est enim illam turpissimam arborem præcidere,
quæ tantum deturpat decorem alterius. Cumque præcidere
15 voluissent, arbor illa loquuta est eis dicens: o prudentes viri,
scriptum est in lege, Levit. XIX°: justa judicia proximo tuo!
Cum enim dominus pergeret contra Sodomam, ut impios judicaret, ait Abrahæ, Gen. XVIII°: clamor Sodomorum multi-
plicatus est, descendam et videbo, utrum clamorem, qui ve-
20 nit ad me, opere compleverunt, quasi dicat: mala hominum
non semper credite, antequam probetis, inde est, quod judex
soli sibi peccatum notum punire non potest. Unde dictum
est Joh. VIII°: nemo te condemnavit, mulier? Nemo, domine.
Nec ego te condemnabo. Ergo nolite me condemnare ante
25 probationem fructuum meorum, quia ait salvator Matth. VII°:
a fructibus eorum agnoscetis eos. Illi autem steterunt hoc
audientes et de sapore fructuum eorum temptaverunt, cumque
de pulchrioribus gustassent et saporem in eis minime repe-
rirent, maledixerunt eis ac de turpioribus edebant. Cum au-
30 tem saporem delicatum invenirent et pacatum odorem, Deum
et fructus collaudaverunt dicentes: est scientia probare, antequam sententiare. Quia, ut dicit Isidorus, nullum condemnes
ante judicium, ante proba et sic judica. Ante ergo probare
debes quam sententiare. Et Gregorius: qui justum damnat,
35 mortificat. Et qui reum supplicio conatur exsolvere, non
victurum nititur vivificare. Nunquam judex aliquam sententiam in ira et sine examinatione ferre debet, quia dicit Prov.

XXVII⁰: ira non habet misericordiam. Unde refert Valerius libro VI cap. II⁰, quod cum Philippus rex vino temulentus esset, sinistram sententiam contra quamdam viduam protulit, quæ ad ipsum accedens dixit, se appellare a Philippo ebrio ad Philippum sobrium. Qui cum vinum digessisset, sententiam revocavit. Similiter fertur de peccatrice muliere, quod judicata a crudelitate Ptholomei sapientissimi regis Ægypti, impavida appellavit ad benignitatem dicti regis, qui postea considerans revocavit sententiam dicendo, quod ejus benignitas et mansuetudo pietatis ex ipso jure debeat præcedere crudelitatem.

De delphino et anguilla, dial. 37.

Delphinus piscis est, de quo dicit Isid. libro Ethim. XII⁰ delphini certum habent, quod voces hominum sequantur vel quod ad simphoniam gregatim conveniant. Nihil in mari velocius istis, nam plerumque salientes naves transvolant. Quando autem præludunt in fluctibus et undarum se motibus saltu præcipiti ferunt, tempestates significare videntur. Hi proprie simones nominantur. Est etiam delphinorum genus in Nilo, dorso serrato, qui cocodrillos tenera ventrium secantes interimunt. Delphinus autem quidam cum in marinis fluctibus inveniret anguillam, eam occupavit, unde ipsam persequi inchoavit. Sæpe enim eam apprehendebat, sed propter lubricitatem anguillæ retinere non valebat. De quo plurimum tristabatur. Anguilla autem volens sibi illudere ab ipsoque evadere, callide loquuta est ei dicens: o delphine mirabilis, doleo de te, quod nimium fatigaris et tristaris post me natando, sed in vanum laboras, non enim in profundo aquarum me in perpetuum capies, sed perge mecum ad paludem et in sicco et ad libitum me habebis. Delphinus autem insipiens propter furiam et gulositatem suam post illam natare cœpit, volens eam omnino delere. Anguilla vero, dum ad paludes eum duxisset, in siccum descendit dicens: adscende ad me, quia a radicibus herbarum retinebor et tu de me satiaberis. Delphinus autem saltum dedit, ut anguillam raperet, sed ipsa sub terra latuit et delphinus in sicco permansit. Inter hæc quidam piscator advenit et delphinum transvibravit dicens: qui cum inimico vadit, non est mirum, si tunc cadit. Ergo

cave tuum inimicum humilem et noli credere ei, sed ab ipso
caveas, ne te decipiat. Ait enim Seneca: inimicum humilem
doctum est metuere. Narratur enim in morali dogmate philosophorum, quod Xerxes [1] rex Medorum indidit bellum contra
5 Græcos collegitque innumerabilem exercitum. Propter quod
illi dicebat unus de suis: Græci non exspectabunt tuum magnum exercitum, sed ad primam famam adventus tui terga
monstrabunt. Alius dixit, timendum esse, ne urbes desertas
et vacuas inveniret rex, et ideo virtutem exercitus sui non
10 posset ostendere. Alius dicebat, angusta classibus esse maria
militibus, castra campestria peditibus cœlumque sagittis Medorum. Dum in hunc modum regem concitarent et nimia
sui æstimatione inimicos sperneret, dixit Damacus philosophus:
multitudo ista, quæ tibi placet, tibi metuenda. Verum est
15 enim multitudinem maximam populi nunquam posse regi, nec
diu potest durare, quod regi non potest; nihil tam magnum,
quod perire non possit. Contigit autem quod prædixit Damacus, quia ille tam grandis exercitus propter sui securitatem
ac defectum providentiæ et regiminis fuit devictus a paucis sa-
20 pienter ordinatis et cautis.

De Syrene et lubrico, dial. 38.

Syren est monstrum maris, quia ab umbilico desuper
est ut pulcherrima virgo, inferius autem piscis tota. Hæc
syren tam dulciter cantat, quod propter dulcedinem cantus
25 illius nautæ gubernacula relinquunt et obdormiunt, ea propter
multi periclitantur. Quidam autem impudicus et luxuriosus
navigans per mare intuitus est Syrenem pulcherrimam, quæ
statim ipsam concupiscens ad luxuriam proclamavit. Syren
autem magis dulciter clamabat et cantabat, se quoque parabat,
30 ut hunc lubricum deciperet, et ait: ut intueor, me diligis,
sed si vis mecum concumbere, descende in fluctibus et ad libitum corpore meo perfrueris. Erat enim hic ita a luxuria
inflammatus, quod quasi nil de se sciebat. Idcirco misit se
in marinis undis, ut cum ipsa cubaret. At illa hoc intuens
35 ipsum in undis reliquit periclitari per mareque natavit, ut

*

1 Frühere ausg.: Perses.

12*

solebat dicens: vir qui mulieri credit, laqueum sibi tendit.
Caveant ergo impudici, ne propter speciem mulierum similiter
pereant, quia propter speciem mulieris multi perierunt, Eccl.
IX. Unde consulens ipse dicit ibidem: virginem ne concu-
5 piscas, ne forte scandalizeris in decore illius. Hoc enim periculum considerans Job XXXI° dicebat: pepegi fœdus cum
oculis meis, ut ne cogitarem de virginibus. Propter quod dicit
Bernardus: vultus mulieris sagitta venenata est, vulnerat animam et mittit venenum. Unde cum Paris Helenam duxisset
10 uxorem, philosophi quidam ad eam videndam pergentes et ejus
pulchritudinem videntes operuerunt oculos dicentes: fugiamus,
fugiamus! Sic enim naturaliter magis nocet animæ, respicere mulierem pulchram quam fœdam. Prout refert quidam, quod Democritus philosophus sibi oculos eruit. Et hujus causa triplex
15 ab aliis philosophis assignatur, prima quod visus ipsum a meditationibus interioribus impediebat, secunda quia malos florere
nimis impatienter videbat, tertia quia mulieres sine concupiscentia videre non poterat.

De vento marino guloso valde, dial. 39.

20 Ventus marinus est bellua maris, quæ in aquis et in
terris cibum sibi quærit et in undis mergitur ut piscis, in
littore quoque pergit ut fera. Quidam autem ex his, cum inveniebat cibum aquosum in terris, eum edebat, ne a belluis
marinis raperetur sibi. Dum vero cibum terrenum capiebat
25 in agris, eum manducabat, ne a feris sibi raperetur. Sic
enim semper faciens nulli petenti largiebatur, propter quod
omnibus odiosus erat in terra. Tempus afflictionis, id est senectutis, advenit et ipse senex et impotens effectus est ita, quod nec
multum natare per mare nec ire per humum valebat. Qua-
30 propter egenus et famelicus factus elemosinam petebat. Sed
quia de suo nunquam ulli dederat, nullus de suo aliquid ei
porrigebat dicens: vere debet [egere], qui de suo non vult
dare. Sic enim multi propter avaritiam et gulositatem de
suo petentibus largiri nequeunt timentes, sibi deficere necessa-
35 ria. Sed sicut dicit Gregorius: terrenæ substantiæ pro hoc,
quod pauperibus distribuuntur, multiplicantur. Et idem: qui
elemosinam tribuit, plus accipit, quam impendit, Proverb.

XXXIII⁰: qui dat pauperi, non indigebit, qui despicit desperantem, sustinebit penuriam. Cum quidam prædicaret apud sanctum Victorem, quæsierunt monachi, quare sic essent pauperiores et magis gravati debitis quam consueverant, cum tum parcius viverent· et majores perciperent reditus. Quibus ille respondit, quod verum procuratorem habebant in domo, qui omnia eis necessaria procuraverat, sed quia cum quodam suo socio de abbatia injuste expulso exierat, de cætero non rediturus (esset) ¹, nisi ille revocaretur, sed si servarent hospitalitatem solitam priorem, rediret et redderet abundantiam, dicente Deo: date et dabitur vobis, Lucæ VI⁰.

De quinque dentalibus et piscatore, dial. 40.

Dentales quinque juvenes pingues et virtuosi in marinis fluctibus fluctuabant, sed quidam piscator inde transiens et ipsos cernens retia sua tendit et paravit, ut ipsos caperet. Dentales hoc intuentes dixerunt: bonum est simul pro viribus natare ac retia illa disrumpere, ut nunquam pisces decipiant, fortes enim sumus et hoc agere volenter possumus. Quidam rumbus antiquus et sapiens in profundo quiescebat et hæc audiens surrexit et ad eos perrexit dicens: filioli, stultitia est ea, quæ cogitastis, consulo vobis, si salutem cupitis, retia evitate, alioquin vos in retibus et laqueis constricti condolebitis! Dentales vero, qui juvenes erant, de se confidentes consilium senioris spreverunt et insimul pro viribus nataverunt ac in retibus ferebantur cupientes retia disrumpere. Retia autem se mollificantia² ictum eorum minime receperunt, ipsi postmodum capti complangentes lamentabantur dicentes: bonum est credere majori et sapientiori. Ergo consilium do cuilibet, quod attendat ad sapientum et seniorum consilium, non ad stultorum et juvenum. Stulti enim stulta diligunt et sua consilia ad stultitiam trahunt. Juvenes enim maturum sensum non habent et juvenilia diligunt et eis inhærent.

*

1 Frühere ausg. lesen nach dem wort rediturus: nisi ille revocaretur, hic autem erat date et dabitur vobis, qui recesserat expulsus, sed si servarent u. s. w. Andere lesen nach revocaretur: hic autem erat dabitur vobis, qui recesserat expulso socio suo et auctore date. Sed u. s. w. 2 Frühere ausg. lesen: mollificantium.

Sicut dicit Job XII°: in antiquis est sapientia et in longo tempore prudentia. Unde præcipitur Eccles.: non te prætereat narratio seniorum, ipsi enim didicerunt a patribus suis. Ut enim ait Tullius de senectute: non viribus aut velocitatibus aut ferocitate corporis res magnæ geruntur, sed consilio et maturitate et scientia, dantes ei consilia plus agunt quam alii, similes sunt gubernantibus in navi. Unde philosophi plus valuerunt in bellis quam princeps in armis, ut dicitur Proverb. XXIV°: cum dispositione initur bellum et erit salus, ubi multa consilia. Et propter hoc Alexander obtinuit victoriam, qui consilio gubernavit exercitum. Ut enim ait Trojus Pompejus li. III°: Alexander cum ad periculosum bellum eligeret exercitum, non juvenes robustos, sed veteranos, qui cum patre patruoque militaverunt, elegit, ut non tam milites quam magistros militiæ putaret. Milites quoque nonnisi sexagenarios duxit. E contrario fuit de exercitu Darii; ideo ille victor, hic vero victus.

De lucio et basilisco, dial. 41.

Lupus marinus id est lucius habet in maxilla dextera spinam ad modum crucis et si diligenter perscrutatus fueris, invenies eam. Tolle ipsam et in panno lineo involve et porta tecum et non captivaberis, et si captus fueris, non teneberis. Hoc enim dicitur sæpe expertum. Basiliscus græce latine dicitur regulus, eo quod sit, ut dicit Isidorus, rex serpentum. Ipsum enim videntes fugiunt et timent etiam ipsi serpentes, olfactu enim suo ipsos necat, flatu et etiam aspectu interimit omne vivum. Ad ejus siquidem aspectum nulla avis illæsa transit, et quamvis procul fuerit, ejus ore combusta devoratur. A mustelis tamen vincitur, quas homines ad cavernas deferunt, in quibus reguli delitescunt. Nihil enim sine remedio ille parens omnium dereliquit. Unde visa mustela basiliscus fugit, quem ipsa persequitur et occidit. Est autem in longitudine semipedalis, albis maculis lineatus. Reguli enim sunt scorpiones arentia quæque sectantes, et postquam ad aquam perveniunt, hydrophobos et lymphaticos faciunt. Intoxicant enim ipsas aquas et mortiferas reddunt eas. Vocatur enim regulus a multis sibilis, nam sibilo occidit, antequam mordeat sive

pungat. Huc usque Isid. Li. XII° cap. IV°. Plinius autem
libro VIII cap. XXII dicit sic: apud, inquit, Hesperios Æthio-
pes fons est, qui a multis æstimatur caput Nili, juxta quem
est quædam fera, quæ catoblephas appellatur, corpore quidem
5 modica, omnibus membris iners, prægrave caput gerens et
semper habet despectum super terram; alias interfectio esset
humani generis, quia omnes, qui viderent ejus oculos, exspi-
rarent. Eadem basilisci serpentis vis est, quem Coronea pro-
vincia gignit, corpus habens in longitudine magnitudine XII
10 digitorum, candida in capite macula velut dyademate insig-
nitur, sibilo omnes fugat serpentes, nec flexu multiplici reli-
quum corpus impellit, sed celsus et erectus in medio graditur
et incedit, desiccat frutices et herbas exurit, non solum tactu
verum etiam sibilo et flatu circumadjacentia omnia destruit
15 et corrumpit. Tantæ etiam est venenositatis et perniciei,
quod tangentes se cum hasta longissima sine mora interficit
et consumit. Hunc mustela domat et convincit, quia Deo naturæ [1] nihil placuit esse sine pari. Mors itaque basilisci
morsus est mustelæ et tandem mors basilisci dicitur esse fœ-
20 tor basilisci. Et hoc quidem verum est, nisi mustela pastu
et fricatione rutæ herbæ contra talem mortiferum primitus
muniatur, ut dicit Aristoteles et etiam Avicenna. Primo igitur mustela rutam, quamvis amaram, comedit et sic virtute succi
herbæ amaræ naturæ hostem intrepida aggreditur et devincit.
25 Et quamvis basiliscus irremediabiliter sit venenosus, quamdiu
vivit, in cinerem tamen combustus veneni malitiam perdit,
cujus cinis operationibus alkimiæ utilis creditur et maxime in
transmutationibus metallorum. Hic basiliscus perrexit ad ri-
pam maris et in habitu monachorum quasi religiosus, et vo-
30 cavit [2] ad se hunc lupum marinum dicens: o frater, ex quo
tu es signatus signo crucis, perfectus christianus es, idcirco
accede ad me, quoniam a te cupio doceri Christi fidem et
baptisari, ut æternum judicium evadere possim et æternis
gaudiis frui merear. Lucius autem intuens et eum agnoscens
35 ait: o hypocrita, cucullus non facit monachum, verba tua ini-

*

1 Andere lassen das wort »naturæ« weg. 2 Frühere ausg. unrichtig:
in habitum monachorum religione vocavit.

qua sunt et dolosa, non vis tu a me baptisari, sed cupis me
decipere et toxicare, ideo non audio te. Et hoc dicens sub-
mersit se in undis et natavit eumque cum confusione reliquit
dicens: falsus et ingeniosus est hypocrita pomposus. A tali-
5 bus enim præcipit salvator nos præcavere dicens Matth. X⁰:
cavete ab his, qui veniunt ad vos in vestimentis ovium, intrinsecus autem sunt lupi rapaces. De quibus ait Isidorus:
hypocritæ vero in occulto mali sunt et palam se bonos osten-
dunt. Quibus bene divina voce dicitur Matth. XXIII⁰: de
10 vobis, hypocritæ, quia similes facti estis sepulcris dealbatis,
quæ foris quidem apparent hominibus speciosa, intus vero
sunt plena ossibus mortuorum. Ita et vos foris apparetis
hominibus justi, intus vero pleni estis avaritia et iniquitate.
Legitur quod, cum beatus Hilarius ivisset ad disputandum
15 contra hæreticos, diabolus in specie servientis portabat ei
cuppam, et alias in multis obsequiis existens ei quasi compatiens rogavit, ut minus lympharet vinum propter vitæ laborem. Quod cum fecisset, ut purum biberet, ei suasit, deinde
ut carnes comederet, et sic immutata pœnitentia cum venisset
20 ad quandam villam, dixit ibi esse quandam religiosam affec-
tantem ei loqui, et habito ad invicem colloquio illectus est ab
ea vir sanctus et quærebat lapsum, sed revelante Deo et beato
Martino, hoc esse opus diabolicum, ad ipsum venit et subito
dæmonem effugavit, detegens eum, sicque Deus Hilarium per
25 beatum Martinum liberavit.

De sturione, qui ad mare perrexit, dial. 42.

Sturio quidam magnus et famosus in flumine Padi, qui
est in Lombardia, morabatur, quem propter excellentiam suam
et fortitudinem cuncti pisces Padi verebantur. Ipse vero
30 erectus ait intra se: quid mihi est ad pisces tam viles sociare
et ab ipsis laudem et honorem recipere? Melius est, ut pergam in mare magnum et spatiosum, ubi sunt reptilia, quorum
non est numerus, et belluæ magnæ marinæ atque diversæ,
quia ab ipsis propter magnificentiam ero sublimatus et famo-
35 sus inter magnos. Et hoc dicens de flumine exivit et in mare
natavit. Dum autem in mari natavit et belluas maximas et
ferocissimas intueretur, pœnituit quamplurimum propter ad-

spectum earum. Cupiebat enim redire, nesciens quid ageret,
propter furorem bestiarum. Interea felchus, quod animal est
marinum vitulus appellatus, ferocissimus intuens eum dixit:
quare non verecundatus es progredi inter magnos sine eorum
licentia? certo non eris impunitus! Et hoc dicens super eum
adscendit et ipsum suffocavit dicens: omnes per hunc se cas-
tigent, ne levare se satagant. Ergo cum aliquis est in loco satis honoratus et magnus, non studeat apparere inter majores
et potentiores nec se cum ipsis sociare studeat, quia, ait Seneca, non potest parva res cum magna stare; gubernaculum,
quod alteri navi magnum est, alteri exiguum est. Fabula est,
quod cum rana videret bovem magnum et pinguem jacentem
in pascuis, desideravit fieri magna ut ipse. Unde inflavit se
dixitque filiis suis: sumne ego magna ut bos? Illi autem
dixerunt: non. Rana vero magis se plus inflavit, ut fieret
magna ut bos. Et fracta est pellis ejus et exspiravit. Unde
nullus exemplo ranæ se erigat plus quam deceat, ne similiter
pereat. Quia dicit Isidorus: omnis superbia tantum in imo
jacet, quantum se erigit in altum. Nam propter superbiam
angelus factus est diabolus, rex autem Saulus factus est dæmoniacus, homo vero, id est Nabugodonosor, factus est quasi
vitulus.

De murenula et cocodrillo, dial. 43.

Murenula, dicit Brito, piscis est quidam similis anguillæ.
Hæc cum inveniret filios cocodrilli, qui est bestia fluvialis similis lacertæ, eos jugulavit et abiit. Cocodrillus autem dum rediret et filios prostratos cerneret, ultra quam credi potest, amaricatus doluit ac modis omnibus filios vindicare peroptavit.
Unde loricatus incedebat, ut murenulam devoraret. Quadam
vero vice invenit serpentem crudelem ac venenosum, quem
credens esse murenulam, ipsum aggressus est dicens: modo,
maledicte, evadere non potes, filios meos sine causa perdidisti,
nunc te perimam et consumam. Cui anguis: cave tibi, quia
non sum murenula, sed vipera sum toxicosa; si tu es ausus ingredi ad me, te cito veneno inficiam. Et cocodrillus: nunc
latere mihi non potes, non es tu anguis, sed murenula, quia
factus es ut illa, et ideo te mactabo. Dum autem ad illum

procederet, ut eum vita privaret, serpens se fortificavit ipsumque momordit et intoxicavit dicens: cum ignoto prœliari nullus debet nec rixari. Sic enim nullus cum ignoto sive despecto certamen assumat, quia in persona virtus non est, sed in corde
5 ac ingenio. Bellator Goliath despexit David, sed ab eo interfectus est, primo Regum XVII°. Cave etiam propter iram et cupiditatem vindictæ prœlium inire, quia iratus semper putat, se plus posse super omnes, ideo minoratur. Unde Seneca: semper iratus plus putat se posse quam possit. Et idem:
10 legem solet oblivisci iracundia; unde philosophus: lex videt iratum, iratus non videt illam. Ea propter abscindenda est ab animo, quia sicut dicitur Prov. XXVII° ira non habet misericordiam. Propter hoc nunquam judex aliquam sentententiam iratus proferre debet. Legitur in Chronicis impera-
15 torum, quod Otto primus cum in paschali solemnitate principibus suis convivium præparasset, antequam sederet, cujusdam principis filius more puerili de mensa ferculum accepit, quem dapifer iratus juste prostravit. Quod cernens pædagogus pueri turbatus ipsum dapiferum mox peremit. Quem cum si-
20 ne audientia Cæsar motus condemnare vellet, ille Cæsarem ad terram dejecit et suffocare cœpit. Qui dum de manibus ejus vix erutus fuisset, ipsum reservari jussit, se culpabilem clamans, quod justo debitum honorem non detulit. Unde ipsum libere abire permisit.

25   De lucio et trincha, dial. 44.

Piscator quidam piscabatur, unde escam inhamatam piscibus ostendebat, lucius autem et trincha intuentes escam ipsam plurimum peroptabant, sed lucius ingeniosus dixit trinchæ: esca hæc delicata et optima apparet, tamen puto, quod
30 ad pisces decipiendum sit posita, igitur eam dimittamus, ne propter appetitum gulæ corruamus. Trincha quoque ait: non est bonum, morsellum tam optimum propter unum timorem dimittere, prius ego temptabo ipsum et cum dulcedine epulabor, tu vero præstolare eventum rei. Dum autem escam de-
35 glutiret, sensit insidias hami et cupiebat redire, sed piscator eam ad se traxit. Lucius autem fugiens inquit: nos de malo corrigamur, socii, ne pereamus. Ita et nos corrigere debemus

cum alieno malo. Sicut ait Catho: malum vicini tui te casti-
get. Et Seneca: bonum est fugienda adspicere in alieno malo.
Idem: ex vitio alterius sapiens emendat suum. Unde ille
sapiens est, qui bene scit negotia sua disponere et per alio-
5 rum exemplum sibi præcavere a malis. Prout refert Esopus,
quod quidam leo industriose debilitatus erat recumbens in
cavea sua, ad quem veniebant bestiæ, ut visitarent eum, et
dum appropinquarent ad eum, rapiebat et edebat. Venit autem
ad ultimum vulpes causa visitationis, stans deforis ad portam
10 caveæ, timebat enim appropinquare leoni. Cui leo: veni huc,
soror mea, ut grata possim tecum miscere colloquia. Cui
vulpes: video quidem vestigia intrantium, sed redeuntium nulla
possum videre.

De regina et hydro, dial. 45.

15 Regina est piscis squammosus, qui in fluminibus capitur, et
dicitur a rego, regis, quia valde se bene regit. Ad hanc re-
ginam processit hydrus, qui est serpens aquosus habens plura
capita, et ait: o regina pulcherrima, es mihi præ omnibus dilecta! idcirco volo me tecum sociari ac in conjugio matrimo-
20 niari ideoque amicabiliter venio ad te. Cui regina: hoc enim
fieri non potest, quia non convenit, scriptum est enim Eccles.
XIII⁰ omne animal diligit simile sibi, sic et omnis homo proximum sibi. Omnis caro ad similem sibi conjungetur et omnis homo similis sibi sociabitur. Ergo quia non es tu de
25 genere meo, nunquam tu mecum sociaberis. Hydrus autem
derisus atque deceptus revertitur dicens: sum confusus et re-
jectus, propter quod nunquam ero lætus. Sic quilibet christianus respondere debet diabolo, qui est serpens antiquus callidior
cunctis animantibus, quæ sub cœlo sunt. Gen. III⁰: recede
30 a me, quoniam non es tu de genere meo, id est de genere
electorum. Quia, sicut dicitur Jac. IV⁰: resistite diabolo et
fugiet a vobis. Et apostolus: estote ergo fortes in bello et
pugnate cum antiquo serpente. Pugnare ergo debemus contra
eum, qui debilis resistentibus est, prout dicit Isidorus: in
35 oculis carnalium diabolus terribilis est, in oculis vero electorum terror ejus vilis est. Prout legitur in Vitis patrum, quod
quidam frater reversus ad seculum omnibus flagitiis et luxu-

riis se exposuit et tandem pœnitens in quodam sepulchro se maceravit. Quem dæmones temptantes promittebant ei divitias et scorta. Ad ultimum vero verberaverunt eum usque ad mortem. Cumque immobilis et in fletu permaneret, clamaverunt
5 dæmones: vicisti, monache, vicisti! et fugierunt. Ille autem cogitans eorum malitiam et iniquitatem proposuit: potius vellem mori quam dæmonibus obedire. Et tunc quasi angelus Dei mutatus est ad exemplum multorum.

De carpione et trimallo, dial. 46.

10 Pisces fluviales in quadam solemnitate post convivium simul spatiabantur in magna tranquillitate et pace, sed carpio inchoavit festum perturbare se erigendo et dicendo: super omnes dignus sum ego laudari, quia caro mea ultra quam dici potest, est aromatizata et delicata, non ego in fossis et
15 paludibus nutrior sive stagnis, sed in lacu magnæ Gardæ[1] educatus sum, propter quod debeo inter vos principari. Trimallus piscis est nomen habens ex flore. Timus[2] enim flos appellatur, et hic piscis marinus est, ut dicit Isidorus, libro Ethim. XII⁰ et cum sit specie gratus et sapore jucundus,
20 tamen sicut flos fragrat et corpore odorem spirat. Hic piscis hoc audiens indignatus prosiliens ait: non est ita, ut dicis, quia ego ultra te rutilo in odore et sapore, quis potest mihi assimilari? Qui me invenerit, thesaurum habet; si tu in lacu Gardæ tantummodo moraris, ego in spatiosis fluminibus! Sic
25 inter eos lites et contentiones erant, quapropter festum in turbationem versum est, quoniam quidam fovebant partem unius, quidam partem alterius, ita quod volebant se simul dilaniare. Interea truta piscis est quidam semper motus ad trudendum. Hæc ergo truta, quia docta et antiqua, loquuta est dicens:
30 fratres, non est bonum prœliari propter vanos laudatores. Non enim me laudo, cum sim laudanda, quoniam scriptum est: os alienum te commendet et non proprium, quia omnis laus in proprio ore sordescit, idcirco melius est, ut isti, qui se laudant, vadant ad judicem marinum, id est delphinum, qui est justus
35 judex et rectus timens dominum, quia hoc recte terminabit.

*

1 Andere: magna Garda.   2 Andere: thimus.

Placuit sermo inter omnes. Et isti duo ad delphinum perrexerunt, hæc omnia intimantes ac pro posse se collaudantes. Quibus delphinus: filioli, nunquam vos vidi, propter quod in fluminibus latitatis, ego autem in marinis fluctibus versor. Unde recte hoc terminare minime possum, si de vobis prius non temptavero. Et hoc dicens saltum dedit et eos deglutivit inquiens: nullus debet se laudare super omnes nec salvare. Sic nonnulli se ipsos semper laudant et opus suum commendant, cupientes se propter vanitatem et superbiam super omnes erigere, sed justi et humiles se ipsos vilipendunt. Et ut dicit Gregorius: tunc opera nostra per merita crescunt, cum apud nosmet ipsos par humilitatem decrescunt. Unde Job XXXI^0: si osculatus sum manum meam ore meo, quæ est iniquitas maxima. Manum suam osculatur, qui laudat, quod operatur. Ideoque veritas nos instruit dicens Luc. XVII: cum feceritis omnia, quæ præcepta sunt vobis, dicite, servi inutiles sumus, quod debuimus facere, fecimus. Fabulatur enim, quod volucres invenerunt nidum ex rosis et floribus ornatum, et dixit aquila rex avium, quod nidus ille daretur avi nobilissimæ. Et fecit vocari volucres cœli et quærebat ab omnibus audientibus, quæ esset avis pulcherrima. Respondit cuculus: cuculus. Et iterum quærebat aquila, quæ esset avis fortissima. Et respondit cuculus: ego. Et aquila indignata ait: cucule infelix, semper te ipsum laudas et nunquam alium commendas, et tamen nec es pulcherrimus nec velocissimus nec fortissimus, nec bene cantas, sed semper idem clamas, et ideo sententiam damnationis do contra te, quod nec istum nidum nec alium unquam habebis. Sic plerique semper se ipsos laudant semperque cum cuculo cantant.

De rana et cancro, dial. 47.

Rana, dum videret cancrum in ripa fluminis natare, ait: quis est hic tam turpis et deformis, qui ausus est aquam meam turbidare? Ex quo sum fortis et potens in aquis et in terris, ad ipsum procedam et effugabo. Et hoc dicens saltum dedit et cancrum aggressa [1] est dicens: quare non erubuisti,

*

1 Frühere ausg. unrichtig: oppressa.

miser, ingredi in requiem meam? cum sis despectus et niger. non es confusus fœdare aquam lucidam et præclaram? Cancer autem, ut facit, retro se trahere cœpit dicens: noli, soror, talia dicere, quia pacem et amorem cupio tecum habere, noli ergo
5 ingredi super me. Rana quoque intuens eum retroire, credidit, quod propter timorem illius hoc ageret, unde magis cœpit eum verbis et actibus molestare, dicens: noli retrahere te, turpissime, quia evadere non potes, hodie carnes tuas piscibus dabo. Et hoc dicens saltum dedit volens ipsum mactare.
10 Cancer autem videns, quod evadere non posset, se convertit et ranam cum grillis momordit et dilaniavit dicens: debet fortiter bellare, qui non potest evitare. Ita quilibet pro posse suo debet fugere bellum et quæstionem. Sed si omnino vitare non potest, antequam permittat se interfici vel mori, pro vi-
15 ribus pugnet contra impugnatores. A talibus enim petebat psalmista eripi et liberari dicens Ps. LVIII°: ab insurgentibus in me libera me, domine. Et post orabat tales deleri inquiens Ps. LXVII°: dissipa gentes, quæ bella volunt, non enim solummodo pro nobis pugnare debemus, sed pro parentum defen-
20 sione et pro republica salvanda. Prout ponit Valerius Li. V. cap. IV°, quod, cum Darius rex fines Scytharum invasisset, miserunt ei Scythæ, quod depopulationem agrorum et vinearum æquanimiter tolerarent, sed si sepulchra parentum tangeret, tunc potentiam Scytharum et vires sentiret, quia pro
25 eorum defensione mori sunt parati et pro republica salvanda. In tantum parentes et patriam zelare debemus, quod morti nos exponere decet. Unde refert Valerius L. V. cap. VII°, quod cum Codrus, rex Atheniensium, ab hostibus urgeretur, cepit ab Apolline responsum, quod exercitus suus victoriam
30 obtineret, si ab hostibus suis se occidi permitteret. Quod responsum cum etiam hostibus innotuisset, præceperunt, ne quis Codrum tangeret. Tunc ille mutato habitu ad hostes processit et quemdam ibi militem falce percussit, qui percussus mox in eum irruit et continuo occidit. Cognito vero corpore
35 Codri continuo hostes oraculi memores fugerunt omnia relinquentes.

De piscatore et pisciculo, dial. 48.

Piscator quidam dum piscabatur, cepit pisciculum quemdam et, cum vellet ipsum jugulare, vociferatus est dicens: o piscator miserere mei, parvum de me habebis lucrum, si me interficis; sed si me abire permittis, promitto Deo et tibi, quod plurimum te faciam lucrari, quoniam ad te quotidie revertar cum magna societate piscium ac in retibus tuis multos introducam. Cui piscator: quomodo te cognoscere potero inter tot pisces? At ille: parum præscinde mihi de cauda, ut me inter alios cognoscas. Credidit ergo piscator, præscidit illi caudam et dimisit, pisciculus vero ingratus semper, cum piscabatur homo, eum impediebat et pisces ab eo propulsabat dicens: fratres, cavete a seductore illo, qui me seduxit et caudam meam præscidit; sic enim faciet vobis, si non caveatis, et si mihi non creditis, vel operibus credite. Hæc autem dicens ostendebat caudam præscissam. Pisces vero ipsum abhorrebant et ab ipso quam citius fugiebant, piscator autem nunquam amplius piscabatur, propter quod in paupertate degebat. Accidit quoque, quod piscator longius post pisciculum illum cum aliis piscibus cepit ipsumque agnoscens trucidavit crudeliter dicens: ille qui manet ingratus, justum est, si sit mortificatus. Sic enim multi ingrati reddunt semper mala pro bonis. Quibus loquitur Prov. XVII: qui reddit mala pro bonis, non recedet malitia de domo ejus. Hæc est enim magna ingratitudo indigna meritorum, de qua dicit Bernardus: ingratitudo inimica est animæ, exterminatio meritorum, virtutum dispersio, beneficiorum perditio. Ingratitudo inimica est animæ, ventus urens, siccans sibi fontem pietatis, rorem misericordiæ et fluenta gratiæ. Contra ingratos et non cognoscentes beneficia potest referri illud exemplum illius villani, qui quotidie ibat ad silvam cum suo asello quique etiam invenit quendam draconem oppressum a quadam arbore, quem ipse liberavit. Draco vero postea voluit comedere asellum dicens, quod omnia maxima servitia perduntur. Sed villanus habuit consilium cum vulpe, quæ reduxit draconem ad pristinum locum et liberavit villanum et asinum. Item exemplum Girardi Teneosi, qui erat quasi stultus et nihil habebat nisi unum gnatum, id est filium, qui videns omnes euntes ad imperatorem dona ferentes, ait intra se: vadam et ego ad im-

peratorem ei dona ferendo, ut decet dominum meum. Et invenit primo Centaurum — Centaurus est animal, inferius equus, superius homo, velox in cursu ut equus — deinde ursum, super quem sedit et donavit ipsos imperatori ex parte
5 domini sui. Cui imperator transmisit multa dona ipsumque valde ditavit. Deinde gnatus finxit se esse mortuum et probavit patrem suum invenitque illum non curantem de se, pro quo eum plurimum vituperavit. Unde Gregorius: non est dignus dandis, qui non agit gratias de datis. Et Augus-
10 tinus: quod Deus dederat gratis, tulit ingratis [1].

De aquila et avibus et leone et aliis bestiis, dial. 49.

Aquila cum avibus vallata et castrametata in campestribus cum leonibus et bestiis proeliabatur. Quotidie enim simul conveniebant ad certamen et ex utraque parte concurrebant
15 multi. Interea vulpes clam vocavit hirundinem dicens: modo est tempus nos redimendi, possumus enim de principibus nostris videre vindictam, qui nobis dominantur, agamus sagaciter, quod ipsi simul proelientur seque perimant. Hoc hirundo facere consensit et ad aquilam convolavit eamque plu-
20 rimum magnificavit dicens: tu es regina avium et imperatrix, si attendere vis consiliis meis, eris etiam princeps et dux ferarum. Consensit aquila et promisit consulta tenere, hirundo autem rediens ad vulpem cum ipsa et cum aliis ordinavit, quod aquila simul cum leone dimicaret, et quis eorum victor
25 esset, princeps et dux esset avium et ferarum. Cum autem in agone contenderent, ait aquila: o nobilitas leonina, si bene prospexeris, seducti sumus a falsis consiliariis, ipsi peroptant a nostro dominio liberari, propterea nos ad certandum incitaverunt, certe melius est, ut dominetur quilibet generi suo,
30 quam nos per fallaces perimere. Hoc autem credidit leo et pacificati sunt simul dicentes: sunt iniqui seductores falsi consiliatores. Caveant ergo principes a talibus, ne cito se moveant ad verba composita, quia multi seductores reperiuntur. Ait enim Seneca: ad rem movearis et non ad verba composita.
35 Servare enim se debet quilibet ac praecavere, ne a falsis con-

*

1 Frühere ausg. lesen: ingratus.

siliariis decipiatur. Propter quod præcipitur Prov. XXVII:
a consiliario malo serva animam tuam. Debet enim princeps
habere intelligentiam periculorum circumstantium et specialiter
ex seductione [1] ipsorum adulantium. Sunt enim adulatores
5 Syronœ blandis vocibus seducentes Ysai. XIII et Syrene in
delubris voluptatis; a quibus et summe oportet cavere ac eorum fallacias intelligere. Unde Speusippus philosophus nepos
Platonis adulanti legitur dixisse: adulator, desine, nihil pro-
ficis, cum te intelligam.

10 De aquila, quæ citavit omnes volucres, dial. 50.

Aquila citavit capitulum alitum et dum simul manerent
et errata corrigeret, ecce venatores apparuerunt tendentes
retia et laqueos, ut de avibus caperent. Hæc intuens aquila
et periculum agnoscens per præcones suos conclamari fecit,
15 ut omnes alites sequi deberent vexillum aquilæ et simul cum
ea convolare, si evadere cupiant. Illæ vero, quæ obedientes
fuerunt et cum ipsa volaverunt, evaserunt, sed fuerunt quædam gulosæ et inobedientes, quæ escas intuitæ sunt et eas
concupiscentes in laqueos convolarunt, unde irretitæ et illa-
20 queatæ miserabiliter clamaverunt dicentes: qui non vult obedire, debet nequiter perire. Ergo cavendum est vitium inobedientiæ, quia inobedientia confert mortem et maledictionem
in præsenti et pœnam in futuro. Unde fuit dictum Adæ Gen.
III: quia comedisti de ligno, quod tibi præceperam, ne come-
25 deres, maledicta terra in opere tuo spinas et tribulos germi-
nabit tibi. Dictum fuit etiam Sauli regis primo Reg. XV:
pro eo quod abjecisti sermonem domini, abjecit te dominus, ne
sis rex. Propter quod dicit Bernardus: magnum est vitium
inobedientiæ, quia angelus cœlum, Adam paradisum, Saul
30 regnum, Salomon perdidit amorem divinum. Prout ait Valerius L. II° ponens exemplum, qualiter patres puniebant filios
militarem disciplinam non observantes. Aurelius enim filium
suum, quia non tenuit suum præceptum, inter pedites fungi [2]
coëgit, quod fuit maximæ humiliationis. Legitur in Chro-
35 nicis Romanorum, quod cum Julius Cæsar in perdomandis

*

1 Frühere ausg.: specialiter seductionem.   2 Andere: compungi.

hostibus quinque annorum spatium sibi permissum pertransiret, licet gloriose triumphasset, honor tamen debitus sibi denegatus est, nec urbem ingredi permissus est, quod ultra terminum [1] sibi præfixum moram contraxisset.

5   **De herodio et milvo, dial. 51.**

Herodius rapacissima avis est omnium volatilium major, qui et aquilam vincit, ut dicit Glossa super illud Psalmistæ: Herodii domus. Herodius per aërem spatiabatur volans, sed milvus post ipsum sibilare cœpit eumque depompare, item vi-

10 tuperare [2], dicens: exspecta me, nephande, quia te totum decalcabo, tu vis super omnes volucres dominari, sed omnes de te ego vindicabo. Herodius autem in aëre volabat nec de verbis fabulosis curabat. Sed milvus verba reciprocare inchoavit. Propter quod Herodius ira inflammatus super ipsum

15 descendit et ungulis totum evisceravit dicens: qui vult infestare fortem, perit atque quærit mortem. Ergo cernere possumus, quod periculum est non modicum contra potentes verbosari ipsosque infestare, prout dicit Eccles. VIII[0]: non litiges cum homine potente, ne forte incidas in manus illius. Unde

20 refert Esopus, quod quidam lupus bibebat in flumine et agnus quidam subtus bibebat cum eo simul, levavitque lupus post eum dicens: turbas tu aquam potus mei. Cui agnus: domine, non facio vobis injuriam neque turbo. Et lupus: mihi dampna minaris; nescis quid fecit pater tuus, nondum sunt sex menses?

25 Cui agnus: tanto non vixi tempore. Tunc clamavit lupus: an loqueris, furcifer (id est villane) [3]? Ac irruit in eum ac devoravit. Sic faciunt potentes seculi minoribus, quia sine occasione devorant eos et disperdunt. Propterea dicitur: domino non deficit occasio.

30   **De grue, quæ volebat volare ad solem, dial. 52.**

Grus erecta videns aquilam volare usque ad solem ipsumque prospicere clare, ait intra se: pulchra sum ego et magna ut aquila, volo evolare usque ad solem et irreverberatis oculis

*

1 Andere (unrichtig?): triennium.   2 So die früheren ausg., spätere lassen die worte »item vituperare« (weil es eine glosse zu sein scheint), weg.   3 Die worte »id est villane« sind jedenfalls glosse.

in ipsum prospicere ut aquila, posteaque magnificata ero ut ipsa. Cumque se in astra erigeret, cœpit ultra vires fatigari nec ad solem attingebat nec etiam propter arrogantiam descendere cupiebat, sed ultra suum posse sursum tendere cœpit.
5 Quapropter nimium aggravata, non valens se gubernare et ad solem volare, irremediabiliter corruit dicens: qui ultra posse sursum tendit, contra velle post descendit. Sic enim multi superbi et elati supra omnes convolare cupiunt et quia superbia semper casum habet, contra suum velle humiliabuntur,
10 quoniam qui se exaltat, humiliabitur Luc. XIV°. Unde Bernardus: qui se exaltat quantum potest, dejicietur quantum Deus potest. Et Augustinus: si extollis te, Deus dejicit te, si tu dejicis te, Deus elevat te; sententia Dei est, cui nec detrahi potest vel addi. Qui se exaltat, humiliabitur etc., di-
15 cit ipsa veritas, prout dicit Leo papa: videte fratres magnum miraculum, altus est Deus, si erigis te, fugit a te, si humilias te, descendit ad te. Refert Orosius libro V, quod Valeri[an]us imperator octavus post Neronem propter superbiam et infidelitatem suam excitavit persecutionem in cultoribus Christi,
20 per totum orbem cupiens delere nomen Christi et conculcare. Unde interfici faciebat omnes, qui invocabant nomen Christi. Cum autem pugnaret cum Sapore, rege Persarum, victus est et captus cum toto exercitu suo et tradidit illum Deus in manum Saporis propter superbiam suam et factus est ei servus
25 omnibus diebus, quibus vixit. Quotiescunque vero ipse Sapor equum adscendebat, eum prostratum primo pedibus conculcabat et equum postea adscendebat.

De sterla, quæ cepit leporem, dial. 53.

Sterla avis est similis grui, magnum enim habet rostrum
30 et periculosum. Hæc cum rostro cepit leporem, sed dum esset famelica, noluit prædam comedere dicens: volo prædam tam excellentissimam aliis demonstrare, ut a videntibus sim magnificata. Cumque ad conventum alitum prædam duxisset, volucres fortiores prædam hanc concupiscentes rapuerunt nec
35 partem aliquam ei reliquerunt. Sterla vero cum mœrore famelica manens ait: qui vult rem suam pandere, cupit illam perdere. Sic enim nonnulli vane gloriosi omnia, quæ possi-

dent, aliis volunt ostendere, ut pro hoc magis sint collaudati. Sed, ut dicit Gregorius, praedari desiderat, qui thesaurum publice portat in via. Sunt etiam multi, qui cuncta bona, quæ agunt, aliis innotescere cupiunt. Quibus Augustinus
5 loquitur dicens: occulta, quod agis, quantum potes, quodsi ex toto non potes, fit in animo voluntas occultandi. Et Gregorius: bonum opus sic fiat in publico, ut tamen intentio sit in occulto. Item: sub bestia, quam occidit, moritur, qui de victoria, quam facit, gloriatur. Refert Esopus, quod lupus
10 cepit hœdum de capris tenerrimum. Cui dixit hœdus: lætare et gaude gaudio magno, quia talem hœdum habes in tua potestate, sed antequam comedas me, precor te, ut cantes, et dum cantabis, ego saltabo. Ad hoc lupus cœpit cantare et hœdus saltare. Quod audientes canes impetum fecerunt in
15 lupum, quem insecuti ad hoc compulerunt, ut hœdum relinqueret, et hœdus fugit. Exemplum est, quod quilibet bonis suis utatur silentio.

De strutione et cirurgico, dial. 54.

Strutio est avis magna et potens, pennata et alata, ta-
20 men in astra elevare se non potest propter imbecillitatem alarum suarum. Erat enim strutio quidam satis pulcher et decorus, qui alas habebat fortissimas et venustas, tamen alis pennas duas bajulabat retortas, de quibus plurimum tristabatur. Quapropter ad cirurgicum perrexit dicens: satis egregius
25 sum et venustus, sed pennas istas retortas, volo, quod amputes mihi, quoniam aliquantulum me deturpant. Cirurgicus autem pennas retortas illi amputavit et cum tali unguento et alas unxit, quod aliæ pennæ alarum ceciderunt. Propter quod semper impotens fuit ad volandum. Strutio vero amaricatus
30 usque ad mortem ploravit dicens: sicut nos plasmavit Deus, stemus, nunquam nos immutemus. Sic enim nonnulli curiosi et vani dum a conditore suo satis sunt bene formati, non referunt gratiam conditori, imo si aliquam maculam haberent in corpore, student modis omnibus eam mederi, de maculis
35 quoque animæ nihil mederi procurant. Sed sicut dicit Augustinus: non enim exteriorem pulchritudinem requirit invisibilis sponsus. Ideo dicitur Prov. XXXI: fallax gratia et

vana est pulchritudo. De talibus ait Augustinus: ecce omnia pulchra sunt cum hominibus et ipsi sunt turpes. Unde quidam rex fecit convivium principibus suis, et cum non esset aliquis angulus in domo ejus, qui non esset coopertus purpura et aliis rebus pretiosis, affuit quidam philosophus. Qui cum vellet exspuere, exspuit in faciem regis. Et cum ministri propter hoc vellent eum ducere ad suspendendum, non permisit rex, sed quæsivit a philosopho, quare hoc fecisset. Cui respondit: vidi alia loca plena argento et auro et gemmis et purpuris pretiosis, et ideo in barbam regis incrassatam et ex pinguedine et cibo immundam exspui, non enim vidi locum minus nitidum. Quod audiens rex compunctus est et humiliatus. Illi vero, qui se decorant et ornant ex auro vel alio ornamento, cito exspoliantur. Prout refert Esopus, quod quædam cornix deformis et nigra, perrexit ad nuptias, sed antequam ad nuptias intraret, a qualibet ave accepit plumam unam et ornavit se. Erat itaque pulchra valde non natura, sed arte. Et dum intraret domum nuptiarum, mirabantur cæteræ aves, quæ illic convenerunt, pulchritudinem illius. Venerunt autem aves illæ, quarum plumas furata erat, et acceperunt singulæ plumas suas et sic cornix remansit nigra et deformis ut prius, Accidit Parisiis, in generali processione, quod quædam simia cujusdam dominæ trecias alienis crinibus, quas deferebat, coram omni populo abstraxit, et turpis ac decapillata ad modum cornicis depositis alienis plumis remansit, et judicio Dei hoc accidit.

De falcone et gallo, dial. 55.

Falconem quidam miles habebat, cum quo plurimum lætabatur, quem semper super cirothecam gestans splendide nutriebat. Quadam autem vice miles falconem in aërem direxit, cupiens ipsum ad manum clamare post eum sibilabat, ut rediret, falco autem descendere non volebat in terram. Gallus hoc videns se sublimare cœpit dicens: miser ego quid facio semper turpiter in humo et luto pico? Nonne sum pulcher et magnus ut falco? Certe super cirothecam volabo et de cibo domini mei epulabor! Cumque ad cirothecam volasset, miles sollicitus de falcone gavisus est et gallum cepit et quam

citius jugulavit et carnem ejus falconi ostendens ad manum
reclamabat. Et falco hoc videns, tam delicatam carnem cupiens, ad ipsam gaudenter se declinavit dicens: non est sensus,
se levare in statu suo, sed pausare. Sic enim homo agere
5 debet, humiliter residere in statu suo, non oculos ad id, quod
non decet, tendere. Propter quod dicitur Prov. XXIII: prudentiæ tuæ pone modum, altiora te ne quæsieris et fortiora
te ne scrutatus fueris. Et Seneca: id quære, quod invenire potes, id disce, quod potes scire. Refert Esopus, quod quidam nobilis
10 homo habebat unum caniculum lætum, parvum et unum asinum.
Asinum mittebat ad molendinum ad graviora opera, caniculus vero
cum domino suo ludebat, quem de propria scutella pascebat.
Videns autem asinus se fatigari et canem blanditiis foveri,
cœpit intra se cogitare: iste catulus nihil facit, nisi quod pe-
15 dibus calcat dominum suum et lingua lambit et sic diligitur,
volo et ego sic agere. Et' elevans pedes anteriores misit super humeros domini et sua voce tonabat. Dominus autem
timens clamare cœpit et servitores venerunt cum baculis et
fustibus et verberaverunt eum usque ad mortem. At ille co-
20 gitans dixit: melius mihi erat quiescere quam sic agere, quia
nihil lucratus sum nisi verbera. Unde in hoc docemur, quod
homo non agere debet, quod naturaliter non potest facere.
Unde quidam: nemo audet feliciter, quod natura negat, im-
prudens displicet, unde placere studet.

25 De asture, qui misit ad caridrium, dial. 56.

Astur in aëre persequebatur gruem et ad extremum dejecit. Tamen grus cum rostro usque ad mortem vulneravit
asturem. Astur autem sic vulneratus misit ad caridrium nuntios et munera dicens: o medice animarum et corporum, des-
30 cende et cura vulnera mea, quia ad plenum tibi satisfaciam.
Caridrius vero, ut dicit Papias, est avis alba tota, cujus interiora oculos caliginosos curant, et si vivere debet homo,
appropinquat sibi, si vero mori, fugit ab eo. Unde cognoscens, quod astur moriturus erat, ei appropinquare noluit di-
35 cens: perituros visitare nolo, sed cum lætis stare. Multi enim
tales reperiuntur amici, qui tempore prosperitatis et lætitiæ
visitant amicos, tempore autem calamitatis et miseriæ nolunt

videre. Ea propter Seneca ait: difficile est in re prospera amicos probare, in adversa facile. Quia dicitur Eccles. XXXVII⁰: non est amicus, qui solo nomine amicus est. Et ut dicit Isidorus: rari sunt amici, qui usque ad finem cari existunt. Quidam
5 interrogavit filium, si amicum haberet fidelem. Cui ille respondit, se habere tres. Et pater: frater et amicus in angustiis comprobatur, vade ergo et proba. Ivit ille et tulit porcum ac decollavit et amputavit caput et pedes misitque in sæculum dicens singulis suorum trium amicorum: ecce ho-
10 minem, quem occidi, peto, ut illum caute sepelias, ne in culpa deprehendar. Qui a nullo amicorum illorum receptus est. Hac enim de causa pater fecit eum amicos probare, et aliud sibi exemplum narravit de duobus sociis, quorum unus concessit alteri sponsam suam uxorem, deinde perrexit visitare
15 parentes suos et in mari omnia perdidit. Et reversus ad socium suum non est ausus se manifestare, sed desperatus dixit, se fecisse homicidium, quod non fecit, ut moreretur ipse præ desperatione et confusione, et cognitus a socio per signum dixit ipse, se hominem illum occidisse, ut socium liberaret. Tandem homicida hoc videns se manifestavit, ut morerentur
20 isti inculpabiles. Narrat Valerius, libro IV⁰ cap. VII⁰ de vera amicitia, de duobus amicis scilicet Damone et Phitia, quorum unum cum vellet Dionisius tyrannus interficere et ipse impetrasset tempus ab eo, ut rediret domum ad res suas ordinandas, alter vero pro reditu ipsius fidejussorem se fecit nihil
25 dubitans de amico. Appropinquante autem die diffinita nec illo redeunte unusquisque illum temerarium sponsorem damnabat. Ille vero de amici constantia se non metuere prædicabat. Hora autem constituta alter venit. Admirans autem tyrannus eorum animum et amicitiam fidei supplicium remi-
30 sit et rogavit eos, ut se in tertium gradum sodalitii secum reciperent. Si homo sic facit pro homine, quid facere deberet pro Deo, qui se permisit occidi pro homine? Unde Eccl. XIX: gratiam fidejussoris tui non obliviscaris, dedit enim pro te animam suam.

35 De osmerillo et accipitre, dial. 57.

Osmerillus et accipiter sociati sunt et prædam simul di-

videbant, cum venabantur. Quadam autem vice rapuerunt qualiam extra nidum. Qualia est avis quædam et dicitur a qualis vel dicitur qualia a voce, quam facit, scilicet quaquera. Huic dixerunt: elige tibi unum, aut vis quod te solam man-
5 ducemus? Aut vis nos perducere ad nidum, ut te cum filiis epulemur? Quibus qualia ait: augustiæ mihi sunt undique, et quid eligam, ignoro; sed mihi melius est, solam incidere in manibus vestris, quam cum filiis interire. Et antequam eam ju- gulavit, loquuta est dicens: melius est, sustinere malum, quam
10 pejus habere. Ita et nos exemplo qualiæ cum pericula eva- dere non possumus, semper minus eligendum est juxta dictum sapientis: de duobus malis minus eligendum est. Eligere enim debemus potius mori pro republica quam pro propria vivere utilitate. Unde refert August. de civ. Dei, libro I⁰,
15 quod cum Marcus Regulus captivus a Carthaginiensibus de- tineretur et Romani multos de Carthagine detinerent juvenes, missus est dictus Regulus Romam pro commutatione fienda. Jurat, quod rediret, si commutatio fieri non potest. Qui cum Romam venisset, supra dicta fieri dissuasit, eo quod senex
20 esset et parum vivere posset, illi autem juvenes multa prœlia Romanis adhuc possent movere. Et cum rogaretur, ut saltem remaneret, nullatenus acquievit. Rediens ergo crudeli morte interiit. Utile quidem remanere sibi fuisset, sed propter jus- jurandum non fuisset honestum et propter utilitatem Roma-
25 norum non fuisset utile.

De carflancho, qui voluit se regulari, dial. 58.

Carflanchus est avis similis falconi potens et virtuosus. Hic in juventute voluit se regulari, dum virtutibus præfulge- ret, sed timore austeritatis regulare distulit dicens: credo quod
30 non potero jejunare, surgere ad matutinum, castitatem tenere et voluntatem propriam abnegare. Et quia bonum non in- choavit timore pœnitentiæ, non bene mediavit, imo male finivit dicens: qui bonum præ timore non facit, perit cum mœrone. Sic enim multi cupiunt convolare ad gratiam Dei, sed timent
35 carere deliciis mundi. Provocat quidem amor Christi, sed re- vocat cupiditas sæculi. Tales enim solent dicere: servirem libenter Deo, libenter intrarem religionem, sed timeo, quod

non possem austeritatem regulæ sustinere. Isti non attendunt apostoli ad Phil. IV⁰: omnia possum in eo, qui me confortat, id est Christus. Ut dicit Bernardus: in se sperantibus Deus est thesaurus in paupertate, solatium in solitudine, gloria in ambitione, honor in contemptu, umbraculum in protectione a pluvia et ab æstu. Fabulator quidam ait, quod falco cepit milvum et sub pedibus suis dejecit et cum uno pede ipsum conculcabat dicens: infelix, magnus et fortis es tu ut ego, quare te non defendis, quia te conculco et eviscerare volo? Cui ille: verum dicis, quia magnus et fortis sum ultra te, rostrum enim habeo et pedes fortiores, sed mihi deficit cor. Sic enim multi multa bona agere possunt, sed deficit sibi cor et voluntas faciendi. Quidam cecidit in flumine, nesciens natare, unde cœpit clamare: sancte Georgi, adjuva me! Sanctus autem Georgius affuit eique dixit: trepide, adjuva temet ipsum, move manum et pedes et liberaberis, quia qui se juvat, juvatur a Deo. Sic enim facere debet, qui cecidit in peccatum, non solum debet a Deo veniam postulare ore, sed operari quæ potest, ut a peccatis resurgat. Refert Augustinus in epistola ad Hieronimum, quod cum quidam in puteum cecidisset et alius superveniens, quomodo illuc ceciderat, interrogaret, ait: ne, quæso, quæras, qualiter huc ceciderim, sed inquire, qualiter liberare possis me.

De upupa et papago, dial. 59.

Upupa quædam avis est, ut dicit Isid. Ethim. XII: upupam Græci appellant eo, quod stercora humana consideret et fœtenti pascatur fimo, avis spurcissima, cristis exstantibus galeata, semper in sepulchris et humano stercore commorans, cujus sanguine qui se unxerit, dormitum pergens dæmones suffocantes se videbit. Hæc, propter quod est pulchra et placide cristata pennisque variata, sublimare se cœpit, intuens papagum penes regem morari in cavea deaurata, qui et splendide pascebatur de cibo regis, et ait: placida sum ut papagus, tamen magno labore cibum mihi quæro, iste autem papagus sine' sudore honorifice manet et ad libitum saturatur, certe volo ad regem ire et in cavea canere et ut papagus epulari et gaudere cum domino. Dum autem ad regem advolaret et rex claudens eam in cavea collocaret, cœpit plurimum amaricari videns se captam et in potesltate [1] alterius. Unde præ tristitia et dolore parum vixit et duravit dicens: libertati comparari potest nil nec æstimari. Sic enim multi loquuntur de religiosis dicentes: isti fratres bene se habent, optime saturantur, cantant et sine magno labore degunt. Unde cum probare volunt, intuentes se sub regula conclusos et in potestate alterius, pœnitet eos non habentes libertatem propriam. Unde philosophus: non bene pro toto libertas venditur auro. Narrat Valerius VI°, quod Leonidas [2] nobilis Spartanorum cum trecentis civibus pugnavit contra Xerxem [3], regem Persarum pro libertate patriæ et alacri voce exhortatus est suos dicens: sic prandete commilitones mei, tamquam apud inferos cœnaturi. Cui omnes intrepidi paruerunt, et cum non esset spes evadendi, ita eos animavit, quod omnia patienter sustinerent potius quam servire Persis et libertatem propriam amittere. Item refert Orosius lib. VI°: quod Demetrius rex Ponti et Armeniæ, cum obsideret eum filius suus nec desistere vellet ab obsidione, contristatus ad interiora domus suæ descendit et omnibus uxoribus suis et filiabus et meretricibus venenum dedit et ipse postea præ desperatione sumpsit. Sed cum nec statim vitam finiret, cuidam de hostibus per murum intranti jugulandum se exhibuit, antequam hostibus subjaceret et proprium arbitrium amitteret. Item refert Orosius, quod, cum quidam obsessi fuissent a Scipione Africano et Romanis et vidissent se non posse resistere, cum caperentur, ne de bonis eorum gauderent Romani, clauserunt portas civitatis suæ et se ac omnia sua et urbem incendio cremaverunt, antequam hostibus libertatem super se traderent. Legitur in historiis scholasticis, quod tempore Abrahæ quidam rex Babiloniæ nomine Belus invasit Siriam in aliqua parte et statim mortuus est. Sed uxor ejus Semiramis cupiditate regnandi, ut posset regnare, proprio filio nomine Nino nupsit, qui post totam Siriam cepit et fecit civitatem magnam itinere dierum trium et suo nomine Nino appellata est Ninive. Qui habuit

*

1 Andere: libertate.   2 Andere: Lenonides oder Literonides.
3 Andere: Persem.

etiam filium ex propria matre nomine Babilio, qui et Babiloniam ampliavit.

De gallina et columba, dial. 60.

Gallina et columba simul nidum fecerunt et morabantur,
sed multotiens rixabantur, propterea quod una nimis canebat,
altera vero nimium ululabat. Gallina autem dum prospiciebat filios columbæ jugulari, plurimum lætabatur et cantabat,
ideoque columba se turbabat dicens: tu gallina, non vis mecum condolere, cum prospicis meos filios jugulari? Gallina
vero contradicebat: tu magis non vis cantare mecum, cum de
visceribus educo ovum, et a tali periculo liberor! Hac enim
de causa simul quæstionabantur, unde ad aquilam perrexerunt
dicentes: judica inter nos, o regina, si simul nos habitare et
commorari competit. Aquila vero sententiam publice exaravit
dicens: læti stent cum liberatis tristesque cum tribulatis. Non
enim conveniens est, hilares et jucundos cum his, qui in tristitia positi sunt, spatiari, nec amaricantes et tristes cum lætabundis locari, sed sicut ait apostolus ad Rom. XII°: gaudete cum gaudentibus et flete cum flentibus. Sed nota, quod
nimia lætitia aliquando subito occidit, quia cor tunc dilatatur
et calor ad exteriora transit et cor deficit et mors intervenit.
Unde Valerius refert, quod cum cuidam mulieri mors filii absentis ex errore fuisset nunciata, dum illa mœrens sederet,
subito filius advenit, quem illa videns in amplexum ejus irruit
et mox exanimata corruit. Tristitia autem non cito occidit,
quia in tristitia prior retrahitur calor naturalis ad interiora
et talis agitatio caloris præbet nutrimentum in membris et
operatur consumptionem in illis et ideo per processum temporis sequitur ethica, Prov. XVII: spiritus tristis exsiccat ossa.
Unde probatur, quod lætitia mundi est sicut vinum purum,
dejicit, nisi salubri tristitia temperetur. Juxta illud Eccles.
VII°: melius est ire ad domum luctus quam ad domum convivii. Refert Tullius, quod, quando aliqui consules Romam
redibant victores, triplex honor fiebat iis. Primus, quod omnis populus sibi cum lætitia obviabat, secundus, quod omnes captivi,
quos ceperat, ejus currum junctis manibus sequebantur, tertius,
quia ipse victor indutus tunica Jovis in curru sedebat, quem

quatuor equi albi usque ad Capitolium deducebant. Ne vero
supra se nimis elevaretur, istum honorem tripliciter tempera-
bant, primo, quia unus homo servus alicujus conditionis secum
in curru ponebatur, ut cuilibet spes daretur perveniendi ad
5 talem honorem, si probitas mereretur; secundo quia ille servus cum colaphis eum cædebat dicens: cognosce te ipsum;
tertio licebat illa die cuilibet in ipsum inferre omnia opprobria,
quæ volebat. Si igitur pagani sic suas vanas lætitias tem-
perabant, multo fortius nos christiani eas reprimere debemus,
10 quia, ut dicit Gregorius, præsentia gaudia sequuntur perpetua
lamenta, et Augustinus: lætitia sæculi vanitas est, cum magna
exspectatione speratur, ut veniat, et cum venerit, non potest
retineri.

De gallo et capone, dial. 61.

15 Gallus et capo in curtino uno morabantur, sed gallus
dominabatur gallinis, capo autem humiliter cum ipsis picabat.
Accidit quoque quod vulpes cepit gallum ipsumque comedit,
sed cristam sive coronam capitis non tetigit, imo illæsam servavit et ad caponem ipsam deduxit dicens: o capo frater,
20 socius tuus migravit de seculo, sed per nimiam caritatem,
quam circa te habere cupio, coronam pulcherrimam capitis
ejus tibi apportabo; descende ad me et coronabo te et eris
postea princeps gallinarum, ut erat ipse. Capo audiens hoc,
cupiens dominari super gallinis de pullario exivit et ad vul-
25 pem accessit, vulpes vero gaudens, quia cito venit, eum cepit
et jugulavit dicens: non est omnibus credendum, sed a falsis
est cavendum. A talibus enim præcepit salvator cavere, dicens Matth. VII°: cavete ab his, qui veniunt ad vos in vestimentis ovium, intrinsecus autem sunt lupi rapaces. Prout
30 Esopus refert de corvo, qui tenebat petiam carnis in ore et
stabat super arborem. Quem videns vulpes, cogitavit: o si
possem eum decipere habereque carnem, quam tenet in ore!
Pro quo dixit: ecce, frater corve, omnium avium pulchritudinem excedit tua pulchritudo et fortitudo tua cæterarum avium
35 fortitudinem, sed doleo, quod non habes vocem nec potes
cantare. Mox corvus cœpit cantare et cecidit caro de ore
ejus, quam vulpes accipiens comedit et abiit. Sic enim mul-

totiens accidit homini, cum audit se laudari. Unde Hieronimus: unusquisque a proximo suo se custodiat et in omni fratre tuo non habeas fiduciam, et plus aliis de te quam tibi credere noli.

5 De fasiano et pavone, dial. 62.

Volucres in divisione fecerunt electionem et elegerunt fasianum et pavonem, ipsi vero per electionem simul quæstionabantur et bona sua disperdebant. Ea propter aves ad aquilam concurrerunt dicentes: fecimus nos electionem, sed ut 10 judex da confirmationem, ut electi comprobentur. Aquila vero electos citavit volens examinare electionem. Sed fasianus avis est quædam ab Græcia primum asportata, cujus caro suavis est ad comedendum. Hic quamplurimum se magnificabat dicens: o juste judex, ut cernis, nimis sum delicatus, pulcher 15 et variatus, caro mea aromatizata super omnia sapit et redolet, pro quo mihi convenit principatus. Pavo autem se pro viribus defendebat dicens: non, domine, est ita, ut fasianus asserit, quoniam pulchrior eo sum, magnus et cristatus, cauda mea mihi sublimatum reddit honorem. Et hoc dicens caudam 20 sursum erexit sicque gloriabatur. Aquila vero hæc omnia intelligens ait pavoni: tu, pavo, te vituperasti, cum caudam sursum erexisti, quia turpes pedes nobis ostendisti, ob hoc non es dignus principari. Demum ad fasianum inquit: tu autem lacrymosus es ac debilis nec cantare scis, idcirco prop-25 ter defectum oculorum tuorum te privo principatu. Sic enim uterque privati permanserunt dicentes: non est dignus principari, qui quærit quæstionari. Hoc enim, ut cernimus, sæpissime accidit in electis, quando propter quæstiones electionis vitia sua homines rimantur, propter quod sæpe spoliantur et 30 diffamantur. Unde non est bonum quæstionem agere propter primatum honoris, quia dicit Gregorius: desiderium primatus ex jactantia cordis nascitur et quicunque desideraverit primatum in terris, inveniet confusionem in cœlis. Hoc enim periculum præsidendi vitandum est pro viribus, quia dicit Gre-35 gorius: quantum in superiori loco pastor est, tantum in periculo majori versatur. Quapropter antiqui principes non patiebantur filios suos præfici, nisi possent proficere. Ut narrat

Helinandus historiographus de Ælio Adriano. Qui cum de
senatore esset creatus imperator et obsecrante senatu, ut filium
suum Augustum Cæsarem secum nominaret, sufficere enim
debet, inquit, ut ego invitus regnaverim, cum non meruerim,
5 principatus enim non sanguini debetur, sed meritis. Et sæpe
inutilis regno est, qui rex nascitur. Procul dubio parentum
affectum nescit, qui parvulos suos importabili mole superjecta
exstinguit, hoc enim est suffocare filios, non pro meritis pro-
movere. Alendi sunt enim et virtutibus exercendi, ut, cum in
10 iis profecerint, probentur illos virtutibus antecedere, quos
debent honore anteire. Implebant enim opere illud præceptum
Eccles. VII: noli quærere fieri judex, nisi valeas virtute ir-
rumpere iniquitatem. Unde in Policratico libro VI° dicitur,
quod Octavianus, cum filii sui sufficere possent ad magnam
15 gloriam promerendam, noluit eos honoribus extollere, nisi suf-
ficienter suam et alienam curam possent per virtutem protegere. Unde eos ad gradum militarem, ad cursum, ad saltum,
ad usum natandi et jaciendi lapides manu vel funda exercitari
præcepit, filias vero suas in lanificio instituit, ut, si præter
20 spem in extremam paupertatem eas fortuna projecisset, vitam
per artem possent sustentare, nam nendi et texendi vestes,
fingendi et componendi non modo artem, sed usum habebant.
Sic præcipitur Eccles. VII°: si tibi sint filii, erudi eos, et sequitur, si tibi filiæ sunt, serva corpus illarum.

25 De corvo[1] et ficedula, dial. 63.

Corvus, dicit Papias, est avis, quæ dicitur vivere usque
ad millenarium. Hæc autem quadam vice nidum faciebat,
propter quod depilata et macilenta fiebat, ova sua nutriens.
Tunc ficedula, id est papafigo, ad eum accedens plurimum vi-
30 tuperabat nec in pace ipsum dimittebat. Corvus autem non
valens relinquere ova sua nimirum se perturbabat, tamen in
corde hæc omnia conservabat. Cum autem filii educti fuissent,
corvus cœpit se reparare et convalescere, sed ficedula reversa
cœpit verba contumeliosa reciprocare eumque ut prius deve-
35 nustare. De quo corvus indignatus, cupiens se vindicare fice-

*

1 Alle späteren ausg. lesen unrichtig statt: corvus: cornix.

dulam totam decalcavit ac crudeliter evisceravit dicens: qui
vult cum aliis rixari, cupit dire laniari. Sic enim multi, cum
vident aliquem depressum et in calamitate positum, non cessant
eum objurgare ac ei injuriari, tu autem, quando cernis homi-
5 nem in calamitate, cessare tunc debes ab objurgatione. Ait
enim philosophus: objurgare in calamitate gravius est quam
ipsa calamitas, calamitoso non compati etiam injuria est.
Antiqui et principes compatiebantur miseris et calamitosis
in suis calamitatibus. Unde narrat Valerius libro V°: quod,
10 cum Cæsar abscissum caput Pompeji adspexisset, pias lacrymas
dedit. Idem narrat ibidem, quod Marcus Marcellus captis ab
eo Syracusanis cum esset in arce opulentissimæ urbis constitutus, afflictæ civitatis fortunam deplorantes intuens a fletu se
cohibere non potuit. Ibidem etiam narrat de clementia Pom-
15 peji erga regem Armeniæ, qui contra populum Romanum
magna bella gesserat, victum in conspectu suo supplicem
diutius jacere non est passus, sed benignis verbis recreatum
dyadema, quod abjecerat, capiti reponere jussit et in pristinum gradum restituit, æque pulchrum esse judicans et vincere
20 reges et facere. Consimile narrat de quodam consule, Paulo
nomine, qui cum quendam regem captivatum adduci ad se
audisset, occurrit ei et illum volentem ad veniam procumbere,
dextera sua elevavit et ad spem exhortatus est eumque in
consilio sibi proximum sedere fecit nec honore mensæ in-
25 dignum judicavit. Nam si egregium est hostem devincere,
non minus laudabile est infelibus scire misereri.

De nicticorace et alauda, dial. 64.

Nicticorax dicitur a nictos, quod est nox, et corax, qui
est corvus, quasi corvus noctis, quia de nocte volat vel quia
30 de nocte vigilat; dicit Brito et Isid. Ethim. XII°: nicticorax
ipsa est noctua, quia noctem amat. Ad hanc perrexit alauda
dicens: soror carissima, obnixe te deprecor, quod die crastino
mihi socieris, quoniam amator meus ad solem me cupit videre;
si ego tecum ero sociata, pulchrior apparebo. Promittit hoc
35 nicticorax per omnia implere, verecundabatur enim hoc ei abnegare. Cumque dies adesset et sol clarifice perlustraret,

alauda exspectabat promissa. Sed nicticorax ad solem exire non audens, propter quod nihil prospicit in die, non venit. De quo alauda perturbata ipsum semper abhorruit et persequuta est. Qua de causa non audens noctua de die volare 5 timore alaudæ, de nocte vero volat et cibum sibi quærit dicens: nullus debet affirmare, quod non potest perpetrare, ideoque cavendum est, ne quid promittamus, quod sit impossibile, ne mendaces reperiamur. Si tibi forte non placet amico petita promittere, non promittas propter verecundiam negandi, 10 quia dicit philosophus: verecundia negandi cave, ne tibi inferat necessitatem mentiendi, alioquin minus decipitur, cui celeriter negatur. Tamen multi propter libertatem animi verecundantur petita abnegare. Prout de libertate Titi imperatoris scribitur in Gestis Romanorum, quod ipse sibi consti- 15 tuerat [1], ne accedentem ad se postulandi gratia sine spe habendi dimitteret, et interrogantibus amicis suis, cur plura polliceretur, quam tenere posset, respondit: ideo, quia non oportet quemquam a sermone principis tristem discedere. Item legitur de Trajano in Gestis Romanorum, quod, cum arguerent 20 eum amici, quod in omnes ultra, quam imperatorem deceret, esset communis, scilicet de condescendendo omnibus, respondit Trajanus, se velle esse ad omnes talem, qualem quisque optasset eum invenire.

De caudetremula et fasiano, dial. 65.

25 Caudetremula dicitur ab effectu, quia caudam in tremore semper habet. Hæc ad fasianum perrexit dicens: quare, miser, non tergis oculos tuos, sed lacrymosos ipsos ostendis? fœtor oculorum tuorum te reddit abhominabilem [2]. Fasianus autem indignatus respondit: non verecundaris demens, quia minima 30 es et abjecta? Habes enim caudam paraliticam et tremebundam, et vis tu distinguere vitia mea, vade prius et corrige vitia tua et tunc eris mea creatura! Caudetremula hoc audiens erubuit et cum confusione reversa est dicens: prius debet se purgare, qui alterum vult damnare. Sic etiam nonnulli non

*

1 Frühere ausg. lesen: quod statuerat — dimitteretur. 2 Andere unrichtig: abhorrabilem.

attendentes vitia propria aliena redarguere cupiunt. Et ut dicit Bernardus: multi multa sciunt, alienos inspiciunt, se ipsos deserunt. Talibus loquitur salvator Luc. VI°, Matth. VII°: quid tu vides festucam in oculo fratris tui, trabem au-
5 tem, quæ in oculo tuo est, non consideras? Aut quomodo potes dicere fratri tuo: frater, sine, ejiciam festucam de oculo tuo, trabem in oculo tuo non videns? Hypocrita, ejice primum trabem de oculo tuo et tunc prospicies, ut educas festucam de oculo fratris tui. Legitur in Vitis patrum, quod facto
10 conventu in Sichia loquebatur frater de quodam fratre culpabili. Ut detrahebat, abbas autem senior tacebat. Et cum portaret saccum retro se plenum arena et de eadem arena modicum ante se poneret, interrogatus, quid hoc esset, dixit, multam arenam esse peccata sua, quibus retro positis non cu-
15 rabat de ipsis, modicam autem arenam ante faciem positam dixit esse peccata fratris, quem judicabat, et addidit: non oportet ita fieri, fratres, sed peccata mea ante me esse debent ac de ipsis cogitare. Audientes enim patres dixerunt: vere hæc est via salutis.

20 De philomela et corvo inter cæteras aves, dial. 66.

Quodam festo magno aquila cum avibus prandebat et propter prandium aquila ad se clamitavit philomelam dicens: vade, filia, frange vocem et canta, ut docta es, ut inde corda nostra consolentur. Philomela obediens canere inchoavit ita
25 placide, quod omnes volucres cum lætitia avide auscultabant. Interea corvus inde transiens et hoc considerans ait intra se: volo et ego cum philomela cantare, vocem magnam habeo et auditus ero a longe! Et cœpit turpiter crocitare, philomela autem obmutuit non valens tam turpiter audire cantare eum.
30 Aves quidem omnes perturbatæ corvum illum abhorrebant, propter quod festum suum vituperabat. Idcirco aquila mandavit ei, ut recederet vel taceret. Ipse vero respondit, quod volebat et ipse cum avibus festivare nec propter ipsam intendebat se removere de loco. Aquila ei remandavit, quod discederet, propter quod libenter non audiebatur. Corvus autem
35 cederet, propter quod libenter non audiebatur. Corvus autem aquilam audire nolens magis garrire cœpit. Quapropter aquila ipsum occidi mandavit dicens: stultum est, esse cantores, nisi

velint esse auditores [1]. Sic enim stultum est loqui, ubi auditores
fastidiunt audire. Ideo nos admonet Eccles. XXXII⁰: ubi auditus non est, ne effundas sermonem, et postea in medio magna-
torum non præsumas loqui, et ubi sunt senes, non multum
5 loquaris. Sic enim ut corvus male cantavit quidam legatus
coram rege Philippo. De quo narrat Seneca libro III⁰ de ira.
Ad quem cum venissent legati Atheniensium, eorum audita
legatione benigne ait Philippus: dicite, quid facere possum,
quod gratum sit Atheniensibus. Cui respondit Democritus
10 unus de legatis: te, inquit, suspendere scilicet esset gratum
Atheniensibus, et cum circumstantes essent indignati et vellent
in eum irruere, jussit rex illum impunitum dimitti dicens
cæteris legatis: nuntiate Atheniensibus multo superbiores esse,
qui ista dicunt, quam qui patienter audiunt.

15 De ciconia et hyrundine, dial. 67.

Ciconia nidum in quadam turri faciebat foris in cacumine,
hyrundo vero intus. Sed hyrundo sæpissime clamabat et de
natis pullis lætabatur, ciconia vero in hoc tristabatur. Cum
enim volebat quiescere cum filiis, non valebat propter garritum
20 hyrundinis. Ideo absente hyrundine ciconia nidum illius dissipavit et pullos illius interemit. Cumque ad nidum reversa
fuisset hyrundo, ultra quam credi potest, tristabatur de interitu filiorum, sed quia ignorabat, quis hoc ei fecisset, non
se vindicabat. Paulo post iterum se reparavit hyrundo et ni-
25 dum construxit ac filios procreavit, de quibus lætabatur, et
plurimum garriebat, ciconia vero ut prius perturbata cœpit
vociferari dicens: certe sicut tibi feci, adhuc faciam, pullos
tuos cum nido præcipitabo, propterea quod garriendo non
permittis me cum filiis conquiescere. Hoc audiens hyrundo
30 et cognoscens, quod ciconia filios suos peremit, toto studio se
peroptabat vindicare. Idcirco quadam vice dormiente [2] ciconia
cum filiis hyrundo in nido illius ignem posuit et ipsam cum
pullis suis inflammavit dicens: qui se videt vindicatum, prospicit
se consolatum. In hoc apparet, quod non licet inferiores in-

*

1 Andere: cantores nisi sint, qui velint esse auditores. 2 Andere
unrichtig: dormiens.

festare nec injuriari, ne occulte nobis mala inferant. Sæpe enim recipit homo ab alio, quod fecit aliis. Unde Seneca: ab alio exspecta, quod aliis feceris. Et ad Colossenses III°: qui injuriam facit, recipiet quod inique gessit. Prout refert Esopus, quod aquila volavit ad altum montem et invenit filios vulpis, quos de fovea rapuit et secum duxit ad nidum suum, ut eos comederet cum filiis suis. Veniens autem vulpes non invenit filios et cœpit descendere ad nemus et clamare et audivit eos ejulare in nido aquilæ. Vulpes vero dixit humiliter
et dulciter aquilæ, ut sibi redderet filios. Aquila penitus noluit audire eam, vulpes autem irata invenit stipulas et vitis surculos siccos et circuivit arborem et ore suo duxit faculam et copia fumi occidebat pullos aquilæ. Hoc videns aquila descendit humilians se, eligensque ex duobus malis minus reddidit coacte filios vulpis. In hoc docetur homo, ut, licet sit major, timeat ostendere minorem se, et semper inter duo mala eligat minus. Unde autor: non sit aliquis, qui studeat obesse minori, cum bene minor possit obesse majori.

De pigardo et alieto, dial. 68.

Pigardus, dicit Hugutio, est avis quædam et dicitur a pige, quod est depressio, quia forte parva est, et inter animalia comestibilia numeratur Deuteronom. XIIII°. Hanc autem dum in aëre rapax avis persequeretur, ut evaderet, ad alietum declinavit dicens: magnus es tu, potens et misericors, idcirco
ad te confugio, cum sim parva et impotens, nec refugium aliquod habeo nec defensio est in me; protege me sub umbra alarum tuarum et defende me a furore rapacis. Alietus autem, dicit Papias, est avis similis aquilæ, sed major. Pietate motus respondit: ex quo tu humillima avis es et impotens, sede
et quiesce apud me nihilque timeas, donec fueris mecum. Et dixit: humiles sunt protegendi et non unquam expellendi. In hoc apparet, quod impotentes et pauperes et humiles sunt a potentioribus protegendi et in suis necessitatibus adjuvandi, quia hoc misericordia et humanitas est et, ut dicit Bernardus,
virtus humilitatis major est in majoribus et in clarioribus comprobatur. Seneca quoque ait: qui succurrere potest perituro et non succurrit, occidit. Habebant quidem et antiqui

14*

principes affectum hunc pietatis erga inferiores, sicut luculenter exprimitur in eorum gestis. Unde Elimandus [1] in Gestis Romanorum narrat de Trajano, qui cum adscendisset equum ad bellum festinanter, quædam vidua flebiliter occurrit ei dicens:
5 obsecro, ut sanguinem filii mei innocentis peremti vindicare digneris. Cumque Trajanus, si sanus reverteretur, vindicaturum se eum testaretur, vidua dixit: et quis mihi hoc præstabit, si tu in prœlio interibis? Respondit: qui post me imperabit. Cui vidua: et tibi quid proderit, si alter mihi justitiam fe-
10 cerit? Et Trajanus: utique nihil. Cui vidua: nonne, inquit, tibi melius est, ut tu mihi justitiam facias et per hoc mercedem accipias, quam alteri hanc transmittas. Tunc Trajanus pietate commotus de equo descendit et innocentis sanguinem vindicavit. Item dum quidam filius Trajani per urbem equi-
15 tando nimis lascive discurreret, filium cujusdam viduæ interemit. Quod cum Trajano vidua lacrymabiliter exponeret, ipsum suum filium, qui hoc fecerat, viduæ loco filii sui defuncti tradidit et magnifice ipsam dotavit.

De onocrotalo et asino, dial. 69.

20 Onocratalus vel onocrotalon, dicit Brito, quædam avis est, et dicitur ab onos, quod est asinus, quia faciem gerit asini, et est similis cigno. Hæc avis in deserto ova parturivit, nidum construxit et filios procreavit. Sed cum in deserto cibum sibi et filiis suis non reperiret, ad civitatem per-
25 venit et asinum ad se amicabiliter clamavit dicens: o frater, ut cernis, similis tui sum, quia faciem asininam gesto ut tu, ergo debes tu confidere de me, veni igitur mecum et noli pavere. Asinus innocens intuens vultum asininum cum ea simpliciter pergit, onocrotalus autem ad forum deduxit asellum
30 et cibum et escas sibi et filiis amplifice emit et asinum pro posse oneravit dicens: perge mecum, frater, deferamus escas et cibum filiis nostris, ad libitum tibi satisfaciam. Asinus autem cum onocrotalone per desertum diu peragravit, sed ad extremum cum magno labore ad nidum pullorum pervenit,
35 qui onus deposuit et pretium accipiens reditum suum inchoa-

*

1 So die früheren ausg., andere lesen: Helinandus.

vit, sed quia in deserto erat in invio et inaquoso, nesciens
redire in deserto periit dicens: nullus debet longe ire, inde si
non scit redire. Unde patet, quod nullus ad remotiora loca
pergere debet, si reditum ignorat et viam nescit et hoc propter
5 diversa pericula, quæ per mundum reperiuntur. Quia, sicut
dicitur secunda Joh. V⁰, totus mundus positus est in maligno,
quasi dicat: ubicunque est homo, semper est in periculo.
Ideoque II⁰ Corinth. XI⁰. de multis periculis in terra et
mari et præsertim in falsis fratribus queritur apostolus Paulus.
10 Ergo, sicut Gregorius dicit, semper timere debemus, quia in
periculo semper sumus. Prout legitur in Collationibus patrum,
quod quidam solitarius perfectissimus Deo serviebat et diabolus
subtiliter ejus perditionem quærebat. Unde transfiguravit se
in formam equi mercatoris habentis sarcinas plenas auro, ar-
15 gento et lapidibus pretiosis, et intrans cellam solitarii stabat.
At ille videns equum mirabatur, quid hoc esset. Denique
videns, quod nullus veniret ad quærendum eum, cœpit tangere
ac dissolvere sarcinam, in qua invenit omnia bona temporalia,
scilicet vestes, calceamenta et infinitam pecuniam. Tentatione
20 autem devictus vestivit se splendide et adscendens equum devenit cum universa pecunia ad civitatem et hospitium intravit
optime bibens et comedens. Hospes vero videns ejus pecuniam dedit ei filiam suam in uxorem, et morabatur cum eo
in domo. Diabolus autem apparuit hospiti in forma hominis
25 dicens: quid fecisti? Cui dedisti filiam? Clericus est et apo-
stata, de jure non potest esse ejus uxor. Hoc autem videns
subtiliter perscrutatus est caput ejus et occulte occidit eum.
Cum vellet dissolvere sarcinam, nihil invenit, nisi aquam et
fimum. Propterea dicitur Eccles. IX⁰: nescit homo finem suum,
30 sed sicut piscis hamo capitur et avis comprehenditur laqueo,
sic capitur homo peccator vivens in peccatis. In magno
mari [1] Massiliæ de quatuor navibus transeuntibus [2] vix evadit
una de multis. De hujus autem mundi pericula transeuntibus
pauci evadunt. Unde in Vitaspatrum [3] dixit Theodorus abbas
35 cuidam fratri dicenti sibi: quidam frater reversus est ad se-

*

1 Andere lassen die worte »de« bis »transeuntibus« weg.   2 So
muss das in allen texten stehende wort »marsiliæ« emendiert werden.
3 Andere richtiger: Vitis patrum. Dieselbe lesart kommt noch oft vor.

culum; hoc non admireris, sed si audieris, quod prævaluit
quis effugere de manu inimici, hoc admirare.

De cigno et corvo, dial. 70.

Cignus est avis tota alba, corvus per contrarium est
niger, et ideo æmulabatur cignum propter albedinem et munditiam ejus. Idcirco toto studio conabatur cignum polluere
ac denigrare, et quia vigilando minime valebat, dormiendo sagaciter cupiebat agere. Unde quadam nocte dormiente cigno
corvus malignus ad nidum ipsius clam subintravit et cum
colore nigerrimo cignum totum polluit et denigravit. Cum
autem dies adesset et cignus excitatus esset a somno, et in-
ficiatum [1] se videns lavit, donec albatus et purificatus exivit
dicens: qui vult fieri beatus, semper sit immaculatus. Corvus
est diabolus, qui non potest intueri munditiam et puritatem
servorum Dei, unde toto conamine nititur eos polluere, sed
quia vigilando hoc agere nequit, dormiendo satagit perpetrare,
unde vigilandum est. Dicit Augustinus: hostis vigilat et tu
dormis? Et propterea dicitur prima Petri I°: carissimi, sobrii
estote et vigilate in orationibus, quia adversarius vester diabolus tamquam leo rugiens circuit quærens, quem devoret,
cui resistite fortes in fide. Propter quod dicit Isidorus: quos
vigilantes immundi spiritus vident nec superant, acriter eos
dormientes impugnant. Unde in Vitaspatrum [2] dæmones
quemdam fratrem sic deludebant, quod, quando fratres communicare debebant, dum dormiret, apparebant ei similitudines
mulierum et polluebant eum, et dum consuleret patres, quid
super hoc esset agendum, inquirentes de statu ejus et inve-
nientes, quod hoc non accidebat ex cibi et potus superfluitate,
diabolica illusione judicaverunt hoc fieri, et consuluerunt ei,
ne propter hoc communionem dimitteret. Diabolus autem
postea ei non illusit, manifestans, quod hoc faciebat, ut a
tanto bono eum retraheret.

De ornice et gallina, dial. 71.

Ornix, id est gallina silvestris, videns ova pavonis nidum

*

1 Andere lesen: infectum.   2 Andere richtiger: Vitis patrum.

fecit apud quemdam divitem. Dum autem pulli educati essent,
nimium domino erant dilecti. Propter quod ornicem excellenter
pascebat, ut pullos melius enutriret. Sed ornix tunc erat
acerba gallinis propter audaciam domini et amicitiam pullorum,
5 quod ipsas edere neque picari permittebat, imo propulsabat
et verberabat. Gallinæ autem amaricatæ tacebant exspectantes
tempus vindictæ, cumque pulli crevissent, ornicem reliquerunt
et ad naturam pavoniam reversi sunt. Dominus autem ornicem non ita fulciebat, sed cum aliis picari permittebat. Gal-
10 linæ vero non immemores persecutionis ornicis se pro posse
vindicabant, non permittentes eam secum picare. Tunc ornix
se cognoscens plorabat dicens: heu filios enutrivi et exaltavi,
ipsi autem spreverunt me. Gallinæ autem a verberibus non
cessabant dicentes: nullus in prosperitate vivat in crudelitate.
15 Hoc intendat quilibet, cum est in officio vel in prosperitate,
non calcet inferiores vel subditos, quia tempus per tempora
mutatur. Eccles. III°: omnia tempus habent et suis spatiis
transeunt universa sub cœlo; est tempus prosperitatis et
tempus adversitatis. Tempus autem volvitur ad motum rotæ,
20 in quo alii adscendunt, alii vero descendunt; sed adscen-
dentes non spernant descendentes, quia, sicut dicitur Eccles. VII°, non irrideas hominem in amaritudine animæ suæ,
est enim qui humiliat et exaltat, circumspector Deus. Sed
sicut dicit idem XI°: in die bonorum ne immemor sis malorum,
25 et hoc propter mutationem temporis et officiorum, quia, sicut
dicit Isidorus, caduca et fragilis est potentia temporalis. Dic,
ubi sunt reges, ubi sunt principes, ubi imperatores, ubi locu-
pletes rerum, ubi potentes seculi? Artaxerxes rex Persarum
et Medorum superbissimus et potentissimus, qui subvertit
30 montes et stravit maria, cum de sublimi loco infinitam hominum multitudinem et innumerabilem vidisset exercitum,
flevisse dicitur, eo quod post centum annos nullus eorum,
quos tunc cernebat, futurus esset. Isque cum pergeret contra
Græcos cum mille millibus armatorum et cum mille ducentis
35 navibus et tribus millibus oneratis, videns ante se tam im-
mensum exercitum et cogitans de mutatione et brevitate temporum et vitæ, ad quid deveniret ille exercitus, humiliatus
fertur dixisse: regem me vocant hominem tam fortem et

magnum, ego autem me fateor pulverem et cinerem esse. Dux Lothoringiæ cum esset in extremis, respiciens domos et castra sua dixit: o Deus, quomodo sunt contemnenda ista temporalia, quia ego, qui tot habui castra et palatia et tot
5 hospitia dare potui, nescio, quo ire vel hospitari debeam!

De qualia et alauda, dial. 72.

Qualia intra se cogitare cœpit: est accipiter venator pessimus generis mei, sed si pacem et amicitiam illius habere potuissem, quamplurimum secura permanerem. Ideoque ad se
10 vocavit alaudam rogans et dicens: tu es digna laudari, quia propter probitatem tuam alauda nuncuparis. Idcirco a te deposco, quod ex parte mea vadas ad accipitrem, et salutare procura, inquiens: qualia subjecta tibi et obediens cupit se tecum in amicitia colligari pacemque tecum firmare, qua de causa
15 me misit ad te, ut responsum ei reddam prolatum a curialitate tua. Alauda autem simpliciter processit et hæc verba recapitulavit accipitri, accipiter vero perturbatus alaudæ respondit dicens: durus est hic sermo et gravis ad audiendum, attamen volo, quod veniat tecum coram me ac per se ipsam loquatur.
20 Alauda quoque ad qualiam reversa cum gaudio verba accipitris promulgavit. Hoc audiens qualia gavisa et ipsa cum alauda progressa est ad accipitrem, ut pacem et amicitiam confirmarent. Accipiter autem, cum eas videret et concupisceret, qualiam cito apprehendit et manducavit dicens: nullus debet se coæ-
25 quare cum magno, sed pausare. Sic enim qui habet inimicos capitales potentes et fortiores se, non debet eos ad amicitiam provocare, ne in laqueos eorumdem incidat. Unde Eccles. XIII: a viro habente potestatem occidendi longe esto, scito enim, quoniam in medio laqueorum ejus ingredieris. Prout
30 fertur, quod asellus quidam causa solatii in nemore obvium habens aprum ausus est salutare eum dicens: ave, mi frater! Hoc audiens aper ira commotus cogitabat eum laniare dentibus, tamen se retinuit dicens: ego te laniarem, nisi meus dens nobilis sperneret vilem escam, sicut est caro tua, tu iuxta
35 tua desideria tutus es. In hoc docetur, quod homo, qui est stultus, non debet ire ad sapientem vel humilis et pauper ad potentem et divitem jocis et derisionibus. Humiles enim et

pauperes timere debent et præcavere utique, quia puniuntur. Divites enim et potentes non timent, sed audaces sunt, quia non puniuntur. Propterea respondit gallus accipitri dicenti sibi: quid est, quod tantum timetis homines, cum quibus edu- cati et nutriti estis? Et nos mansueti sumus et ad eorum ma- nus revertimur sponte. Dic nobis, si unquam vidisti XX ac- cipitres in una domo sicut de nobis. Ideo fugimus ab eis, quia nos male puniunt.

De ysone, dial. 73.

Yson, dicit Brito, avis est de genere vulturis, alba et minor quam vultur, sed rapacissima. Hæc avis in juventute multa mala perpetravit rapiens pullos alienos, homines et vo- lucres perturbavit. Tandem in senectute compuncta pœnituit volens ablata restituere, pœnitentiam agere et operibus mise- ricordiæ insistere et justitiæ insudare, sed quia in juventute non assueverat, in senectute non poterat perpetrare. Qua- propter redarguebat se ipsam, sed quia non habuit bonum principium in juventute, habere non potuit bonum exitum in senectute dicens: qui non prius bona capit, nec in senectute sapit. Ergo patet, quod bonum est in juventute bona con- gregare, ut in senectute inveniantur. Hoc enim est, quod dicitur Eccles. XXV°: in juventute tua bona non congregasti et quomodo invenies ea in senectute tua? Fili, in juventute tua tenta animam tuam et si fuerit nequam, non des ei po- testatem. Dicit quidam versificator: qui non adsuevit virtu- tibus, dum juvenescit, a vitiis nescit desuescere, quando se- nescit. Et hoc propter consuetudinem, quia consuetudo est altera natura, ut dicit philosophus. Tanta enim est vis consuetu- dinis, ut, quod homo consuevit facere vigilans, quandoque faciat dormiens, et quod consuevit facere videns, facit non videns. Unde refertur de quodam medico, cui debebantur XIII libræ ad tres annos solvendæ, qui cum laboraret in extremis et ad- moneretur ad confessionem, ut eucharistiam sumeret, nihil aliud poterat ab eo extrahere nisi: XIII libræ ad tres annos, et sic loquens exspiravit. Propter consuetudinem enim mala solent agere mali judices et advocati in suis negotiis insipien- ter etiam circa mortem, dum præcipue sapientia opus est.

Unde quidam, cum offerretur ei eucharistia in extremis, ait: judicetur prius, utrum rectum sit, quod accipiam an non? Cujus causa circumstantes dixerunt: nos quidem rectum et justum judicamus. Quibus ille: non est hoc rectum judicium, non
5 enim satis justitiæ potestatem habetis me recte justeque judicare. Alius vero, cum in extremis admoneretur ad suscipiendam eucharistiam, petiit dilationem, quam cum nollent ei sui amici dare propter mortem, quam videbant, ille per consuetudinem appellationum, quibus fuerat usus, appellavit a ma-
10 nifesto gravamine.

De mergulo negligente, dial. 74.

Mergulus, dicit Brito, a mergendo dicitur: avis quædam est, quæ mergendo cibum quærit. Hic mergulus negligens effectus ait intra se: miser ego quid facio? Nulla inter volu-
15 cres cum tanto labore sibi cibum quærit, quia tota die gurgitibus et undis me mergo, ut cibum inveniam, et forte una die periclitabor in fluctibus, melius est, ut ad socias alias aves pergam et cibum cum aliis acquiram, nec manducabo panem laboris et doloris, et sic sine magno labore melius epulabor.
20 Dum autem ad arvum adscendisset et cum volatilibus cibum sibi acquirereet, non inveniens, quod sibi saperet, famelicus et macilentus effectus est nec pro tanta penuria [1] reversus est ad se mergendum, sed magna inedia deficiens ait: nunquam debet manducare, qui non vult se fatigare. Sic enim multi
25 negligentes nolunt assumere laborem, sed in egestate magna cupiunt commorari. Propter quod dicitur Job V°: homo ad laborem natus est, et si laborare renuit, non facit id, ad quod factus est, et ideo non pervenit ad id, ad quod creatus est, scilicet ad summum bonum. Prima ad Corinth. IX: qui laborat,
30 manducet. Tu autem, prout Isidorus dicit, quære tibi opus utile, per quod anima impleatur. Moderatum laborem habere est jucunditas et sanitas tam animæ quam corporis. Quædam vidua recusabat sepeliri in camisia sibi data dicens: sepeliar quidem in laborata manibus propriis et non alienis. Abbas
35 Arsenius, ut legitur in Vitaspatrum [2], primo in palatio im-

*

1 Frühere ausg.: timore.   2 Andere richtiger: Vitis patrum.

peratoris magnifice stetit, postea heremita maximus a quae-
rentibus se, in quo confideret, respondit: in hoc, quod homines
fugi et tacui, sed in hoc potissime gaudeo, quod manibus
propriis laboravi.

De carduello in cavea, dial. 75.

Carduellus quidam in cavea cujusdam divitis splendide epulabatur, propterea quod dives ipsum libenter audiebat, dum cantabat. Ipse quoque de famelicis parum curabat. Tempore vero
quodam inediae et necessitatis aves multae pauperes et famelicae
de bruma et frigore ad carduellum procedebant elemosinam
petentes, sed carduellus illis non porrigebat, nisi de corticibus
ac de residuo mensae suae; cuncta, quae abhorrebat, pauperibus
largiebatur, volucres autem pacifice omnia, quae sibi dabantur,
recipiebant dicentes: vilia sunt delicata propter famem et
optata. Hoc enim agunt nonnulli, qui vilia et abjecta dant
pauperibus, ideo Deus abhorruit munera Chayn, quia de vi-
lioribus obtulit ei, et ad munera Abel respexit, quia de optimis
obtulit. Quapropter dicebat Jacob filiis suis: de optimis terrae
ferte munera Deo. Unde Proverb. IV: honora dominum de
tua substantia et de primitiis frugum tuarum da pauperibus.
Idem: noli offerre munera parva, non enim suscipit illa Deus.
Magna enim rusticitas est, cum homini des meliora, viliora
offerre Deo. Legebat magister Alanus apud Montem Pessulanum et audierunt milites vicini, quod tantus clericus esset et
quod ad omnia interrogata responderet: accesserunt ergo ad
eum de communi consensu et quaesierunt ab eo, quae esset
maxima curialitas. Quibus ille: dare curialissimum est. Quo
audito consenserunt responsioni ejus. Ipse vero dixit eis, ut
habito consilio ad invicem dicerent ei, quae inter alias rusti-
citates major esset. Qui habuerunt consilium ad invicem et
non potuerunt concordare. Quo audito increpavit eos dicens:
ego posueram vos in via, per quam possetis solutionem quae-
stionis vobis propositae recognoscere. Sicut enim dare curialissimum est, auferre ei contrarium, ergo et rusticissimum est,
unde vos, qui incessanter aufertis bona pauperibus et qui vilia
Deo tribuitis, rusticissimi estis. Prout dicitur: beatius est

dare magis quam accipere. De liberalitate enim Titi imperatoris scribitur in Gestis Romanorum, quod quadam die super
coenam recordatus, quod tota die nihil dedisset, gemens dixit:
o amici, hanc diem perdidi, quia nihil tribui.

5 De ibice immunda et apothecario, dial. 76.

Ibis avis ægyptiaca est, dicit Papias, secundum legem immunda præ omnibus volatilibus, quoniam morticinis cadave-
rum semper vescitur. Juxta littora vero fluminum semet ipsam
purgat rostro et ovis serpentum vescitur. Quidam apotheca-
10 rius hanc avem immundam cepit volensque eam purificare,
ut secundum legem vesceretur, eam posuit in apothecariam
suam, ut a speciebus redoleret et a medicinis purgaretur. Sed
hæc sibi non sapiebant, dum de his ederet, imo cadavera fœtida cupiebat. Quapropter fugitiva recessit, non valens mundis
15 uti, sed in immundis suis residuum vitæ suæ consummavit
dicens: id quod sapit mihi, volo, quod non sapit, unquam nolo.
Ita faciunt immundi et impudici, qui in fœtore luxuriæ et concupiscentiæ sunt consueti, quia aliud nolunt, nec sibi sapiunt.
Et si paulisper abstrahuntur ab his, citius, quam possunt, re-
20 vertuntur ad vomitum ut canis. Ideo dicit Hieronimus: væ
illi, qui in luxuria vitam finierit, væ illi, qui tunc habuerit
terminum luxuriæ. Fabulatur enim, quod sarcho semel de
humo exivit et per flores amygdalorum, liliorum et rosarum
tota die advolavit. Ad vesperum autem ad volutabrum re-
25 versus est et invenit concubinam suam, unde cum magno
gaudio, affectu et desiderio se intus jactavit dicens: nihil sunt
odores et pretiositates florum respectu loci istius. Sic enim
in luxuria et putredine vitam finivit.

De pellicano solitario, dial. 77.

30 Pellicanus, dicit Papias, est avis parva, quæ in solitudine
delectatur. Quadam autem vice anas et anser fecerunt coenam
magnam, ad quam invitaverunt omnes domesticas alites, verumtamen ut coena nobilior existeret, peragraverunt in solitudinem et pellicanum secum perduxerunt, coena autem facta
35 omnes volucres curialiter obsecraverunt pellicanum, ut inter
gentes secum commorari vellet, ne in tanta vasta solitudine

peregrinari vellet et penuriam tam maximam sustinere. Pellicanus siquidem victus precibus alitum aliquantulum cum alitibus commoratus est, cum quibus splendide epulabatur. Dum autem orare, legere et Deum contemplari cuperet, non va-
lebat propter garritum et rumores alitum, nec sobrio, ut solebat, propter affluentiam cibi et potus vivere valebat. Idcirco ad cor rediens, quam commode potuit, in solitudinem reversus est, ubi bonum certamen certavit, cursum consummavit, fidem et devotionem quiete servavit dicens: qui vult Deum
contemplari, solus debet commorari. Sic et tu, serve Dei, semper, cum expedit, maneas solitarius, ut quieta mente in divinis lectionibus et meditationibus, orationibus et contemplationibus tuus spiritus exerceatur et in colloquiis altissimi jugiter delectetur. Audi Bernardum dicentem: o sancta anima,
sola esto, ut soli domino omnium serves te ipsam, quem ex omnibus elegisti, fuge creaturas, si creatorem habere desideras, fuge mundum, si vis esse mundus. Quia dicit Augustinus: si tu es mundus, jam te non delectet mundus. In Vitaspatrum dicit abbas Arsenius orans: domine, dirige me ad salutem. Et venit ei vox dicens: fuge, tace et quiesce et salvus eris, qui enim sedet in solitudine et quiescit, a tribus periculis eripitur, id est auditus, locutionis et visus. Quidam solitarius exivit in heremum vestitus lineo sacco tantum, cumque ambularet tres dies, adscendit supra petram et invenit
sub ipsa viridem herbam et hominem pascentem tamquam bestiam. Descendens autem occulte terruit eum. Ille vero cum esset nudus, non poterat ferre odorem hominum, angustiatus vix evasit e manibus ejus fugiens. Ille vero currebat post ipsum clamans: exspecta me, te propter Deum sequar.
Cui ille: et ego propter Deum refugio. Tunc projecit vestimentum, quo erat indutus, et sequebatur eum. Qui cum hoc videret, exspectavit eum dicens: quando projecisti materiam mundi abs te, exspectavi. Cui ille: pater, dic mihi verbum, quo salvus efficiar. At ille: fuge homines et tace et salvus
eris, haec enim sunt principalia salutis, quia ubi turba, ibi turbatio. Unde Seneca: quotiens in turba fui turbatus, redii. Ideoque Threnorum III°: beatus vir, qui sedebit solitarius et tacebit, quia levabit se super se.

De turture casta, dial. 78.

Turtur est castissima inter cæteras aves, quæ, donec cum viro moratur, nunquam alium diligit, et si vir ejus obierit, nec virum nec socium nequaquam plus recipit, aquam turbidam semper bibit, in ramusculo viridi nunquam quiescit. Quædam autem turtur vidua exstitit, pro quo anxiata nunquam consolari nec spatiari cupiens in mœrore tamen castissime vitam ducebat, cæteræ autem aves compatiebantur ei, intuentes eam in mœrore deficere, unde ad ipsam convolaverunt dicentes: soror, quare tabescere vis a dolore? veni nobiscum et aliquantulum consolaberis, quoniam lubentissime te fulcire cupimus et hospitare. Turtur autem hoc audiens aliquantulum respirata cum eis caritative processit. Volucres quidem omnes amicabiliter eam recipiebant et ad nidum suum reportantes escam suam cum ea dividebant, turtur vero zelo castitatis armata cum fornicari sentiebat, non valens fœtorem scorti sustinere, quam cito fugiebat, nec in loco plus intrare cupiebat, cumque hoc sæpe faceret, ad extremum consortium lubricorum reliquit et ad puritatem castitatis rediit dicens: esse pudica mundaque volo, nunquam lubrica. Hoc enim agere debent, qui tenentur castitatem observare, quia non solum scortum effugere debent, sed loca scortorum propter abominationem et fœtorem luxuriæ; nihil enim fœtidius et abominabilius quam fœtor pollutionis et libidinis. Unde quidam scholaris scorti in domo sua fœtorem faciebat et quidam archidiaconus sentiebat, cui tamen adhæsit, quod et ipse fornicatus fuit. Ideo dicit Bernardus: luxuriæ appetitus plenus est anxietate, actus abominationis et immunditiæ, exitus pœnitudinis et verecundiæ. Narrat Ambrosius libro III de virginitate de matre et filiabus, quæ amplexantes se et quasi choros ducentes projecerunt se in alveum fluvii, ne apud cives dedecus violatæ castitatis paterentur. Huic simile narrat Augustinus de civitate Dei de Lucretia, quæ, cum oppressa esset a filio Tarquinii regis, induxit suos ad vindictam, dein propter delictum commissum ægra atque impatiens se peremit, quamvis hoc non esset faciendum, ut dicit Augustinus. Non enim debet quis se interimere ad vitandum alienam libidinem, non enim polluet se,

si est aliena libido, in proposito castitatis permanente eo, per
quod corpus sanctificari bono meruit. Ipsi corpori non aufert
sanctitatem violentia libidinis alienæ, quam servat perseverantia continentiæ suæ, tamen detestatio dedecoris, amor hones-
5 tatis, perseverantia fortitudinis in talibus est commendanda.
De continentia etiam castæ mulieris narratur libro III de nugis philosophorum, quod cum viro, Danieli nomine, esset ex-
probratum, quod oris vitio fœdatus esset, sive quod haberet
malum anhelitum, et ipse conquereretur uxori, quod non mo-
10 nuerat eum de hoc quærere medicinam, at illa: hoc fecissem,
inquit, nisi crederem, omnia ora virorum sic olere. Verisi-
mile enim fuit, quod os suum ad os alterius viri nunquam
applicuerat.

De perdice fure, dial. 79.

15 Perdix de voce nomen habet, unde dicunt Isidorus et Ambrosius, quod avis adeo dolosa et fraudulenta est, ut alterius
ova diripiens foveat, sed fraus eventum non habet. Nam cum
pulli propriæ genitricis vocem audiunt, naturali quodam instinctu hanc, quæ fovit, relinquunt et ad eam, quæ genuit,
20 revertuntur. Nidum suum inter condensa spinarum loca constituit, ovis stragigulum pulvis est. Cum quis appropinqua-
verit eorum nidis, egressæ matres se sponte offerunt venien-
tibus et simulata debilitate vel pedum vel alarum, quasi statim
capi possint, gressus fingunt tardiores. Hoc mendacio sollici-
25 tant obvios, quoadusque a nidis longius avocentur. Una autem perdix furata est ova cujusdam avis alterius, ea absente,
sed dum spoliata ad nidum rediret et ova sua non inveniret,
doluit et quamplurimum anxiata ova requisivit, tandem cum
magno studio ova et latronem reperit. Quæ cum festinatione
30 judici hoc indicavit, judex autem citavit furem et subtiliter
de negotio examinavit, latro vero non confitebatur, sed præ-
dicta pro viribus denegabat. et quia testes judex non habebat,
latronem de jure non judicabat. Accusatrix vero ad judicem
dicebat: debes ipsum tormentare et veritatem extorquere. Cui
35 judex: debes et tu ea, quæ dicis, probare, ut judicium meum
rectum videatur, alioquin te cum ipsa martirizabo. Ea autem
non probante, quod accusabat, judex suspicari cœpit. Propter

quod ambas in equuleo levavit ac de furto percunctari cœpit,
latro vero cuncta propalavit, et ea quidem multa furta, quorum accusabatur, et occulta, quæ commiserat, manifestavit.
Quapropter judex eas suspendi fecit dicens: qui furatur et ac-
5 cusat, se fallaciter excusat. Ergo require a te ipso in animo
tuo, qui es, qui accusare velis, utrum de simili dicto vel facto
valeas reprehendi. Quia dicitur ad Rom. II°: inexcusabilis es
homo omnis, qui judicas, in quo enim judicas alterum, te ipsum
condemnas, eadem enim agis, quæ judicas. Qui ergo alium
10 doces, non te ipsum doces, qui prædicas, non furandum, furaris,
qui dicis, non mœchandum, mœcharis. Unde Catho: quæ cul-
pare soles, ea tu ne feceris ipse. Turpe est doctorari, cum
culpa redarguit ipsum. Cum quidam tyrannus judicaret quemdam latronem suspendi, quidam philosophus, qui aderat, hoc
15 videns risit. Qui cum interrogaretur a tyranno, cur rideret,
respondit: quia magni latrones judicant minores. Augustinus
de civitate Dei libro I cap. IV introducit exemplum de Alexandro et Dionide pirata. Qui cum esset comprehensus, inquisi-
situs ab Alexandro, cur mare infestaret, respondit libera
20 contumacia: ut tu, orbem terrarum[1], sed quia id facio
exiguo navigio, latro vocor, quod tu facis magna classe, imperator diceris. Si solus captus fuisset Alexander, latro esset,
si ad nutum Dionidis populi famulentur, erit Dionides imperator; me fortunæ iniquitas, te fastus intolerabilis et inexple-
25 bilis avaritia furem facit. Si fortuna mutaretur, fierem forte
melior, ac tu, quo fortunatior, eo nequior eris. Miratus Alexander de piratæ constantia dixit: experiar, an futurus sis melior,
fortunam tuam ego tibi mutabo, ut non ei ammodo[2], quæ
deliqueris, sed tuis potius moribus adscribatur. Et eum ad-
30 scribi fecit militiæ, ut posset exinde salvis legibus militare.

De pica et agaziis, dial. 80.

Pica est avis callidissima, ut dicit Plinius, alba et nigra,
varietate distincta. Hæc apud quemdam venatorem et humane
et latine loquebatur, propter quod venator ipsam plenarie
35 fulciebat. Pica autem non immemor beneficii volens remune-

*

1 Andere: quod tibi ut orbem. 2 Andere: ut non tibi aliquo modo.

rare eum volavit ad agazias et cum iis familiariter sedebat et humane sermocionabatur. Agaziæ quoque in hoc plurimum lætabantur, cupientes et ipsæ garrire humaneque loqui. Unde unanimiter clamaverunt picam ad se eique dixerunt: volumus
5 et te obnixe precamur, ut doceas nos loqui, ut tu loqueris, et pretium tibi ad libitum constituemus. Quibus pica: non possum vobis respondere plenarie, nisi locuta fuero cum doctore meo, qui me docuit; verumtamen si convolare mecum cupitis, vos recipiet ipse curialiter et docebit, ut docta sum ego. Aga-
10 ziæ autem credulæ factæ cum pica convolaverunt. Dum autem ad domum pica repatriaret, hæc omnia reseravit domino suo et ait: vade et præpara retia tua et cum agaziis in retibus evolabo ego. Agaziæ vero audiebant verba nec intelligebant, ea propter [nihil] titubantes alacriter pergebant. Interea venator re-
15 tia sua tendit et pica ad agazias reversa est dicens: nihil, sorores, dubitetis, sed mecum secure convolate, quia pacifice locuta sum cum doctore meo, qui nos gaudenter recipiet. Et cum in retibus omnes se misissent, venator retia super ipsos revolvit easque cepit, vendidit, seque ditavit dicens: quorum
20 dicta non captamus, fidem illis nunquam damus. Ita et nos cavere debemus fidem dare verbis illorum, qui nobiscum sophistice et ingeniose loquuntur. Quia dicitur Proverb. XXIX: homo, qui blandis fictisque sermonibus loquitur amico suo, rete expandit pedibus suis. Idemque: malus homo, qui blande
25 loquitur, innocenti laqueus est. Unde quidam leccator videns rusticum portantem agnum ad forum venalem, dixit sociis suis: vultis habere agnum, quem portat rusticus ille? At illi: volumus. Et ipse disposuit socios per diversa loca, ad quæ rusticus erat venturus, dicens, quod quilibet illorum quæreret
30 a rustico, si vellet canem illum vendere. Et cum primus quæreret, respondit rusticus, quod non erat canis sed agnus, sed cum quæsissent alii similiter, ad ultimum credidit rusticus de agno, quod esset canis. Sic enim nonnulli credunt omnia, quæ sibi dicuntur, quod est maximum periculum.
35 Propter quod dicitur Eccles. XIX: non credas omni verbo, sed in omni facto intuendum est de possibilitate et de fine, prout in fabula quadam refertur, quod mures fecerunt consilium, ut facerent campanam et ponerent eam ad collum catti.

ut, quando iret cattus, audirent campanam mures et abscon-
derent se. Affuit etiam inter eos unus·aliis sapientior, qui
dixit: esto, quod campana sit facta, quis vestrum ponet eam
ad collum ejus? Et cum non inveniretur, quis vellet eam ponere ad collum catti, destiterunt ab inceptis.

De milvo, qui decepit pullos cujusdam cornicis
dial. 81.

Milvus, ut dicit Isidorus, est avis prope magnitudinis
aquilæ, ungues, pedes et rostrum ad modum accipitris habet,
sed curvas et non rectas sicut accipiter alas habet, mollis tamen viribus et volatu rapacissima pullis domesticis insidiatur;
circa macella excubat et cadavera. Plinius: milvus audax est
in parvis, timidus in magnis, a niso fugatur, quamvis in duplo
major sit illo. Hic, quia rapax est, cepit pullos ornicis et
comedit, de quo ornix plurimum inflammata nunquam ei pepercit, sed æmulata est eum pro viribus. Longius autem post
milvus compunctus veniam petiit, rogans per se et nuntios
multos sibi indulgeri, quod fecerat, sed ornix indurata noluit
misereri nec veniam illi dare dicens: nunquam viva tibi parcam neque mortua in archa. Sic enim multi indurati nunquam veniam petenti veniam tribuunt. Contra quos dicit
salvator Math. VI°: si non dimiseritis hominibus peccata eorum, nec pater vester dimittet vobis peccata vestra. Augustinus: unusquisque talem indulgentiam accepturus est a Deo,
qualem et ipse dederit proximo suo. Unde Eccl. XXVIII°:
relinque proximo tuo nocenti tibi et tunc deprecanti tibi peccata solventur. Ait Augustinus, quod non solum obliviscitur
sapiens injuriarum, imo negat se injurias suscepisse. Prout
ait Seneca libro de constantia sapientis inquirens: sapiens percussus colaphis quid faciet? Respondit: quid fecit Catho, cum
illi os percussum esset? non exaudivit, non vindicavit injuriam, non remisit tantum, sed factum fuisse sibi negavit. Hoc
enim visum fuit sibi honestius inter alia. Item Seneca lib.
III° de ira de Socrate, quod, cum iret per civitatem et esset
colapho percussus, nihil amplius dixisse fertur, quam quod
molestum esset, quod nescirent homines, quando cum galea
vel·sine galea prodire deberent. Item eodem libro narratur

de Diogene philosopho, quod, cum quæstionaretur de causa
cum Lentulo et Lentulus commotus, contracta pingui saliva,
inspuisset in frontem, abstersitque mediam quantum potuit ille
faciem dicens: affirmabo, inquit, omnibus, o Lentule, falli
eos, qui te negant os habere. Refert Seneca, quod Socrates
habuit duas uxores nimis zelotipas et contentiosas, adeo quod
quadam die in ipsum impetum facientes ad terram eum de-
jecerunt. Alia autem vice, cum illarum una in eum multa
intulisset tonitrua comminationum, ille dissimulans abiit et
juxta murum domus sedere cœpit. Illa vero urinam et immun-
ditiam super caput ejus fudit, sed Socrates nihil ex hoc as-
peratus cœpit tergere caput dicens: sciebam, quod post tonitrua pluvia sequeretur. Cum autem amici consulerent ei, ut
eas expelleret, respondit: disco, qualis sim in foro, hoc est,
disco in domo patientiam, ut ipsam in foro exhibeam. Cum quidam
quæreret a Theodosio piissimo imperatore, quomodo sic proprias
injurias sustinebat et se lædentes audiebat, nec occidebat, ait:
hoc facimus, ut ad vitam possimus mortuos revocare, id est,
impios ad virtutes, quia non est magnum occidere viventes.
Hoc enim agere possunt etiam immunda et inimica animalia,
serpentes, araneæ et similia. Sed magnum est et soli Deo
possibile mortuos resuscitare.

De bubone, qui voluit habere dominium alitum,
dial. 82.

Bubo a sono vocis nomen habet, ut dicit Isidorus. Est
autem avis feralis onusta plumis, sed gravi semper detenta
pigritie. Debilis est ad volandum. Ait etiam quidam: bubo
bibit ova columbæ, mures venatur, in ecclesiis habitans oleum
de lampadibus bibit et tamen defœdat eam stercoribus, quando impugnatur ab aliis avibus, quæ in luce habitant, resupina
pedum unguibus se defendit, de nocte evagatur et circumvolat,
de die vero in murorum rimulis se abscondit. Hac ave ca-
piuntur ceteræ volucres, quæ circumvolantes eum deplumant,
eo quod omnes sibi inimicantur, et propter hoc aucupes cum
eo deprehendunt alias aves. Plinius dicit, quod a cauda de
ovo exit, quoniam pondere capitis partem corporum mater fo-
vendam applicat. Est igitur avis nocturna et turpissima inter

cæteras aves despecta, unde exstat versus: turpis avis bubo,
turpissima bestia bubo. Cum aves omnes conventum celebra-
rent et post cœnam omnes pacifice conquiescerent, nihil titubantes, ecce bubo se exaltavit dicens: sum ego quamplurimum
5 inter volucres suppeditatus nec magnificatus, ut nobilitas mea
requirit, sed me volo nunc sublimare, volo enim cum amicis
consanguineis inter aves salire omnesque magnas trucidare, ut
post princeps et dux alitum existam. Quapropter ad se clamavit porphirionem et nycticoracem, vespertilionem et zuetam
10 nec non et omnes nocturnales aves et cum ipsis inter alites
armata manu aggreditur, volens magnas perimere et dominium
civitatis usurpare. Aves autem, ex somno excitatæ, intuentes
proditores ad arma cucurrerunt eosque ceperunt et ad aquilam
vinctos perduxerunt, ut judicium de ipsis propalaret. Aquila
15 vero hoc audiens sententiam contra proditores protulit, quod
statim per civitatem traherentur et in patibulo post suspen-
derentur, necnon et omne genus bubonis sic in perpetuum per-
secutioni datum et infestum et ab avibus est devitatum.
Hæc est enim causa secundum fabulas, pro qua bubonem
20 aves persequuntur et sibilant, unde in die non audet inter
volucres apparere, sed de nocte volans cibum sibi quærit
dicens: male levat se, qui cadit, perit et qui false tradit.
Sic enim nonnullis civitatibus per malos et superbos procuratur. Peroptant enim magnates exstinguere, ut dominium
25 civitatis possideant. Caveant ergo tales, ne simili pœnæ sub-
jiciantur. Dicitur enim Eccles. VII°: noli facere mala et non
te apprehendent, ne pecces in multitudine civitatis nec im-
mittas te in populum. Et in Prov. XXIV°: qui cogitat mala
facere, stultus vocabitur, sed qui ambulat simpliciter, ambulat
30 confidenter. Magni enim debent contenti esse de magnitudine sua et non usurpare dominium violenter, quia omnis potentatus brevis vitæ dicitur Eccles. X°, et qui non intelligit
hanc brevitatem, postea intelliget pœnalitatem. Sapient. V°:
quid nobis profuit superbia aut divitiarum jactantia, quid con-
35 tulit nobis? Transierunt omnia sicut umbra. Narrat Valerius
libro VIII°, quod, cum Alexander audisset ab Anaxarcho co-
mite suo ex auctoritate Democriti sui præceptoris præcipui,
innumerabiles esse mundos, heu me, inquit, miserum, qui nec

uno adhuc potitus sum, et tamen post modicum sepulchrum
ejus fuit quinque pedum. Egregie enim ait versificator ille:
vir bone, quid curas res viles, res perituras, nil profuturas,
sed vermibus esca futuras? Nemo diu mansit in culmine, sed
5 cito transit, est brevis atque levis in mundo gloria quævis.
Ideo refert Quintus Curtius, quod quidam ait Alexandro: vide,
ne, dum ad cucumen perveneris, quo tendis, in ipsis ramis,
quos apprehenderis, decidas. Soldanus quidam inter omnes
nobilissimus, rex Agarenorum, postquam rescivit, se moriturum,
10 accipi fecit pannum sudarii et super lanceam poni quasi vexillum ac per urbem præconizari, quod de toto regno suo et
de universis divitiis et thesauris nonnisi pannum istum sudarii secum in morte asportaret.

De avibus terrenis et aquosis, dial. 83.

15   Aves terrenæ intuentes volucres, quæ sunt aquosæ, in
aquis et terris comedere, perturbatæ simul convenerunt dicentes:
supplantatæ enim sumus et spoliatæ, quia alites istæ aquosæ
saturantur in aquis et postquam ingurgitatæ sunt, adscendunt ad solum et partes nostras devorant et tollunt. Et ci-
20 taverunt ante se dicentes: denudatæ enim quamplurimum sumus a vobis, vos ad libitum in aquis comeditis nec sufficit
vobis, sed postquam impletæ estis, in terram adscenditis et
escas nostras deglutire peroptatis, cavete vobis, deinceps ne
talia procurentur, alioquin vos omnes perforabimus. Quibus
25 illæ: male loquimini, sorores, sed obnixe obsecramus, ut dig-
nemini de escis nostris epulari nobiscum, quoniam corda nostra
lætificabuntur. Alites autem terrenæ, propter gulositatem escas
aquarum concupiscentes, hoc audientes cum ipsis in aquis convolarunt, sed quia natare ignorabant, a fluctibus et undis pe-
30 riclitabantur, unde clamabant sibi misereri. Aquosæ vero
pietate commotæ, non reddentes malum pro malo, natando eas
ad solum perduxerunt, quapropter licentiatæ ab ipsis in aquis
et in terris ad libitum pascuntur dicentes: sobrii plus durant
quam gulosi, pii quam invidiosi. Sic enim multi, gulose in-
35 tuentes alios comedere, contristantur putantes sibi necessaria
deficere, sed Deus fecit hunc mundum et omnia, quæ in eo
sunt. Dicitur Act. XVII, quod ipse est, qui dat omnibus vi-

tam et inspirationem et omnia, et pro tanto dicit Chrysostomus: carnalia beneficia præstat Deus dignis et indignis, ergo
contenti esse debemus, de quo largitur Deus. Sed sicut dicit
Bernardus: avis rapacissima contenta est aëre, lupus terra,
⁵ lucius aqua, sed homo raptor terram, aquam, aërem et cœlum,
si posset, suis nutrimentis spoliaret. Non enim tales erant
antiqui principes, sed continentia gulæ vigebat in iis. Prout
ait Vegetius de re militari L. X⁰, ubi loquitur de continentia
principum: de Alexandro dicitur, quod in itinere ambulans
¹⁰ cum antiquis accepto pane vesci solitus erat. Idem legitur
de Scipione Æmiliano. Unde et Catho legitur fuisse conten-
tentus vino, quo remiges sive servi navigantes potabantur.
Et de Hannibale legitur, quod ante noctem non requiescebat
et de nocte surgere solitus erat et in crepusculo ad cœnam
¹⁵ vacabat. Ibidem etiam narrat de continentia admirabili exercitus sub Marco Satiro, quod, cum esset arbor pomifera, ipsa
de castrorum hominibus postera die intactis fructibus est re-
licta. Legitur in Gestis Romanorum, quod Augustus Cæsar
minimi cibi erat, panem et pisciculos minutos et caseum bu-
²⁰ bulinum manu pressum et ficus virides appetebat vescebatur-
que quocunque loco et tempore, quod stomachus desiderasset.
Et non solum continentia gulæ vigebat in vinis, sed etiam in
feminis solita fuit, ne in aliquod dedecus prolaberentur, quia
vicina sunt sibi venter et genitalia. Dicit Augustinus: venter
²⁵ mero æstuans cito despumat in libidinem.

De rustico et apibus, dial. 84.

Rusticus quidam multas apes in alveario nutriebat, de
quibus multa lucrabatur, tamen quandocunque de aculeis apum
accipiebat, cum favos mellis exportabat. Quadam autem vice
³⁰ aculeatus doluit, propter quod indignatus apibus minari cœpit
dicens: promitto Deo et vobis, quod, si me plus pupugeritis,
præcipitabo vos et propulsabo. Cui apes: tu bene vis colli-
gere, rustice, de dulcore, sed sentire nonvis de dolore, fer
in pace amariora, si tu cupis dulciora, alioquin te relinquemus
³⁵ nec de nobis lucratus eris. Rusticus autem veniens dum favum mellis colligeret, quædam apis ipsum aculeavit, pro quo
furibundus effectus cuncta alvearia apum dejecit et devastavit.

Apes vero scandalizatæ ipsum quam cito relinquentes ab eo loco recesserunt, rusticus autem in paupertate collisus, qui in deliciis vivere solebat, utilitatem apum cognoscens statum pristinum lugebat dicens: debet dura sustinere, qui de dulci
5 vult habere. Sed multi sunt hodie tales, qui pie volunt vivere, gaudere cum seculo et regnare cum Christo. Multi enim in deliciis quærunt Christum, sed ut dicit Job. XXVIII°: non invenitur in terra suaviter viventium. Ea propter dicit Hieronimus: qui enim voluerit vivere secundum evangelium, tota
10 sua vita erit martirium. Dominus enim non ejecit hominem de paradiso, ut hic sibi alium constituat paradisum, dicit Bernardus. Unde in Vitaspatrum quidam frater interrogavit abbatem Achillem dicens: cur sedens in cella patior accidiam? Cui ille: quia nunquam vidisti requiem, quam speramus, et
15 tormenta, quæ timemus. Si enim inspiceres diligenter, etiam si vermibus esset plena cella tua usque ad collum, in ipsa permaneres voluntarie sine accidia. In Vitaspatrum fratres rogabant senem sanctum, ut quiesceret a gravi labore. Quibus respondit: credite mihi, o filii, quia Abraham pœnitebit,
20 cum videbit magna et præclara Dei dona, quod amplius non fuerit decertatus. Item quidam dixerunt ad quemdam magnum: quomodo contentus es hic et sustines tantum laborem? Qui respondit: totum tempus mei laboris, quem hic sustineo, non est idoneum comparari ad unam diem tormentorum, quæ pec-
25 catoribus in futuro sunt præparata.

De leone, qui pugnavit cum aquila, dial. 85.

Leo rex ferarum acriter cum aquila rege avium dimicabat habens secum cuncta animalia, superque humo castrametatus stabat. Aquila vero cum avibus super arboribus cum jaculis
30 et sagittis cum bestiis prœliabatur. Grifes inde transiens et videns hoc, sibi displicuit mirabiliter, unde collocavit se super collem nec in iis convolavit, leo autem timens ait intra se: si hic erit contra me, victus ero. Aquila similiter cogitans ait: hic caudam habet et pedes ut animal, credo quod, si cum
35 bestiis steterit contra me, non durabo. Ea propter nuntios ei direxit uterque, ut quis esset et quare illic sederet, dilucidaret. Quibus grifes: avis sum et animal, sed non H. neque

K., hic autem sedeo propter pacem et amorem et non par-
tialitatem amo nec rumorem. Cum autem hoc dixisset, est ab
omnibus gratiose receptus. Grifes autem spatiabatur ad libitum cum bestiis et avibus, propter quod nullus de eo suspi-
5 cabatur. Inter hoc grifes de pace tractare coepit et quia sus-
pectus non erat, partes libere in ipsum compromiserunt. Ipse
vero sententiam dictavit, quod omnes de campo quam citius
se moverent et amplius non in pugna, sed in pace manerent,
dicens: qui vult pacem possidere, debet partem non tenere.
10 Sic quilibet perpetrare debet inter discordantes, ut sit filius
illius, qui dicit Matth. V⁰: beati pacifici, id est pacem patran-
tes inter discordantes, quoniam filii Dei vocabuntur. Et Ysai.
LII: quoniam speciosi pedes annuntiantes pacem, sic et pedes
portantium discordiam et scandalum maledicuntur, dicente Eccl.
15 XXVIII⁰: susurro et bilinguis maledictus est, multos enim
turbavit pacem habentes. Legitur in Vitaspatrum, quod cum
lis esset inter unum gentilem et unum christianum et venirent
simul armati cum parentibus et amicis parati ad pugnam,
beatus Apollonius rogavit eos de pace, unus tamen, qui dis-
20 cordiae et dissensionis caput erat, vir truculentus et malignus
impediebat pacem dicens, quod usque ad mortem suam non fieret
pax. Tunc dixit vir sanctus: fiat, ut dicis; nullus enim prae-
ter te hodie perimetur, sed congruum honori tuo sepulchrum
tibi fiet in ventre bestiarum et volucrum. Quod ita factum
25 est, nam statim fuit in pugna necatus, qui sabulo conculcatus
permanens, in mane vero parentes venientes, ut tollerent ac
sepelirent, invenerunt eum a vulturibus devoratum et a bestiis
effossum.

De leone, qui uxoravit duos catulos, dial. 86.

30 Leo duos uxoravit catulos filios suos et cuilibet dedit silvam magnam in dote, sed antequam divideret eos a se, de
tribus ipsos monuit dicens: filioli, haec tria custodite et bene
erit vobis, primo pacem cum vestris habeatis, secundo silvam,
quam vobis do, custodiatis, ut animalia multiplicentur, tertio
35 cum homine nunquam pugnetis. Haec major custodiens in
bonis crescebat, minor autem suos perturbare coepit nec in
domo pacem habebat, propter quod in silvam cum furore in-

trabat cunctaque animalia perimebat, unde breviter silvam
spoliabat. Quadam vero die fratrem suum visitavit et intuens
eum in bonis succrescere ait: infelix ego in penuria vivo et
perturbatione, tu vero exsultas in deliciis et pace. Cui major:
jussa patris non custodisti, idcirco hæc mala super te venerunt, sed veni mecum in silva et vide, qualiter bona paterna
conservavi. Cum autem simul pergerent, ecce quidam venator
apparuit, qui laqueos tendebat, ut ibi de animalibus caperet.
Cui minor: non cernis homunculum illum, qui destruere te
peroptat? Et major: nescis, quod præceptum habemus a ge-
nitore, ut cum homine non pugnemus? Cui minor: miser,
vis tu propter verba fabulosa nobilitatem perdere leoninam?
Ego ipsum dilacerabo. Cum autem ad hominem cucurisset, et
laqueos non advertens cecidit in retia et illaqueatus est. Major autem rediit dicens: jussa patris qui conservat, tutum
semper se reservat. Idcirco patet manifeste, quod tutum est
jussa parentum custodire et secundum quod justum est obedire.
Ad Coloss. III°: filioli, obedite parentibus vestris in domino,
hoc enim justum est. Fabulatur enim, quod quidam leo præ
senio jacebat in cubili, sed catulus ejus fortissimus venit ad
eum. Cui pater: gaude, fili, quia cuncta animalia te timent,
unum tantum tibi dico, ne pugnes cum homine, quia fortissimus est omnium. Tentatus catulus quærebat hominem, unde
reperit boves duos binatos sub jugo eosque interrogavit dicens:
estis homines? Qui dixerunt: non, sed sumus ab homine sub-
jugati. Catulus vero magis tentatus invenit sonipedem ferra-
tum cum ferro et sella eique dixit: es tu homo quem quæro?
Qui respondit: non, sed ab ipso sum faleratus. Admirans
autem leo processit et invenit rusticum scindentem lignum.
Cui dixit: præpara te cito, quia tecum prœliari volo. Cui
homo: scindamus hoc lignum prius, postea prœliaturi erimus.
Et hoc dicens cum securi scissuram magnam fecit in ligno et
docuit leonem ponere grifes in scissura, ut celerius scindere-
retur. Qui cum posuisset, extraxit rusticus securim de ligno
et grifes leonis inclusit clamantis auxilium vicinorum. Ad
clamorem cujus omnes de villa exierunt cum gladiis et fustibus, ut leonem interficerent, leo autem videns se in arcto
positum, grifes in scissura ligni relinquens vix evasit, et cru-

entantibus pedibus cum confusione reversus est ad patrem, confirmans ejus consilium per experientiam.

De grife tyranno, dial. 87.

Grifes, ut dicit Isidor. Ethim. XII°, est ales pennatus
5 et quadrupes. Hoc genus ferarum ortum habuit in hyperboreis montibus id est in Sichia asiathica, capite et alis aquilæ similis et reliquo corpore similis leoni. Equis et hominibus maxime est infestus, in nido suo ponit lapidem smaragdum contra venenosa animalia montis. Item vivos homines dis-
10 cerpit. Hic accepit quandam provinciam ad regendum, sed propter tyrannidem et avaritiam tria præcepit, primum quod nullus ad vendendum vel comparandum reciperetur, secundo quod nullus ab aliis partibus ad suas veniret, tertio quod nullus de suis ad alios transiret. Hæc tria custodiens in deliciis
15 vivebat, propter quod multa colligebat et ex his nulli aliquid mittebat. Sed judicio Dei quodam tempore fulgura et tempestates totam provinciam illam devastaverunt. Cives autem ad grifem cucurrerunt vociferantes: exeamus, ne fame pereamus. Ipse vero legatos transmisit ad vicinas nationes, ut
20 de bonis suis vendant et pretium ad libitum accipiant. Quibus responderunt: tu nunquam de tuis bonis nobis vendidisti nec modo tibi aliquid vendemus. Iterum autem alios nuntios direxit, ut secure ad vendendum transirent. Cui illi: tu nunquam nos recipere voluisti nec modo nos recipies. Denuo mi-
25 sit iis, ut se cum suis recipere vellent nec eos in calamitate relinquere. Et illi: tu nunquam ad nos venisti, idcirco te non recipiemus et, si veneris, te projiciemus. Sic enim derelictus ab omnibus miserabiliter cum suis interiit dicens: qui non servit, ei non servitur nec in malis subvenitur. Ergo bonum est
30 esse curialis et recipere forenses et hospites et cum aliis negotiari de suoque aliis tribuere et etiam communicare. Ait enim salvator Matth. VII°: omnia ergo, quæcunque vultis ut faciant vobis homines, et vos facite illis. Hæc lex et prophetæ. Et Basilius: talis esto aliis, quales et peroptas circa
35 te esse alios. Legitur, quod, dum Alexander per quandam viam pergeret et ipse cum suo exercitu fere siti deficerent, quidam pro magno munere scyphum aquæ sibi dedit, quem

ille protinus effundi mandavit, noluit enim solus bibere, postquam suis militibus illud non poterat communicare. Econtra
dicit avarus Eccles. XI°: inveni requiem mihi et manducabo
de bonis meis solus. Tales enim avari non sunt præficiendi.
5 Unde antiquitus sectantes avaritiam non præficiebantur reipublicæ. Prout narrat Valerius libro VI, quod, duo consules
dum in Hispaniam mitti deberent et de ipsis consilium habere-
tur, Scipio dixit: neuter mihi placet, quia alter nil habet, alteri nihil satis est, æque malam in malignantibus iudicans
10 inopiam et avaritiam. Unde refert idem Valerius, quod
Tiberius Cæsar judices provinciarum raro mutabat ex eo, quod
novi, qui ibant, intenti erant ad recipiendum. Exemplum de
quodam vulnerato, quem cum muscarum multitudo operuisset
et quidam eas abegisset, ait: male fecisti, plenæ erant istæ,
15 et famelicæ venient aliæ et amplius me affligent. Judices
enim semper, quando sunt pauperes vel avari, ad rapiendum
sunt avidi. Legitur in fabulis poetarum, quod quidam rex
petiit ab Apolline, ut, quidquid tangeret, aurum fieret, et concessum est ei. Cum ergo cibum vel potum manibus vel labiis
20 tangeret, ut in os mitteret, vertebatur in aurum. Sic etiam
abundantia divitiarum facit avarum famelicum et ipsum trahit ad interitum. Legitur in chronicis, quod Taris regina,
cum cepisset regem Persarum, caput ejus amputari fecit et
in utrem plenum sanguine immersit dicens: sanguinem sitisti,
25 sanguinem bibe. Avari in inferno bibent aurum liquefactum.
Unde refert quidam philosophus, quod Nero imperator visus
est in auro liquefacto se apud inferos balneare, et cum vidisset cuneum advocatorum, dixit iis: venite, venale genus hominum, et mecum hic balneamini, quia vobis partem optimam
reservavi.

De leopardo et unicorni, qui pugnabant cum dracone, dial. 88.

Leopardus, ut Solinus dicit, animal est generatum ex
leone et pardo. Horum feminæ sunt audaciores et fortiores
35 maribus. Plinius: aliquis volens resistere leopardis furen-
tibus, fricet allia inter manus, nec mora, leopardus resiliet nec
resistet, quia odorem allii sustinere non potest. Leopardus

subrufum colorem habet, maculas per totum nigras; multo
minores sunt quam leones. Leopardus, quando comedit aliquod
venenum, stercus hominis quærit, quod comedit, et sanatur.
Ambrosius. Hæ bestiæ sunt crudelissimæ naturaliter, ita quod
5 sic domesticari non possunt, ut obliviscantur crudelitatis suæ.
Domesticantur tamen ad venandum. Igitur dum ad prædam
in venatione ducuntur, relaxantur, quam si quarto aut quinto
saltu non potest capere, subsistit iratus fortiter, et nisi statim
venator furenti bestiæ aliquam bestiam offerat, cujus sanguine
10 placetur, irruit in venatorem vel quoscunque obvios, quia
impossibile est placari eum nisi in sanguine. Hic pugnabat
cum dracone, sed non prævalebat, propter quod ad unicornem
perrexit et humiliter ipsum obsecravit dicens: eminens es ac
virtuosus et doctus belli, peto obnixe, quod me defendas a fu-
15 rore draconis. Unicornis autem se sublimare cœpit et audiens
de se talia dici ait: verum dicis, quia doctus sum prœlii,
propterea optime defensabo te, noli pavere, cum enim aperiet
draco os suum, in gutture ipsum cornu perforabo. Cum autem
ad draconem pariter venissent, leopardus bellum initiavit spe-
20 rans de auxilio unicornis. Draco vero certavit adversus eos et
ignem et fœtorem ex ore emittebat, sed cum os aperiret, unicornis quam citius cucurrit volens ipsum in gutture trans-
vibrare, draco vero agitavit caput et unicornis cornu in terram
fixit dicens moriendo: qui pro alio vult pugnare, cupit se tru-
25 cidare. Sic enim stultum est, de se confidere ac de quo sibi
non pertinet agonizare. Unde Eccl. XI°: de ea re, quæ te
non molestat, ne certaveris. Ergo require in animo tuo a te
ipso, quis es, quid facere vis, utrum factum illud ad te per-
tineat. Ad minus ad alium te immiscere non debes. Noli
30 pro alio pugnare nec inter discordantes discordiam augere,
sed fac, ut dicit Seneca: semper dissensio ab alio incipiat,
a te reconciliatio. Quidam bellantes aggressi sunt inimicum,
sed alius quidam cucurrit volens ipsum defendere et armavit
se versus inimicos illius. Illi autem dixerunt: amice, tibi
35 injuriam non facimus, tolle quod tuum est et vade, quoniam
de inimico nostro vindictam quærimus. Qui non acquiescens
sermonibus eorum ad bellum contra eos se paravit. Illi autem indignati cum inimico ipsum mutilaverunt.

De elephante, qui genua non flectit, dial. 89.

Elephas, ut Brito dicit, dicitur ab elephio græce, quod mons latine dicitur, propter magnitudinem corporis. Hoc genus animantis in rebus bellicis aptum est. In his anima-
5 libus Persæ et Medi ligneis turribus collocatis tamquam de muro jaculis dimicant. Intellectu et memoria nulla [1] vigent, gregatim incedunt, motu quo valent [2], murem fugiunt, biennio portant fœtus nec amplius quam semel gignunt nec plures sed tantum unum gignunt, vivunt ad tricentos annos, ut dicit
10 Isid. Ethymol. XII°. Narrat scriptura, quæ continet veterum historias, quod elephas hoc modo capitur. Duæ puellæ virgines uberibus et superiori parte corporis nudatæ pergunt, ubi habitant elephantes, una earum urnam, altera gladium ferens, quibus alta voce cantantibus audit elephas, accurrit
15 prope, qui mox naturali instinctu virgineæ carnis innocentiam recognoscens in iis castimoniam veneratur, lambensque earum pectus et ubera et delectatus mirifice resolvitur in soporem nec more puellarum puella cum gladio tenerum perfodiens ventrem elephantis sanguinem ruentis fundit excipitque in
20 urna puella altera sanguinem, quo regalis purpura tingitur. Hic cum sit inter feras nominatissimus et famosus, tamen non geniculare potest, quia genua non habet. Quadam autem vice leo iens per silvam inter [3] feras transibat et omnes ei genua flectebant velut regi ferarum, elephas non genu flexit,
25 quia non potuit. Unde feræ quædam invidiosæ ad leonem convenerunt et elephantem infamaverunt, leo autem ad ele- phantem accessit dicens: quare es tu ita durus et acerbus, quod genua ante me non flectis, ut cæteræ? Cui elephas: do- mine, pro posse meo te diligo et te honoro, sed flectere me
30 non possum, propter quod genua non habeo. Et leo: si tu corde non refutas, excellenter me salutas, satis dominum ho- norat posse suo, qui laborat. Unde accusatores condemnavit et elephantem sublimavit dicens: nullus judicatus erit, ante- quam probatus. Sic enim attendere debent judices nec judi-
35 care debent secundum diffamationes, sed secundum rei verita-

*

1 Frühere ausg. unrichtig: nullum. 2 Andere: valeant. 3 An- dere: et.

tcm, quoniam non qui accusatur, sed qui convincitur, reus
est, dicit Isidorus. Unde ipse: ante proba et judica. Prout
refert Valerius de Manlio Torquato, cujus cum esset filius
suus accusatus et convictus, protulit sententiam de eo dicens:
5 cum filium meum consiliarium pecuniam a sociis accepisse pro-
batum mihi sit, eum reum puniendum et domo mea indignum
judico, ideoque sic adjudicatus gladio punitus est. Hoc enim
agere debet judex, non enim debet pervertere justitiam propter
amorem vel odium, quia dicit Bernardus: amor et odium ve-
10 ritatis judicium nescit. Ea propter narrat Valerius libro V°:
quod, cum Calericus in urbe a se condita, quæ saluberrimis
legibus erat munita, rempublicam gubernaret ¹, interque alias
leges jus erat constitutum, quod deprehensus in crimine adul-
terii utroque oculo privaretur, cum in tali crimine filius ejus
15 deprehensus esset, cum tota civitas rogaret pro eo, ut illi
pœna remitteretur, aliquamdiu repugnavit, ad ultimum est
victus precibus populi, suo tamen prius, demum filii oculo
eruto usum videndi utrique reliquit, debitum supplicium tenuit,
reddidit æquitati admirabile temperamentum, se inter miseri-
20 cordem patrem et legislatorem justum partitus est. Item
narrat Valerius de Carundio tyrio, qui legem dederat, ut, si
quis concionem intraret cum ferro, continuo interficeretur.
Et interjecto tempore cum ipse idem de longinquo rure re-
petens domum gladio cinctus processit, et cum esset monitus
25 de legis solutione a quodam, qui prope eum stabat, protinus
ferro distracto, quod habebat, incubuit. Noluit culpam dis-
simulare vel errorem defendere, maluit pœnam sustinere quam
legem frangere. Item narrat Valerius libro VI, cum quidam
judex male judicasset, rex Cambizes pellem ejus corpori de-
30 tractam sellæ judiciariæ apposuit et in ea suum filium judi-
caturum post eum sedere fecit. Nova enim pœna providit,
ne quis judex postea corrumpi posset. Sic enim præcepit lex
divina Deuter. XVI°: judices et magistratus constitue in
omnibus portis tuis, ut judicent populum justo judicio nec in
35 alteram partem declinent.

*

1 Frühere ausgaben lassen die worte »rempublicam gubernaret«
weg.

De satiro, qui sibi uxorem accepit, dial. 90.

Satirus, ut in Catholicon habetur, dicitur a satur, saturi, pen-
ultima correpta. Satiri sunt homuntiones dicti ab uncis naribus, habentes cornua .in frontibus et caprarum pedibus similes,
5 qualem in solitudine sanctus Antonius vidit. Qui etiam interrogatus a Dei servo respondisse fertur dicens: mortalis ego
sum, unus ex accolis heremi, quos vario delusa errore gen-
tilitas faunos satirosque colit. Et est animal monstruosum supra
imaginem hominis insignitam [1], deorsum vero formam capræ
10 habens, qui secundum errorem gentilium Deus silvarum esse
denunciatur. Hic accepit uxorem filiam Hippocentauri [2], qui
est homo equo mixtus, potens et virtuosus. Cum autem cum
uxore cubare deberet, prius de tribus eam monere cœpit dicens: nunquam mentiaris, et nequaquam impreceris nec tho-
15 rum meum violare præsumas; hæc tria cum servaveris, pacifice mecum pernoctare poteris. Parum post satirus eam ex-
plorare voluit, si obediens exstiterit et ait: o conjux, dic mihi
nomen parentum tuorum. Cui illa: nunquam genitores habui
ego. Et satirus: cito dolens docta [3] mea fregisti. At
20 illa propter audaciam parentum satirum blasphemare cœpit,
propter quod ipsam repudiavit et a thoro suo separavit. Non
post multum hæc immunda scortari se fecit a quodam asino,
satirus autem hoc sciens cum omnibus suis eam morti judicavit tradendam, ipsa vero moriens ait: optimum est obedire
25 viris suis ac servire. Inobedientes plerumque sunt mulieres,
unde eis non competit principatus. Ait enim Eccl. XXV°:
mulier si principatum habeat, contraria est viro suo. Idem
XXI°: melius est habitare in terra deserta quam cum muliere
rixosa et iracunda. Quidam sic castigavit mutam uxorem et
30 inobedientem, dissimulavit enim ire ad nundinas et dixit
uxori: nullo modo digitum ponas in foramine isto. Seque
abscondit in vicina domo. Uxor autem cogitare cœpit: quare
inhibuit mihi hoc? non obediam ei in hoc! Sed magno impetu manum in foramen misit. In foramine vero erant acu-
35 tissimi clavi, in quibus digiti sui infixi sunt, unde præ an-

*

1 Andere lassen »insignitam« weg. 2 Frühere ausg.: sympocen-
tauri. 3 Spätere ausg.: documenta.

gustia clamare cœpit ita, quod maritus accurrit dicens: quare
non obedisti præceptis meis? et sic eam correxit, donec obe-
divit. Cum in quadam navi tempestate imminente clamatum
esset a nautis, ut graviora projicerent in mare, quidam habens
5 uxorem propter linguam intolerabilem exhibuit eam dicens,
quod in tota navi non erat gravior lingua ejus. Unde Seneca: sicut nihil superius benigna conjuge, ita nihil crudelius
infesta muliere. Et philosophus: uxor, inquit, aut est perpetuale refugium aut perenne tormentum, si est mala, tor-
10 mentum est, perpetuale refugium, si est bona, quia bonæ
uxores obedientes sunt viris, ipsos quia super omnia diligunt.
Hieronimus in libro contra Jovinianum ad hoc exemplum de
tribus matronis romanis ponit, quæ post amissum virum
alterum accipere noluerunt. Sed harum prima dicebatur Marcia
15 Catonis, quæ interrogata, quare secundum non acciperet virum,
respondit, se non invenire virum, qui velit eam propter se,
sed propter sua, quamvis forte turpis esset, licet dives. Secunda dicebatur Valeria, quæ cum interrogaretur, ut secundum
virum acciperet, respondit, se facere hoc non posse, quia vir
20 suus non erat mortuus, sed vivus, quamdiu ipsa viveret. Tertia
dicebatur Anna, quæ a parentibus urgebatur, ut secundum
acciperet virum, eo quod juvenis et dives erat. Respondit se
hoc non posse facere, quia bonum habuerat virum et ideo si
secundum acciperet, aut ille esset bonus aut malus, si bonus,
25 semper esset in timore, ne ipsum perderet, si malus, semper
esset in dolore, eo quod post virum bonum malum invenisset.

De dromedario et ejus cursu, dial. 91.

Dromedarius est animal, ut dicit Hieronimus, quod tan-
30 tum uno die pergit quantum equus in tribus. Hunc clamitavit leo dicens: inter omnes es tu mihi laudatus, quod scis
currere atque salire, unde volo, quod pergas festinanter in
orientem et interrogare debeas de persona, qualitate et societate grifis, quoniam vult mecum bellare. Sed ut me præparare
35 possim ad certamen, hoc citius denuntia mihi, ut post a me
mercedem recipias et honorem. Dromedarius autem se exaltare cœpit, cum audivit se laudari. Ob hoc iter suum in-

choavit et ultra vires suas, ut magis esset laudatus, currere
cœpit. Idcirco tantum cucurrit et salivit, quod se totum de-
molitus est, pro quo cecidit et exspiravit dicens: id quod
scimus, sic patremus, quod nunquam nos vastemus. Ita et nos
5 ea, quæ facimus et scimus, sic agere discrete debemus, quod
corpora nostra et membra non destruamus. Ait enim Augustinus: in regula, qui carnem suam supra modum affligit,
civem suum occidit. Tunc enim homo occidit civem suum id
est corpus suum, cum ipsum aggravat et fatigat ultra quod
10 ferre potest. Unde Isidorus: in omni opere modum et temperamentum oportet habere, nam quidquid cum modo et temperamento fit, salutare est, quicquid autem nimis erit ultra
modum, perniciosum est. Fabula est, quod quidam philosophus cum filio suo positus est in quadam turri existenti sola
15 in mari. Unde filius habens tædium rogavit patrem, ut faceret eum exire de illa captivitate, at ille invenit multas plumas avium et cum pice et bitumine eas copulavit et compe-
git sibi et filio alas, ut volarent et inde exirent. Inter hæc
pater docuit filium suum dicens: cave tibi, ne voles nimis
20 alte, ne descendas multum bassum, sed tene medium, si vis
esse beatus, quia medium tenuere beati. Pater sic fecit et
recto itinere exivit de carcere, filius autem, sentiens se volare,
lætus affectus semper ascendebat, et factum est, quod calor
solis accendit plumas et consumsit, et sic cadens mortuus est.
25 Unde Bernardus: tene medium, si non vis perdere modum.

De leone, qui ædificavit cœnobium, dial. 92.

Leo pro redemtione animæ suæ suorumque parentum excellentissimum ædificavit cœnobium, in quo regulavit multa
animalia, dans iis formam et regulam vivendi, et elegit in
30 priorem hinnulum, qui est, ut dicit Papias, filius cervorum
et varii coloris, credens eum esse religiosum cœnobitam.
Hinnulus autem ut varius erat in colore sic in fide. Cœpit
enim fratres dividere ac in partes trahere, instituens officiales,
et post paullulum cassabat et alios instituebat. Cassati vero
35 murmurabant contra ipsum, instituti autem eum fulciebant.
Hoc enim sæpe malitiose agebat, ita ut conspirationem contra
ipsum facerent et concorditer contra eum starent. Ad extre-

mum fratres se armaverunt volentes pro parte lacerare, sed
quidam Palefridus sapiens et antiquus dixit: cessate, fratres,
non est bonum hoc agere, melius est hunc malignum priorem
cassare et alium pacificum locare. Placuit sermo inter fratres
5 et unanimiter eum destituerunt dicentes: est concordia tenen-
da inter fratres et habenda. In hoc apparet, quod concordia
est virtus acceptabilis inter fratres. Dicitur enim Eccl. XXV⁰:
in tribus bene placitum est spiritui meo, quæ sunt probata
coram Deo et hominibus, concordia fratrum, amor proximo-
10 rum et vir et mulier in bono sibi consentientes. Et ut dicit
Augustinus: non potest habere concordiam cum Christo vel
in se ipso, qui discordiam vult habere cum christiano, sed
sunt aliqui, qui dum in pace sunt, nesciunt vivere. Unde
piscator quidam turbans aquam increpatus a quibusdam res-
15 pondit se increpantibus de turbatione aquæ: si hæc aqua non
turbetur, vivere non possum. Concordia nihil utilius civitati,
ut quidam ait, ideo ad amicitiam et concordiam habendam
anhelare bonum est. Unde de concordia narrat Vegetius lib.
IV⁰, quod, cum obsideret Hannibal quandam civitatem, tan-
20 tam inopiam cives perpessi sunt, ut invidentes sibi necessaria
non venderent. In qua quidam panes vendidit et mortuus
est fame, alter, qui emit, cibatus est et supervixit. Hoc enim
factum est, ut non discordarent invicem.

De onocentauro, qui fecit palatium, dial. 93.

25 Onocentaurus, id est asinus immixtus homini, sic dictus,
quia media hominis specie, media asini esse dicitur, ait Hugutio. Hic pro se palatium pulcherrimum ædificari faciebat,
sed confidens in suo sensu omnia terminare ac ordinare volebat, non attendens consilium architectoris. Dum enim archi-
30 tector consulebat utilia, ut per artem discernebat, hic elatus
ajebat: sapiens ac ingeniosus sum ego, non licet vobis me
docere, sed volo, ut voluntate mea cuncta compleantur. Et
dum esset palatium expletum, quia non erat bene fundatum
nec compositum, ruinam petiit et ad solum decidit. Ideo
35 onocentaurus confusus et bonis suis spoliatus perhibebat: ille
cito se dissolvit, qui per doctos se non movit. Sic enim
multi nolunt credere consilio sapientum, sed suo sensu cuncta

terminare volunt. Tu autem semper non credas tuæ propriæ
scientiæ nec confidas proprio sensui nec semper voluntati propriæ acquiescas, sed omnia cum consilio et prudentioribus et
sapientioribus et discretioribus facias et eorum monitis ac-
5 quiescas, ne a via possis veritatis ullatenus deviare. Est enim
scriptum Sapient. XXXII°: sine consilio nihil facias et post
factum non pœnitebit. Quia, ut dicitur Proverb. XIII°, astutus omnia agit cum consilio. Qui autem omnia agunt cum
consilio, reguntur a sapientia. Ista enim est differentia inter
10 sapientem consiliarium et fatuum, quia fatuus nonnisi respicit
principium facti, sapiens autem respicit finem et quæ sunt
ad finem. Legitur de quodam philosopho, quod in foro in
loco eminentiori residens dixit, se velle vendere sapientiam,
et cum aliqui ab eo emerent, scripsit in cedula dicens: in
15 omnibus, quæ acturus es, semper cogita, quid tibi inde possit
accidere. Quod cum multi deriderent et cedulam vellent projicere, ait: portate secure ad dominum vestrum, quia bene
valet pretium. Quod cum princeps accepisset, litteris aureis
in ostio sui palatii scribi fecit. Post multum vero tempus
20 quidam ejus inimici cum barbario suo ordinaverunt, ut principem jugularet. Qui cum per ostium intraret et scripturam
illam legeret, eo quod legere sciebat, cœpit tremere et pallere.
Quo viso princeps eum capi fecit et minis et tormentis veritatem extorquens sibi pepercit, sed actores scelerum interfecit.
25 Per quod patet, quod sit utile finem pensare. Unde quidam
philosophus: quidquid agas prudenter agas et respice finem.

De rinocerone, qui despiciebat senem dial. 94.

Rinoceron, ut in Britone habetur, latine interpretatur in
nare cornu. Idem: et rinoceros id est unicornis, eo quod
30 unum cornu in media fronte habeat pedum quatuor ita acu-
tum et validum, quod ut, quidquid impetierit, aut ventilet aut
perforet. Nam et cum elephantis certamen habet et in ventre
vulneratos prosternit. Tantæ autem fortitudinis est, ut nulla
venantium virtute capiatur. Sed sicut asserunt, qui naturas
35 animalium scripserunt, virgo puella proponitur, quæ venienti
sinum aperit, in quo ille omni feritate deposita caput de-
ponit sicque soporatus velut inermis capitur, ut dicit Isid.

16 *

Ethim. XII°. Rinoceron etiam, ut dicit Papias, est animal cornu in nare habens. Rinoceron etiam, ut dicit Papias, est fera indomitæ naturæ, ita ut, si capta fuerit, teneri nullatenus possit. Hæc propter fortitudinem aut juventutem senem videre non poterat; quandocunque senes intuebatur, post ipsos sibilabat, videns ipsos curvatos aliis digito derisive demonstrabat. Dum autem tempus pertransiret et ipse senex effectus esset, ipsum juvenes despiciebant, ipse vero patienter sustinebat dicens: qui desiderat senescere, senes non debet despicere. In hoc apparet, quod senes a juvenibus non sunt despiciendi, imo magis sunt venerandi. De hoc præceptum habemus in Levitico XIX°: coram cano capite consurge et honora personam senis. Unde prima Petri V°: adolescentes subditi estote senioribus. Catho quoque ait: cede locum majori. Prout narrat Valerius Libro V° cap. II° de Alexandro, qui præcipuum honorem et amorem a militibus suis meruit clementia. Unde ait de eo, quod, cum in navali tempestate oppressus senio jam confectum Macedonem militem nimio frigore obstupefactum respexit, ipse sedens in sede sublimi statimque de sede descendit et manibus suis ipsum militem juxta ignem in sede sua imposuit. Item refert Valerius, quod, quando ciconiæ senescunt, filii parentes suos in nido ponunt et juxta pectus suum eos collocant, fovent, nutriunt et calefaciunt. Quod etiam agere debent homines rationem habentes circa seniores et parentes. Unde Valerius libro V° dicit, quod, dum quædam mulier nobilis ob quoddam flagitium fuisset carceri mancipata, ut ibi fame deficeret, filia sua nupta de licentia judicis ipsam quotidie visitabat. Prius tamen diligenter perscrutabatur, ne quid sibi comestibile deferret, illa vero extracto ubere singulis diebus de lacte proprio matrem alebat. Tandem vero judex pietate commotus matrem filiæ condonavit. Simile per omnia refertur de quodam patre sene et grandævo taliter a filia sustentato. Soli vultures parentes suos mori permittunt.

De orice vel orige, qui nunquam infirmatur
dial. 95.

Orix, ut in Britone dicitur, ut quidam dicunt, est ani-

mal quoddam in heremo simile capræ, cujus pili sunt reflexi versus contra naturam omnium animalium. Alii dicunt, quod est mus aquaticus, qui cum captus sit, projicitur in viis vel in compitis. Alii dicunt, quod est animal simile muri, quod
5 nos dicimus glirem, ut dicit Isidorus. Et est animal mundum quantum ad esum, sed immundum quantum ad sacrificium. Hic orix sanissime degebat ita, quod nunquam infirmabatur. Ea propter infirmos deridebat, cum ægrotabant, dicens: isti simulant dolores, ut a laboribus vacare possint et quiescere.
10 Sic enim dicens nunquam infirmis serviebat. Interea febricitare cœpit et ægrotare, unde inchoavit gemere ac plorare dicens: heu miser, nunquam languidis servivi, sed pro posse meo ipsos diffamavi, nunc autem promitto Deo cœli et terræ, quod, si me liberaverit, semper serviam ægrotis et imbecilli-
15 bus. Cum autem convaluisset, correctus libentissime serviebat ægrotis dicens: Deus dat infirmitatem hic propter utilitatem. Hic possumus evidenter cognoscere, quod infirmitas nobis datur a Deo propter utilitatem et fortitudinem animæ. Unde dicebat apostolus II^a ad Corinth. XII^0: cum infirmor scilicet
20 secundum corpus, tunc fortior sum et potens scilicet secundum animam, nam virtus in infirmitate perficitur. Gregorius quoque dicit: custos virtutum infirmitas corporis est. Legitur in Vitis patrum, quod cum quidam peteret a Johanne heremita, ut a tertiana sanaretur, respondit: rem tibi neces-
25 sariam cupis abjicere, ut enim corpora a medicinis curantur, ita animæ languores purificantur infirmitatibus et castigationibus. Item cum quidam miles rogaret quendam virum sanctum, ut a morbo liberaret eum precibus suis, sed audito ab eodem, quod melior et devotior esset in ægritudine quam in sanitate, dixit: oro Deum, ut servet te in statu, quo magis
30 humilieris.

De saginario publico, dial. 96.

Saginarius quidam publicus arabat pratum, ut seminaret, sed boves, ut solebant, non arabant, imo pro posse recalcitra-
35 bant, propter quod ipsos arator aculeabat. Boves autem vociferati sunt contra eum dicentes: maledicte, qua de causa percutis nos, quia semper servivimus tibi? Quibus sagina-

rius: cupio arare pratum hoc, ut mihi et vobis cibum tribuat. Et boves: pratum hoc nolumus arare, quoniam cibum delicatum nobis tribuit, et ideo, in quantum possumus, resistemus. Sed quia stabant sub jugo binati et bubulcus eos verberibus

5 aculeabat, non valentes effugere obedientes facti sunt, dicentes: melius est per amorem facere, quam per timorem. Sic et nos, cum servire debemus, serviamus caritative ac voluntarie, non coacte, quia coacta servitia Deo non placent. Unde Augustinus: nemo enim invitus bene facit, etiam si bonum est,

10 quod facit. Chrisostomus: voluntas facit opus remunerabile, non opus Et Isidorus: tale erit opus tuum, qualis fuerit intentio tua. Unde de quodam joculatore dicitur vel legitur, qui sciebat tombare, qui postea visus est tombare in cella sua ad honorem Dei et visi sunt circa eam quatuor angeli cum

15 singulis cereis assistentes ei.

De simia, quæ scribebat libros, dial. 97.

Simia pulcherrime libros scribebat, sed tamen nunquam cor dabat ad id, quod scribebat, imo magis cum aliis loquebatur vel auscultabat, quæ ab aliis dicebantur. Qua de causa

20 sæpissime libros falsificabat scribens in iis, quod loquebatur vel quod audiebat ab aliis loqui. Nolens autem se corrigere, nullus ei lucrum porrigebat, quæ in paupertate collisa dixit: nihil scriptor operatur, corde si non meditatur. Sic enim cum psallere et orare volumus, debemus corde meditari, quia

25 nihil est sola voce cantare sine cordis intentione. Sed sicut ait apostolus ad Ephes. V°: cantate in cordibus vestris domino. Idem: non solum voce sed corde. Ut possimus dicere cum eodem I Cor. XIV°: psallam spiritu, psallam et mente. Unde Seneca: noto ubicunque sum. Ita faciebant philosophi, qui

30 intenti erant ad investigandum et inveniendum prudentiam. Unde studium illorum ad illam habendam supervacuum est scribere, cum eorum studia pateant per sapientiæ documenta. De quorum studio narrat Valerius l. VIII°, ubi ait, quod Carneades, laboriosus et diuturnus sapientiæ miles, siquidem

35 nonaginta expletis annis ita se mirificum doctrinæ temporibus addixerat, ut, cum cibi capiendi causa recubuisset, cogitationibus inhærens manum ad mensam porrigere oblivisceretur.

Eodem modo narrat ibidem de Archimede philosopho, quod, cum capta sua civitate Syracusana Marcellus edictum dedisset, ne occideretur, ipse vero oculis in terram defixis formam vel figuras seu circulos describebat, supervenienti vero militi 5 et super caput strictum gladium tenenti et inquirenti, quisnam esset, propter nimiam cupiditatem veri investigandi, quod quærebat in figuris, nomen suum indicare non potuit, sed protracto pulvere manibus: noli, inquit, obsecro, istum circulum disturbare, et sic quasi negligens imperium victoris militis 10 gladio est obtruncatus.

De cameleopardulo, dial. 98.

Cameleopardulus est animal æthiopicum, ut dicit Isidor. Li. XII° et Plin. L. VIII° cap. XIX, caput habens cameli et collum equi et crura et pedes bubali et maculas pardi. Est 15 autem bestia maculis albis rutilum colorem distinguentibus superadspersa et est bestia magis adspectu quam feritate conspicua, in tantum mansueta, quod etiam ovis feræ nomen accepit, ut dicit idem. Hic pictor magnificus effectus semper Christum monstruosum effigiebat, ut se vindicaret, propter 20 quod multi Christum depretiabantur dicentes: quomodo hic juvare nos debet, qui nec formam habet nec decorem? Quadam autem vice hic cameleopardulus alte Christum colorabat et pro posse suo ipsum monstruosum et despectum ostendebat. Unde Christus perturbatus ei apparuit dicens: quare me sic 25 deturpas ostendens me esse monstruosum, cum sim pulcher præ filiis hominum? In me angeli intueri desiderant et tu honorem et decorem meum vis rapere? Cui cameleopardulus: en! non credis me memorari, quod me monstruosum plasmasti et non decorasti? Nunc de te me vindicabo nec unquam tibi 30 parcam, Christus autem perturbatus, cum alte pingeret, præcipitavit eum dicens: malam perpetravit vindictam, qui per ipsam perdit vitam. Sic enim multi sunt ita acerbi et duri, quod nunquam injuriam volunt dimittere, sed semper volunt vindicare. Propter quod dicitur Eccl. XXVIII°: qui vindicari 35 vult, a Deo inveniet vindictam. Ideoque Seneca: injuriæ oblivisci debemus, quia injuriarum remedium est oblivio. Antiqui principes fuerunt clementes et benigni in dando indignis

et in remittendo hostibus suis. Unde refert Valerius libro
VI° de Camillo consule, qui cum Faliscos obsideret, magister
ludi nobilissimos omnes pueros illorum in castra Romanorum
perduxit, pro quibus non erat dubium, quin illi essent se
5 ipsos ipsi imperatori traddituri. Camillus autem non solum
hanc sprevit perfidiam, sed præcepit, ut pueri vinctum magistrum virgis cæsum ad parentes suos reducerent. Quo beneficio victi animi eorum portas Romanis aperuerunt. Recitat
Ambrosius in summa de officio in Chronicis Romanorum,
10 cum venisset quidam asserens, quod medicinam toxicatam
Pyrrho medicus daret et sic rege mortuo victoriam obtineret,
jussit eum Fabricius ligari et ad dominum suum remitti. Et
subdit Ambrosius: revera præclarum, ut, qui virtutis certamen
susceperat, nollet fraude vincere. Tunc Pyrrhus dixisse fertur:
15 iste est Fabricius, qui difficilius a legalitate quam sol a suo
cursu averti non posset, et sic cum eo ad libitum pacem composuit. Narrat Valerius li. VI° cap. primo, cum Carthagi-
niensium legati ad captivos redimendos in urbem venissent,
protinus his nulla pecunia accepta reddunt juvenes numero
20 MMDCCXI. Tantum hostium exercitum dimissum, tantam
pecuniam contentam, tot injuriis veniam datam mirandum
est ultra modum. Item narrat Valerius lib. VI° cap. II°,
quod cum Privernatium princeps captus esset a Romanis,
aliquibus de suo populo interfectis, aliquibus captis, et cum
25 eis auxilium nisi in precibus restaret, his, qui capti erant,
princeps eorum interrogatus, quam mereretur pœnam ipse et
sui, respondit: illam quam merentur illi, qui se dignos libertate judicant. Et cum iterum quæreretur ab eo, qualem cum
iis pacem Romani habituri essent impunitate donata, constanter
30 respondit: si bonam dederitis, pacem perpetuam habebitis, si
malam, non diuturnam. Qua voce factum est, ut dictis non
solum venia, sed jus et beneficium Romanæ civitatis daretur;
facti enim erant cives Romani.

De lauro nauta, dial. 99.

35 Laurus est animal tam in terra quam in aqua habitans,
volat enim et natat ut piscis. Avis est parva et nigra et
pinguis semper habitans juxta aquas, nec potest longe volare.

Unde et agiles homines eam capiunt currendo, unde in Aurora:
laurus fluminis est habitator et incola terræ. Hic maximus
nauta exstitit, sed classem suam ultra quam decebat semper
præponderabat de se confidens. Amici enim de hoc redargue-
5 bant nec ipse se corrigebat propter cupiditatem lueri. Quadam autem vice navem onerabat, quæ de fluctibus mergebatur,
non valens se gubernare propter onus et undas. Igitur ad
solum propulsata naufragium pertulit dicens: hoc intendant
negotiatores, ne propter cupiditatem lucri festinent ditari cum
10 periculo, sed cum securitate paulatim proficiant. Ait enim
Bernardus: nolo repente fieri summus, sed paulatim proficere
volo. Quidam rusticus habebat gallinam unam, quæ quotidie
ei faciebat ovum et multa lucrabatur ova congregando et
vendendo. Hic cogitans, quod multa ova possent inveniri in
15 ea, et volens totum lucrum simul habere, scindit eam et non
inveniens ova perdidit totum, ut vulgariter dicitur, ova et
gallinam. Caveant etiam negotiatores, ne aliquid injuste acquirant sibi, quia divitiæ injustorum cito dilabuntur. Unde
philosophus: divitiæ cito acquisitæ diu durare non possunt.
20 Item Prov. XX: hereditas, ad quam festinatur in principio, in
fine benedictione carebit. Cum quidam mercator vinum medium aquæ totidem denariis, ac si purum esset, vendidisset,
et cum in navi aperuisset sacculum, ubi aureos susceptos de
pretio vini reservabat, simia quædam in navi erat hæc videns,
25 quæ clam venit et accepit sacculum cum aureis fugitque super
anchoram incipiensque aperire sacculum, unum aureum projiciebat in mari, alium autem in navi, ut mercator ex fraude
nihil apportaret.

De leone venatore, dial. 100.

30 Leo quidam maximus venator fuit: hic semper sic agebat,
cum venabatur. Animalia intuebatur et conspicabatur unum
de melioribus ipsumque persequebatur. Animal autem illud,
cum esset in distantia bona ab ipso, quam citius fugiebat,
pro quo leo contristatus, non habens, quod optabat, volens
35 etiam de relictis capere, minime valebat, propter quod omnia alia jam latitabant. Leo vero amaricatus manebat et nunquam venabatur dicens: nunquam dimittamus certum nec re-

laxemus propter incertum. Sic enim nonnulli, cum possunt
agere ea, quæ competunt, nesciunt capere, cupientes meliora.
Idcirco sæpe decipiuntur et ea, quæ antea habere poterant,
non inveniunt. Volunt etiam capere, quod non possunt, et
5 recuperare perdita et irrecuperabilia, sed non valent, unde
amarissime dolent. Contra quos dixit David II° Regum XII°:
nunc quia mortuus est, quare vivo? numquid potero revocare
eum? ego vadam magis ad eum, ille vero non revertetur ad
me. Unde fabulatur de philomela, quæ docuit juvenem, qui
10 eam cepit: de re perdita et irrecuperabili nunquam doleas. Ut
legitur in Barlaam: est enim dementia et periculum, relinquere
rem securam et certam pro alia incerta et vera. Prout refert
Esopus. Quidam canis ferebat peciam carnis per pontem et videns umbram in aquis reliquit carnes, quas habebat in ore,
15 ut acciperet eam, quæ apparebat in aquis, ideoque eam perdidit. Sic enim faciunt multi, qui propter cupiditatem acqui-
rendi relinquunt secura, quæ habent, ut acquirant ea, quæ
non habent. Unde Esopus: non debent pro vanis certa re-
linqui et sic dementia est secura relinquere. Sic est fatuitas
20 de vanis sperare, quia vanæ sunt cogitationes hominum, ut dicitur psalmo XCIV°. Unde cum quædam domina dedisset ancillæ suæ lac, ut venderet et lac portaret ad urbem, juxta fossatum
cogitare cœpit, quod de pretio lactis emeret gallinam, quæ
faceret pullos, quos auctos in gallinas venderet et porcellos
25 emeret eosque mutaret in oves et ipsas in boves sicque ditata
contraheret cum aliquo nobili, et sic gloriabatur, et cum sic
gloriaretur et cum cogitaret, cum quanta gloria duceretur ad
illum virum super equum dicendo: gio, gio, cœpit pede percutere terram, quasi pungeret equum calcaribus, sed tunc
30 lubricatus est pes ejus et cecidit in fossatum effundendo lac.
Sic enim non habuit, quod se adepturam sperabat.

De tragelapho architectore fallace, dial. 101.

Tragelaphus id est hircocervus, dicit Brito, nomen est
compositum a tragos, quod est hircus, et laphos, quod est
35 cervus. Qui licet sit ejusdem speciei cum cervo, villosos tamen habet armos ut hirci et mentum barbatum cornubus ra-

mosis. Hic architector optimus effectus est, sed maximus deceptor. Dum consulebat ædificium fabricari tale, fundamentum construebat, quod ædificium ruinam cito patiebatur, dicens intra se: lucrabor ego, cum rectificabo illud. Sic enim homines
5 spoliabat, cum consiliabatur. Inter hæc quidam tyrannus, volens sibi palatium mirabile ædificari vel fabricari, misit propter hunc architectorem eique pecuniam innumerabilem dedit propter ædificium construendum. Architector autem, ut solebat, fundamentum debile fundavit, ita quod expleto opere palatium
10 se scindere cœpit et ruinam minari. Tyrannus autem hoc videns amaricatus architectorem citavit eique dixit: quare me decepisti, maligne? Cui ille: me decepi, cum palatium fundavi, sed oportet prosternere ipsum, ut melius fundetur. Tyrannus autem ipsum cepit et juxta murum collocari fecit et ipsum
15 palatio præcipitari fecit, dicens: per consilium nephandum sæpe portant multi damnum, ergo caveas dare falsum consilium et nequissimum. Sæpe enim contingit, quod illi, qui dant consilia mala, super eos devolvuntur. Eccles. XXVII°: facienti nequissimum consilium super ipsum devolvitur et non
20 cognoscet, unde veniat illi. Prout refert Orosius, quod, dum quidam tyrannus multos innocentes damnaret, Pilius argentarius, volens sibi placere, taurum æreum fecit, cujus in latere januam composuit, per quam damnati possent includi, deditque eum tyranno, ut, quos exosos haberet, ignibus suppositis
25 intus includeret et ut gemitus bovis vel pecudis viderentur resonare in pœnis. Sed tyrannus factum abhorruit et dixit ei, ut primus intraret, ut sic, qualiter per os tauri magitum emitteret, scire posset, et sic eum inclusit et punivit.

De bubalo caligario, dial. 102.

30 Bubalus est animal simile bobus ita indomitum, quod per feritatem jugum non recipit in cervice. Bubalos Africa procreat, in Germania autem sunt boves agrestes habentes cornua in tantum protensa, ut in regis mensa propter insignem eorum capacitatem ex iis pocula fiant, ut dicit Isido-
35 rus. Est autem animal magnæ fortitudinis, unde domari non potest nisi circulo ferreo naribus ejus infixo, quo circumducitur, nigri autem coloris vel fulvi, paucos et raros habens

pilos, corneam habet frontem cornibus validissimis circum-
septam. Caro ejus non solum utilis est ad escam, verum
etiam ad medicinam, ut dicit Plinius L. XXVII. cap. X⁰.
Hic caligarius nominatissimus exstitit, qui per artem splendide
⁵ cum magna familia degebat, sed cum dives esset factus, arti
derogare cœpit dicens: ars est hæc vituperata, manus semper
nigras gesto, sed eo in turpitudine lingens corium et pedes;
volo enim me sublimare et apothecarius fieri, quia postmodum
redolebo. Cum enim esset speciarius effectus, omnes ipsum
¹⁰ deridebant, propter quod artem nesciebat, nec vendere nec
comparare cognoscebat, idcirco breviter sua dissipavit et in
egestate derisus ait: melius est bene in parvis stare quam se
male commutare. Caveat ergo quilibet et consideret statum
suum nec cito se mutet. Ait enim apostolus prima Cor. VII⁰:
¹⁵ in qua vocatione estis, in eadem permanete. Quia dicit Seneca: non convalescit planta, quæ sæpe transfertur; persève-
rantia enim est in ratione bene constituta stabilis et perpetua mansio. Ait enim Tullius primo Rhetoricæ: in hac perseverantia sit homo immobilis et non frangatur adversitatibus
²⁰ nec extollatur prosperitatibus; item non terreatur comminatio-
nibus nec flectatur promissionibus. Ait enim Seneca de naturalibus quæstionibus l. III et ut ait expositor super Boetium
de consolatione. posuerunt philosophi duo dolia in limine domus Jovis. Secundum ipsos est domus mundus iste, duo dolia
²⁵ prosperitas et adversitas, de quibus oportet gustare mundum
intrantes. Alexander enim non potuit constantiam et perse-
verantiam Diogenis vincere. Ad quem in sole sedentem cum
accessisset et ipsi diceret, ut, si qua sibi donari vellet, in-
dicaret, vir robustæ constantiæ ei respondit: vellem præ cæ-
³⁰ teris, ut a sole mihi non obstes. Ex hoc exiit proverbium:
Alexander Diogenem gradu suo divitiis pellere tentavit, sed
celerius armis Darium potuit pellere gradu suo regio. Ideoque ait Seneca Li. V⁰ de beneficiis, quod Diogenes multo potentior et locupletior fuit Alexandro omnia possidente. Plus
³⁵ enim erat id, quod nollet accipere, quam quod ille posset dare.
Et illo die victus fuit Alexander, quia vidit hominem, cui nec
dare posset quidquam nec auferre. Hæc enim temporalia vilia
reputabant philosophi. Unde quidam philosophus flevit, quia

vidit homines circa vineas et campos et ædificia diligenter
laborare, tamquam in ipsis esset perpetua beatitudo. Alter
quasi homines deludendo pro carnis voluptate et cura seculi
semper risit. Jerem. LI°: stultus factus est omnis homo a
5 scientia sua, confusus est omnis homo a sculptili suo. Sculp-
tile dicitur, quidquid homo in hoc mundo delectabile constituit.

De juvenco coquo, dial. 103.

Juvencus bos est novellus, cum a vitulo discedit et inci-
10 pit juvare hominum usus terram colendo. Hic optimus erat
coquus, facere enim sciebat fercula diversa et delicata, tamen
ipsa vastabat, propterea quod ea nimis salsabat. Unde dominus ejus vocavit eum ad se dicens: quare destruis fercula
sic delicata propter nimium salem? Qui ei semper responde-
15 bat: propter quod melius mihi sapit. Videns dominus, quod
se non corrigebat propter gulositatem suam, eum verberavit
et spoliatum rejecit. Sic enim accidit ei cum multis, sed
propter ingluviem, saporem et appetitum mactatus fuit, qui
miserabiliter corruit dicens: plures per gulam moriuntur quam
20 in bello perimuntur. Sic enim multi gulosi nolunt, nisi quæ
sibi sapiunt et appetunt, et qui sequuntur appetitum suæ
gulæ, sunt velut animalia immunda. Unde Seneca: ventri
obedientes animalium immundorum, non hominum similitudinem habent. Sed sicut dicit glossa: non cibus sed appeti-
25 tus in crimine est, ignominiosum valde est christiano ventrem
pro Deo colere et per concupiscentiam et appetitum gulæ
animæ virtutes expellere. Dicit enim Galienus: ciborum
concupiscentiæ animæ sunt detrimenta; quanto enim magis
ventre quis impletur, tanto animæ virtutibus minoratur. Et
30 Hyppocras: immunda corpora quanto plus nutries, tanto plus
lædes. In Francia fuit quidam abbas. qui quotidie epulabatur splendide, et divitiis effluens erat languidus nec medicinis
poterat reparari. Qui desperans de vita ordinem Cistercien-
tium intravit, in quo propter parcimoniam jejunii convaluit
35 et factus est robustus. Unde Galienus: abstinentia summa
est medicina. Eccles. XXXVI: qui abstinens est, adjicit sibi
vitam. Legitur, quod Bragmani scripserunt ad Alexandrum:

illicita est apud nos ventris extensio, proinde sumus absque
ægritudine et diu vivimus, sani sumus nec nobis aliquam
medicinam facimus. Isti solam immortalitatem, qua carebant,
ab Alexandro quærebant. Fuit nostris temporibus quidam
antiquus senex, qui vixit multis annis, cumque interrogatus
esset, quare tantum et tamdiu sanus vivebat, respondit: nunquam surrexi a mensa ita satur, quod gravatus esset venter
meus, nec etiam fleubotomia usus sum, mulierem denique nunquam cognovi. His tribus de causis diu et sanus permansi.

10   De capriolo joculatore, dial. 104.

Capriolus quidam erat excellentissimus joculator, qui
egregie cantabat, tripudiabat et sermocionabatur, tamen devitatus habebatur, propter quod nimium joculabatur, ideoque
pauperrime degebat. Quadam autem vice ad regem propera-
15 vit dicens: domine, velut scitis, optime joculari scio ultra cæteros, sed non libenter in tuo regno auditus sum; multi enim
non ita joculari sciunt et amplifice munerantur, fac mihi rationem. Cui rex: sicut dicis, urbane joculari scis, sed hoc
in te vitium est, quod nimis omnia facis et dicis ita, quod
20 audientes fastidiuntur; si vis ergo libenter esse auditus, stude
temperate loqui et joculari. Capriolus autem hoc faciens
quantocius se ditavit dicens: dulcia sunt agitata, si semper
sunt temperata. Ita et nos agere debemus: ea quæ scimus et
agimus, ita temperate agamus, quod fastidio non appareamus.
25 Dicit enim Isidorus: omne quod est nimium, convertitur in
fastidium. Unde quidam versificator: non bene ducuntur, nimium qui verba loquuntur, decipientes aves per cantus sæpe
suaves. Quidam parvulus interrogavit senem quemdam dicens:
bonum est loqui an tacere, pater? Cui senex: si sunt verba
30 inutilia, dimitte ea, si autem bona sunt, non diu protrahas
sed cito incide quod loqueris. Quia dicitur Eccl. XXXIIᵒ:
adolescens, loquere in tua causa vix, si bis interrogatus fueris,
habeat caput responsum tuum. Ubi sunt senes, non multum
loquaris et in medio senatorum ne adjicias loqui. In Vitis
35 Patrum quidam interrogavit senem dicens: usque quo servan-
dum est silentium? Cui respondit:ˑ usque ad interrogationem.
In omni loco, si taciturnus fueris, requiem habebis, unum serva

silentium usque ad tempus. Temistides philosophus rustico tacenti in convivio dixit: es doctus et hoc, si solum habes, quod taces. Ea propter Isidorus: tempore congruo loquere, tempore congruo tace, non loquaris, nisi interrogatus fueris,
5 non dicas, antequam audias, interrogatio os tuum aperiat.

De lepore jurista, dial. 105.

Lepus ivit Parisius ad studendum et factus est summus jurista. Ob hoc venit ad leonem dicens: domine, res meas expendi in studiis literarum, puto, quod sim bene salariatus, ut
10 honorifice sub umbra alarum tuarum possim vivere. Cui leo: indagare prius te volo, antequam salarium tribuere; perge mecum ad diversa videndum. Qui cum peragrarent simul per silvam, ecce quidam venator apparuit habens arcum et pharetram et post ursum et post vulpem sagittabat. Vulpes autem
15 ingeniosa, cum intuebatur sagittam, devitabat ictum et saltabat, ursus autem arrogans et de fortitudine sua confidens impetuose versus hominem tendere coepit volens ipsum discerpere, venator autem emittens sagittam accepit ursi vitam. Quod videns leo ait lepori: et hoc fac proverbium, ut agnoscatur scientia,
20 ex quo vis fieri salariatus. Lepus autem exaravit in libro dicens: valet contra ictum mortis esse sapiens quam fortis. Leo quoque proverbium laudavit et ipsum secum in urbem duxit, ubi inveniens quemdam dominum depompantem, id est vituperantem servos suos. Unus illorum patienter auscultabat,
25 alter vero contra dominum verbosari coepit et non cessabat, pro quo dominus iratus ipsum gravissime verberavit et ipsum exspoliatum rejecit, patientem autem retinuit et exaltavit. Ex hoc vero lepus leoni scripsit: multum melius facere est quam male respondere. Et hoc proverbium magnificavit leo et le-
30 porem in villam duxit, in qua invenerunt bubulcum quemdam, qui conjungebat boves et ad mansum, id est terram XII jugerum, arandum mandabat, dans ei pro quolibet fasciculum foeni, unus autem sine rumore fasciculum bajulabat, alter vero propter audaciam verbosari coepit dicens: quid est foenum secum
35 deferre? non enim sic saturabit nos. Et hoc dicens noluit secum foenum portare, cumque ad laborem venissent et usque ad vesperum ararent, ille, qui habebat fasciculum foeni, se re-

paravit, alius fatigatus, non habens de quo se refocillare posset, famelicus interiit. Pro quo dictavit lepus leoni dicens: melius est possidere parvum quid quam nil habere. Hæc omnia videns leo inquit: recte, fili, studuisti nec tempus tuum per-
5 didisti, quoniam rationabiliter ad interrogata scis respondere. Unde ei salarium præbuit dicens: qui vult esse sublimatus, prudens fiat et sensatus. Hoc enim attendant studentes et frequenter addiscant, ut sublimati exsistant. Mens enim hominis alitur et lætatur discendo, idcirco finem habere non
10 debet. Dicit enim Seneca: discendo ne defeceris; idem debet esse finis discendi qui et vivendi. Alius quidam dicit: si pedem in sepulchro haberem, adhuc addiscere vellem, prudentia enim propter se est desiderabilis et etiam propter alios, quia utilis ad multa, ut ait commentator super primum Ethicorum.
15 Vere est beatus, qui invenit sapientiam et qui affluit prudentia, Proverb. III. Ideo antiqui principes habebant magistros suos sicut Trajanus habuit Plutarchum, Nero Senecam et Alexander Aristotelem. Nato enim Alexandro Philippus pater ejus scripsit unam epistolam Aristoteli: Philippus Aristo-
20 teli salutem. Filium mihi genitum scito, quo equidem Diis habeo gratiam, non tam proinde quia natus est, quam quod eum nasci contingit temporibus vitæ tuæ; spero enim fore, ut sit educatus eruditusque a te, ut dignus existat et nobis et rebus nostri regni. Nota quod princeps non solum sapiens
25 esse debet in humanis dispensandis et legibus eorum, sed etiam in divinis legibus, prout ait dominus Deuter. XVII: postquam enim rex sederit in solio regni sui, describet sibi Deuteronomium legis hujus in volumine accipiens exemplar a sacerdotibus Leviticæ tribus et habebit secum legetque illum
30 omnibus diebus vitæ suæ, ut discat timere Deum suum et custodire cærimonias ejus, quæ in lege præceptæ sunt, quod, si forte illiteratus est princeps, consiliis literatorum uti regi necesse est, unde [1] a sacerdotibus jubetur accipere exemplar legis et a catholicis et ecclesiasticis, sicut exponit Helinandus. Ait
35 enim Tullius de Tusculanis quæstionibus lib. V: philosophia est cultura animi, quæ extrahit vitia radicitus et ea mundat et

*

1 Andere lesen falsch: »unus« oder »unæ« und dann »ea« für »et ea«.

præparat animos, ut fructus ferant. Ut enim ait Papias: academia fuit villa frequenti terræ motu concussa, distans milliario ab Athenis, hanc philosophi elegerunt, scilicet Plato et sui, ut timore a libidine se continerent et ab aliis vitiis cessarent et studio vacarent, et inde dicti sunt academici.

De cane et lupis, dial. 106.

Canis quidam magnus latrator et prœliatorfuit contra lupos, ita quod nullo modo permittebat eos in civitatem ingredi, lupi vero quam plurimum canem abhorrebant cupientes ipsum exstinguere. Idcirco simul in campestribus convenerunt et duos de senioribus ad canem mandaverunt dicentes: magnus' es et formosus, potens et virtuosus ideoque omnes in campo congregati sumus, ut te regem nostrum patremus; veni ergo secure, ut te honorifice coronemus. Canis demens se sublimare cœpit, tum se audivit laudari ac de curtino, in quo tutius degebat, exsiliens cum iis ire cœpit, lupi autem caute ad cæteros eum perduxerunt, qui, cum ipsum intuiti sunt, se fortificaverunt et ipsum totum lacerarunt dicentes: esse qui cupit astutus, maneat ubi stat tutus. Sic enim homo, cum in loco tuto manet, non inde exire debet propter promissiones et laudes adulatorum, quia multi reperiuntur deceptores, qui incautos seducunt verbis mellitis, propter quod dicit Albertanus: non acerba verba sed verbera timebis. Et philosophus: qui bene dissimulat, citius inimico nocet. Prout Esopus volens ostendere, quod homo debet considerare, quare sibi aliquid promittitur vel datur, ideo introducit hanc fabulam. quod quidam latro de nocte venit ad domum cujusdam et canis domus incepit latrare. At ille extraxit panem de sinu et cœpit ei blandiri dans ei panem. Cui canis: tua dona laborant, ut sileam et facias furtum, si tollo tuum panem, tu auferes omnia de domo mea et iste cibus privabit me ab omni cibo; nolo enim semper egens esse propter modicam saturitatem et ideo, nisi sponte recedas, latro, modo tua furta pandam. Dum enim canis siluit, latro stetit, postquam latravit, ipse fugit. Hinc dicit autor: cum tibi quid datur, cur detur, respice, si das, cui des ipsa dona.

De lupo et asino, dial. 107.

Lupus cum asello simul sarrabat, sed asinus simpliciter desuper laborabat, lupus autem malitiose inferius trahebat cupiens occasionem invenire, ut asinum devoraret. Unde que-
5 rimoniam fecit versus asinum: quare mittis sarraturam in oculis meis? Asinus respondit: ego hæc tibi non facio, sed pure sarram guberno, si vis tu desuper sarrare, gaudeo, quia inferius operabor fideliter. Cui lupus: nescio, si dirigis sar-raturam in oculis meis, tuos eruam. Sarrantibus autem illis
10 lupus fortiter insufflare cœpit super sarraturam, ut sarraturam in oculis socii mandaret, sed propter commissuram ligni sarra-tura cecidit in oculos lupi, lupus autem præ dolore se retor-sit et juravit, ut vehiculum præcipitaret, sed judicio Dei pe-netrale cecidit et lupum mactavit, asinus autem saliens se in-
15 columem conservavit dicens: multi gladio necantur, quo necare meditantur. Sic enim faciunt malitiosi, qui expandunt rete ante oculos sociorum, ut eos fraudulente capiant, sed sicut Eccles. XXVII°: qui parat foveam proximo suo, incidet in eam. Prout Esopus volens ostendere, quod, qui vult decipere alios,
20 Deus eum decipit et damnat, introducit exemplum, quod qui-dam furicus venit ad flumen et non audebat ultra natare. Hunc videns rana volens eum decipere dixit: bene venias, frater et amice, dicitur enim, frater in angustiis 'comprobatur, unde veni mecum, quia valde bene natare scio. Credens hoc
25 furicus permisit se ligari cum filo ad pedem ranæ, cumque natassent in fluctibus, rana submergebat se et furicum neca-bat. Interea milvus desuper volabat et videns furicum rapuit et simul cum eo traxit ranam et utrumque comedit. Unde Esopus: sic pereant, qui se prodesse fatentur et obsunt, ut dis-
30 cant in auctorem pœna redire suum.

De urso et lupo, dial. 108.

Ursus clamitavit lupum ad se et ait: sumus nos inter feras nominati, sed si simul pernoctemus, erimus magis sub-limati. Placuit hic sermo lupo et conjurationes et societa-
35 tem statuerunt. Ursus autem informavit lupum dicens: volo tecum in æstate manere, tu vero, de quo venatus eris, me

satiabis, ego autem in cella te refocillabo, quia optime præ-
paratus sum in hyeme, nolo, quod permaneas in pruina cum
algore, sed in caverna mecum epulaturus eris. Credidit lupus
et pro viribus venabatur, ut se et ursum saturaret, ursus autem vacabat et sine labore splendide epulabatur. Cum ad
cellam adveniret, ursus ad foveam lupum duxit, sed in fovea
lupus nihil invenit, de quo mirabiliter tristabatur et famelicus
efficiebatur. Ursus autem lingebat se et per hoc clare vivebat,
de lupo quoque non procurabat. Cui lupus: quid hic gustare
debeo? quare me taliter decepisti? Et ursus: sede mecum et
linge te, si vis, alioquin recede. Lupus autem delusus ad silvam revertitur dicens: semper socium probemus, antequam nos
sociemus. Ita et nos probare amicos debemus, antequam iis
fidem demus. Nullus secreta sua amico committere debet, nisi
prius eum tentet et probet. Eccl. XI: non omnem hominem
inducas in domum tuam, id est in cor tuum, multæ enim
insidiæ sunt dolosi. Unde idem: si possides amicum, in tentatione posside illum et non facile credas ei. Ante probationem enim non debet de facili homo amico credere, sed
postquam ipsum tentaverit, id est probaverit et fidelem invenerit, debet secure sibi committere. Unde Valerius libro III
cap. VIII scribit de Alexandro, rege Macedonum, quod, cum
Philippus medicus et probatus amicus medicinam sibi dare deberet, supervenerunt litteræ de æmulis missæ, continentes, quod
Philippus corruptus pecunia a Dario in medicinam posuisset
venenum. Quas cum Alexander legisset, medicinam prius
hausit et postea literas legendas Philippo dedit. Ob magnam
fiduciam, quam de ipso habebat, malum de ipso suspicari non
poterat. Nulli enim amicitiæ et societati ante probationem
constringere nos debemus. Dicit enim Martialis chocus cuidam amico suo: antequam ames, Crisippe, proba. Quia dicit
philosophus: propter amicos non probatos provide tibi. Unde
Seneca: tu omnia cum amico delibera, sed cum te ipso prius.
Non enim omnis socius est bonus nec fidelis, imo discernen-
dus est socius a socio. Dicitur enim, quod duo socii per viam
incedebant, quibus occurrens ursus impetum fecit in eos, præ
timore autem unus ipsorum adscendit in arborem, alius vero
se finxit esse mortuum in terra. Ursus autem venit ad eum,

qui jacebat quasi mortuus, et putans illum mortuum abiit. Tunc socius descendit de arbore et quæsivit a socio dicens: quid consuluit tibi ursus in auricula? Cui ille: dixit mihi, ne curem de tali socio, qui dimisit me in tali periculo. Nota, quod inimici, qui graviter inter se offenderunt, nunquam possunt rectam pacem ad invicem habere. Unde pro similitudine habemus, quod quidam rusticus habens filium unicum permisit, ut iret ad locum et luderet, quem serpens momordit et occidit et sepultus est apposito signo super tumulo. Rusticus autem explorans et considerans, si posset occidere serpentem, invenit eum et dum vellet occidere serpentem, fugit et intrans foramen abscidit caudam ejus, et factæ sunt inimicitiæ inter rusticum et serpentem. Rusticus autem loquebatur de pace, cui serpens inquit: non potest fieri, quod dicis, quamdiu videbis tumulum filii tui, et ego quamdiu videro caudam meam, non potest esse firma pax.

De damula et lupo, dial. 109.

Damula, ut dicit Papias, est capra agrestis. Hæc cum pernoctaret cum quodam rustico et de pascuis quadam vice rediret, lupus cucurrit ad eam dicens: modo de te ventrem implebo, cum evadere non potes. Damula autem coram se geniculavit dicens: rogo te per Deum, quod permittas me prius redire ad ovile, hædus meus hodie non lactavit, propter quod fame interire poterit, promitto enim tibi, quod postmodum ad te remeabo. Lupus vero cogitavit, habere utrumque, et ait: vade ad ovile et capretum tecum apportabis, cupio enim videre eum et ejus et tui miserebor, sed sine te evadere non poterit. Hæc omnia damula juravit, sed cum ad domum reversa fuisset, fœtum suum enutrivit et ad lupum non rediit et lupus lamentabatur dicens: qui securus est ex auro, non amittat pro thesauro. Sic enim multi, cum habeant sufficientiam, propter concupiscentiam et avaritiam cuncta volunt deglutire tamquam lupi, qui nunquam saturantur, propter quod sæpe vacui exsistunt. Cupidus et avarus est sicut vas sine fundo, quod nunquam impletur. Juxta illud Eccles. V: avarus non implebitur pecunia. Et ideo antiqui principes cupiditatem et avaritiam respuebant, non enim ambiebant dominari propter pecuniam acquirendam, sed propter gloriam et reipublicæ custodiam. Unde narrat Valerius lib. III. Cum Scipio accusaretur apud senatum de pecunia, respondit: cum totam Africam potestati vestræ subjecerim, nil ex ea, quod 5 meum diceretur, præter cognomen retuli. Fuit enim dictus Scipio Africanus, quia Africam devicit. Narrat Valerius de Mantensi Curione, quod fuit norma romanæ frugalitatis et spectaculum fortitudinis. Cum enim legati Samnitum venissent ad eum ingressique viderent eum scamno sedentem juxta focum 10 atque ligneo catino cœnantem, ei magnum pondus auri attulerunt et benignis verbis invitaverunt eum auro uti. At ille vultum risu solvit dicens: in vacuum aurum attulistis, sed dicite Samnitibus, Mantensem Curionem malle locupletibus imperare, quam ipsum fieri divitem, et referte iis, nec acie 15 inimici nec pecunia me corrumpi posse. Ibidem narratur, quod, dum legati missi a Samnitibus Romam venissent, invenerunt Fabricium, principem Romanorum, sedentem et canentem. Cui cum pro sua libertate multa auri pondera obtulissent, ille non ad propriam, sed ad communem utilitatem 20 respiciens ait: abite et aurum vestrum asportate, quia Romani magis volunt dominari habentibus aurum quam auro. Refert Augustinus de civitate Dei, quod Lucius Valerius, qui defunctus est in suo consulatu, adeo pauper fuit, ut nummis apud eum minime inventis a populo sepultura sibi daretur. 25 Ipsi enim principes, cum rempublicam haberent opulentissimam, in domibus suis erant pauperes. Unde ait Augustinus ibidem, quod quidam eorum fuerat bis consul, qui senatu pulsus est, eo quod decem pondera argenti in suis domibus habere compertus est. Item Valerius: patriæ rem unusquisque augere, non 30 suam procurabat pauperque in divite imperio quam dives in paupere versari volebat, et ponit exemplum de consulibus, qui adeo pauperes erant, dum moriebantur, quod non habebant, unde filias suas traderent nuptiis. Illustrium tamen virorum inopiæ a senatu succurrebatur et eorum filias consuevit sena-35 tus honorabiliter nuptiis tradere. Ut ait Augustinus epist. V, quod, qui prudentius attendunt, plus dolendum esse dicunt, paupertatem quam opulentiam periisse Romanam. In paupertate enim morum integritas servabatur, opulentia autem

mentes hominum omni pejor hoste corrumpit. Unde legitur, quod,
cum exercitus Alexandri devicto Dario spoliis ultra modum
ditatus esset, paulo post cum hostibus iterum congressus devictus est. Quod videns Alexander spolia omnia, quæ servi
5 acquisierant, jussit comburi dicens: quamdiu sine pecunia fuerunt, non erat, qui iis resisteret, sed auro et argento onusti
desides et pigri effecti sunt. Quibus amissis fortiter pugna-
verunt, sicut antea. Ita legitur de Romanis, quod olim pugna-
batur pro gloria acquirenda, pro libertate sequenda et pro re-
10 publica conservanda, sed postquam se ad avaritiam converte-
runt, semper victi fuerunt.

De vario et squillato, dial. 110.

Varius est bestia parva paulo amplior quam mustela. A
re nomen habet. In ventre enim candidus in dorso habet co-
15 lorem cinereum, ita elegantem, ut mireris bestiam sua crea-
tione spectabilem. De genere piroli est, in arboribus habi-
tat et fœtus facit. Harum bestiarum pellibus in ornatu ves-
tium et maxime in palliis gloriari solent homines, ipsa tamen
bestia in pelle propria minime gloriatur. Varius licet sit par-
20 vus, propter nobilitatem pellis suæ animal excellentissimum
est. Similiter est squillatus. Hi duo societatem statuerunt
dicentes: sumus nos sublimati et apud omnes appretiati propter valorem pellium nostrarum; ex quo sumus ita nobiles,
persequamur viles et despectos. Unde simul invenerunt bu-
25 fonem et molestare eum cœperunt. Quibus bufo: Deus fecit
nos et non ipsi nos, si estis vos venustiores, creatorem vestrum
laudate. Ipsi vero perturbati oculos ejus eruerunt dicentes:
audes loqui contra nos, deturpate? Post invenerunt bubonem
nidum in arbore facientem, qui post ipsum sibilantes effuga-
30 verunt et ova ejus et nidum dissipaverunt. Bubo autem tristis
avolavit dicens: male fecistis, fratres, quia sum Dei creatura
sicut vos, sed alius de vobis me vindicabit. Demum invenerunt simiam super arborem jocari. Qui dixerunt: quare non
verecundaris omnibus deterior, quia sine cauda es et posteriora
35 nobis ostendis? Simia autem de arbore descendit et ipsos evisceravit dicens: sunt curiales nobiles et derisores ignobiles.
Ergo nobiles et potentes propter suam magnificentiam mo-

lestare nequaquam debent humiles et pauperes, quia nobilitas non est in dignitate parentum, sed in morum compositione. Unde dicit philosophus: nobilitas sola est, quæ animum ornat moribus. Et vulgariter dicitur: villanus est ille, qui facit villaniam,
5 non qui in villa nascitur. Legitur quod quidam leo in juventute multa mala fecerat, implagaverat enim ungulis suis aprum, taurum et asellum. Accidit autem, quod ipse devenit ad senectutem et tempore hyemis infrigidatus cecidit in nive, non valens per se exire. Hoc videns aper recordatus est suo-
10 rum vulnerum percussitque eum graviter dentibus. Similiter taurus perforavit ventrem ejus cornibus, asellus vero graviter calcibus percussit eum in fronte. Leo autem satisfaciens suo dolori inquit: omnia, quæ vici, me vincunt, nunc meus dormit honor et opus honoris recessit! ecce, cui nocui, nocet, quæ
15 aliis feci, super me descendunt.

De equo et apro, dial. 111.

Equus cum apro diu quæstionabatur, sed propter longitudinem quæstionis equus bona sua dissipavit, unde ad mulum accessit rogans eum, ut sibi marchas decem auri mutuaret.
20 Equus vero cum his marchis se recuperavit et vincens quæstionem multa lucratus est, mulus autem postmodum marchas petebat, velut pollicitus fuerat, sed equus per rusticitatem suam mulum deturpabat dicens: o mule, non verecundaris talia petere a me? Pro quo mulus perturbatus ipsum ante judicem
25 citavit, equus vero inflammatus clamitavit ad se camelum et asinum, qui mulum fortiter percusserunt, et cum his ad judicium properavit. Judex quidem hoc sciens sententiam talem pronuntiavit, quod pecunia illa quam cito restituenda esset et hi propter violentiam et percussionem centum marchas solve-
rent. Camelus autem non habens, unde redderet, exivit de
30 civitate et bannitus est, asinus quoque in cippo et carcere positus vitam miserabiliter finivit. Equus autem damnum et debita solvit et spoliatus remansit dicens: si quis debet et non reddit, justum est, si malum prendit. Sic enim multi ingrati reperiuntur, qui non cognoscunt beneficia nec grates re-
35 ferunt benefactoribus. Contra quos ait Catho: beneficii accepti memor esto, exiguum munus cum dat tibi pauper ami-

cus, accipito placide pleneque laudare memento. Sed multi
hodie non laudant tantum, imo contra benefactores falsifican-
tur. Unde legitur, quod, cum quidam rex quemdam amicum
suum super omnes sublimaret, ipse cogitare cœpit intra se:
5 rex hic me tantum honoravit, quod nunquam ero liber. Quapropter de morte regis cœpit esse sollicitus, rex autem hoc
sciens citavit eum; veritate comperta judicavit, eum trahi per
civitatem. Qui dum traheretur, omnes projiciebant immunda
super eum, ipse vero patienter omnia sustinuit pro eo, quod
10 in sua prosperitate nunquam fuerat alicui placidus, imo omnibus superbus et infestus. Sed cum quidam ejus amicus,
quem tamquam se dilexerat, jactaret super eum lapidem et
parum ipsum tangeret super digitum pedis, vociferatus est et
quamplurimum contristatus. Dum vero sic tractus ante regem
15 præsentatus esset, ait rex ministris: qualiter habuit miser iste
se in passione? Qui responderunt: satis patienter, sed de tali
ictu nimium lamentatus est. Rex autem interrogavit ipsum,
qualiter sic doluit. Cui ille: quoniam ipsum ultra cæteros
amaveram et ab eo auxilium sperabam, non tormentum. Cui
20 rex: de ore tuo te judico, serve nequam; sic fecisti contra
me! Unde ait ministris: ite et in patibulo ipsum suspendite,
sicut dignus est. Mirum est enim, quod homines rationem
habentes sunt ita ingrati, cum irrationabilia animalia agnoscant
beneficia sibi collata. Legitur, quod, cum quidam leo captus
25 esset in retibus venatorum, et quidam pastor compatiens eum
a vinculis absolvit. Iterum dictus leo captus a venatoribus in
cavea imperatoris cum aliis bestiis inclusus est, et in eadem
cavea propter scelus pastor projectus est a belluis devorandus,
et recognoscens eum leo non solum ei non nocuit, sed ipsum
30 ab aliis bestiis illæsum servavit. Item legitur, quod dux Sa-
xonum invenit leonem pugnantem cum maximo serpente, qui
jam collum ejus circumligaverat et cum veneno nitebatur occidere, miles autem cogitans nobilitatem leoninam et malitiam
serpentinam amputavit caput serpentinum. Quem leo sequens,
35 quasi domesticum animal, nunquam reliquit et pro eo, ut dicitur, multa prœlia gessit contra hostes ejus et ipso mortuo
et sepulto etiam leo supra sepulcrum manens ibidem mortuus est.

De asino et bove, dial. 112.

Bos et asinus cum quodam rustico morabantur simul, qui eos splendide saturabat, sed quandoque eos laboribus fatigabat et aculeabat. Quadam autem vice rusticus verberavit asinum, qui perturbatus ivit ad bovem dicens: quid faciemus? iste bubulcus cædit nos et fatigat, fugiamus ab ipso et sine jugo maneamus; juvenes enim sumus et quamplurimum congaudere possumus. Dum autem de domo recederent et per pascua saltarent, nimium lætabantur. Interea nox caliginosa advenit et isti conquerebantur simul dicentes: qualiter dormiemus? bovile non habemus, ut soliti eramus, melius certe erat sustinere quam recedere. Cum autem super humum jacerent cupientes obdormire, ecce lupus cœpit rugire et hos infestare, ita quod per totam noctem non dormierunt dicentes: non est bonum sic permanere, sed cum pecudibus nos sociemus, quoniam protecti erimus a pastoribus et canibus. Cumque ad gregem appropinquarent cupientes cum iis edere ac pernoctare, pastores ipsos expulerunt ac fustigaverunt, ipsi vero plorantes cum quodam rustico concordaverunt, qui eos quam plurimum aggravabat et male pascebat. Unde compuncti reversi sunt ad priorem statum dicentes: melius est domi manere quam per mundum sic vagare. In hoc possumus notare, quod periculum est peregrinari ac de loco suo recedere et in alieno hospitari. Dicitur enim Eccl. XXIX: vita nequam hospitandi de domo in domum. Est etiam melius et utilius pati aliquod gravamen parvum quam sustinere majus, et cum homo aliquid facit, semper debet considerare, quid sibi inde potest evenire. Unde sapiens: quicquid agas, prudenter agas et respice finem; ferre minora volo, ne graviora feram. Unde dicitur, quod quidam milvus graviter molestabat columbas rapiens suos pullos. Columbæ vero aliquando se defendebant et percutientes eum alis suis recedebat quando rapiebat. Tandem fecerunt consilium et acceperunt sibi in regem accipitrem pulsurum bella milvi, rex autem cœpit magis nocere quam hostis, accipiebat enim quotidie unam de pinguioribus et comedebat. Columbæ vero cœperunt conqueri de rege ac dicere, quod sanius esset bella milvi pati quam mori crudeliter ac sine defensione. Videri etiam

in hoc potest, quod melius est amarum consilium cum quiete et securitate quam delectabile cum periculo ac sollicitudine. Prout refert Esopus, quod mus urbanus venit ad villam et bene receptus est a mure rustico, urbanus vero laudavit ex-
5 pensas civitatis et secum deduxit eum ad cellarium·episcopatus et delicatiores cibos cum eo participavit. Interea claves murmurant et claviarius intravit, mus urbanus fugit ad solitum foramen, rusticus vero impegit in muro et vix vivus eva-sit. Tandem convenerunt in unum dixitque mus de villa:
10 ego malo rodere fabam, quam rodi repentina cura, habe hæc bona solus, quæ sunt gaudia tibi soli, mihi pax opulenta in pauperie vitam quietam dat et pretium meis dapibus.

De hirco et vervece, dial. 113.

Magnus grex simul accumulatus edebat in pascuis, vervex
15 autem, id est aries vel muto, clamitavit hircum de capris dicens: extra gregem procedamus, quare cum ovibus tam turpiter manemus? Cumque extra gregem exirent et societatem suam spernerent, lupus rapax, qui in silvis latitabat, in illos exsiliens ipsos momordit et se pavit dicens: melius est esse
20 sociatus quam manere sequestratus. In hoc apparet, quod, qui spernit societatem, spernit securitatem, quia dicit Ecclesiastes IV: væh soli, quia, si ceciderit, non habebit sublevantem. Quædam ornix habebat pullos multos, quos avide fulciebat. Adveniente autem milvo ornix pullos ad se congre-
25 gavit, ut ipsos protegeret a rapace, omnes vero, qui ad eam confugerunt, protecti sunt et defensi, unus tamen illorum per se solum picare voluit nec de societate curavit, unde rapax ipsum rapuit et asportavit.

De panthera et porco, dial. 114.

30 Panthera est animal varii coloris, pulchrum et odoriferum. Dicit autem Solinus, quod est animal varium, speciosum, nimis minutis orbiculis superductum, ita ut occultis ex fulvo circulis luceat et in cæruleum vel album colorem varietas distinguatur. Est autem hoc animal admodum mansuetum, inimi-
35 cum autem habet solum draconem. Dum comederit satiatumque fuerit diversis cibis, ut dicit Physiologus, recondit se et dor-

mit in spelunca sua. Inde post triduum exsurgens a somno
rugitum emittit, cæteræ vero bestiæ, cum vocem ejus audiunt,
congregantur et sequuntur odoris ejus suavitatem, quæ egreditur de ore ejus. Solus autem draco, cum vocem ejus audierit,
5 contrahitur timore et abscondit se in cavernis terræ. Sed semel panthera tentata est, esse de porco, et quia delicatum
cupiebat et abhorrebat immundum, unum pro se nutriebat,
stratum mundissimum faciens illi, et sæpissime porcum extri-
cabat nec permittebat in luto ipsum agitari. Sus autem in
10 hoc molestabatur et magis cupiebat in luto cum aliis se
volvere ac fœdare. Quadam enim vice sus de domo exsiliens cum aliis se totum fœdavit. Propter quod panthera
porcum immundum abhorruit et repudiavit dicens: mutare
aliquem de natura est pœna dura. Sic faciunt peccatores et
15 immundi, quia propter malam consuetudinem non valent exire
de luto concupiscentiæ et luxuriæ, quia, ut dicit philosophus,
consuetudo est altera natura et ideo principiis obsta. Tentatio
enim in ortu suo est quasi virgula, quæ cito potest evelli,
antequam per antiquitatem crescat in arborem. Sed ut dicit
20 glossa: peccatum consuetudinis est velut languor inveteratus,
qui difficile curatur. Unde Jerem. XIII: si mutare potest
Ethiops pellem suam et pardus varietatem suam, et vos po-
teritis bene facere, cum malum didiceritis. Legitur de Ves-
pasiano imperatore, quod, cum esset avarus et in hac consuetu-
25 dine jam senex persisteret et quidam vituperando diceret ei,
vulpem pellem posse mutare, non animum, respondit: hujusmodi hominibus debemus risum, nobis criminosis correctionem
plenam.

De onagro et apro, dial. 115.

30 Onager, dicit Papias, est asinus silvaticus, et aper est
porcus silvester. Hi duo invenerunt dominum in silva errantem.
Qui dixerunt: adjuva nos, domine, et rectum judicium judica
de nobis. Quibus dominus: quid vultis, ut faciam vobis? Cui
asinus: dominus meus me decepit, habet enim canem parvu-
35 lum, qui de cibo domini vescitur et in cubili suo dormit, ipse-
que enim dominus blanditur ei cum ipsoque jocatur, me nunquam tetigit nec mihi blanditur, qui quotidie sarcinam gesto

et in negotiis suis me affligo. Cui dominus: onager, si vis
esse libenter tactus et visus, esto immaculatus et non sterco-
ratus, canis enim, propterea quod stat mundus, manet apud
dominum suum lætabundus. Aper quoque dixit: dominus
5 meus tenet philomelam penes se in cavea deaurata et cum
ipsa pangit quamplurimum et lætatur, me autem non gratiose
audit, cum balatum traho, similiter nec cum socius meus cantat; unde petimus, pone modum in his. Ad hæc dominus
respondit: nescitis, quid petatis, si avide cupitis esse auditi et
10 intellecti, debetis habere verba delicata, non fœda, non vocem
turbidam, philomela propterea, quod placide loquitur et cantat,
gratanter auditur, vos autem non sic. Ipsi vero obmutuerunt
dicentes: quod non licet, non petamus, quod nescimus, non
dicamus. Ergo et nos, si cupimus libenter visi esse et tacti,
15 studeamus esse immaculati, non polluti, non fœdati, post si
volumus esse auditi et intellecti, loquamur verba placida,
non turpia, non vilia. Sunt enim quidam, quorum guttur est
quasi sepulchrum, quod fœtet, cum aperitur. De quibus Psalm.
V: sepulchrum patens est guttur eorum, scilicet malorum ho-
20 minum, quia semper dicunt fœtida. De quibus dicit idem
Psalmista: disperdat dominus universa labia dolosa et linguam
magniloquam scilicet adversus Deum et proximum. Talibus
enim verbis injuriosis et contumeliosis loquentes non sunt
audiendi. Juxta illud Senecæ: claudendæ sunt aures malis vo-
25 cibus. Diogenes philosophus cuidam referenti quoddam malum ab amico de ipso prolatum ait: dubium est, an amicus
hoc dixerit, certum est autem mihi, quod tu maledicis. Au-
tisthenes cuidam dicenti: ille de te malum hoc dixit, ait: non
de me hoc dixit, sed de illo, qui hoc in se habere recognoscit.
30 Xenocrates respondit cuidam maledicenti sibi: ut tu linguæ
tuæ dominus es, sic et ego aurium mearum, sic ego possum
ponere auribus meis clausuram. Respondit cuidam dicenti
sibi: maledixit tibi ille, quidam de te maledixit, non curo,
quia auditus esse debet robustior lingua, cum singulis homi-
35 nibus sint singulæ linguæ, aures vero binæ. Et sic debet
homo plus sustinere duabus auribus, quam possit aliquis loqui
una lingua. Narratur in libro de nugis philosophorum. Cuidam male dicenti sibi respondit quidam: facile in me male-

dicere potes, nec sum responsurus. In eodem libro narratur, quod Zeno philosophus cuidam maledicenti sibi dixit: si meis auribus te audires, taceres. Nota, quod sustinentia contumeliarum in verbis improperiorum fuit in antiquis. Legitur de Ale-

5 xandro, prout dicitur in L. III de nugis philosophorum, quod cum Antigonus ei dixisset: ætati tuæ jam regere convenit, quasi dicat, non pudet in corpore regis voluptatem dominari luxuriæ? Quasi dicat: indignus es regno ratione ætatis et voluptatis. Et tamen patientissime tulit. Eodem libro narratur

10 de patientia Julii Cæsaris. Cum enim calvitium graviter ferret, et capillum defluentem a cervice ad frontem convocaret, milite ei dicente: facilius est tibi, o Cæsar, calvum non esse quam me in Romano exercitu timendum quidquam egisse vel acturum esse! Quod tamen patienter sustinuit. Unde cum

15 de eo essent famosi libilli et jocularia carmina publice divulgata, et hæc ad improperium suum patientissime sustulit. Cum quædam matrona ejus originem despiciens panificum vocaret, ludendo pertulit. Ibidem narratur de Augusto Cæsare, cum quidam diceret ei: o tyranne, respondit: si essem, in-

20 quit, non diceres. Ibidem narratur de Scipione Africano, quod, cum quidam eum per vim pugnantem vocaret et ex hoc argueret, respondit: imperatorem peperit me mater mea, non bellatorem. Legitur etiam de Augusto Cæsare libro III de nugis philosophorum. Cum Tyberius ei conqueretur, quod multi

25 de eo male loquerentur, respondit: satis est, si hoc habemus, ne quis nobis male facere possit, idcirco noli indignari, si aliquis de nobis male loquitur. De patientia Antigoni regis narrat Seneca libro III de ira. Cum audisset aliquos de se male existimare et loqui, ut ipsi putabant inscio rege, omnia

30 tamen cum ipse audiret, eo quod inter se et dicentes tenuis modo paries interjectus esset, solam manum leviter commovit dicens quasi in persona alterius: hinc discedite, ne rex vos audiat. Item refert Seneca Lib. IV de ira de dicto rege Antigono, quod, cum quadam vice audisset quosdam ex militibus

35 omnia mala imprecantes sibi, accessit ad eos, maxime qui laborabant, et cum eos audivisset et ignorarent, a quo audirentur, admonuit eos dicens: nunc maledixistis Antigono, sed nunc bene optate ei, quod vos diligit. Mira enim humilitas regis,

qui non dedignatus est condescendere laborantibus, et mira patientia, qui non est indignatus sibi maledicentibus!

De salamandra et hydro, dial. 116.

Salamandra est genus lacertuli sive stellionis, animal pestiferum et summe venenosum, nam ut dicit Plinius lib. XXIX c. IV, fructus arborum inficit, aquas corrumpit, ex quibus si quis comederit vel biberit, mox necatur, sed si saliva ejus pedem hominis tetigerit, totum hominem inficit et corrumpit. Et quamvis tanta sit in salamandra vis veneni, a quibusdam tamen animalibus manditur loco cibi. Inter medios ignes vivit sola animalium, ut dicit idem, imo incendium et ignem exstinguit. Et est genus salamandræ, cujus pellis est villosa et pilosa, sicut pellis vituli marini, ex quo fiunt aliquando cinguli ad usus regum. Qui post longam vetustatem in ignem projecti non exuruntur, sed post diuturnam inflammationem illæsi et purgati, quasi renovati ab ignibus extrahuntur, et ex illa pelle fiunt lichni in lampadibus et lucernis, qui nullo incendio corrumpuntur. Hydrus autem serpens est toxicosus, qui vivit in aquis, habens quinque capita. Hi duo prœliabantur simul, sed cum salamandra vincebatur ab hydro, projiciebat se in ignem, ut evaderet. Cum autem hydrus vincebatur a salamandra, jactabat se in aquam, sicque se conservabant nec corruebant, dicentes: ad domum qui revertitur, non fugit nec conteritur. Ita et nos protegere debemus. Cum impugnamur ab inimicis infernalibus de igne concupiscentiæ et luxuriæ, debemus nos projicere in aquas castitatis et munditiæ. Cum autem impugnamur de aqua cupiditatis et avaritiæ, debemus nos jactare in ignem caritatis et largitatis, exemplo columbæ. Legitur quidem de proprietatibus avium, quod sunt quidam accipitres, qui aves non rapiunt, nisi in aëre, et quidam sunt, qui non rapiunt eas nisi in terra. Columba vero naturaliter hoc cognoscit et ideo, si fugatur ab accipitre rapiente in aëre, statim ad terram se dejicit, si vero ab accipitre rapiente in terra, in aëre se tenet et sic evadit. Ita et nos ingenium habere debemus contra accipitrem infernalem, qui habet mille artes nocendi. Unde Paulinus: hostis noster, cui sunt mille artes nocendi, tam variis expugnandus est telis, quam impugnat insidiis, et ideo cum hostis meus, qui persequitur me, mille habeat artes nocendi, mille mihi modis repugnandum est. Dicitur, quod quidam dæmoniacus ad virum sanctum adductus est, qui cum præcepit dæmoni, ut 5 exiret et nomen suum diceret, ille respondit: nos sumus tres, qui in isto homine habitamus, ego vocor claudens cor, alius frater meus vocatur claudens os et tertius vocatur claudens marsupium; officium enim meum est peccatoris cor indurare, ne possit contritionem habere, et si forte conteritur, laborat 10 frater meus, ut a confessione impediatur, et si forte confitetur, tertius prohibet satisfacere, et iste tertius vocatur claudens marsupium, et per hunc modum fere omnes lucramur.

De simia et taxo, dial. 117.

Taxus est animal ad quantitatem vulpis, cujus pellis est 15 valde hispida et villosa. De hoc dicit Plinius lib. VIII c. XXXIX: quando eum canis insequitur, anhelitum et flatum retinet, retinendo cutem extendit et sic morsus canum et ictus hominum arcet. Hæc bestia vulpem odit et cum eo dimicare consuevit, sed videns vulpes, quod propter duram ejus et vil-20 losam pellem lædere eum non poterat, se victam simulans fugam petit, et dum taxus prædam quærit, vulpes latibulum ejus subintrans urina et aliis immunditiis taxi cubiculum inficere consuevit, cujus fœtorem abhorrens melus, id est taxus, defœdatum domicilium derelinquit et aliam mansiunculam sibi 25 necessario quærit. Et si quando in hyeme ei defecerit cibus, pro cibariis erit somnus, est enim animal multum dormiens. Ad hunc accessit simia dicens: frater, accommoda mihi centum marchas, quia cupio in partibus ultramarinis negotiari et lucrum fideliter tecum dividere. Cui taxus: hoc libenter tibi 30 annuam, quoniam quiescere peropto, si mihi fidejussores dabis et instrumentum per manum notarii mihi facias. Simia autem bubalum et taurum fidejussores instituit et chirographum per manus sonipedis relinquens ad partes suas migravit et nunquam rediit. Taxus autem videns, quod illusus esset a simia, 35 a fidejussoribus petiit accommodata. Ipsi vero sibilabant post ipsum et quamplurimum spernebant eum. Taxus autem hoc judici indicavit ostendens ei chirographum. Judex itaque fide-

jussores citari fecit et sententiam propalavit, quod restituerent,
quæ per chartam obligata fuerunt, ipsi vero indignati taxum
semper persecuti sunt et ad extremum graviter percusserunt.
Taxus autem vulneratus ait: qui non cupit mutuare, nunquam
5 cupit litigare. Multotiens enim accidit, quod homo perdit
amicos, cum repetit fœnerata. Tamen dicit propheta Psalmo
CXI: jucundus homo, qui miseretur et commodat. Sed scribit
Catho: cui des, videto, ut sit discretio in accommodatore. Fabulatur enim, quod quædam capreola prægnans venit ad aliam
10 habentem domunculam et verbis dulcibus ac precibus lamen-
tans de partu petivit domum, promittens se post partum red-
dituram sibi domunculam. Hæc abiit, illa manet, sed post
partum per plures dies rediit petens sua jura. At illa obseravit aures et ædem, et nolens reddere quod promiserat, ait:
15 non timeo tuos dentes, quia dentes filiorum meorum te lania-
bunt. Quare docetur homo, quod non semper credere debet
verbis mellitis, quia multi decipiuntur causa pietatis. Unde
versus: non satis est tutum mellitis credere verbis, ex hoc
melle solet pestis amara sequi. Prout refert Esopus volens
20 ostendere, quod nil potest prodesse malis, quoniam mens prava
malorum non verecundatur esse immemor beneficii accepti.
Unde ait, quod lupo agnum voranti in gutture hæsit os trans-
versum, qua de causa misit ad gruem, ut suo rostro ipsum
extraheret. Grus osse revoluto et evulso de faucibus lupi
25 petiit promissa, quod multa promiserat lupus. Cui lupus: an-
non, infelix, vivis munere meo? nonne potui præcidere collum
tuum morsu meo? ergo tua vita sit tibi munus meum!

De mure et murilego, dial. 118.

Mus ivit ad murilegum et se quamplurimum exinanivit
30 dicens: o excellentissime, semper intendo servire tibi et nunquam a te recedere, tantummodo protege me a furore mustelæ.
Murilegus autem in protectionem eum recepit et ubique ipsum
secum portabat, non permittens eum a mustela decipi. Mustela adeo fuit amaricata de eo, quod faciebat cattus, et eum
35 quamplurimum æmulabatur. Quadam autem vice mus fefellit
et murilegus ipsum correxit, pro quo iratus mus ad mustelam accessit eamque humiliter salutavit dicens: magna sunt

peccata mea, vere dignus sum puniri, quoniam tibi sub protectione catti adversatus fui. Sic enim inter murilegum et mustelam discordiam seminabat, cum ab ipsis corrigebatur. Ad postremum sic eas simul copulavit, quia omnino cupiebant
5 se dilaniare. Dum autem ad certamen promte gradiebantur, ait mustela: o soror, quid agimus, quare per hunc falsum murem volumus nos dilaniare? Melius est, ut ipsum mactemus, quam de seculo nos delere. Placuit sermo cattulo et ita fecerunt dicentes: qui discordia utuntur, justum est, si puniuntur.
10 Ita faciunt multi adulatores et malitiosi inter principes pacem habentes, propter quod odibiles sunt Deo. Dicitur Prov. VI°: sex sunt quæ odit Deus et septimum detestatur anima ejus, oculos sublimes, linguam mendacem, manus effundentes innoxium sanguinem, cor imaginans cogitationes pessimas,
15 pedes veloces ad currendum in malum, et proferentem mendacia testem fallacem et qui seminat inter fratres discordiam. Unde Eccles. XXVIII°: susurro et bilinguis maledictus est, multos enim turbavit pacem habentes. Antiqui enim tales susurrones et adulatores non diligebant, sed erant in iis magnificentia et
20 fortitudo ad profitendum verum in sermonibus. Ut enim narrat Valerius Lib. VI°, quod, omnibus Syracusanis exspectantibus exitum Dyonisii tyranni propter nimiam morum acerbitatem, quædam mulier ultimæ senectutis orabat Deos, ut incolumis et superstes esset. Quod ut agnovit ille, indebitam
25 admirans benevolentiam vocavit eam inquirens, quo merito suo id faceret, respondit: illa certe est mei propositi ratio, cum essem puella et haberem gravem tyrannum, eo carere cupiebam, quo interfecto deterior arcem occupavit, cujus dominationem finiri magis exspectabam, te autem non pernicio-
30 siosiorem habere cupimus rectorem; timeo itaque, ne, si fueris absumtus, deterior in locum tuum succedat, ergo oravi pro te. Maluerunt etiam antiqui philosophi veritatem dicendo mori quam tacita veritate vivere. Unde de Diogene dicitur, quod erat usquequaque profitens verum. De quo ait Valerius L.
35 IV cap. III, quod, cum eidem lavanti olera Aristippus dixisset: si Dionisio tyranno adulari velles, ista non ederes. Imo, inquit ille, si ista esse, id est edere, velles, Dionisio adulari necesse non haberes. Maluit enim oleribus vivere et verum

dicere quam epulis regiis saginari et eidem adulari.

De quinque agnis et lupo, dial. 119.

Agni quinque relicti a parentibus velut pupilli et orphani a consanguineis et a tutoribus regebantur. Quadam autem vice lupus unum ex his clam ad se vocavit dicens: cupio de te condolere ut de pupillo, unde volo tibi literas insinuare, ut proficere possis; verumtamen perge prius ad fratres tuos et dic, ut tecum veniant ad me ad confirmandum mecum acta. Agnus innocens gavisus est gaudio magno valde et perrexit ad fratres suos et hæc omnia intimavit. Cui dixerunt: hoc plurimum nobis placet, sed eamus ad tutores nostros, ut consulant nobis. Quibus dixerunt tutores: caveatis vos a tali magistro, quia si ad ipsum reversi fueritis, jugulabit vos. Illi autem non attendentes ad consilium seniorum ad lupum accesserunt, lupus autem videns lætabundus effectus est et in ipsos saliens jugulavit et se cum filiis suis pavit dicens: male pergit et offendit, qui majoribus non credit. Ergo credere debemus ad seniorum consilium, quia dicitur Job XV°: in antiquis est sapientia et in longo tempore prudentia. Debemus etiam custodire consilium nobis datum maxime ab amicis. Dicitur enim Prov. III°: custodi legem atque consilium et erit vita animæ tuæ et gratia faucibus tuis. Dicitur, quod quidam agricola agricolavit terram seminans in ea semen lini. Hoc videns hyrundo docta et antiqua congregavit omnes aves simul dicens: hic ager et hoc semen nobis male vincula minatur, unde disperdamus ea, antequam crescant. Noluerunt autem adhuc, imo reprehendebant eam improperantes vanos timoses. Interea herba exivit de humo et hyrundo iterum monet instare pericula. Aves vero rursum deridebant dicentes; hyrundo placat homines sibi et blanditur cantu suo. Interim linum metitur et fiunt retia, quæ aves capiebant. Tunc omnes aves cognoverunt errorem suum et pœnituerunt tarde. Unde ille, qui spernit utile consilium, sumit inutile et ille, qui nimis est tutus, jure subit retia. Et nota, quod quandocunque consilium vilis personæ utilissimum est et quod ingenium plus valet virtute. Unde versus: ingenium superat vires et summa prudentia est prudenti. Prout scribitur, quod aquila volans per aërem et videns movere testudinem id est galandram, deposuit se super ipsam accepitque in pedibus. At illa retraxit pedes et collum in concham ita, quod nullo modo poterat de ipsa comedere, nisi quando volebat. Sed quædam ornix hoc videns ait: licet 5 sis potens et rex avium, nescis tamen omnia; audi accure consilium meum, quod gerit in concham, valde bonus cibus est pro te, frange concham deferendo in altum. Sic fecit et comedit cum dulcedine.

De reptilibus multis, dial. 120.

10 Reptilia multa super humum simul solatiabantur ad solem, sed basiliscus, id est serpens venenosus, ut supra dictum est in dyalogo XLI., in medium exsilivit clamans: quis in duello mecum salire peroptat, veniat et pugnabo cum eo. Testudo autem in medio processit cum ipso pugnatura. Dum autem 15 simul pugnarent, basiliscus cupiebat eam mordere et toxicare, sed testudo trahebat et caput et pedes in concham, quod non poterat eam tangere. Postea vero extrahebat et basiliscum cum dentibus et ungulis aculeabat. Sic victus anguis erubuit, paululum post denuo se fortificavit et volens se excusare, quod 20 erat turpiter victus, ait: volo me vindicare, si est inter vos aliquis prœliator, veniat ad me et ipsum fugabo. Ericius autem spinosus hoc andiens armatus ad bellum processit. Cum autem serpens eum videret, cum furore maximo aggreditur super eum, ericius vero se corroborans acuit pennas suas et in ipso fixit 25 et usque ad sanguinem vulneravit. Basiliscus quidem confusus mœrore quasi deficiebat. Interea rana hoc videns cupiens se vindicare de serpente, super ipsum ascendit, volens ipsum exstinguere. Anguis itaque intuens ranam, dum fatigatus et famelicus exsisteret, se quam plurimum corroboravit et eam 30 cepit et deglutivit dicens: male pugnat, qui paratus non est nec bene armatus. In hoc notatur, quod, cum cernimus inimicos nostros fortiores aliquantulum suppeditatos, non debemus aggredi super eos, sed supersedere ac videre finem rei. Ait enim Seneca: inimicum quamvis humilem docti est metuere. 35 Ergo enim lætari non debemus de inimici interitu, ne forte super nos veniant similia. Unde Prov. XXIII: cum ceciderit inimicus tuus, noli gratulari nec lœteris super inimici interitu, ne

18*

superveniant in te similia. Qui enim gaudet de inimici casu,
cadit in illum. Legitur, quod quidam imperator habebat duos
artifices, unum sartorem at alium barbitonsorem. Incisor pannorum odiebat barbitonsorem, quia imperator plus eum honorabat.
5 Unde accusavit eum apud imperatorem, quod diffamabat ipsum,
dicens, quod non poterat fœtorem ferre flatus ipsius radendo ei
barbam. Ex hoc indignatus imperator præcepit eum projici in
mare cum sacco ad collum. Hoc autem innuens nautis imperator
amisit annulum suum, qui cadebat in mari. Barbitonsor autem
10 corrupit nautas pecunia et cum iis transivit ad alias nationes
longinquas, in quibus prosperatus est, et emens piscem quemdam
invenit in visceribus ejus annulum imperatoris, cum quo venit
ad eum et donavit ipsum imperatori, excusans se de crimine sibi
imposito. Tandem pro munere petiit, ut incisor pannorum, qui de
15 ejus gaudebat interitu, mitteretur modo, ubi ipse missus fuerat,
et sic evasit et inimicus, qui putabat se victoriosum, interiit.
Unde Seneca: ab alio exspecta, alteri quod feceris.

De homine et muliere, dial. 121.

Homo est secundum philosophum mens incarnata, fantasma
20 corporis, speculator vitæ, mancipium mortis, transiens viator,
loci hospes, anima laboriosa, parvi temporis habitaculum. Mulier est secundum philosophum hominis confusio, insatiabilis
bestia, continua sollicitudo, indeficiens pugna, humanum mancipium et viro continenti naufragium. Prout quidam vir castus
25 et immaculatus quandoque habere voluit colloquium mulieris et
familiaritatem, in qua illectus et illaqueatus sigillum castitatis quam cito amisit, attendens autem ad dulcedinem verbi
illius et intuens pulchritudinem faciei ejus dissipatus est dicens: propter mulieres fracti multi sunt et vulnerati. Unde
30 ait quidam: peccati forma femina est et mortis conditio.
Hieronimus: janua diaboli, via iniquitatis, scorpionis percussio
nocivumque genus est femina. Idem: gladius igneus est species mulieris; memento, quod Thamar a fratre suo sit corrupta,
memento semper, quod paradisi colonum de possessione sua ejecit
35 mulier. Quid fortius Samsone? quid sapientius Salomone?
quid sanctius David? Omnes hi per feminas subversi sunt.
Eccl. XXV: a muliere initium factum est peccati et per illam

homines moriuntur. Unde antiqui ab ipsis se continuerunt, prout narrat Vegetius L. II° de continentia Alexandri, quod, cum esset ei virgo eximiae pulchritudinis tradita, cuidam principi desponsata, summa abstinentia pepercit ei, ut nec eam adspiceret, sed ad sponsum remisit, qua remissa mulieris ac principis mentes sibi reconciliavit. Cui simile narrat Valerius lib. IV. cap. III de Scipione dicens, quod, cum intellexisset, quod virgo eximiæ formæ cuidam nobili desponsata esset inter obsides, qui erant apud Carthaginem, postquam Carthago fuit ab ipso capta, vocatis parentibus virginis et sponso, immaculatam virginem iis tradidit et aurum, quod pro redemtione puellæ oblatum erat, virgini in dotem sive marito in munus nuptiale dedit, per quam continentiam et munificientiam animos illorum sibi applicuit. De mira etiam continentia Xenocratis philosophi narrat Valerius eodem cap. dicens, quod apud Athenas quidam juvenes promiserunt cuidam mulieri impudicæ pecuniam sibi dare, si animum philosophi posset ad luxuriam inflectere. Quae nocte veniens juxta eum accubuit nec in aliquo ejus continentiam labefecit et deridentibus adolescentibus, quod animum illius flectere non potuisset, respondit, quod non ad hominem sed ad statuam perrexisset. Vocarunt enim philosophum statuam propter immobilem ejus continentiam.

De vita et morte, dial. 122.

Mors secundum philosophum est æternus somnus, divitum pavor, pauperum desiderium, incurabilis eventus, latro hominis, fuga vitæ, resolutio hominis. Vita vero est bonorum lætitia, miserorum mœstitia. Et homo quidam juvenis formosus, dives, fortis et sanus ad mortem progreditur et ait: o sors immutabilis, miserere mei et exaudi me, supplicium, quod a te exspecto, noli emittere ad me, aurum et argentum, lapides pretiosos, mancipia, equos, fundos, prædia, palatia, possessiones et quidquid vis, tibi dabo, tantummodo noli me tangere. Cui mors: impossibilia petis, o frater, non sunt petenda a Deo nisi honesta et possibilia ideoque non sapienter locutus es, quia dicitur homini, mors ubique te exspectat et tu, si sapiens fueris, ubique eam exspectabis. Dicitur enim Psalm. LXXXVIII: quis est homo, qui vivit et non videbit mortem? quasi dicat, nullus. Unde versus: per nullam sortem poteris evadere mortem. Mors resecat, mors omne necat, quod carne creatur. Ergo patienter recipe me, quia tibi nihil novi veni facere. Ait enim Seneca: nemo tam imperitus est, ut nesciat se aliquando moriturum. Tamen, mors cum propere accesserit, tremis, ploras. Quid fles, quid ploras, quia morieris, ad hanc legem natus? Quid tibi novi est? Ad hanc legem natus es, hoc patri tuo accidit, hoc et matri et majoribus tuis, hoc omnibus ante te, hoc omnibus post te, vita enim cum exceptione mortis data non est. Lex universalis est, quæ jubet nasci et mori, hoc autem intelligas vitam gerendo. Ait idem: debemus nos portare, quod non possumus vitare. Exemplum de David de filio mortuo: quia mortuus est, quare jejuno? Numquid potero revocare eum? Ego vadam magis ad eum, ipse non revertetur ad me. Unde nuntiata cuidam philosopho morte filii ait: quoniam eum genui, inquit, moriturum scivi. Narrat Valerius l. V. c. X dicens, quod Anaxagoras audita morte filii respondit: nihil quidem inexspectatum aut novum nuntias, ego eum natum ex me sciebam esse mortalem, atque a lege naturæ accipiendi spiritus et reddendi legem didici, neminem mori, qui non vixerit, ita nec quidem vivere aliquem, qui non sit moriturus naturaliter. Ibidem, quod Xenophon audita morte filii sui majoris natu, qui in bello occiderat, coronam tamen deponere contentus fuit. Agebat enim solemne sacrificium, deinde percontatus, quomodo occubuisset, ut audivit fortissime pugnantem interiisse, capiti reposuit coronam et per numina, quibus sacrificabat, testatus est, majorem se ex virtute filii voluptatem quam ex morte amaritudinem sentire. Narrat Hieronimus, quod sancta quædam et nobilissima mulier, cum corpusculum mariti sui defuncti, quem amabat et quem plorabat, adhuc non esset humatum, in ipso sepulturæ ejus die duos simul perdidit filios. Rem sum dicturus incredibilem, sed Christo teste non falsam. Quis illam non putaret passis crinibus, veste conscissa lacerantem pectus incedere? Lacrymæ quidem gutta non fluxit, stetit immobilis et advoluta ad pedes Christi, quasi ipsum teneret, ait: expedita, inquit, servitura sum, domine, tibi, quia me a tanto onere liberasti. Legitur in Chronicis imperatorum, quod uxor Octaviani tumulavit quendam filium suum nomine

Drusum, et licet esset pagana, tamen per magnum sensum naturalem exsistentem. in se, deposuit omnia signa mœroris dicens: quid prodest timere, quod non potest evitari, et flere,
quod, dum venerit, non potest revocari? Unde Seneca: non
affligitur sapiens filiorum amissione nec amicorum, eodem
modo ferre potest illorum mortem, quo suam exspectat. Et
quidem memoria mortis est quoddam frenum refrenans hominem, ne nimis effluat et discurrat per latitudines cupiditatum
et libidinum. Mortis meditatio summa est philosophia, ut dicit
Plato. Unde dicitur in Vita Johannis elemosinarii, quod antiquitus, postquam imperator coronatus erat, statim ingrediebantur
ad eum ædificatores monumentorum dicentes eidem: de quo
vel de quali metallo jubes, imperator, fieri monumentum tuum?
Insinuantes hoc ei, ut sciret, quod homo corruptibilis et tran-
sitorius esset, ut curam haberet animæ suæ et regnum pie
disponeret et gubernaret, juxta illud Eccl. VII: memorare no-
vissima tua et in æternum non peccabis? Recitat Alfonsus
in tractatu suo de prudentia, quod mortuo Alexandro, cum
fieret ei sepulchrum aureum, convenerunt ad eum plurimi
philosophi, ex quibus unus dixit: Alexander ex auro fecit
thesaurum, nunc e contrario aurum de eo fecit thesaurum.
Alius quoque dixit: Alexander heri populis imperabat, hodie
populi imperant illi. Alius vero dixit: heri Alexander multos
potuisset a morte liberare, hodie ipsius mortis jacula in se
missa non potuit evitare. Alius dixit: Alexander heri ducebat
exercitum, hodie ab illis ducitur ad sepulturam. Alius dixit:
Alexander heri terram premebat et hodie ab ea premitur
ipse. Alius dixit: heri Alexandrum gentes timebant, hodie
eum vilem reputant. Alius dixit: Alexander heri amicos habuit, hodie æquales omnes habet. Alius dixit: ei heri non
sufficiebat totus mundus, hodie sepultura quinque pedum est
contentus. Si quis ista consideraret, dictis modis se refrenaret.
Dicitur de vivente homine, quod quasi sterquinilium in fine
perdetur, Job. XX. Ideo præcipitur Eccles. XXVI: memento
finis, melius est ad domum luctus ire quam ad domum convivii; ibi enim finis cunctorum admonetur hominum et vivens cogitat, quid futurum sit ei, quia scilicet simili fine clauden-
dus sit. Eccl. VII: idcirco attendite et considerate, quod in morte

cujuscunque nasus frigescit, dentes nigrescunt, facies pallescit, venæ et nervi corporis rumpuntur, cor, ut dicitur, præ nimio calore dividitur. omnia membra tamquam ligna et lapides arescunt. Nihil in mundo tam abhominabile et tædiosum si-
5 cut cadaver mortui; in aquis non projicitur, ne aquæ inficiantur, in aëre non suspenditur, ne aër corrumpatur, sed sicut venenum pessimum in foveam projicitur et, ne amplius videatur, terra super ipsum velociter tumulatur. Ecce gloria mundi qualiter clauditur! Clauditur in fovea fœtidissima, ubi ejus cor
10 marcescit, emarcescunt oculi in sua fortitudine, aures cadunt de capite, nasus exstirpatur de facie, lingua putrescit in ore, cor ejus crepat in corpore. Sed heu, heu mihi, domine, quid oculi delectabuntur videre pulchra, aures audire vana, nasus odorare suavia, lingua loqui turpia et inutilia, os degustare
15 dulcia, cor cogitare vana et vilia. Unde Bernardus: quid superbis, pulvis et cinis, cujus conceptus culpa, nasci miseria, vivere pœna et mori angustia? Præcipue enim, cum miser homo ad mortem vel ad senectutem declinat, cor ejus concutitur, caput affligitur, langnet spiritus, fœtet anhelitus, fa-
20 cies rugatur, statura curvatur, caligant oculi, vacillant articuli, nares defluunt, crines deficiunt, dentes putrescunt, vires amittit, modo lætus modo tristis modo infirmus efficitur. O conditio misera, quare non advertis, quam miserabilis sit hæc vita? Considera ergo genitores et paternos et antecessores, cum non
25 eos invenies, et ut Bernardus inquit: dic mihi, ubi sunt amatores mundi, qui ante pauca tempora nobiscum erant? nihil ex iis remansit nisi cineres, et ideo dic mihi, quæso, ubi sunt barones, ubi principes, ubi primates? certe quasi umbra pertransierunt et in nihilum redacti sunt. Item Augustinus:
30 vade ad sepulchrum, accipe ossa et discerne, si potes, quis dominus, quis servus, quis pulcher, quis deformis, quis nobilis, quis ignobilis, quis sapiens, quis ideota, et de hoc non poteris recognoscere. Unde cogita, unde veneris, et erubesce, ubi es, et ingemisce, quo vadis, et pertimesce, ut superius revenire
35 valeas, unde expulsus es. Quod nobis præstare dignetur ille, qui sine fine vivit et regnat per omnia secula seculorum. Amen.

Index autorum a Nicolao Pergameno citatorum.

SCHLUSSWORT DES HERAUSGEBERS.

Der unterzeichnete übergiebt hier dem gelehrten publicum
einen neuen textabdruck der zwei ältesten fabelbücher des mittelalters und glaubt damit manchem mittelalterlichen forscher einen
gefallen erzeigt zu haben. Die hier und da in den bibliotheken
noch erhaltenen ausgaben der beiden werke sind so wenigen zugänglich, und was besonders das Speculum Sapientiæ anlangt, der
vielen schwierig zu entziffernden abbreviaturen und druckfehler
wegen, sowie der gänzlich fehlenden interpunction halber so schwer
lesbar, dass mir, der ich in den fast nun vierzig verflossenen jahren,
in welchen ich mich stets mit der mittelalterlichen prosaliteratur
dieser gattung beschäftigt habe, ein sorgfältig revidierter textabdruck immer sehr wünschenswerth erschien. Ich machte mir nun zu
meinem eigenen gebrauche eine genaue abschrift der beiden ältesten ausgaben dieser werke und wendete mich schließlich an den
litterarischen verein mit der anfrage, ob er nicht vielleicht geson-
nen sei, die herausgabe dieser beiden merkwürdigen schriften zu be-
werkstelligen. Derselbe kam mit der größten bereitwilligkeit meinem
anerbieten entgegen und so ist denn hiermit eine ausgabe der beiden
werke zu stande gekommen, die, wie ich hoffe, billigen ansprüchen
genügen wird. Ich habe, wie gesagt, den text der beiden ersten
ausgaben zu grunde gelegt, denselben aber mit allen mir zugäng-
lichen texten verglichen und glaube namentlich dadurch, dass ich eine
sehr genaue interpunction eintreten ließ, einen verständlichen und
lesbaren text hergestellt zu haben. Allerdings wird man sich
bei dem Speculum Sapientiæ immer erst an die schwerfällige

satzconstruction, an das öftere weglassen des verbums und prä-
dikats und die schwülstige ausdrucksweise des verfassers gewöhnen
müssen, allein in der hauptsache wird doch kaum noch eine stelle
dunkel bleiben. Eigene conjecturen in den text zu setzen, habe ich mir
im Speculum Sapientiæ nicht erlaubt, bemerke jedoch, dass z. b. im
prologus s. 3, z. 5 dies dort mit dem worte „palatium" für „paulatim", das freilich in allen von mir eingesehenen texten steht, gewiss gerechtfertigt gewesen wäre. Ganz unverständlich ist freilich
nur die stelle des Sp. IV. I. s. 105, z. 13 geblieben und ich muss
es der kritik überlassen, wie dieselbe sie verbessern will.

Noch habe ich zu bemerken, dass mit ausnahme des zu früh verstorbenen Valentin Schmid beide werke, jedenfalls weil so sehr schwer
exemplare derselben zu haben waren, von den forschern in der ro-
mantischen literatur des mittelalters so gut wie gar nicht benutzt
und studirt worden zu sein scheinen, und deshalb glaube ich, indem
ich sie jetzt zugänglich mache, dem vergleichenden studium der
mittelalterlichen fabeldichtung einen dienst erwiesen zu haben, bitte
aber meine arbeit der grossen schwierigkeiten wegen, die ich zu
überwinden hatte, nachsichtig beurtheilen zu wollen. Noch habe
ich hier weitern dank denjenigen herrn, welche mich durch dar-
leihen von büchern oder durch notizen zu unterstützen die güte
hatten, auszusprechen. Es waren dies herr geheimer hofrath dr
Lepsius, oberbibliothekar der königlichen bibliothek zu Berlin, herr
oberbibliothekar der königlichen universitätsbibliothek zu Prag
Zeidler, herr Göldlin von Tiefenau, scriptor an der königlichen
hofbibliothek zu Wien, und herr pater superior Buk hierselbst,
welcher letzterer mir beistand, die für mich so schwer zu ver-
stehende abhandlung des gelehrten Hanka (in böhmischer sprache)
in den abhandlungen der böhmischen gesellschaft der wissenschaften
zu entziffern. Endlich habe ich noch dem präsidenten des litera-
rischen vereins, herrn dr von Keller für die mühe, die er sich mit
der dursicht meines manuscripts u. s. w. hat geben wollen, ganz
ergebenst zu danken.

Dresden, 6 Juni 1880.

Dr J. G. Th. Græße.

ERLÄUTERUNGEN.

Ehe wir über die wesenheit der unter dem namen eines bischofs Cyrillus existierenden fabelsammlung selbst sprechen, ist es nöthig, soweit es in der möglichkeit liegt, festzustellen, wer der verfasser derselben gewesen ist, womit gleichzeitig eine annähernde lösung der frage über das alter derselben verknüpft ist.

Der titel derselben in den handschriften [1] ist immer: Speculum

*

1 Es giebt sehr viele, aber fast ohne ausnahme nur dem 15 jahrhundert angehörige handschriften des lateinischen textes. So führt der Wiener handschriftenkatalog (Tabulæ codd. mss. in biblioth. Palat. Vindobon. Vind. 1864) nicht weniger als sieben lateinische: nr. 1037 (dies ist der corvinianische codex, nach welchem Corderius seine ausgabe herausgab. Denis, Catal. codd. theol. bibl. Vindob. T. I. P. II. col. 2167 sq. führt ihn auch an, spricht aber dem slavenapostel Cyrill die autorschaft ab und sagt, das Buch sey im späten mittelalter verfasst). 3947. 4025. 4671. 4686. 5084 u. 12531 an. Die überschrift der letzten vier vindicirt jedoch das buch dem Cyrillus Hierosolymitanus und es hat der gelehrte Joh. Alex. Brassicanus, dem nr. 4671 gehörte, auf dem ersten blatte unten eigenhändig dazu geschrieben: »hæc de Cirillo Anastasius Romanæ bibliothecæ præfectus«, worauf denn folgt, was dieser ebengenannte von dem slavenapostel Cyrill erzählt. Zu leugnen ist übrigens nicht, dass in den katechesen des bischofs Cyrillus von Jerusalem († 385/6) sich vieles findet, sogar was cosmographie und naturphilosophie (cat. 6 u. 15) anlangt, was mit den tiefsinnigen axiomen des verfassers des Speculum übereinstimmt (z. b. cat. 19—23). Allein, wie gesagt, ein grund für seine autorschaft liegt nicht vor, und selbstredend müsste dann dasselbe ursprünglich griechisch geschrieben gewesen sein und dagegen sprechen alle gründe.

Ebenso finden sich auf der Prager universitätsbibliothek vier handschriften des lateinischen textes unter 13 F. 9, 5 D. 8. nr. 6, 4 A. 15 nr. 2, 3 D. 23 nr. 4, (s. Hanusch, nachträge zu Hanslik, geschichte der Prager universitätsbibliothek S. 28) über welche weiter unten gesprochen werden wird.

Desgleichen befinden sich auf der königl. bibl. zu Berlin drei papierhandschriften des 15 jahrhunderts, nämlich:

Sapientiæ Beati Cirilli Episcopi, alias Quadripartitus Apologeticus vocatus und ist also zuerst zu untersuchen, wer jener „episcopus Cyrillus" gewesen ist. Der berühmte literaturhistoriker Fabricius hat in seiner Bibliotheca Græca T. VIII p. 555 (L. V. c.
27) nicht weniger als 18 schriftsteller dieses namens aufgezählt,
allein auf keinen derselben passt eigentlich das werk schon deswe-
gen, weil nirgends in den handschriften, welche davon noch übrig
sind, gesagt ist, dass es aus dem griechischen erst ins lateinische
übersetzt sey, was doch der fall seyn müsste, da ja die genannten
Cyrille sämmtlich in griechischer sprache geschrieben haben, und
doch irgendwo eine handschrift in dieser sprache sich auffinden
lassen müsste. Nun wird zwar von Fabricius in seiner Bibliotheca
mediæ latinitatis T. I. p. 1262 ein gewisser Cyrillus aus Constan-
tinopel (1197 bis 1226) dritter general des karmeliterordens, der lateinisch geschrieben haben soll, angeführt, allein auf diesen passt
wieder der zusatz „episcopi" nicht. Man hat deshalb gewöhnlich
den griechischen kirchenvater Cyrillus von Alexandria († 444) für
den verfasser gehalten, weil derselbe zwei dem titel nach etwas
ähnelnde schriften hinterlassen hat, nämlich einen Apologeticus pro
XII capitibus adversus orientales episcopos und einen Apologeticus
ad Theodosium imperatorem, allein der herausgeber der werke dieses heiligen mannes, Aubert, hat wohlweislich unseren Apologeticus
quadripartitus nicht mit in die sammlung derselben aufgenommen,
weil er jedenfalls durchaus keinen grund fand, letzteren ihm zuzuschreiben, sondern diese aus der ähnlichkeit der überschriften bei
einigen literatoren hervorgegangene verwechslung (z. b. von Fabricius, Cave, Oudin, du Pin, Placcius u. s. w.) einfach ignoriert. Eher
ließe sich die angabe des bekannten Jöcher in s. gelehrtenlexicon
b. I u. d. n. hören, welcher sagt, ein bischof von Basel namens
Cyrillus sey verfasser dieser (lateinisch geschriebenen) fabeln, und

*

eine in einem miscellanbande Misc. Theolog. lat. fol. 54.
eine zweite Manuscr. lat. in fol. nr. 395 und
eine dritte Manuscr. lat. in 4. 254. (diese ist datirt: Kempen 1461)
In derselben bibliothek befindet sich auch eine deutsche handschr.
mit bildern: Manuscr. German. in fol. nr. 641, datirt 1467.
Eine handschr. der deutschen übersetzung aus dem 15 jahrhundert
befindet sich auch in Wien unter nr. 12645 der Tab. codd. mss. Vindob.
T. VII angeführt.

sich dann ganz unverfroren über diese seine notiz auf das zeugniss des Urstisius in seiner Epitome Hist. Basil. (Bas. 1573) und auf Grynæus, Monum. Basil. beruft. Leider hat aber weder ersterer in seiner der ebengenannten Epitome beigegebenen Series episcoporum Basileensium noch letzterer eines bischofs Cyrillus gedacht und auch in der reihenfolge der baseler bischöfe in den hierher gehörigen werken von Schmidt und Potthast kommt ein bischof dieses namens vor, und deshalb ist es zweifellos, dass Eschenburg in s. denkmälern deutscher dichtkunst (Bremen 1799) recht hat, wenn er annimmt, dass diese ganze persönlichkeit einfach durch absichtliche oder unabsichtliche übersehung eines kommas (Esch. glaubt aber, es fehle ganz) zu ende der ersten ausgabe der deutschen übersetzung dieser fabeln entstanden sei. Es heisst da nämlich: „Endet sich hie das buch des spiegels der weyssheit beschriben durch Cyrillum bischoff, zu Basel uss tütsch transferirt vnd gedruckt durch Adam Petri im jar nach Christus geburt MDXX." und Jöcher hat einfach, statt die worte „zu Basel" mit „durch Adam Petri" zu verbinden, dieselben zu den vorhergehenden „durch Cyrillum bischof" von dem sie ja das komma trennt, herübergezogen und so einen bischof von Basel Cyrillus, der niemals existierte, in die welt gesetzt, ein versehen, wie solche in seinem lexicon sich viele vorfinden. Sonderbarer weise setzt übrigens der deutsche übersetzer selbst zweifel in des bischofs Cyrillus autorschaft, denn er überschreibt fol. I das buch so: „durch den heiligen bischof Cyrillum (wie man helt) beschriben". Etwas mehr für sich hätte vielleicht die behauptung des böhmischen historikers und biographen Balbinus, der in seiner Epit. I. 1. s. 9, in seinen miscell. IV, s. 4 und in seinen Corrig. in Bohem. doct. s. 15. behauptet, diese apologen seien, das werk des berühmten slavenapostels Cyrillus[1] von Thessalonice († 868 d. 13. febr.), indem er sich auf eine angeblich in den acta ss. der bollandisten enthaltene notiz darüber bezieht. Allein dort sagen die herausgeber Henschen und Papebroch (Acta ss. m. Mart. T. II. § 39) auch weiter nichts bestimmtes über diese frage und führen nur die ansicht des Labbeus und Miräus, dass diese fabeln ursprünglich lateinisch geschrieben und nicht erst in diese sprache

*

1 S. Hanka in Rozbor z staročeské lit. T. II s. 18 bis 27. u. abhandl. d. k. böhm. ges. d. wiss. 5te folge, b. III (Prag 1845) s. 686 ff. (in böhm. spr.).

übesetzt seien, an, setzen jedoch die vermuthung eines ungenannten gelehrten, dass der verfasser wohl jener slavenapostel Cyrillus gewesen seyn könne, mit der Bemerkung hinzu „investigandum esset, num ejus exstet aliquod in Slavorum scriptis vestigium". Lessing führt in seinem entwurf zur geschichte der äsopischen fabel (verm. schr. bd. II s. 257) diese stelle auch an und setzt hinzu: „Cyrillus der Slavenapostel lebte um 875. Aber auch so alt ist der apologenschreiber nicht und meine muthmassung ist wahrscheinlicher", er sagt aber nicht, welche muthmaßung dies sei, und so urtheilt er blos negativ. Die einzigen etwa für diese ansicht anzuführenden innern gründe möchten abgesehen von der frage, ob jener slavenapostel überhaupt im stande gewesen sei, in lateinischer sprache zu schreiben, sein, dass der verfasser der fabeln genau mit der donau bekannt gewesen sein muss, die er selbst redend eingeführt (III c. 23 vgl. c. 8) und dass er bereits die orgeln mit blasbälgen kannte (II c. 26 heißt es „nonne sapidius folles in organis canunt?"). die zuerst im j. 822 zu Aachen in gebrauch gekommen seyn sollen. Allein alle diese gründe, die übrigens Adry in Millins Magasin Encycl. 1806. b. II, s. 22 fg., der derselben meinung ist, nicht einmal kennt, sind nicht stichhaltig und lassen sich sofort widerlegen. Es bleibt daher nichts übrig, als mit Dobrowsky (Slavin. Prag 1834. s. 162) einen gewissen Cyrillus de Quidenon poëta laureatus aus dem 13 jhdt., wie er in einer handschrift der Prager universitätsbibliothek genannt wird, für den verfasser zu halten, dann wäre er ein Neapolitaner aus Quidone, einer kleinen stadt der provinz Capitanata im königreich Neapel gewesen [1]. Innere gründe,

*

1 Dobrowsky las (s. Hanka a. a. o. s. 689 anm. 1) noch im j. 1770 folgende überschrift der lateinischen hdschr. VI. 3. der Prager univ. bibl. v. j. 1462 »Explicit liber quadripartiti editus a Cirillo Epo alias [gwidenon laureato po] eta finit⁹ dñi Mᵒ. CCCCᵒ. LXᵒ ijᵒ ff iiij Greg'orij. Doch sind die hier in parenthese gesetzten worte von dem scriptor Zimmermann. der viele dergleichen vandalismen verübt hat (s. hanslik s. 323 fg.) herausgeschnitten worden. Auf der innern seite des vordern deckels der pergamenthandschrift VI. 4. (f. 1. 55) steht: »Cyrilli (alias Sycinderini Poetæ laureati) Apologorum libri IV·« Was soll nun aber dieses »Sycinderini« bedeuten, das doch nicht aus »Gwidenon« durch versehen des abschreibers entstanden seyn kann? Über diese zwei handschriften schreibt mir der herr oberbibliothekar der Prager universitätsbibliothek Zeidler am 4 Juni 1880 folgendes:

diese apologen einem Italiäner zuzuschreiben, sind allerdings nicht vorhanden und die vorhin angeführte erwähnung der Donau würde eher auf einen andern landsmann schließen lassen, vielleicht auf einen franzosen, wie er denn z. b. II. 8. s. 45, 10 die partikel „si" in der bedeutung „ob" für „num" braucht [1], gewöhnlich fontana für fons setzt und auch II. 5. mit den worten Gallia und Gallia bulbus, die freilich Corderius in seiner ausgabe weglässt, auf dieses land hindeutet. Allerdings deuten wieder die ausdrücke brodium (IV. 2) und zucarum (IV. 3) auf deutsche stämme und selbst die von uns im text behaltene offenbar verderbte und deshalb von Corderius auch ohne weiteres gestrichene stelle IV. 5: „in bays et hanicis" deutet auf ein anderes vaterland. Auf der andern seite aber sehen wir wie-

*

Die apologen des Cyrillus besitzt die k. k. universitätsbibliothek zu Prag in 4 lateinischen und 1 böhmischen handschrift. Darunter sind nur 2 lateinische für die Cyrillusfrage wichtig, weil eine davon den namen »Quidenon«, die andere eine sichere spur des namens »Sycinderinus« aufweist.

a) die im Codex mixtus V D 8 als n. 5 vorkommende handschrift beginnt mit den worten: Incipit liber quadripartiti | editus a cirillo epo alias | gwidenon laureato poëta. |

Derselbe name Gwidenon kam auch im Explicit vor, ist aber von einer manus impia herausgeschnitten worden. Das Explicit lautet: Explicit liber quadripartiti | editus a Cirillo Epo alias | eta | finitus anno dñi M⁰ CCCC⁰ lx⁰ ij⁰ |

b) Die mit XIII F 9 signierte, jetzt aber zu anfang defekte pergamenthandschrift schließt lakonisch: Explicit Quadripartitus apologeticus Anno doi M& |

Das Incipit fehlt, wird aber den namen Sycinderinus enthalten haben, da der vorderdeckel dieser handschrift auf seiner innenseite ein inhaltsregister darbietet, auf dem es heißt:

1ᵐᵒ Cyrilli alias Sycinderini Poëtæ laureati Apologorum libri 4 a folio 1ᵐᵒ usque ad folium 55 versum.

2ᵈᵒ Seneca de quatuor cardinalibus virtutibus a folio 55 verso usque ad folium 59.

3ᵗⁱᵒ Elucidarium theologicum etc.

Woher hätte der schreiber des inhaltsregisters den namen Sycinderinus genommen, wenn nicht aus dem jetzt fehlenden Incipit? Dass derselbe den namen falsch gelesen hätte, ist bei der ausnehmenden deutlichkeit und schönheit der pergamenthandschrift beinahe unmöglich.

1 Kommt so auch bei Nigellus, Speculum Stult. s. 38 (ausg. d. j. 1662) u. im dialogus creat. 23 s. 164, 5. c. 56 s. 199, 5. c. 60 s. 203, 13. c. 72 s. 217, 7. c. 80. s. 225, 30. c. 90. s. 239, 17. c. 108. s. 260, 10. vor.

der, dass der verfasser ein für seine zeit gelehrter mann war, er hat die aristotelische logik sicher gekannt, obwohl er diesen philosophen nur einige male namentlich angeführt hat (zu anfang des prologus die problemata, und dann b. II c. 26 die physionomia und sonst noch in c. 19. d. b. I. und im 5. u. 26. c. d. b. II), auch den Seneca hatte er gelassen und sein citat in b. III. c. 24. „bis dat qui cito dat" ist dem Publius Syrus entnommen, in dessen Sent. 345 es heisst: Inopi beneficium bis dat qui dat celeriter! Auch der horazische vers: quandoque bonus dormitat Homerus wird von ihm b. I c. 6 angezogen, allein das in der ausgabe des Corderius, buch III c. 27 im text stehende distichon scheint eine interpolation zu sein, denn in der von mir meinem text zu grunde gelegten Ed. Princ. fehlt es und ist daher auch von mir nur als variante mit aufgenommen worden (s. 103).

Jedenfalls war der verfasser ein gelehrter theolog, wie die zahlreichen Citate aus der bibel, welche ich weiter unten anführen werde, beweisen, aber er war dabei auch ein scharfsinniger scholastischer philosoph, auf den das ihm von Desbillons (fabulæ 1709. præf. c. 2) beigelegte epitheton „ineptus" absolut nicht passt, er war im gegentheil sehr spitzfindig, was fast aus jeder einzelnen fabel, besonders aber aus b. III. c. 21 (de terra et primo mobili) hervorgeht (vergl. noch I. 17. II. 1. 2. 8. 10. 12. III. 4. 19. 22. 23. 24.) und der gelehrte romantiker Val. Schmidt (taschenbuch d. romanzen s. 195), einer der wenigen gelehrten, die sich in neuerer zeit mit ihm beschäftigt haben, hat gewiss recht, wenn er sein werk als ungemein tiefsinnig und hoch über dem dialogus creaturarum stehend hält, wenn wir ihm auch darin nicht beizupflichten vermögen, dass er dasselbe für nicht mönchischen, nicht einmal christlichen ursprungs erklärt. Es hat mit dem dial. cr. übrigens noch dies gemein, dass darin die vorzutragenden lehren und geschichten ganz willkürlich den thieren in den mund gelegt werden, und zwar ohne irgend welche rücksicht auf die natur derselben und die eingeführte observanz der fabel. Eigentlich märchenhafte stoffe kommen fast gar nicht vor, es wäre denn die geschichte von Gyges (III 4), von den indischen goldbergen (III. 10) und von dem wunderbaren tod der viper (III. 26. IV. 8. 10,), denn die kenntniss der farbenveränderung des chamäleon (b. II. 21) gehört nicht hierher. Den Æsop, den er übrigens nicht nennt, hat er so gut wie

nicht benutzt, doch kommen eine anzahl fuchsfabeln, die an einige
episoden des roman du renard erinnern (z. b. I. 24), vor. Als be-
sondere merkwürdigkeit muss noch angeführt werden, dass der verfasser in b. I. c. 15. ausdrücklich sagt, dass es nur fünf vocale gebe,
woraus schon allein folgt, dass er kein grieche war und nicht griechisch schrieb, denn sonst hätte er von sieben sprechen müssen.

Im mittelalter selbst kann er von seinen zeitgenossen nicht
benutzt worden sein, denn ich habe nirgends wo in den aus
dem 13—16 jahrhundert. erhaltenen schriften sein werk citirt oder benutzt gefunden, nur die von Boivin in seiner Apologie d'Homère (Paris
1715) aus einer handschrift der Pariser bibliothek, betitelt L'Appa-
ration Maistre Jean de Meung mitgetheilte fabel: le datillier et la
courge stimmt mit der 13. (14.) fabel des III. buchs: de cucurbita
et palma, wobei noch zu bemerken ist, dass hier unabsichtlich das
Buffonsche system auf alle drei reiche der natur angewendet ist. Bei
Lafontaine finde ich nur ähnlich I. 1. mit II. 4., VI. 3. mit I. 2.
IV. 17. mit I. 20., X. 4. mit II. 14., I. 2. mit II. 15., VII. 12.
mit III. 4., IX. 4. mit III. 13., und III. 17. mit III. 11. Was
nun die sprache selbst anlangt, in der die apologen geschrieben sind,
so ist dieselbe eine holprige, verdorbene, barbarische latinität, oft
geradezu gar nicht zu verstehen, oder wenigstens, weil in den oft
zu kurzen sätzen das verbum fehlt, nicht selten der sinn auf zweier-
lei weise zu nehmen und wohl mit absicht räthselhaft, die termi-
nologien abstract und einzelne ausdrücke dem verfasser eigenthüm-
lich, so das immer wiederkehrende „ut quid" für „cur" oder das barbarische „ad quid" was allerdings auch im dialogus creat. wiewohl
selten (z. b. c. 16. s. 15 z. 13) vorkommt. Wir nennen noch
fluere und influere als activa (III. 9. I. 14.), uti als passivum (III.
24.), arida als hauptwort (III. 19) gebraucht, dann das wort murilegus (IV. 1) für felis, welches wort nebst „cattus" Corderius frisch-
weg in den text setzte; dasselbe geschah auch b. II. c. 19., wo
derselbe statt des dortstehenden wortes „regulus" das ihm besser
scheinende „basiliscus" in den text corrigirte.

Unerklärlich ist es, wie übrigens das werk, da es doch im
letzten viertel des 15 jahrhunderts mehrmals gedruckt wurde, auch in
zahlreichen handschriften des 15 jahrhunderts existierte, so selten gewor-
den ist, dass die größten bibliotheken, wenn sie es überhaupt haben,
jetzt kaum eine einzige, höchstens zwei bis drei ausgaben besitzen.

Daher mag es wohl auch gekommen seyn, dass der Jesuit Balthasar Corderius (Cordier) aus Antwerpen, doctor und professor der theologie an der Wiener universität, als er eine alte handschrift dieses werkes in der bibliothek daselbst fand, welche ursprünglich der bibliothek des königs Matthias Corvinus angehörig gewesen und von dem bischof Johannes Faber ersterer geschenkt worden war, ein noch gänzlich unbekanntes buch entdeckt zu haben meinte und, ohne dasselbe einem der den gelehrten bekannten Cyrille zuschreiben zu können, es als ein noch unedirtes werk publicirte. Über sein hierbei beobachtetes verfahren drückt er sich in der vorrede so aus: „erat quidem splendide satis in membrana exaratum, sed adeo vitiose, ut vix ulli periodo sensus suus aut constructio constaret. Quare mihi maximopere laborandum fuit, ut vel divinando saltem sensum aliquem assequerer, qui, si alicubi minus feliciter fortassis expressus sit, veniam dabis παραλλήλως ipsum exactius expressuro, si quando emendatum aliquod exemplar Graecum nactus fuero".

Abgesehen nun davon, dass er irrig annimmt, dass der urtext griechisch gewesen und jene handschrift nur eine übersetzung späterer zeit ins lateinische sey, hat er sich aber solche abweichungen von dem in den alten drucken ziemlich einmüthig recipierten text erlaubt, dass mit jenen verglichen der seinige an manchen stellen geradezu als ein ganz anderes werk erscheint, wenn wir auch zugeben wollen, dass die ihm vorliegende handschrift eine ziemlich junge und von den jenen drucken zu grunde gelegten sehr abweichende gewesen seyn mag. Dies ist auch sehr erklärlich, denn da die meisten abschreiber das schwülstige latein, die verschrobenen wortstellungen, ja die oft barbarischen ausdrücke meist nicht verstanden haben mögen, so änderten sie willkürlich, und daher ergeben sich auch die in den alten ausgaben sich findenden varianten. Corderius aber änderte keck alles, was er nicht verstand, und liess diejenigen worte, welche ihm nicht klar waren, ganz weg z. b. setzte er Asbestinum I. 21 für Anthicon, ebendaselbst Arminium für Crusimimum, corvus III. 12 für thorax (sollte wohl corax heißen), Nemroth II. 10 für Nero. Ganz weg liess er: exacontolicus lapis II. 23, trapota II. 11, Gigno III. 10, brabitæ III. 10, berta III. 12, Cuneo, III. 22, coctula meda III. 27, Gallia bulbus II. 5, unverständlich war ihm bius II. 23, bellagium II. 24, bevarus II. 20, bardus II.

22, in bays et hanicis IV. 1 und in croceis IV, 2, u. s. w.

Es ist interessant den text der alten gedruckten ausgaben vor 1500 mit der des Corderius zu vergleichen, nur müsste man wissen, ob die höchst auffälligen abweichungen, interpolationen und weglassungen lediglich auf dessen rechnung kommen, oder von der von der übrigen verschiedenen handschrift, deren er sich bediente, herrühren. Am auffälligsten sind diese abweichungen im texte des prologus, obwohl sie allerdings auch im verlauf des ganzen werkes noch überall bemerkbar werden. Wir wollen daher, um sich einen begriff davon machen zu können, eine vergleichung unseres nach der früheren ausg. constituirten textes mit dem des Corderius hier folgen lassen.

Unser text:

Secundum Aristotelis sententiam in Problematibus suis quamquam in exemplis in discendo gaudeant omnes, in disciplinis moralibus hoc tamen amplius placet, quoniam structura morum ceu ymagine picta rerum similitudinibus paulatim[1] virtutis ostenditur, eo quod ex rebus naturalibus, animalibus, moribus et proprietatibus rerum quasi de vivis imaginibus humanæ vitæ qualitas exemplatur. Totus etenim mundus visibilis est schola et rationibus sapientiæ plena sunt omnia. Propter hoc, fili carissime, informativa juventutis tuæ documenta moralia non de nostra paupertate stillantia sed de vena magistrorum tibi nunc scribere cupientes cum adjutorio gratiæ Dei ea trademus, ut intelligas clarius ac addiscas facilius, gustes suavius, reminiscaris tenacius per fabulas figurarum etc.

Corderius:

Secundum Aristotelem in Problematis magna vis est exemplorum, in moralibus maxime disciplinis, cum ex rebus naturalibus et animalibus, quasi vivis quibusdam imaginibus humanæ vitæ qualitas exemplatur. Totus enim mundus hic visibilis quasi quædam schola est, in qua rationibus prudentiæ plena sunt omnia. Ex hac igitur tamquam e promptuario moralia documenta colligentes per exempla proponemus, ut lector intelligat clarius, addiscat facilius, gustet suavius, reminiscatur tenacius, quæ per figuras et apologos perceperit.

*

1 An dieser stelle muss ganz bestimmt »palatium« gelesen werden, weil sonst das subject, welches den genitiv »virtutis« regiert, fehlen würde.

Im übrigen hat Corderius sorge getragen, dass in derselben alle biblischen stellen, die im texte der apologensammlung nur mit anziehung der worte, nicht aber mit anführung der biblischen bücher, denen sie entlehnt sind, genau citirt sind[1]. Ich habe es für angezeigt gehalten, das verzeichniss dieser stellen hier folgen zu lassen, weil gleichzeitig dadurch auch die belesenheit des verfassers sowie dessen christlicher sinn erwiesen wird.

Prologus.   s. 3.   z. 17. Hæc enim sunt (Exod. 16).
    „ „   „ 18. Job (I. 19).
    „ „   „ 19. quæ Nabuzardam (IV Reg. 25. 9).
    s. 4.   z. 6. Job (5).
    „ „   „ 12. Zachariæ (I. 19).
    „ „   „ 13. Joelem (I. u. II.).
L. I.   c. 1. s. 5.   z. 18. scriptum est a Salomone (Prov. I. 5).
—   c. 2. s. 6.   z. 35. participio sapientiæ (Gen. I. 28).
—   c. 2. s. 7.   z. 6. Quamobrem (Prov. III. 15).
—   c. 4. s. 8.   z. 30. provide respondit (Eccl. III. 1).
—   c. 5. s. 10. z. 31. oculos pennatorum (Prov. I. 17).
—   c. 6. s. 11. z. 18. oculus tuus (Matth. VI. 22).
—   „ „ „ „ „ 20. cor tuum (Prov. IV. 23).
—   „ „ „ „ „ 24. snus et suorum pedum (Eccl. XXI. Prov. IV. 25).
—   c. 10. s. 16. z. 13. defluas in majora: (Eccl. XIX. 1).
—   „ „ „ „ · „ 15. novissimis tuis (Prov. XIX. 20).
—   „ „ „ „ „ 19. conscriptum est, inquit (Prov. III. 7).
—   „ „ „ „ „ 30. gubernacula possidebit (Prov. I. 5).
—   c. 14. s. 21. z. 1. sicut Chain (Gen. IV.).
—   „ „ „ „ „ 2. David (II. Reg. 2).
—   „ „ „ „ „ 15. remissa manus (Prov. X. 4).
—   „ „ „ „ „ 16. ante Ysrahel[2] (Exod. XVI. 30).
—   c. 15. s. 22. z. 10. Non[ne] audisti (Prov. X. 20).
—   „ „ „ „ „ 15. Nonne multiplicitate sermonum (Gen. II. 9)
—   „ „ „ „ „ 17. in Syna (Exod. XX. 1).

*

1 Es könnte jedoch sein, dass in der von ihm gebrauchten handschrift die stellen citiert gewesen sind. In der ersten ausgabe kommt dies überhaupt nur einmal vor: III. 12 s. 88.

2 Diese stelle lautet bei Corderius: Etenim sabbatizante Israële cœlum non pluebat manna.

—	„ „ „ „	„ 26. scriptum est (Ose. VIII. 7).
—	„ „ „ „	„ 27. non desit (Prov. X. 9).
—	c. 20. s. 27.	z. 21. meditor certe modo (Eccl. I. 15).
—	c. 21. s. 29.	z. 10. Nonne sanctus Job (I.)
—	„ „ „ „	„ 12. excellens Joseph (Gen. II. 9).
—	„ „ „ „	„ 13. Tobias (Tob. II.).
L. I.	„ „ „ „	„ 20. in adversitatibus gloriatur (II. Cor. XII. 9).
—	c. 25. s. 33.	z. 31. luminosum (Exod. III. A. 29).
L. II.	c. 3. s. 38.	z. 32. In ore siquidem (II Cor. XIII. 1).
—	„ 5. s. 41.	z. 7. Quamobrem (Prov. XXVIII. 14).
—	„ 10. s. 46.	z. 12. Cum Nemroth imp. [1] (Gen. X. 9).
—	„ „ „ „	„ 23. recordare primum quod (Gen. II.).
—	„ „ „ „	„ 24. tribus fratribus (Gen. 9).
—	c. 11. s. 49.	z. 30. Cornuta Moysi facies (Exod. XXXIV. 29)
—	c. 18. s. 54.	z. 33. Tota namque illa mira vis (Jud. 14).
—	„ „ „ 55.	„ 1. Una cum capillis (Jud. 15).
—	c. 21. s. 58.	z. 30. Sic Moysi (Exod. XXXIV. 33).
—	„ „ „ „	„ 30. Sanctuarium (Exod. XXXVI. 14. 19).
—	c. 25. s. 62.	z. 8. caro foenum (Isa. IV. 6).
—	c. 28. s. 65.	z. 15. stulti sunt (Rom. I. 22).
—	„ „ „ „	„ 23. scriptum est (Joan. VIII. 13).
—	„ „ „ „	„ 29. fugitiva humilitas (Matth. XXIII. 12).
—	„ „ „ „	„ 36. Laudet ergo te os alienum (Prov. XXVII. 2)
L. III.	c. 2. s. 71.	z. 16. Si audisti (Gen. III.)
—	„ „ „ „	„ 20. quia nimirum Saul (I Reg. 15, 9).
—	c. 4. s. 74.	z. 16. filiis Israhel (Exod. XVI.).
—	c. 7. s. 79.	z. 19. lapidem offensionis (I Petr. 2, 8).
—	„ „ s. 80.	z. 5. nonne Nabuchodonosor (IV Reg. 24, 10).
—	„ „ „ „	„ 8. Similiter autem Babylon (III Esr. 2).
—	c. 12. s. 88.	z. 17. Inquit Exodi (XXIII. 8).
—	„ „ „ „	„ 22. Balaam periit (Num. XXII. 8).
—	„ „ „ „	„ 23. Jacob depravata (I Reg. 8, 3).
—	c. 14. s. 94.	z. 9. bene video quod stulti (Prov. I. 22).
L. IV.	c. 1. s. 105.	z. 24. Bene Salomonicum (Prov. IX. 8).
—	c. 3. s. 108.	z. 7. simpliciores simus (Prov. III. 32).
—	„ „ „ „	„ 17. fregerunt Sampsonem (Jud. XV.).

*

1 So steht die stelle bei Corderius.

—   „   „   „   „   „   18. subverterunt David (II Reg. 2, 2).

—   „   „   „   „   „   19. Salomonem sapientissimum (III Reg. 2).

—   c. 5.   s. 110. z. 33. primus bibit (Gen. IX. 21).

—   „   „   „   „   „   35. Loth stuprum (Gen. XIX. 33).

—   „   „   „   „   „   Amon temulentus (II Reg. 13, 32).

—   c. 5.   s. 111. z. 1. Holofernes dux (Judith. 13, 4).

Jedenfalls muss man dem Corderius für die mühe, welche er sich gab, diese apologen, welche er für ein vorzügliches sittenlehrbuch hielt, seinen zeit- und glaubensgenossen lesbar und verständlich zu machen, sehr dankbar sein, dass er dabei freilich zu kühn verfuhr, alles, was ihm nicht gut lateinisch oder sprachwidrig erschien, verbesserte (quamquam z. b., welches in dem urtext oft den conjunktiv regiert, corrigiert er mit dem indikativ, die oft sonderbar gebrauchte partikel „quia" ändert er in: quin imo etc.), ganzen sätzen einen sinn beilegte, der ursprünglich nicht darin lag, perioden, die ihm unklar erschienen, ganz strich, ist freilich vom standpunkte der heutigen philologischen kritik aus nicht zu verzeihen. Wenn er aber das werk selbst für ungedruckt hielt, weil ihm bisher nie eine ausgabe davon aufgestossen war und er desselben keine erwähnung bei Sixtus Senensis und Possevin gethan gefunden hatte, so ist dies bei einem gelehrten theologen, wie er doch war und dem doch die Wiener bibliotheken zu gebote standen, insofern zu verwundern, als er dasselbe von Jacob Frisius in seinem auszuge der Gesnerschen bibliothek (bibliotheca instit. a Cr. Gesnero, aucta p. Jos. Simlerum Tig. 1583. in fol. s. 182, sp. 2), der ihm doch bekannt und zugänglich seyn musste (Le Mire oder Miräus, der in seiner biblioth. eccles. es auch erwähnt, publicierte allerdings dieselbe erst nach dem erscheinen [1630] dieser ausgabe: 1649), citiert gefunden hätte. Doch ist es ihm wohl zu verzeihen, denn etwas ähnliches ist noch in neuester zeit erst dem gelehrten und vielbelesenen herrn Edel. du Meril passiert, der in seinen Poésies latines inédites du Moyen-Age, Paris 1854, s. 149 zwei proben (den prolog und die fabel vom ohr und auge I. 25) „aus einem in der hdschr. der Wien. hofbibl. nr. 8094 f. 49 bis 95 ohne namen eines verfassers enthaltenen, noch unedierten, lateinischen mittelalterlichen fabelwerke" mittheilt, die dasselbe als unser Speculum sapientiæ documentieren. Er hatte dies aber ebenso wenig gemerkt, als der hochberühmte und tiefgelehrte Ferd. Wolf, der ihn zuerst darauf aufmerksam gemacht hatte, und alle kritiker des du-

merilischen buches nicht ausgenommen. Eher könnte man sich noch
darüber wundern, dass Corderius auch die deutsche alte übersetzung
nicht kannte, die doch in mehreren ausgaben existirte, obwohl auch
schon der gleich zu erwähnende Holtzmann in der zueignungsschrift
seiner versificirten umarbeitug derselben an den rath zu Esslingen
v. J. 1571 sagt, dass zu seiner zeit von der ersten und letzten
edition der deutschen prosa-übersetzung nur noch wenige exemplare [1]
übrig gewesen seien. Ehe wir indess von dieser Holtzmannschen
bearbeitung selbst sprechen, wollen wir zuvor die ausgaben und
übersetzungen des urtextes selbst anführen.

Speculum sapiencie beati Cirilli episcopi alias quadripar | titus
apologieticus vocatus. In cujus quidem prover | bijs omnis et
tocius sapiencie speculum claret. s. l. et a in fol. (61 bl. zu 30—34
z.). Gedruckt zu Basel durch Michael Wensler. (Hain nr. 5903.
Laire I. 66. s. 223.) (Leipz. univ. bibl., Oxford, Göttingen, Wien).

Speculū Sapientie beati Cirilli episcopi alias quadripertitus
apolo | gieticus (sic) vocat⁰. s. l. et a. in fol. (42 bl. zu 40, 41 bis
47 z.). (Berlin, Oxford). Gedruckt zu Strassburg durch H. Egge-
steyn. (s. Panzer T. I. s. 84, Hain 5904) oder durch Cr. Fyner
(s. Laire, catal. T. I. p. 123).

Incipit Quadripartit' apologe | ticus Cyrilli epi de greco ī la-
tinū | translatus q̃ relucet moraliter ī | phia ethica p q̃tuor Cardi-
nales | virtutes ⁊ morales. s. l. et a. in fol. (45 ff. bl. zu 2 col. m.
40 z.). Gedruckt zu Augsburg durch Ant. Sorg. s. Hain 5905.
Laire T. I. s. 133 n. 67. (Prag. univ. bibl., Oxford). Diese ausgabe hält die Bibl. Grenvill. s. 176 für die Ed. Pr., worin c. 14 bis
16 d. III. b., u. c. 7. 8. d. IV. ähnlich wie in d. ausg. d. Corderius
geordnet sind.

Incipit Speculum sapientiæ beati Cirilli episcopi alias quadripartitus apologeticus vocatus. s. l. et a. in 4⁰. (127 bl. zu 26 z.)
Hain 5906.

Dies scheint die bei Laires T. II. s. 5. no. 10 als eine Baseler
bezeichnete ausgabe, gedruckt um 1490, zu sein. Auf bl. 120 beginnt

*

[1] Die Oxforder bibliothek hatte bis 1834 nur die ausgaben von Corderius, die ihr katalog unter dem art. Cyrillus, patricius Constantinopo-
litanus, philosophus anführt, das suppl. v. 1851, welches 3 alte ausgaben
(die Baseler, Straßburger u. o. O. u. I.) nennt, wird aber dem Cyrillus
Hierosolymitanus zugeschrieben.

Speculum Bernardi. Nach Adry a. a. o. soll dies die Ed. Princ. sein. Die bei Hain mit † bezeichnete ausgabe: Ulm 1473 existirt nicht.

Speculum sapientie beati Cirilli episcopi alias quadripartitus apologieticus vocat⁹. s. l. et a kl. 8⁰.

Gedruckt zu Paris durch Jehan Petit, dessen zeichen mit seinem namen auf dem titelblatt steht, um 1502 (Göttingen, Oxford, Wien).

Speculum sapientie beati Cirilli episcopi . . . (am schluss) Explicit tabula seu repertorium apologetici quadripartiti Cirilli. Per me Cornelium de Zyrichzee Felicis civitatis Coloniensis incolam. kl. 8⁰. oder 12. (63 bl. zu 32 z.).

Sehr schlecht gedruckt und wegen der vielen ungewöhnlichen abbreviaturen kaum zu lesen. (Dresden).

Speculũ sapiẽtie. s. l. et a (Georg. Mittelhus) in 8⁰ (72 bl. zu 32 z.). (Oxford, Wien. — das druckerzeichen s. b. Silvestre, Marq. typ. 342).

Apologi Morales S. Cirilli ex antiquo M. S. Codice nunc primum in lucem editi per Balth. Corderium Antwerp. Soc. Jesu. Doct. Theol. ac Profess. Vienn. Viennæ Austriæ Typis Gregorii Gelbhaar typographi Cæsarei. M. D. C. XXX in 24. (12 ungez. bl. vorst. d. bogen zu 6 bl. 316 ss. u. 7 ungez. bl. index).

Vorhanden in Berlin, Göttingen, Prag, Oxford, Wien. Darnach ist eine deutsche übersetzung gemacht: Apologi morales oder Sittliche fabelreden von vnvernünfftigen thieren. Wien, Gelbhaar im jar 1645 in-12 (vielleicht von Corderius selbst).

Das buch der Natürlichen weißheit. (Am schluss:) hier endet sich das buch der Natürlichen weyßheit | darinn mã vindet aygenschaffte vnd gut sitten durch hüpsch | gleichnuß, ebenpildung vnnd | figuren, genommen vnnd gezo | gen auß den exemplen der lerer | Getrucket vnd vollendet in der | Keyserlichen statt Augspurg | von Anthonio Sorg. An sannt | Vrbanstage nach der menschwerdung Cristi Jhesu. In dem | 1400 vnd 90 jar in 4⁰ m. holzschn. (133 gez. bl. zu 2 col. m. 36 z. u. 4 ungez. bl.) Hain 4047.

Dieser ersten ausgabe der deutschen übersetzung (in Berlin u. Wien a. d. k. u. k. bibl.) fehlt der name des verfassers, weshalb sie wohl auch Hain a. a. o. bd. I, s. 567 unter das stichwort „buch" gestellt hat. Dasselbe vor ihm that Panzer in d. Ann. bd. I. s. 183.

Der Spiegel der wyßheit durch kurtzwylige fabeln, viel schöner sitlicher vnd christlicher lere angebende, im jar Christi M. D. XX vß dem latinischen vertütscht. (Am schluss) Endet sich hie das buch des spiegels der wyßheit, beschriben, durch Cyrillum Bischoff, zu Basel vß tütsch (sic) transferiert, Vnd gedruckt durch Adam Petri im jar nach Christus geburt M. D. XX. in 4° (4 ungez. bl. u. LXXXIII gez. bl. zu 31 z.).

Der übersetzer hat sich an der spitze seiner kurzen vorrede (in meinem exemplare fehlt dies blatt) mit B. S. M. unterschrieben. Diese übersetzung ist ziemlich frei und ungenau, aber nach einem leidlich guten text gemacht, wie dies z. b. der anfang des prologs zeigt.

Lateinischer text:

Secundum Aristotelis sententiam in problematibus suis quamquam in exemplis in discendo gaudeant omnes, in disciplinis moralibus hoc tamen amplius placet, quoniam structura morum ceu imagine picta rerum similitudinibus paulatim [1] virtutis ostenditur, eo quod ex naturalibus animalibus, moribus et proprietatibus rerum, quasi de vivis imaginibus humanæ vitæ qualitas exemplatur. Totus enim mundus visibilis est schola, et rationibus sapientiæ plena sunt omnia.

Deutsche übersetzung:

Wiewol nach dem spruch Aristotelis in sitlichen Vnderwysungen, man lustig ist zuzunemen, so mã bequeme byspil fürhelt, so ist doch das noch anmutiger, weñ mã die tugent anzeigt mit glychnussen vnd eygenschaften der creaturen, glych als sehe einer vor im die tugent gemalet, nemlich so das menschlich leben sich mag bilden nach natürlichen siten vnd eygenschaften der thiere, als nach lebendigen bildern, ja die gantze welt sol dem mẽschẽ ein zuchtschul sin, so alle ding darinn myt wyßheit sind verordnet.

Diese ausgabe führt schon Panzer th. I s. 445 nr. 1001 an (Berlin, Göttingen).

Das ist das buch der weißheit darin erlernt würt der welt lauff, wie sich einer vor untrüw bewaren vnd sein sach versehen, weißlich zu handeln, in guter vorbetrachtung etc. Straßburg, J.

*

1 Das wort ist jedenfalls in den ausgaben verderbt und muss mit »palatium« vertauscht werden, allein auch in der Corderius vorliegenden handschrift hat es nicht gestanden, sonst würde er es gewiss behalten und nicht den gantzen satz umgestaltet haben (s. ob. s. 293): ebensowenig ist der übersetzer darauf gekommen.

Grieninger 1529 in fol. mit holzschn.

Eine spätere ausgabe erschien: Frankfurt gedruckt bei Jos. Lech-ler in verl. g. Sigm. Feyerabend u. Sam. Hüter 1564 in 8° (Berlin).

Diese übersetzung brachte ein Augsburger meistersinger, ein kürschner seines zeichens (um 1570), der um 1580 noch zu Wien lebte und auch maler gewesen sein soll (s. Stetten, kunstgesch. v. Augsburg s. 531) in 95 gereimte apologen, wobei er sich aber scla-visch an den deutschen text hielt, aber sogenannte moralen anhing, in denen er die auslegung der fabeln mit biblischen und andern sprüchen aus alten philosophen mit ziemlicher belesenheit zu geben versucht. Vielleicht hat er auch die zeichnungen zu den holz-schnitten, welche die gleich zu nennende ausgabe seiner fabeln zie-ren, selbst gemacht, allein dabei ein besonderes talent nicht docu-mentirt:

Spiegel der natürlichen Weißheit, durch den alten in Got ge-lerten Bischof Cyrillum mit fünf und neunzig fabeln vnd schönen Gleichnüssen beschrieben, yetzund von neuem inn Teutsche Rey-men mit schönen figuren, auch hüpschen Auslegungen, yedermann nützlich vnd lieblich zu lesen. Gemacht durch Daniel Holtzmann Bürger zu Augsburg. Augs. bey Phil. Ulhart 1571 in 4° (6 und 302 bl.) (in Wien).

Wiederholt ebenda: 1572. 1574. in 4°. (Prag, Wien, Göttingen) In letzterer ausgabe steht statt der zuschrift an den rath zu Esslingen eine andere an Hans Vehlin zu Ungerhausen, ebenfalls gereimt[1]. S.

*

1 Eine auswahl daraus ist: fabeln nach D. Holtzmann herausgeg. v. A. Gl. Meissner. Leipzig. 1782 in kl. 4°. Dieser gelehrte scheint ihn jedoch anfangs für den selbsterfinder, nicht für den bloßen reimer ge-halten zu haben. Übrigens hat Meissner nur 67 fabeln aus Holtzmann entlehnt, und zwar correspondiren:

Holzmann	mit	Meissner.	Holzmann	mit	Meissner.
II	»	1	XXIII	»	11
V	»	2	XXVIII	»	12
VII	»	3	XXIX	»	13
VIII	»	4	XXX	»	14
XI	»	5	XXXI	»	15
XII	»	6	XXXII	»	16
XIII	»	7	XXXVI	»	17
XVI	»	8	XXXVIII	»	18
XXI	»	9	XLII	»	19
XXII	»	10	XLIII	»	20

besonders Eschenburg, denkmäler altdeutscher dichtkunst, Bremen 1799. s. 365 ff.

Ebert in s. bibliogr. lex. th. I s. 432 nr. 5605 führt noch an:

Apologos morales de San Cyrilo. Traduzidos de Latin en Castellano por el Padre Fr. Aguado. Madr. Fr. Martinez 1643 in 8°. (Nach der ausg. v. 1630). In Wien.

Zrcadlo Mudrosti Swa | teho Czrhy Biskuppa, w gehožto podo benstwijch wsseliké Maudrosti Zr | tzadlo se switij | stiastñe se potzijná. Z Praze abs Nicolao Finitore hñtur. s. a. in 8° 164 ff. (ohne pagina u. custoden).

Das von Hanka beschriebene exemplar der bibl. des böhmischen museums in Prag ist defect, es fehlen das 4. 5. 16. 18. 21. 52. 55. 60. 88. 135. 156. u. 157. bl. Am schluss befindet sich das druckerzeichen von Konatsch (lateinisch Finitor) und die worte „Nicolaus finitor de Hodisskow. In Majori Praga hisce typis excussit Anno ecc̃rvcxvi° (1516). Der drucker sagt in seiner dedikation an den pfarrer Jo-

*

Holzmann	mit	Meissner.	Holzmann	mit	Meissner.
XLV	»	21	VI	»	45
XLVI	»	22	(46 freie fortsetzung).		
L	»	23	XCI	»	47
LI	»	24	XCII	»	48
LIII	»	25	IX	»	49
LV	»	26	XV	»	50
LVII	»	27	XXXIV	»	51
LX	»	28	LII	»	52
LXIV	»	29	LXVII	»	53
LXXI	»	30	LXX	»	54
LXXII u. LXXV	»	31	LXXIII	»	55
LXXVI	»	32	LXXIV	»	56
LXXVII	»	33	III	»	57
LXXIX	»	34	LXXXIV	»	58
LXII	»	35	XXXIX	»	59
LXXXII	»	36	LXXX	»	60
LXXXIII	»	37	XLIX	»	61
LXXXV	»	38	LXXXVIII	»	62
LXXXVII	»	39	XLVII	»	63
LXXXVI	»	40	LXIX	»	64
LXXXIX	»	41	LXVI	»	65
XC	»	42	XL	»	66
XLVIII	»	43	XLIV	»	67
LIV	»	44			

hann Hons (Janowi Honsowi), dass er auf bitten desselben den lateinischen text in die landessprache übertragen habe: „Abych kniježky swatého, Czrhy Biskuppa kterež zrtzadlo Múdrosti a gistie prawie slowu z Latinske rzetzi w nass przirozeny obratie yazyk etc." Die dedikation und die böhmische übersetzung des prologs ist abgedruckt bei Hanka a. a. o. s. abhandlung. Nach der mittheilung des hr. oberbibl. d. k. univ. bibl. in Prag giebt es indess im b. mus. noch ein zweites exemplar, das aber noch defecter ist, ein drittes kennt man nicht. Dieser Nikolaus Konač (spr. Konatsch) aus Hodisskow, der 1540 als kaiserlicher vicehofrichter starb, druckte zu Prag seit d. j. 1507 und übersetzte vieles aus dem lateinischen ins böhmische, namentlich moralische unterhaltungsbücher z. b. das berühmte indische fabelbuch Kalilah veh Dimnah unter dem titel: Prawidlo lidskeho ziwota aus der lateinischen bearbeitung des Johannes von Capua, die den namen „destructorium vitiorum" führt.

Noch befindet sich auf der Prager univ. bibl. eine dem 15. jhdt. angehörige handschr. einer böhmischen übersetzung dieses Spec. Sap. unter dem titel Cwernohrahnacz, welche nach Balbin. Corrig. p. 15 früher auf der bibliothek zu Krumau war (s. Hanslik, gesch. d. Prag. univ. bibl. s. 608), und es ist nun die frage, ob nicht diese eine von der Konacschen verschiedene ist.

Übrigens haben Dobrowsky (gesch. d. böhm. sprache s. 295 fg.) und Jungmann (Hist. liter. Ceské Prag 1825. s. 86. II. ausg. ebd. 1849 s. 64 nr. 72) bereits jene ausgabe von Konač angeführt, aber ohne nähere beschreibung und letzterer giebt fälschlich als druckjahr das j. 1515 an.

Ebenso wenig sicheres wie über den verfasser des Speculum Sapientiæ wissen wir über den verfasser des zweiten von uns hier dem gelehrten publicum übergebenen mittelalterlichen, ähnlichen fabelbuchs, des sogenannten Dialogus creaturarum. Auch hier werden von verschiedenen thieren pflanzen, menschen (nr. 121) und personificirten übersinnlichen objecten sittliche fragen im gewande der lehrfabel erörtert, allein nicht mit gleichem aufwande sophistischer dialektik, sondern in weit einfacherer, der äsopischen fabel weit näher kommenden redeweise. Dasselbe gilt auch von dem latein, in welchem die 122 fabeln, aus denen das werk besteht, abgefasst sind. Auch nicht entfernt bietet das verständniss des textes so bedeutende schwierigkeiten, wie das Speculum und hoffe ich, dass derselbe nunmehr, nachdem ich die bisher fehlende interpunction ebenso wie dort möglichst sorgfältig hergestellt habe, für jeden leser vollständig klar und verständlich seyn wird.

Schon Götze, merkwürdigkeiten der Dresdener bibliothek (bd. I, th. 2, s. 210) hielt den verfasser für einen ordensgeistlichen, dessen belesenheit, wie die grosse zahl der von ihm angeführten classischen und mittelalterlichen citate zeigt, eine sehr bedeutende war. Wann er gelebt hat, lässt sich nur annähernd bestimmen, er kennt aber die histoire d'Oultremer (c. 34), die schriften des Papias (um 1063 c. Chr.), die kaiserchronik (nach 1275, c. 43), Petrus Alfonsi (um 1106), Johannes Sarisberiensis († 1182, c. 18, 23), Hugutio (um 1192, c. 8), Albertanus (nach 1246, c. 106) und Brito († 1356 c. 14), kann also nicht über die mitte des 14 jahrhunderts hinaus zurückdatirt werden. Etwaiger historischer ereignisse gedenkt er nicht, nur erwähnt er (c. 103) die Cisterzienser (der orden ward von dem 1098 verstorbenen benedictinerabt Robert gestiftet), Frankreich und seine zeit (c. 103), und geschichten von kaiser Otto I. (c. 43), von Gottfried von Bouillon (c. 34) und von Heinrich dem löwen († 1195, c. 111)[1].

Sein name wird meines wissens nur in einer einzigen handschrift, der der Pariser nationalbibliothek nr. 8512, die überhaupt von dem gedruckten text abweicht[2] und einen in einer zweiten daselbst vorhandenen, nr. 8507, und den gedruckten ausgaben fehlenden prolog mit der aufschrift: Prologus in libro, qui dicitur Pergaminus[3] besitzt, genannt, denn es heisst da am schluss: Expliciunt fabulæ magistri Nicolai, qui dicebatur Pergaminus, qui fuit homo valde expertus in curiis magnetiis (s. du Méril, Poésies inédites du Moyen-Age s. 148), allein sonst erfährt

*

1 In nr. 46 erwähnt er noch den Gardasee und in nr. 75 sagt er: »Magister Alanus legebat apud montem Pessulanum«, was aber auch nicht mehr auf seine lebenszeit, vaterland und aufenthaltsort schließen lässt, als die erwähnung der universität Paris c. 105, und der jubelruf: gio! gio! c. 100, sowie die kenntniss des aderlasses c. 103.   2 Z. b. ist hier der text der fabeln 66 und 86 ganz abweichend von dem der übrigen handtschriften und alten drucke (s. Ed. Du Méril a. a. o. s. 152). 3 Pergamia hiess eine stadt auf Creta, heute Platania, Pergamus eine stadt in Macedonien, heute Pravista, auf erstere würde »Pergaminus«, auf letztere »Pergamenus« passen.

man von diesem Nicolaus Pergamenus [1] (so muss es doch wohl heissen) nichts. Dass er sehr belesen war, geht, wie schon bemerkt, aus der grossen zahl der von ihm citirten schriftstellernamen hervor (das biblische buch Jesus Sirach citirt er stets unter dem Titel Ecclesiasticus), allein die berühmte orientalische fabelsammlung Kalilah ve Dimnah, die ihm nach Celsius (Hist. bibliothecæ Stockholm. Holm. 1751. s. 9) und Diez (über das königl. buch s. 163, Berlin 1816) vorgelegen und von der sein dialogus gar eine übersetzung sein soll, hat er bestimmt nicht gekannt (s. S. de Sacy in den Not. et Extr. des Mss. T. IX. P. I. p. 438), wenn auch einzelne in derselben erzählte fabeln durch abendländische vermittelung zu seiner kenntniss gelangt sein mögen, und jene behauptung beweist nur, dass diese beiden gelehrten den dial. cr. gar nicht gelesen haben können. Vergleichungen mit früheren (Gesta Rom.) und späteren historienschreibern und fabulisten lassen sich bei sehr vielen seiner fabeln beibringen.

fab. I. = Æsop. (Cor.) 143. 180. 536. La Fontaine I. 22. [1]

V. = Æsop. 171. 290. La Fontaine IV. 18.

VI. = Kirchhof, Wendunmuth VII. 109.

VIII. = Æsop. 237. La Fontaine III. 13. Kirchhof VII. 39.

XIII. = Æsop. 22. La Fontaine I. 1. V. 9. Kirchhof I. 172.

XX = Æsop. 38. La Fontaine I. 6. Kirchhof VII. 23.

XXI. = Gesta Rom. 68. Violier nr. 61.

XXIII. = Gesta Rom. 87.

XXIV. = Æsop. 217. Gesta Rom. 174. La Fontaine II. 11. VI. 13. Kirchhof V. 121. VII. 20. 73.

XXVII. ist die äsopische (?) fabel vom geier und seiner mutter (s. Du Méril p. 452).

XXVIII. = Pauli, schimpf und ernst 649.

*

1 Aus einigen wendungen könnte man den verfasser für einen franzosen halten, z. b. aus der anführung einer begebenheit in Paris, (c. 54), der anwendung von »si« für »num« (s. ob. s. 289) und der gebrauch des wortes »villanus« (110 und 51) in der bedeutung von vilain, schiene letztere stelle nicht dem abschreiber oder glossator zu gehören. 2 Der gelehrte herausgeber der fabeln La Fontaines, herr Robert, hat stets alle ihm bekannten bearbeitungen desselben stoffes angeführt, weshalb ich auf ihn verweise. Dasselbe that herr Österley bei seinen ausgaben der Gesta Romanorum und von Paulis schimpf und ernst und Kirchhofs Wendunmuth. Diese sind also zu vergleichen.

XXXI. = Romuli App. 57.   Pauli 595. (s. Du Méril, Poésies lat. inéd. p. 154. 452).

XXXIV. = Æsop. 143. 180.   La Fontaine I. 22.

XXXVI. = La Fontaine X. 1.

XL. = Pauli 538.

XLII. = Æsop. 420.   La Fontaine I. 3.   Kirchhof VII. 53.

XLIV. = Æsop. 137.   La Fontaine VI. 14.   Kirchhof VII. 25.

XLVI. = Æsop. 124. La Fontaine V. 3. VII. 16. Kirchh. VII. 119.

LI. = Æsop. 229.   La Fontaine I. 10.   Kirchhof I. 57.

LIII. = Æsop. 94. 204.   La Fontaine I. 2.   Pauli 173.

LIV. = Romulus II. 16.   Æsop. 101. 188.   La Fontaine IV. 9.   Pauli 419. 475.   Kirchhof VII. 52 (s. Du Meril s. 186).

LV. = Æsop. 212. 412.   Gesta Rom. 79.   La Fontaine IV. 5. VIII. 21.

LVI. = Cic. de off. III. 6.   Petrus Alph. discipl. cler. II. 9. III. 10.   Gesta Rom. 108. 129. 171. 237. (ed. Österley) s. a. Schmidt, tasch. d. romanzen s. 232.

LVIII. = Æsop. 247. 335. La Fontaine VI. 18. I. 19. Kirchh. VII. 17.

LX = Gesta Rom. 30.

LXI = Æsop. 94. 204.   La Fontaine I. 2.   Kirchhof VII. 30. (s. Du Méril s. 452).

LXV. = Æsop. 337.   La Fontaine I. 7.

LXVII. = Romulus II. 2. Kirchhof V. 145 (146). s. Du Méril s. 159.

LXVIII. = Dolopathos 5.

LXXII. = La Fontaine VIII. 21.

LXXV. = La Fontaine VII. 3.

LXXIX. = Gesta Rom. 146.   Pauli 351.

LXXX. = La Fontaine II. 2.   Straparola I. 3.   Pauli 634.

LXXXI. = Pauli 471.

LXXXVI. = Steinhöwel Æsop. 96 (s. 234).   Pauli 20.

LXXXVII. = Æsop. 314.   Gesta Rom. 51·   Pauli 186.   La Fontaine XII. 13.

LXXXIX. = Gesta Rom. 115.   Pauli 118.

XC. = Gesta Rom. 75 (78).   Pauli 138. 222. 318.

XCI. = Pauli 175.

XCIII. schluss = Petrus Alph. XIX. 9.

XCIV. = Gesta Rom. 215.

XCIX. = La Fontaine XII. 3, V. 13.   Pauli 375.

C. = Gesta Rom. 167. La Fontaine VII. 10. Pauli 426. Kirchhof I. 171. IV. 34.

CI. = Gesta Rom. 48. 108. Pauli 116.

CII. = Gesta Rom. 183.

CV. = Pauli 108.

CVI. = La Fontaine IX. 1. Kirchhof I. 191.

CVII. = Æsop. 245. La Fontaine IV. 11. Kirchhof VII. 71.

CVIII. = Æsop. 141. Gesta Rom. 140. La Fontaine X. 12. V. 20. 21. Pauli 422. Kirchhof I. 165, VII. 91.

CX. = Æsop. 425. La Fontaine VI. 14, III. 9. 14. Kirchh. VII. 27.

CXI. = Kirchhof I. 203.

CXII. = Kirchhof I. 62.

CXIII. = Æsop. 304. La Fontaine I. 9.

CXV. = Æsop. 212. 412. La Fontaine IV. 5.

CXVII. = Æsop. (Camer.) 191. 333. La Fontaine II. 7. Kirchhof VII. 42. 74.

CXVIII. = Æsop. 167. Gesta Rom. 52. La Fontaine III. 4. Kirchhof VII. 157.

CXIX. = Æsop. 285. 330. La Fontaine I. 8. Kirchh. VII. 118.

CXX. = Gesta Rom. 283. s. Schmidt, taschenb. d. romanz. s. 193.

Als ausgaben des textes und übersetzungen werden angeführt:

(P) Refacio i librū qui dicit² dialog⁹ creaturarū moralizat⁹ materie morali jocudo et edificativo modo applicabilis incipit feliciter (zu ende): Presens liber Dyalogus creaturarum appellatus iocundis fabulis plenus. Per me gerardum leeu in opido goudensi incept⁹ munere dei finitus est Anno domini millesimo quadringentesimo octuagesimo mensis iunij die tercia G LEEV in fol. (10 ungez. bl. d. 10. weiß u. 93 bl. text m. 34 z.) M. Init. u. holzschn. Goth. (Dresden).

Beschrieben von Dibdin, Bibl. Spencer. T. VI. p. 120, Campbell, Annal. 960, Weigel, Cimeliotheca nr. 365 s. 78.

Derselbe drucker hat den text noch mehrmals gedruckt: Goudæ 1481 mensis iunij die sexta in fol. (104 bl. zu 34 z.) (Dresden, Wien). Goudæ 1482 mensis augusti die ultima in fol. (Wien). Antv. tertio idus decembris 1486 in fol. (74 bl. z. 41 z. 5. Du Puys de Monbrun, Rech. bibliogr. p. 36 fg.) ebd. 1491 XI die Aprilis in 4° (96 bl. zu 37 u. 38 z.) (Dresden), sämmtlich mit goth. lett. u. holzschn.

Dialogus creaturarum moralizatus o. o. (Col.) Conr. de Homberch 1481 die 24 m. octob. in fol. (62 bl. zu 2 col. m. 41 z. ohne bilder). (Dresden, Wien).

Dialogus creaturarum optime moralizatus. (Zu ende:) pns liber impressus per Johannem sneli artis imp̃ssorie mgrm̃ in stockholm inceptus et munere dei finitus est. Anno dñi M. CCCC. LXXXiij. Mensis decẽbris in vigilia thome in 4°.

Erstes zu stockholm gedrucktes buch (s. Schröder im Scrapnum 1857 anz.bl. nr. 1 s. 1 fg.)

Dialogus creaturarum optime moralizatus. o. o. u. j. (Colon.) retro minores (H. Quentel) in 8° (120 bl. zu 30 u. 33 z.) m. holzschn.

Destructorium vitio♃ ex similitudinum creaturaru♃ exẽplo♃ appropriatione per modũ dialogi. o. o. u. nam. d. druckers 1500 in fol.

Gedruckt zu Genf (s. Brunet s. 1 p. 747). Wiederholt: Lugd. per Claud. Nourry 1509 in 4° m. holzschn. (mit dems. titel — in Wien). Paris. Jo. Parvus 1510 in 8°. Paris, Pigouchet 1510 in 8° (unt. d. tit. Dialogus cr. wohl ein u. dies. ausgabe).

Verschieden von diesem buche ist ein anderes einem gewissen Alexander (ab Ales) fabri lignarii filius zugeschriebenes werk: Summa quæ destructorium vitiorum appellatur. Col., H. Quentel. 1480 in fol.

Eine nachahmung dieser apologen ist:

Apologi creaturarum s. fabulæ versibus expressæ a Joh. Moherrmanno, figuris æri incisis a Jerem. Judæ ornatæ Excudebat Gerardo Judæ Chph. Plantinus (Antv. um 1580) kl. 4° (IV, 65 u. 1 bl.) mit 65 kupferstichen von Ger. de Jode.

Hier begint dat prologus dz is voersprac int boec dez gehietẽ is dialog⁹ creatura♃ dat is twiespræc d creaturẽ (zu ende:) Eñ is volmæct ter goude in hollãt bi mi gheræert leeu prẽter ter goude op sinte joans baptisten auõt in innio Int iær M CCCC LXXXij in fol. (126 ungez. bl. zu 34 u. 35 z.) m. d. 123 holzschn. d. I. lat. ausg. goth.

Diese ausgabe ist wiederholt von Leeu zu Gouda 1486 in fol. (u. nicht zu Delft 1488) in fol. m. holzschn. Dieselbe holländische übersetzung erschien auch noch:

Een genoechlick bœck gheheten dyalogus der creaturen (zu ende:) Eñ is geprẽt te delf in hollant (H. Eckert van Hombergk) Int iær ons herᵉ M CCCC LXXXViij dẽ ij dach in novembri in fol. m. holzschn. (90 bl. zu 2 col. m. 38 z.).

(P)Rologue au liure qui est nomme le dialogue des creatures moraligie. (Zu ende:) Commencie et finy par la grace de dieu par gerart lyon demourant en la vile de gouwe en hollande le XXᵉ iour davrii lan mil CCCC LXXXij kl. fol. goth.

Diese französische übersetzung des Colart Mansion, welche G. Leeu zu Gouda druckte, hat die holzschnitte der ersten lat. u. holl. ausgabe (in Wien).

Dialogue des creatures plein de ioyeuses fables et profitables enseignemens pour la doctrine de l'homme. Lyon, Matthieu Husz et Jean Schabeller 1483 in fol.

La destruction des vices et enseignement des vertus moralize. (Zu ende:) Cy fine ce present liure appelle la Destruction des vices plain de ioyeuses fables ⁊ prousitables pour la doctrine ⁊ enseignemẽt de lhome, imprime a paris par Michel le noir libraire Lan mil cinq cens ⁊ cinq. Le xij iour de decembre. kl. 4⁰ (IV u. 76 bl. zu 2 col.) mit holzschnitten.

Ist übersetzung desselben buches nur unter dem titel der vorhin angeführten lateinischen ausgabe von 1500.

The dialogue of creatures moralised . . . of late translated out of latyn into our English tonge. (Zu ende:) And they be to sell upõ Powlys Churche yard (by J. Rastall) o. j. in 4⁰ goth. m. holzschn.

Von diesem druck ist ein abdruck in 90 exemplaren, von denen aber 42 bei einer feuersbrunst vernichtet wurden, durch Jos. Hazlewood gemacht worden: London 1816 in 4⁰ mit holzschnitten.

INHALT.

Reprint Publishing

Für Menschen, Die Auf Originale Stehen.

Bei diesem Buch handelt es sich um einen Faksimile-Nachdruck der Originalausgabe. Unter einem Faksimile versteht man die mit einem Original in Größe und Ausführung genau übereinstimmende Nachbildung als fotografische oder gescannte Reproduktion.

Faksimile-Ausgaben eröffnen uns die Möglichkeit, in die Bibliothek der geschichtlichen, kulturellen und wissenschaftlichen Vergangenheit der Menschheit einzutreten und neu zu entdecken.

Die Bücher der Faksimile-Edition können Gebrauchsspuren, Anmerkungen, Marginalien und andere Randbemerkungen aufweisen sowie fehlerhafte Seiten, die im Originalband enthalten sind. Diese Spuren der Vergangenheit verweisen auf die historische Reise, die das Buch zurückgelegt hat.

ISBN 978-3-95940-166-1

Faksimile-Nachdruck der Originalausgabe
Copyright © 2016 Reprint Publishing
Alle Rechte vorbehalten.

www.reprintpublishing.com